Antje Wagner

Hyde

ANTJE WAGNER

HYDE

Roman

BELTZ
& Gelberg

Antje Wagner, geboren 1974 in Lutherstadt Wittenberg, studierte deutsche und amerikanische Literatur- und Kulturwissenschaften. Die Frankfurter Allgemeine Sonntagszeitung nahm sie 2012 in den Kanon der 20 besten deutschsprachigen Autoren unter 40 Jahre auf. Neben Büchern für Erwachsene erschienen auch ihre Jugendromane *Unland* (u.a. ver.di Literaturpreis), Schattengesicht und *Vakuum* (u.a. Leipziger Lesekompass). Unter dem Pseudonym Ella Blix schreibt Antje Wagner gemeinsam mit Tania Witte Jugendliteratur. Die Autorin lebt in Hildesheim.

Die Arbeit an diesem Buch wurde vom Land Niedersachsen gefördert und mit einem Schloss-Wiepersdorf-Stipendium, wofür die Autorin herzlich dankt.

FSC www.fsc.org
MIX
Papier aus verantwortungsvollen Quellen
FSC® C089473

Dieses Buch ist erhältlich als:
ISBN 978-3-407-75435-6 Print
ISBN 978-3-407-74680-1 E-Book (EPUB)

in der Verlagsgruppe Beltz · Weinheim Basel
Werderstraße 10, 69469 Weinheim

Lektorat: Christian Walther
Neue Rechtschreibung
Einbandgestaltung: Cornelia Niere, München,
unter Verwendung von Motiven von Shutterstock
Satz: publish4you, Bad Tennstedt
Druck und Bindung: Beltz Grafische Betriebe, Bad Langensalza
Printed in Germany
1 2 3 4 5 22 21 20 19 18

Weitere Informationen zu unseren Autor_innen und Titeln
finden Sie unter: www.beltz.de

Was ist die Ursache für Liebe?

Ich weiß es nicht. Aber ich weiß, dass die Liebe nicht verschwindet, wenn der Mensch, dem sie gilt, stirbt. Sie ist immer noch da. Wie das Licht, wenn eine Kerze erlischt. Sie ist in meinem Innern, streift suchend umher, heimatlos, mit wunden Füßen, sehnsüchtigen Händen.

1. KAPITEL

AUF DER STRASSE

Bei jedem Auto hielt ich den Daumen raus, aber alle rauschten nur hupend an mir vorbei. Der Wind zerrte an den dürren Kronen der Bäume am Straßenrand, klatschte mir Schneematsch von den Ästen auf die Haare, in den Kragen.
Ich stemmte mich gegen die Kälte und keuchte vor Anstrengung. Der Charlottenburger – das große Tuch, in das alle Handwerker auf der Walz ihre Besitztümer einwickeln und das an einem Lederriemen von meiner Schulter baumelte – fühlte sich immer schwerer an. Seit einer Stunde lief ich jetzt schon, ohne dass irgendwer anhielt. Mein schwaches linkes Bein zog ich nach. Es tat weh. Diese verdammte Straße hatte nicht einmal Seitenstreifen. Als ein neues Auto kam, wich ich hastig in den tiefen Schnee am Rand zurück und winkte wild. Doch das Winken schien den Fahrer zu verunsichern. Er fuhr noch schneller als die anderen an mir vorbei.

Meine Zehen, meine Hände, mein Gesicht spürte ich schon nicht mehr. Ich lief weiter. Wie eine Maschine. Wie die Blechmaus, die Zoe und ich früher gehabt hatten. Zog man sie auf, hoppelte sie so lange, bis der Mechanismus sich leer gedreht hatte.

Nein, ich würde kein Geld für ein Taxi ausgeben! Eher wollte ich verrecken. Mein Geld blieb in der Kriegskasse.

Kriegskasse. Sowie ich das Wort dachte, fühlte ich mich stärker und straffte mich. Die Kälte konnte mich mal. Wenn keiner anhielt, dann eben nicht. Ich hatte schon ganz andere Sachen geschafft. Mich kriegte niemand klein.

Ich zog den Hut tiefer in die Stirn und stapfte weiter. Der Hut gehörte zur Kluft. Er galt als Zeichen für Freiheit. *Freiheit* – auch das war ein gutes Wort, ein starkes.

Die Flocken wirbelten um mich herum und um ein Straßenschild, das darauf hinwies, dass die nächste Ortschaft sieben Kilometer entfernt war. Also ungefähr anderthalb weitere Marschstunden.

Machbar. Das kriegst du hin, Katrina.

Über meinen Rücken lief Schweiß. Ich hustete. Nicht gut. Ich hatte in der letzten Woche versucht, eine Bronchitis auszukurieren, aber ich war noch nicht gesund.

Weiter, Katrina, weiter.

Und dann geschah ein Wunder.

Es war ein dunkelblauer Wagen. Er reagierte erst wie alle vor ihm. Ich zog mich wieder von der Straße in den tieferen Schnee zurück. Er brauste an mir vorüber. Der Kotflügel zeigte zwei tiefe Schrammen. Zehn Meter vor mir wurde das Auto plötzlich langsamer und fuhr rechts ran. Ich starrte durch den fallenden Schnee nach vorn. Der meinte bestimmt nicht mich. Die Seitentür wurde aufgestoßen. Oder doch?

Aus dem Auto drang Rauch!

Der Schreck nagelte mich am Boden fest. Das Auto brannte! Ohne es zu wollen, sah ich Flammen hoch aufschießen, spürte den Glutgriff des Feuers aus meinen wiederkehrenden Albträumen, riss die Hände vors Gesicht. Ich nahm ein Heulen wahr. Schrecklich. Durchdringend. Meine eigene Stimme.

»Hallo?«

Jemand rief. Ich spähte durch meine Finger. Eine Frau beugte sich aus dem Fahrerfenster – hochgestecktes blondes Haar, Stäbchen darin, registrierte ich. Sie rief mir zu: »Kommst du? Es wird kalt!«

Es ist nichts passiert, Katrina. Nichts passiert! Ich nahm die Hände herunter, atmete aus, die Lähmung löste sich. Erleichterung flutete meinen Körper.

»Oder willst du gar nicht mitfahren?« Der Wind trug ihre Stimme in Fetzen zu mir. Er riss auch an ihrer schönen Hochsteckfrisur.

»Doch! Ich komme!«

Ich humpelte vorwärts, so schnell ich konnte. Als ich beim Auto angekommen war und einsteigen wollte, schämte ich mich wegen meiner dreckigen, nassen Stiefel, doch ein Blick ins Wageninnere machte mir klar, dass ich mich deswegen nicht sorgen musste. Buchstäblich jeder Zentimeter war mit Müll bedeckt. Leere Pizzakartons, zerknüllte Einwickelpapiere verschiedenster Süßigkeiten, ausgetrunkene Cola-Zero-Dosen.

Sie bemerkte meinen Blick, sprudelte los: »Frag nicht! Es ist der Wagen meiner Tochter. Am Anfang hab ich den Fehler gemacht, sauber zu machen – aber das löst das Problem nicht. Schieb zur Seite, was stört, aber wirf nichts weg! Sie muss es von selbst wegwerfen wollen, sonst nützt das alles nichts!« Die Frau hatte eine unglaubliche Stimme. Rau, bellend. Wie ein lachender Hund.

Mit einer schnellen Handbewegung fegte sie leere Chipstüten vom Beifahrersitz auf den Boden. Ihre vielen Goldarmreifen glitzerten.

Als ich mich setzte, ließ der Schmerz in meinem schwachen linken Bein nach, und am liebsten hätte ich vor Dankbarkeit gestöhnt. Vorsichtig streckte ich das Bein aus, dabei knirschte etwas unter meinen Sohlen. Ich schob den Fuß hin und her. Pflaumenkerne. Kaum saß ich, kapierte ich auch, warum der Wagen geraucht hatte. Er war blau von Zigarettenqualm. Ich *roch* den Rauch mit meiner zugeschwollenen Nase zwar nicht, aber ich *schmeckte* ihn. Jede Pore dieses Fahrzeugs war verstopft davon.

Erschöpft lehnte ich mich zurück. Draußen hatte es angefangen zu graupeln. Wie müde ich war, merkte ich erst jetzt. Das Tuch um mein Gesicht war klatschnass von geschmolzenem Schnee.

»Schöne Armreifen«, sagte ich.

»Wie bitte?«

Dass ich es immer wieder vergaß, dass die Leute meine Aussprache so schlecht verstanden …

»Die Armreifen«, sprach ich langsam. »Sie. Sind. Schön.«

»Die gehören zum Job«, sagte sie. »Wie das Kleid.«

Sie hatte etwas Goldenes an, das wie eine Theaterrobe um sie herumwallte. Mit der Hochsteckfrisur, diesem Kleid und ihrem Gesicht, dessen Schönheit mir wie ein Echo aus der Vergangenheit erschien – zerschlissen, abblätternd, angegriffen von zu viel Rauch und vom Leben –, wirkte sie wie eine Frau aus einem Traum in Sepia.

Sie fuhr noch nicht los. »Ich muss zwar nur zum Radio«, sagte sie, »die Leute *sehen* mich also gar nicht. Aber ich brauch das – fürs Gefühl. Man spricht anders mit einem goldenen Kleid, anders als in Jeans und T-Shirt. Man denkt auch anders. Kennst du das?«

»Hm.« Ich erinnerte mich an mein erstes Kleid.

Gloria hatte es mir gekauft. Kurz nach der Gefangennahme. Das Kleid war neongrün gewesen und faustgroße orangefarbene Gerberablüten waren auf dem Stoff verstreut. Ich hatte die Farben grässlich gefunden. Ich mochte Oliv. Oder Kaki. Anthrazit auch. Und Beige. Tannengrün fand ich gut. Erdbraun. Nebelgrau. Schwarz.

Gloria hatte sich geweigert, mir solche Sachen zu kaufen. »Keine Tarnfarben«, hatte sie gesagt. Überhaupt mochte sie es nicht, wenn ich Dinge tat, die ich *vorher* getan hatte. Vor der Gefangennahme. »Du willst doch dazugehören! Du musst daran denken: Was du auch tust und sagst, wird immer mit deiner Vergangenheit in Verbindung gebracht werden. Also pass dich an.«

»Kann man sich denn besser anpassen als durch Tarnfarben?«

Sie hatte mir nur stumm das Kleid hingehalten.

Ich erinnerte mich, wie ich mich darin bewegt hatte: verunsichert, voller Hemmungen. Wie ich das Gefühl gehabt hatte, das Kleid würde auch meine Worte beeinflussen, sie färben: jedes Wort krachbunt, alle Satzzeichen aufdringlich wie orangefarbene Gerbera.

»Ich bin Josefine«, sagte meine Fahrerin und katapultierte mich aus der Vergangenheit zurück in das schmuddelige Auto. Sie sah mich direkt an, lächelte.

»Katrina.«

»Karzyna? Ist das polnisch?«

»Nein, *Katrina*«, sagte ich so deutlich wie möglich.

Ich erwartete irgendeinen Spruch wegen meiner verschliffenen Aussprache. Oder wegen des Tuchs vor meinem Mund.

Ich wappnete mich bereits innerlich. Aber nichts. Ich hatte offenbar Glück.

»Was machst du denn so alleine hier draußen in der Kälte? Wissen deine Eltern, wo du bist? – Wie alt bist du? Fünfzehn? Sechzehn? – Ist das eine Pfadfinderkluft, die du da anhast?«

Ich hätte sauer sein können. Schließlich mischte sie sich ein. Aber sie fragte anders als andere. Nicht, als wollte sie mich aushorchen und festnageln, sondern als würde sie sich wirklich Sorgen machen.

»Ich. Bin. Achtzehn«, sagte ich langsam, stolperte aber trotzdem über einzelne Buchstaben. »Tischlerin. Auf. Der. Walz.«

»Oh. Entschuldigen Sie.« Sie sah mich genauer an. Sagte aber immer noch nichts wegen des Tuchs. Oder meiner Aussprache. Ich bewunderte die beiläufige Eleganz, mit der sie vom Du zum Sie gewechselt war. »Haben Sie im Motel übernachtet?«

Hatte ich. Und unten im Frühstücksraum hatte ich acht Fernfahrer angesprochen, ob sie mich mitnehmen würden. Alle hatten abgelehnt. Kein Wunder. Ich hatte schwankend vor dem Tisch mit dem Brotkorb, der Marmelade und den Schmelzkäseecken gestanden, zitternd und hustend, und das Fieber musste von mir abgestrahlt sein wie Hitze von einem Radiator. Einige hatten nicht mal geantwortet, sondern sich schnell abgewandt. So wie man sich von einem Penner abwendet. Taub und blind.

Nach der achten Ablehnung hatte ich mir einen Kaffee aus der Thermoskanne gedrückt. Kaffee zu trinken, gehörte zu den wenigen Dingen, die ich seit der Gefangennahme übernommen hatte. Kaffee mochte ich. Im Gegensatz zu den anderen Sachen, die sie mir zu essen und zu trinken gegeben hatten. Vielleicht, weil Kaffee bitter war. Bitter wie Beifußtee. Bitter wie wilde Rauke.

Ich war mit dem Kaffee zu einem Tisch gegangen, der am weitesten in der Ecke und am weitesten von allen anderen entfernt stand. Hatte den Becher zwischen die Hände genommen, mich daran gewärmt. Meine Hände hatten in dem Energiesparlicht gräulich grün ausgesehen. Wie etwas Verschimmeltes.

Ich hatte mich davon überzeugt, dass ich mit dem Rücken zu den Fernfahrern saß, dann hatte ich kurz das Tuch gelüpft, um trinken zu können.

Die Luft hatte mein Gesicht getroffen wie eine intime Berührung. Als wäre die Haut dünn geworden vom ewigen Verdecktsein, dünn und empfindsam. Ich hatte kleine Schlucke von dem schwarzen, heißen Zeug genommen, und sofort war mir Energie ins Blut geschossen, eine Wirkung, an die ich mich noch immer nicht gewöhnt hatte. Augenblicklich hatte ich mich besser gefühlt. Wacher. Wütender. Dann würde ich eben laufen, hatte ich gedacht. Laufen, so lange, bis jemand anhält.

»Ich hab mal gehört, dass es so Regeln für Leute wie Sie gibt, die auf der Walz sind«, sagte Josefine in meine Erinnerung hinein. »Sie dürfen für Übernachtungen nicht zahlen, oder?«

Ich nickte.

»Wir Gesellen versuchen da zu wohnen, wo es nichts kostet. Oder wo wir dafür arbeiten«, mühte ich mich durch die Sätze. Alle Worte, für die man die Lippen bewegen musste – B, P, M, F, W –, fielen mir schwer. »Wir übernachten in Pfarrhäusern«, sagte ich. »Wenn es nicht so kalt ist, auch mal in einer Scheune. Im Motel hab ich ein Fenster repariert und durfte danach ein paar Tage umsonst bleiben.« Leider nicht lange genug, um die Bronchitis loszuwerden.

»Und jetzt wandern Sie weiter?«

»Wir dürfen keine Verkehrsmittel nehmen, die Geld kosten«, sagte ich und bemühte mich wieder sehr um Deutlichkeit.

»Das klingt *anstrengend*! Immer nur laufen und trampen und arbeiten …« Sie hielt mir eine Packung Zigaretten hin. Ich lehnte ab. »Nicht mal einen ordentlichen Fußweg haben sie hier gebaut!«, sagte sie und deutete nach draußen. Dann zündete sie sich eine Zigarette an und zog den überquellenden Aschenbecher raus. »Ein *Skandal* … Jedes Jahr kommen welche um auf dieser Strecke!«

Ich musterte sie von der Seite. Ihr Haar hatte die Farbe von Buchenrinde. Einen wirren Moment lang fragte ich mich, ob es auch so roch.

»Wohin wollen Sie eigentlich?« Sie blies Rauch aus.

»Am besten in die nächste Stadt. – Ich suche einen Job«, sagte ich und musste dann husten. Ich hustete mich richtig ein, konnte gar nicht mehr damit aufhören.

»Fette Erkältung, hm?« Sie bellte mir ihr Lachen entgegen, ließ das Fenster auf ihrer Seite runter und die Kälte fegte ins Wageninnere. »Wegen des Rauchs. Sonst ersticken Sie mir noch!«

Sie aschte aus dem Fenster und gab Gas.

*

»Von mir aus können Sie den Mundschutz abnehmen«, sagte sie und sprach damit erstmals mein Tuch an.

»Nein!«, presste ich heraus. »Auf keinen Fall!« Ich checkte in Windeseile das Tuch, zog es exakt über Nase und Mund. Achtete darauf, dass nichts als die Augen herausschauten.

»Ach, wissen Sie, bei uns im Sender ist ständig jemand erkältet. Ich hab garantiert alle Bakterien dieser Welt schon durch. Ich bin immun.« Sie lachte und da beruhigte ich mich und lachte auch.

»Ich lass es besser um«, sagte ich. »Man weiß nie.« Sollte sie ruhig glauben, das Tuch wäre ein Bakterienschutz.

»Tut mir leid, das mit dem Rauchen«» sagte sie. »Aber ich will den Ascher so voll kriegen, dass er sich nicht mehr schließen lässt. Irgendwann muss bei meiner Tochter doch mal der Punkt erreicht sein, an dem sie sich sagt: Jetzt ist das Maß voll, jetzt spuck ich in die Hände und mach den Dreck weg!« Sie lachte. »Ich zieh das durch. Ich schwör's Ihnen – und wenn das Auto bis zum Dach hoch verdreckt!«

Ich sah auf den Aschenbecher, in dem nicht nur Kippen, sondern auch zerkaute, graue Kaugummis und ein matschigbraunes Apfelgehäuse lagen.

»Es ist *zutiefst* widerwärtig, ich weiß.«

In Abständen streute sie Betonungen in die Sätze und seltsamerweise musste ich an Zoe denken. Wie sie Lauchringe auf unsere Brote gestreut hatte. Und wie die dann immer besser geschmeckt hatten als ohne.

»Aber ich kann das durchhalten. Wenn's sein muss, *für immer*!«

Josefine war eine der Fahrerinnen, die gern redeten, aber nicht darauf bestanden, dass man auch etwas erwiderte. Ich war froh darüber. Sprechen war anstrengend. Und wenn ich irgendwas während der Gefangennahme gelernt hatte, so war es Schweigen. Man erfährt viel mehr von den Menschen, wenn man schweigt.

»Sie suchen also einen Job? Als Tischlerin?«

Ich mumpfte zustimmend in mein Tuch.

»Möglicherweise weiß ich etwas für Sie«, sagte sie. »Da könnten sie jemanden wie Sie *dringend* gebrauchen.«

»Eine Schreinerei?«

»Nein. Was anderes. Es ist nur ein kleiner Umweg, etwa dreißig Kilometer. Ich bring Sie hin.«

Ich wollte erschrocken abwinken, aber sie hielt meine Hand mitten in der Bewegung auf, drückte sie einfach. »Doch!«, sagte sie. »*Nie im Leben* lasse ich zu, dass Sie da draußen weiterstapfen! Es ist so eisig, dass ein Pinguin erfrieren würde!« Damit gab sie meine Hand wieder frei.

Josefine bevorzugte Gesten, die man auch aus der Ferne verstehen würde. Sie war der Typ für die Bühne. Hinter jedem Satz hörte man Ausrufezeichen. Alles war *für immer*, *nie*, *vollkommen* oder *zutiefst*. Kein Mittelmaß. Nur Extreme. Das fand ich gut. Ich hatte plötzlich das berauschende Gefühl, sie zu kennen. Das hatte ich noch nie bei jemandem erlebt. Ja, ich kannte sie. Irgendwie. Nicht aus der Wirklichkeit. Aus einer Sehnsucht.

»Um zu sehen, dass Sie *zusammenbrechen* würden, muss man nicht mal Wahrsagerin sein!«, rief sie.

Josefine war genau das: Wahrsagerin. Buchbar für Betriebsfeiern, Hochzeiten, Geburtstage, erklärte sie mir. Es war seltsam, aber ich stellte mir einen gefährlichen Moment lang vor, mich ihr anzuvertrauen. Mehr noch: mit ihr befreundet zu sein. Immer weiterzufahren mit ihr. Immer weiter in den Schnee hinein …

Ich strich den Gedanken sofort wieder durch. Bindungen einzugehen, war ausgeschlossen. Sie hielten nur auf. Ich war nicht unterwegs, um Freunde zu finden, sondern auf einem Feldzug. *Darauf* sollte ich mich konzentrieren.

Ihre bellende Stimme unterbrach meine Gedanken: »Ich mach *alles*«, sagte sie. »Kristallkugel, Pendel, Tarot, Würfeln, inneres Tier, Jenseitskontakte, Channelling, Handlesen – das ganze Programm!« Sie lachte. »Man muss flexibel sein. Die Konkurrenz in der Branche schläft nicht.«

Sie wollte zu einem in der Nähe ansässigen Radiosender. *»Astro-Radio«*, sagte sie. »Ich hab da eine tägliche Sendung: *Lady Josefines Zukunftsschau*. – Da können Leute anrufen und sich die Karten legen lassen. Aber es fängt erst in zweieinhalb Stunden an. Ich fahre Sie also zu Ihrem neuen Job! Keine Widerrede! Ich bin sicher, dass Sie dort was finden! – Nein, wir liegen gut in der Zeit, das schaffe ich *locker*!«

Sie redete und redete, ihre raue Hundestimme flog im Wagen herum. Sie erzählte, dass sie gern beim Radio aufhören würde. Ein Café eröffnen. »Ein Café, wo Sie nicht nur eine Tasse Kakao bekommen, sondern auch einen persönlichen Blick in die Zukunft. Das *wär's*! Aber die Mieten! Unerschwinglich! Ich werde wohl noch ein paar Jahre durchs Radio geistern, bis ich so was wagen kann.«

»Was sagen denn die Karten zu dem Plan?«, sagte ich.

»Was?«

»Schaffen Sie's mit dem Astro-Café?«

Sie lachte wieder. »Ich schau nicht in meine eigene Zukunft! – Klingt absurd, oder? Ist aber eine goldene Regel in unserer Branche. Es bringt Pech, wenn man für sich selbst … Ich sage jedenfalls nur für andere wahr.«

Ich fragte nicht weiter. Ich hatte mit dem eisigen Fahrtwind zu kämpfen. Er fegte durchs offene Fenster herein, kaute an mir, biss in Wange, Ohr und Hals. Er fror mich auf dem Sitz fest, presste das feuchte Tuch an mein Gesicht. Ich fragte mich, ob man Konturen sehen konnte.

»Wissen Sie, *alle* Menschen, denen ich begegne und die erfahren, dass ich Wahrsagerin bin, wollen, dass ich ihnen weissage«, sagte Josefine gerade. »Es gibt *keine* Ausnahme.«

Es war selbst zum Nicken zu kalt.

»Es war übrigens das Gleiche bei meinem vorigen Beruf. Ich bin ausgebildete Masseurin!«

Der Fahrtwind schleuderte den kleinen goldenen Engel am Rückspiegel hin und her, vertrieb den Rauch aus dem Wageninneren und klärte meinen Kopf.

»Was glauben Sie, was los war, wenn ich irgendwo auftauchte. *Alle* Freunde, Bekannten und Verwandten haben sich sofort mit schmerzverzerrtem Gesicht in den Nacken gegriffen. Als Wahrsagerin ist es genauso.«

Sie schwieg einen Moment.

»Aber *Sie* sind anders.« Sie warf mir einen schnellen, aufmerksamen Blick zu. »*Sie* fragen mich nicht. Dabei kann ich bei Ihnen eine Sache ganz klar erkennen.«

Mein Herz ging plötzlich schneller. Ich atmete heftig in das Tuch. *Was* konnte sie erkennen? Sah sie, was ich getan hatte? Oder was ich noch *plante*?

Josefine konzentrierte sich auf die Fahrbahn. »Da ist etwas … etwas Grauenhaftes.« Ihre Stimme wurde leiser. »Es liegt in Ihrer Vergangenheit.«

Automatisch ballten sich meine Hände zu Fäusten. Ich öffnete sie schnell wieder. Wandte mich ab.

»Ihnen ist ein Unrecht geschehen.«

Ich wollte es nicht hören. Nicht *das*. Ich zog mein Bündel vor die Brust – ein Schutzschild. Josefine bog von der Straße ab und folgte einem Schild, das zu einer Tankstelle wies. Der Eisgraupel trommelte wie Splitt aufs Dach und die Motorhaube. Ich legte die Hand an den Türgriff.

Sie fuhr jetzt sehr langsam. »Ein großes Unrecht …«

Sie wusste etwas!

»Aus dieser Vergangenheit führen zwei Türen«, fuhr sie fort. »Eine öffnet sich ins Licht und die andere in die Finsternis. Sie müssen sich entscheiden.« Sie sprach jetzt sehr leise und das erste Mal ohne Ausrufezeichen. »Es ist vielleicht die wichtigste Entscheidung Ihres Lebens.« Dann hielt sie an. »Ich muss tanken.«

»Ich geh auf die Toilette.« Ich drückte die Tür auf und sprang raus. Weg hier.

*

Als ich in der Tankstelle stand, zwischen den grell ausgeleuchteten Regalen mit zehn verschiedenen Mineralwassern und doppelt so vielen Sorten Schokoriegeln, dachte ich kurz darüber nach, mich durch den Hinterausgang ins Lager und von dort davonzuschleichen. Aber diese Josefine war wichtig. Durch sie fand ich vielleicht den Job, den ich gerade dringend brauchte.

Der Husten schüttelte mich wieder und ich versuchte mich zu entscheiden. Abhauen oder nicht? Ich ließ mir den Toilettenschlüssel geben, humpelte aufs Klo, und als ich schließlich zum Auto zurückkam, stand Josefine schon an die Fahrertür gelehnt, in der einen Hand einen Kaffeebecher, in der anderen eine Kippe.

»Das ist nicht gut«, flüsterte ich, als ich einstieg.

»Was?«

»Sie. Rauchen. Zu. Viel.«

»Machen Sie sich keine Sorgen. Ich bin jetzt vierzig und werde einundachtzig!«, sagte Josefine und lachte bellend. Sie ließ den Motor an.

»Woher wissen Sie das?«, fragte ich.

Sie hob mir eine Hand entgegen mit den Flächen nach außen. »Die Handlinien!«

»Ich dachte, Sie machen das nicht: in eigenen Angelegenheiten in die Zukunft schauen?«

»Das stimmt auch. Ich war es nicht, sondern eine Kollegin!« Ihr Lachen fühlte sich warm und stark an, wie eine Umarmung. »Aber eigentlich sollte man selbst das nicht machen. – Es verschmutzt das Karma.«

Obwohl es erst kurz nach Mittag war, war es schon wieder düster draußen. Es schneite stärker. Josefine hatte die Scheinwerfer an. Das weiße Licht fraß sich durch den Schneewirbel und hatte einen dunstigen Hof.

Josefine würde einundachtzig Jahre alt werden.

Werde auch ich alt – so wie Sie?

Nein, ich stellte die Frage nicht laut. Ich wollte es gar nicht wissen. Die Antwort würde nur meine Handlungen beeinflussen, würde mir womöglich den Mut nehmen oder mich tollkühn machen. Beides war nicht gut. Ich brauchte all meine Kraft und Konzentration für *den Plan*. Die Rache. Zu viel über die eigene Zukunft zu wissen, war nicht gut.

So saß ich stumm, den Charlottenburger an mich gepresst,

und obwohl die Kälte wie flüssiges Eis ins Wageninnere strömte, war ich Josefine dankbar. Zu Fuß wäre ich vielleicht zusammengebrochen.

Josefine griff zu mir rüber und öffnete das Handschuhfach, aus dem Erdnussschalen herausquollen und auf den Boden fielen. Beherzt wühlte die Hand sich in das Nusschaos und brachte eine Karte zutage. Ich sah darauf.

> *Der Zufall geht keine geraden Wege –*
> *er steht plötzlich vor dir.*
> JOSEFINE

Auf der Rückseite eine Telefonnummer.

»Nehmen Sie«, sagte Josefine. »Es ist meine Privatnummer, nicht die teure vom Sender. Rufen Sie mich an, wenn Sie Hilfe brauchen. Jederzeit. Ich meine es ernst«, sagte sie und sah von der Fahrbahn weg und zu mir. »*Jederzeit.* – Glauben Sie nicht, dass Sie mich stören könnten!«

Ich war überrumpelt und nahm die Karte. Spürte, dass ich rot wurde. Wieso?

»Danke«, sagte ich.

Sie schwieg.

Die Fenster waren bespritzt, graue Flecken, Salz und Matsch. Über den Mittelstreifen der Straße zog sich ein schmaler Wall schwarzen Schnees. Das Vibrieren des Motors ging in meinen Körper über. Ich spürte, wie ich in einen gefährlichen Dämmerzustand glitt, in eine mit Kopfschmerz ausgepolsterte Gleichgültigkeit, die mir die Lider zuzog …

Eine Sirene riss mich aus dem Halbschlaf. Sofort schoss mir

das Adrenalin ins Blut, und ich saß kerzengerade, während Josefine langsamer wurde und rechts ranfuhr. Im Rückspiegel sah ich das blinkende blaue Licht näher kommen. Ich atmete heftig durch den Mund.

Jetzt war es so weit.

Hatten sie Spuren entdeckt? *Meine* Spuren an Fischs Zuhause? Oder dem, was davon übrig war? Verdammt ... verdammt! Sie durften mich nicht finden. *Noch* nicht. Ich war noch nicht fertig.

Das Fahrzeug pfiff an uns vorbei, der Sirenenton war eine Sekunde langsamer und zog gellend hinterher. Es war nicht die Polizei. Es war ein Rettungswagen. Josefine fuhr wieder an.

Die Erleichterung war brachial. Alle Energie, die mich eben noch durchströmt hatte, sickerte weg, versackte. So schnell und endgültig wie Wasser in einem Sieb. Ich spürte meine Muskeln flattern, hatte einen metallischen Geschmack im Mund. Gleich ... gleich würde ich ohnmächtig werden ...

»Wir sind gleich da«, sagte Josefine und ihre Stimme zog mich aus meiner Schwäche. Sie fügte rätselhaft hinzu: »Es gibt nicht immer ein Richtig und ein Falsch.«

Nach einer Weile fragte ich: »Wie meinen Sie das?«

»Das wissen Sie.«

Ich blieb stumm und dachte an Hyde.

Auch Josefine schwieg.

»Ich bin jetzt achtzehn ...«, begann ich plötzlich, »... doch wenn ich einen Raum betrete, hab ich seit einiger Zeit das Gefühl, dass ich das Ende nicht mehr erreiche.« Ich flüsterte. Schnell und ohne Josefine dabei anzusehen. Keine Ahnung, ob sie mich verstand, ob sie mich überhaupt *hörte.* Aber sie saß still da, also hörte sie mich vielleicht doch. »Ich hab das Gefühl, der Raum wird immer größer. Ich könnte schreien, aber meine Stimme … ist weg. Ich komme nicht an, verstehen Sie? Ich komme nirgends an … nirgends … ich …«

Nach einer Weile langte Josefine zu mir herüber und legte ihre Hand auf meine. Ich hatte nicht einmal gemerkt, dass ich weinte.

*

Josefine fuhr von der Straße ab, folgte einer langen Schleife quer durch eine trostlose Landschaft, bis am Straßenrand eine monströse, blinkende Reklame auftauchte: *Kartoffelparadies – Motel & Restaurant.*

Eine leuchtende Kartoffel, die Messer und Gabel in den knubbeligen Händen hielt und sich die Lippen leckte.

»Ich lasse Sie hier raus. Fragen Sie da nach einem Job! Falls die Sie nicht als Tischlerin nehmen, dann sicher für was anderes. Da arbeiten immer neue Leute – da finden Sie ganz bestimmt was!«

Ich setzte mich auf, griff nach dem Bündel zu meinen Füßen. Sie hielt auf dem Parkplatz, auf dem lauter Trucks standen, drehte sich zu mir um und lächelte.

»Danke, Josefine.« Aus irgendeinem Grund war ich zuversichtlich.

Ich stieg aus, stand im Schneematsch. Ein riesiger Truck ragte neben mir auf. Etwas im Bündel war falsch gepackt und drückte am Rücken.

»Viel Glück.« Sie winkte mir aus dem Autofenster zu und fuhr davon.

Kaum war sie weg, spürte ich die Außentemperatur. Das Dämmerlicht um mich herum. Den Himmel so erstickend über mir. Ich schnappte nach Luft und klirrende Kälte füllte meinen Mund. Der Winter hatte den Tag fest im Griff.

Ich stapfte Schritt für Schritt durch den Schnee auf das blinkende *Kartoffelparadies* zu, das mir in jenem Moment wie eine Oase vorkam.

2. KAPITEL

GRUSELKABINETT

Als ich drinnen im Warmen saß, an einem der kleinen, wackligen Tische, versuchte ich die Blicke von den Nachbartischen zu ignorieren und sah mich um.

Es war erstaunlich. Der Eigentümer dieses Rasthofes hatte es geschafft, alles Schöne an dem Gebäude zu verderben. Die Holzbalken hatten eine graue Plastikverkleidung. Die Fensterrahmen waren gesplittert und offenbar nie repariert worden. Der Dielenboden trug eine hässliche gelbe Lackschicht. Dabei konnte das Holz wunderschön aussehen, wenn man es abschliff und wachste.

Eine der beiden miniberockten Kellnerinnen stakste auf hohen Hacken vorbei und ich bestellte Kartoffelpuffer. Das Tuch ließ ich um, und als mein Teller kam, schnitt ich die Puffer klein und schob sie häppchenweise unter den Stoff.

Es war ziemlich voll. Die Kundschaft war – bis auf einen einzigen Tisch, an dem ein Pärchen mit Kind saß – rein männlich. Ich dachte an die Trucks draußen auf dem Parkplatz. Die Kellnerinnen fegten hin und her, warfen ihr Lächeln in alle Richtungen und ihre Absätze klackerten laut über die malträtierten Dielen.

Als eine mir die Rechnung brachte, fragte ich: »Dürfte ich Ihren Chef sprechen?«

»Wie bitte?«

»Darf. Ich. Ihren. Chef. Sprechen? Bitte.«

Die junge Frau machte ein erschrockenes Gesicht. »War etwas nicht recht? Wollen Sie sich beschweren?«

»Nein, nein!«, wehrte ich ab.

Die Erleichterung war ihr deutlich anzumerken.

»Ich bin Gesellin«, sprach ich möglichst deutlich. »Ich würde meine Rechnung gern durch Arbeit begleichen.«

Sie führte mich quer durch den Gastraum in ein kleines Büro. Ich spürte, dass ein paar Leute uns hinterhersahen. Mir. Wegen des Tuchs vor meinem Gesicht? Oder wegen meiner Kluft? Weibliche Gesellen waren immer noch ein seltener Anblick.

»Warten Sie hier.« Sie klackerte davon.

Das Büro war überheizt, stickig. Ich hatte das dringende Bedürfnis, ein Fenster aufzureißen, doch es gab keins. Der Schreibtisch war übervoll von Papieren und schmutzigen Tassen. In einer Ecke stand ein vertrockneter Affenbrotbaum. Ich ging hinüber, ließ den Zeigefinger über ein Blatt gleiten. Mumifiziert. Affenbrotbäume sind Wüstengewächse. Extrem genügsam. Ich hatte bisher angenommen, dass sie nicht umzubringen sind. Dieses Exemplar war eindeutig tot.

Ein Hund stürzte herein, ein junger Schäferhund; er buffte mich neugierig an.

Sofort ließ ich mich auf alle viere nieder, buffte auch, ließ mich beschnüffeln, schnüffelte ebenfalls, sprang nach links, dann nach rechts. Wir stupsten uns an. Dann warf sich der Hund auf den Rücken, wälzte sich vor mir. Er fand offenbar, ich wäre ranghöher als er.

»Aber sonst geht's euch gut?«

Ich hob den Kopf. Ein breiter, stiernackiger Mann stand im Türrahmen. »Zorro! Aus! Was soll das?« Der Mann trug eine fettige Schürze. Gesicht und Hals zeigten rote Flecke. Auf seiner Stirn glänzten Schweißperlen.

Ich erhob mich. Der Hund wälzte sich weiter auf dem Boden. Dem Mann im Türrahmen schien die Szene nicht zu passen. Ungeduld füllte den Raum.

Ich ging ihm einen Schritt entgegen, streckte die Hand aus. »Guten Tag!«

Er antwortete nicht, übersah meine Hand, musterte stattdessen wortlos meinen Hut, den Charlottenburger und dann, lange, das Tuch vor meinem Gesicht. Schließlich band er die Schürze ab und warf sie auf den Papierstapel auf dem Schreibtisch. Er drängte sich an mir vorbei und setzte sich in den Drehsessel, ohne mir einen Platz anzubieten.

»Ich bin der Chef vom Ganzen«, sagte er. »Gibt's ein Problem?«

*

»... deshalb also. Und ich kann nicht nur Möbel reparieren, ich kann auch renovieren. Ich habe mich gefragt ... ob Sie hier ... ich meine ... der Holzboden zum Beispiel ...« Ich verhaspelte mich, brach ab, setzte wieder an, verhaspelte mich wieder. Verstand er mich überhaupt? Er machte mich nervös.

Es waren seine Augen. Sein Mund lächelte zwar, aber nicht sein Blick. Der huschte die ganze Zeit über meinen Hut, das Tuch, über Hals, Hemd, Weste und die breite Zunfthose. Dabei müsste ich das Glotzen längst gewohnt sein, dachte ich.

Damals, kurz nach der Gefangennahme, hatten sie mich

auch alle angestarrt – nicht nur wegen des Tuchs, sondern wegen *allem*: wegen der Gesten, die ich machte. Der Art, wie ich alles aufschrieb. Dass ich überhaupt schrieb. Ich weiß nicht, was sie erwartet hatten, aber sie starrten mich an, als wäre ich ein Schimpanse, der Vorträge über Quantenphysik hielt.

Die aggressiven Kameras, die Mikros, die Blitzlichter. Ich hatte doch gelernt, damit umzugehen!

Aber der Blick dieses Mannes war anders. Vielleicht lag es daran, dass er saß und ich stand. Ich schwankte plötzlich und hielt mich am Regal fest. »… ob Sie vielleicht Bedarf hätten?«, beendete ich endlich den Satz, von dem ich nicht mehr wusste, wie ich ihn begonnen hatte. »Und vielleicht auch ein Zimmer dazu?« Ich setzte jedes Wort einzeln.

Da sah er mir erstmals in die Augen. Ich biss mir sofort auf die Zunge. Ich hätte das mit dem Zimmer nicht sagen sollen. Er hatte gleich begriffen. Etwas Öliges floss in sein Lächeln und er lehnte sich zurück, verschränkte die Arme. »So abgebrannt also? Hast nicht mal mehr Geld für 'ne Bleibe?«

Er duzte mich! Ein Wirt ohne Manieren – wie ging das?

»Wir Gesellen«, ratterte ich runter, »müssen Regeln befolgen. Dazu gehört, ohne Geld zu übernachten. Wir *arbeiten* dafür.«

Zorro hatte sich in der Zwischenzeit neben mich gesetzt, presste seinen Körper an mein Bein, stupste mit der Nase gegen meine Hand. Ich streichelte ihm die Stirn.

»Also …«, sagte der Mann und befeuchtete seine Lippen mit der Zunge, »… für Reparaturen und Renovierung brauche ich keine Hilfe. Aber in anderer Hinsicht. Für eine Weile. – Dafür bekommst du ein Zimmer und noch einen kleinen

Stundenlohn. Auch mit deiner Mahlzeit von eben sind wir dann quitt.«

Ich wollte schon erleichtert aufatmen, als sein Blick von meinem Gesicht über den Hals abwärts rutschte, als würde er Maß nehmen. »Ich brauche nämlich eine Kellnerin«, verkündete er. »Meine dritte Kraft hat überraschend gekündigt.«

Eine Kellnerin?! Aber das war nicht, was ich …

»Ich bin *Tischlerin*«, insistierte ich. »Ich kann Ihre Türen reparieren, die Treppe ausbessern, Fensterläden anbringen. Ich …«

Er ging gar nicht darauf ein. »Hast du schon mal im Service gearbeitet?«

Er sprach *im Service* seltsam aus, doch sein Gesichtsausdruck war normal. Das Ölige war fort. Vielleicht hatte ich mir den Unterton auch nur eingebildet.

»Ich weiß nicht … ich … Wieso wollen Sie mich ausgerechnet als Kellnerin?« Die Tür zum Gastraum stand auf. Ich ließ den Blick über die Tische schweifen. Es waren eine ganze Menge. Hinzu kamen noch die Plätze an der Bar.

»Wieso nicht? – Ich *brauche* eine Kellnerin.«

Wollte ich kellnern? Fernfahrern Bier an den Tisch bringen?

Auf der anderen Seite: Es war ein Job, oder nicht? Im Grunde war jeder Job gut, weil er Geld bedeutete. Geld für die Kriegskasse. Ich hob den Blick, sah ihn an. »*Vielleicht* würde ich das machen.«

»Trägst du das Tuch etwa immer, auch beim Arbeiten?«, fragte er übergangslos.

Ich nickte.

»Wozu brauchst du es überhaupt?«

»Zum Schutz«, sagte ich knapp und hoffte, dass er es dabei bewenden lassen würde. Aber er ließ nicht locker.

»Was soll das heißen: zum Schutz? Hast du was Ansteckendes? Dann kann ich dich nicht gebrauchen!«

Etwas in mir wurde hart wie Glas. »Das Tuch schützt nicht vor Bakterien.«

»Sondern?«

»Vor Blicken.«

Er wollte etwas erwidern, verstummte jedoch, als die Botschaft bei ihm ankam. Aufdringlich beugte er sich vor: »Wieso? Was soll da schon groß sein? Zeig mal!«

»Nein!« Schnell trat ich einen Schritt zurück und hielt einen Arm abwehrend vor mich. »Auf *gar* keinen Fall!«

»Was soll die Ziererei?«

Zorro, der bemerkt hatte, dass die Atmosphäre im Raum sich verändert hatte, fing an zu gähnen.

»Findest du das etwa langweilig, was ich sage, Köter?«, fuhr sein Herrchen ihn an.

»Er will uns nur beruhigen«, sagte ich und senkte die Stimme.

»Ich *bin* ruhig!«

Er begann mit dem Drehstuhl zu kippeln, was mich nervös machte. Vor und zurück. Vor und zurück. Dabei begutachtete er mich. Wie einen seltsamen Strandfund, dessen Wert er zu schätzen versuchte. Vor und zurück. Gleich brechen die Rollen ab, dachte ich, er kracht nach hinten in den Schrank, sein Kopf knallt an die Kante, die Schädeldecke platzt auf und alles quillt heraus.

»Nun gut«, sagte er nach einer Weile und ließ den Stuhl auf den Boden plumpsen, drehte sich eine halbe Runde, bis er vor dem Schrank zum Halten kam, öffnete die Tür und griff in ein Fach.

»Deine Sachen.« Er hielt mir etwas Rotes entgegen.

»Ich habe meine eige...«

»Mit der Bauarbeiterkluft vertreibst du alle Gäste außer denen, die blind sind!«, unterbrach er mich und streifte meine schwarze Zunfthose mit einem verachtlichen Blick. Schwarz stand für alle Holzberufe. »Das hier sind die Sachen für die Kellnerinnen.« Ich nahm das Bündel entgegen. »Wenn sie passen und du dich ansprechend darin bewegen kannst, kannst du gleich morgen früh anfangen!«

Ansprechend darin bewegen?

»Aber ...« Ich starrte auf das Bündel in meiner Hand. Obenauf lag ein Paar hochhackiger Schuhe. Rot. »So was will ich nicht tragen. – Ich hab noch nie ... Und mein linkes Bein ist nicht so ... Ich kann darin jedenfalls nicht laufen.«

»Unsinn. Frauen tragen so was! Zieh sie mal an.«

Ich sah ihn scharf an, tat aber, was er verlangte. Er fläzte in seinem fetten Chefsessel und grinste. »Lauf mal ein paar Schritte!«

Ich stakste durchs Büro; mein schwaches linkes Bein setzte ich nur vorsichtig auf. »Das behindert mich!«

»Quatsch nicht. Das sieht klasse aus. – Wenn die Uniform auch so gut sitzt, ist alles klar.«

Die *Uniform*? »Also – wenn ich tatsächlich kellnern *sollte* ...« Hier machte ich eine Pause. »... was ich mir noch überlegen muss ...« Hier wieder. »... dann auf keinen Fall in solchen Mörderschu...«

Als ich das Grinsen um seinen Mund sah, hörte ich auf zu sprechen. Alles in seinem Gesicht sagte: *Na los, bettle mich an.*

Da konnte er lange drauf warten! Ich umkrallte das Klamottenbündel fester.

»Morgen früh um acht fängst du an. Heute ist Sonntag – Geld für die erste Woche gibt's nächsten Sonntag! Du kannst hier wohnen. Ich hab Zimmer im Haus – für die Fernfahrer«, sagte er. »Eine Treppe hoch, dann links. Den Gang entlang. Die 18 ist in der Mitte.« Er reichte mir einen Schlüssel, an dem ein großer Holzklotz mit einer eingestanzten 18 hing. »Die Zimmer kosten zwanzig Euro die Nacht. Für dich geht das am Sonntag einfach vom Lohn ab. Das Gästebad ist hinter der letzten Tür oben im Gang. – Ich bin übrigens Roland«, sagte er, machte aber keine Anstalten, mir die Hand zu geben.

»Katrina«, antwortete ich steif.

Zorro, der die ganze Zeit auf dem Boden gelegen hatte, hob den Kopf und schmiegte ihn gegen meine Wade.

»Jetzt mach schon, geh hoch in dein Zimmer, probier die Uniform an und komm dann runter, damit ich sehen kann, wie sie wirkt. Ich hab noch andere Größen da.« Damit war ich entlassen.

*

Das *Zimmer* war eine kahle Zelle. Es war eisig und roch nach Zigaretten. Alles darin war scheußlich. Der Stapelstuhl. Das Poster an der Wand, das ein küssendes Paar am Strand vor einem pinkfarbenen Sonnenuntergang zeigte und dessen Ecken sich hochrollten. Das uralte Bett. Das braunfleckige Miniwaschbecken. Wie im Gastraum waren auch hier die Dielen mit gelbem Lack überstrichen. Der Lack war schmutzig und blätterte ab.

Das Gaubenfenster wies hinaus auf einen riesigen Metallcontainer mit großem Tor, offenbar eine Garage. Ich machte das Fenster auf. Atmete gierig die kalte, klare Luft ein.

Der Schnee schluckte die Geräusche der nahen Autobahn. Hinter dem Container erstreckte sich verlassenes Land, in dem jeder Wechsel von Farbe nur aus hellem und dunklerem Grau bestand. Gesteinsbrocken. Selten ein zerrupfter Baum, eine niedrige Hecke. Kein Gebäude weit und breit. Die eintönige Landschaft wurde von einer einzelnen Straße zerschnitten. Sie wirkte wie eine dünne, zittrige Ader, die in einen abgelegenen Körperteil führt. Diese Straße nahm niemand zum Vergnügen. Hier kamen nur Leute entlang, die entweder auf die Autobahn wollten oder von der Autobahn abfuhren. Zwangsläufig landeten sie dabei im *Kartoffelparadies*.

Ich warf das Klamottenbündel auf die Matratze. Stellte meine Sachen ab. Atmete durch und musste husten. Ich versuchte, das schrille Pink der untergehenden Postersonne zu übersehen.

Ich hatte es geschafft. Job und Unterkunft – noch heute. Zwar ein artfremder Job, aber gut. Eine Woche, sagte ich mir. Nur eine Woche, bevor ich weiterziehen würde – zu einer Schreinerei. Den schmierigen Wirt würde ich einfach, so gut es ging, ignorieren. Mit diesem Gedanken wickelte ich *die Uniform* auseinander.

*

»Die passen nicht«, sagte ich und hielt Roland die Sachen hin.

Abgesehen davon, dass ich so etwas niemals freiwillig tragen würde, war alles mindestens eine Nummer zu klein.

Roland saß immer noch im Chefsessel. Als hätte er sich keinen Zentimeter bewegt, seit ich nach oben gegangen war. Doch der Hund war weg.

»Im Zwinger«, sagte er, als könnte er meine Gedanken lesen, und dann: »Was heißt, sie passen nicht?«

»Viel zu eng!«

Das ölige Lächeln klebte wieder auf seinen Lippen.

»Wieso zu eng? Das glaub ich nicht.«

»Der Rock ist zu schmal«, sagte ich und versuchte verzweifelt, das Bild vom Hund im Zwinger aus meinem Kopf zu bekommen. »Darin kann ich nicht gehen.«

»Das ist ein Bleistiftrock – die *sind* schmal.«

Wie er dasaß in seinen gemütlichen, breiten Hosen und mir erklärte, was ein Bleistiftrock war! Er hatte doch keine Ahnung.

Ich ließ ihn in eben diesem Bleistiftrock vor meinem inneren Auge tanzen. Eine Presswurst in Rot. So was half immer. Zumindest verlor meine Wut bei der Vorstellung die Kanten. Er war einfach ein Hohlkopf.

»Der Gehschlitz ist zu klein«, sagte ich geduldig. Ich sprach extra langsam, weil ich unbedingt wollte, dass er es kapierte. »Bleistiftröcke sind nicht sehr praktisch, wenn man viel hin und her laufen soll. Man kann nur winzige Schritte darin machen.« Vielleicht war ihm wirklich nicht bewusst, was er mit seiner *Uniform* von den Kellnerinnen verlangte. »Und diese Schuhe. So was ist gut für den Laufsteg, aber doch nicht für die Arbeit. Wie viele Zentimeter sind das? Acht?« Ich hielt ihm die Pumps unter die Nase. »Haben *Sie* die mal anprobiert?«

Da legte Roland die Hände in den Nacken, lehnte sich zurück und lachte. Und lachte. Und lachte. Nach einer Weile beugte er sich vor. Er lächelte immer noch, aber sein Tonfall war jetzt scharf: »Was ist mir denn da für ein kleiner Scherzvogel ins Haus geflogen?«

»Mein linkes Bein ist nicht in Ordnung«, sagte ich als Antwort. »Ich kann in so was nicht laufen. Ich humple hin und wieder.«

»Du humpelst?«, fragte er interessiert. »Das ist gut. Passt zur Themenwoche!« Er klatschte in die Hände, als hätte ich ihm ein Geschenk gemacht.

Themenwoche? Was sollte das heißen?

Er weigerte sich nicht nur, mir die Uniform zu ersparen, er weigerte sich auch, sie mir wenigstens eine Nummer größer zu geben. »Nicht bevor ich mich selbst davon überzeugt hab, dass sie wirklich zu klein ist.«

Ich kochte vor Empörung. Aber ich schluckte sie runter, kehrte in mein Zimmer zurück und knallte die Tür zu. Idiot! Wütend quetschte ich mich in die schwarze Feinstrumpfhose, den roten Rock, in die knallenge weiße Bluse, die am Dekolleté ein paar mehr Knöpfe hätte vertragen können, und in die Pumps. So wankte ich die Stiege wieder herunter. Mein schwaches linkes Bein protestierte. Außerdem hatte ich bei jedem Atemzug Angst, dass die Nähte platzen könnten.

»Bitte schön«, sagte ich und stellte mich flach atmend auf die Schwelle. »Es. Ist. Vulgär!«

Er stützte das Kinn in die Hand, musterte mich intensiv. »Passt super.«

»Das ist nicht Ihr Ernst!«

»Du trägst die Uniform oder du gehst. Jeder hier trägt seine Arbeitsklamotten. Vera, Annika, du und ich.«

Arbeitsklamotten! Wir sollten in Puffkleidung herumstaksen, während er bequeme Sneakers, eine weite Kochhose und ein luftiges T-Shirt trug. So sah es doch aus!

Aber ich würde um nichts bitten – nicht ihn. Wenn es sein musste, konnte ich auch in solchen bescheuerten Klamotten arbeiten. Ich würde sie einfach als Tarnkleidung betrachten – damit kannte ich mich aus. Ich drehte mich um und wollte gerade wieder in mein Zimmer stöckeln, als er mich zurückrief: »Lass die Uniform gleich an und geh zu Annika in die Küche. Die zeigt dir alles. Dann weißt du, wie der Laden hier läuft. Morgen früh um acht geht's los.«

*

Nach anderthalb Stunden schwankte ich die Treppe hoch. Das Neonlicht warf ein kaltes, flackerndes Licht auf den Gang. Der Boden war versifft, klebrig.

Ich war erschöpft, fühlte mich krank, fiebrig. Ich brauchte einen Tee, musste ins Bett.

Meine Schritte. Mein Atem. Der Schlüssel an dem riesigen Holzklotz in meiner Hand. Eine eingestanzte 18. Der Gang – so lang und fensterlos. Ich bekam zu wenig Luft, ich erstickte! Ich riss mir das Tuch vom Gesicht. Ein Kind tauchte plötzlich auf, ich erkannte es. Es war das Kind aus dem Gastraum. Vom einzigen Tisch, wo eine Familie gesessen hatte.

Es hatte einen Bagger in der Hand, starrte mich an und begann zu schreien. Ich sah nur den offenen Mund, ein kreischendes Loch, ich rannte jetzt. Presste das Tuch zurück aufs Gesicht. Fernsehlärm hinter geschlossenen Türen. Das schreiende Kind.

Würde ich mich je daran gewöhnen?

Als ich an der Tür Nr. 18 stand, zitterte alles an mir. Beine. Arme. Finger. Lippen. Mein Körper dampfte. Ich schloss auf, trat ein, warf die Tür hinter mir zu. Lehnte mich von innen dagegen und ließ das Tuch fallen. Sicherheit.

*

Der Raum lag im Dämmer.

Immer dieser Kampf gegen das Dunkel. Schon als Kind hatten Zoe und ich das verabscheut. Von Anfang Juni bis Ende Februar hatten wir Hyde nicht mehr verlassen dürfen, sobald es dämmerte.

Nur im März, April und Mai hatten wir Papas Erlaubnis, brauchten den Wettlauf mit der Finsternis nicht anzutreten, waren nicht abhängig vom Zustand des Lichts.

Wie wir es hassten, wenn der Herbst kam und die Tage immer dünner wurden. Wenn man spürte, dass man sie bald stützen musste mit Kerzenlicht. Die Stunden rutschten so schnell ins Dunkel, und jedes Mal, wenn die Schatten den See überwuchsen, schauten wir erschrocken auf die Uhr. Wir ließen alles fallen, was wir gerade in den Händen gehabt hatten – *ich* die Tüte mit den Kienäpfeln und Steinen, mit denen ich die Außenwand des Hauses schmücken wollte, *Zoe* das Körbchen mit den Kamillenköpfen. Wir sprangen auf und rannten los. Zwischen den Bäumen hindurch, zum Haus. Hyde.

Das Dunkel war verboten. Es war zu gefährlich.

Lebensgefährlich.

»Los!«, rief Zoe. Sie hatte mich immer angetrieben. »Schneller! Ich will noch nicht sterben! – Sie darf uns nicht kriegen!«

Wir hatten versucht, vor der Dämmerung davonzulaufen, doch mit jedem Schritt verdichtete sie sich um uns. Spann uns ein. Floss zu unseren Füßen zu finsteren Pfützen zusammen. Wenn wir endlich das Tor erreicht hatten, durch all das Grün hindurchgeschlüpft waren und Hyde erreichten, stand Papa schon in der Tür, sah uns besorgt entgegen.

*

Ich knipste den Lichtschalter des Motelzimmers an.

Das Miniwaschbecken in der Ecke, das küssende Paar auf dem Poster, das Bett, so schwer und düster wie ein Sarkophag. Davor ein Toilettenvorleger.

Unglaublich.

Roland sollte sich um die Goldene Himbeere für Innenausstattung bewerben. Er würde garantiert gewinnen.

Das Licht kam von einer Neonröhre an der Decke. Kalt, britzelnd. Viel zu hell. Ich blinzelte. Der Zigarettengeruch war penetrant.

Ich ging zum Gaubenfenster, kippte es an. Ließ Luft ins Zimmer. Hustete.

Kaum war das Fenster offen, kam ein höllisches Dröhnen herein, erschütterte die Wände, den Boden unter mir. Was war das? Ein grelles Licht von draußen presste sich durch den dünnen Vorhang, zog über den Boden, strich über die Wand und war fort.

Eine Weile herrschte Stille, dann dröhnte es erneut, der Boden bebte, die Wände, das Fenster. Und wieder drang das bewegliche Licht durch den Vorhang ins Zimmer.

Ich zog den speckigen Stoff weg, sah hinaus. Der gigantische Metallcontainer, den ich für eine Garage gehalten hatte, war eine Lkw-Waschanlage! Das Tor war jetzt geöffnet und es herrschte Hochbetrieb. Ich hielt mich an der Heizung fest. Die Heizung war kalt.

Draußen fiel grelles Licht auf den Truck, der gerade in die Waschstraße fuhr. Riesige Bürsten schoben sich seitlich heran, dann schoss Wasser heraus, und die Bürsten begannen zu rotieren – so laut, als würde ein Raumschiff starten. Alles dröhnte. Mein Kopf fühlte sich doppelt so groß an, die Bürsten schienen die Innenwände meines Schädels aufzuscheuern. Ich schloss das Fenster wieder, zog den Vorhang zu, heftig. Doch es nützte nichts – der Lärm drang durch die Scheiben, durch den Stoff.

Wer kam auf die bescheuerte Idee, eine Lkw-Waschanlage direkt neben ein Motel zu bauen?

Gut, wenn schon keine frische Luft, dann wenigstens Wärme. Ich drehte die Heizung auf. Der Thermostat ließ sich nur bis Stufe 2 bewegen. Nichts passierte. Erst nach einer Weile gurgelte widerwillig ein Schwall Wasser durch die eisigen Rippen.

Ich hustete wieder. Es tat tief in der Brust weh.

Ich ging zu meinem Charlottenburger, faltete ihn auf, durchwühlte meine Sachen. Zog den Gaskocher hervor, den kleinen Kessel, den Thermosbecher und eine dunkelbraune Papiertüte, sorgfältig mit schwarzer Tinte beschriftet – so wie Papa es früher gemacht und dann mit Zoe und mir geübt hatte, als wir schreiben lernten.

Probleme haben die Leute draußen. Versteht ihr?

Wenn ich still bin, höre ich seine Stimme noch immer. Die Sätze kommen angeschwommen – wie Wrackteile aus einem anderen Leben. Hier ein Teil, dort ein anderes. Ich klammere mich daran fest. Sätze, die die Katastrophe überlebt haben. Sätze, die einmal das Dunkel draußen umfasst hatten, die Kälte in Schach hielten. Ich sehe wieder durch die weit aufgezogene Öffnung im Dach, wie riesengroß die Sterne waren. Der Mond, als könne man ihn anfassen. Alles war da … alles. Ich musste mich nur erinnern.

»Wir drei schaffen es«, hatte er gesagt. »Du, Zoe und ich. Wir leben ein besonderes Leben.« Die Bäume ringsum hatten geatmet, ihre Kronen den Nachthimmel gestreift. »Probleme haben die Leute draußen. Wir nicht. Für uns gibt es nur Herausforderungen.«

Herausforderungen.

*

Ich ging zum Waschbecken in der Ecke, ließ den Kessel volllaufen, machte den Gaskocher an und stellte den Kessel über die kleine Flamme.

Während das Wasser heiß wurde, zerrte ich die Matratze, Decke und Kissen vom Bett und baute mir neben dem Kocher, auf dem Boden, ein Nest. Ich schwitzte vor Anstrengung, doch zugleich fror ich und musste wieder husten.

Das Neonlicht machte mich nervös. Es knispelte und flackerte. Ein beständiges Jucken hinter den Augen, an einer Stelle, die man nicht kratzen konnte, irgendwo tief im Hirn. Ich stand auf, machte das Licht wieder aus. Das Jucken war weg. Jetzt war nur noch der Gaskocher an.

Ich starrte in das Flämmchen, während die Dunkelheit ringsum pulsierte. Als das Wasser kochte, öffnete ich im

Flammenlicht die Papiertüte und gab etwas Pulver in den Becher. Goss Wasser auf. Wartete. Ich wartete zehn Minuten, den Becher an meine Brust gepresst, auf der Matratze hockend, die Decke um mich geschlungen. Atmete den Dampf tief ein.

Er roch gesund. Vertraut. Er roch nach Zoe. Grün und dunkel. Mild und bitter zugleich. Echinacea pallida. Die Wurzel des blassfarbenen Sonnenhuts.

»Hier kommt Echinacea pallida!«, hatte Zoe gerufen, als sie mit der dampfenden Tasse zu mir kam. Als würde ein Kellner »Hier kommt der Riesenerdbeereisbecher mit Sahne und Schokosoße!« rufen.

Da war ich krank gewesen, durfte Hyde nicht verlassen, saß auf meinem Bettenlager in unserem Zimmer, starrte auf die Tasse in der Hand meiner Schwester. »Wozu ist das gut?«

»Es hilft bei Atemwegserkrankungen, bei schlecht heilenden Wunden und stärkt das Immunsystem«, sagte Zoe, als hätte sie ein Heilkräuterlexikon auswendig gelernt, und genau das hatte sie auch.

»Du bist echt gut in Pflanzenkunde.« Zoe war tausendmal besser darin als ich.

»Na und? – Dafür weißt du alles über Holz«, sagte sie. »Wie man es wässert, sägt, schleift, ölt, wachst. Welches man biegen kann, welches splittert.«

Das stimmte. Zoe und ich wussten zwar viele Dinge gemeinsam – aber wir wussten auch eine Menge Verschiedenes. Zusammen waren wir unschlagbar.

Jahre später, nach der Gefangennahme, als ich bei Gloria wohnen musste, hatte ich mir Bücher gewünscht. Dieselben, die Papa in der Bibliothek stehen gehabt hatte. *Heilen mit*

Wildkräutern und *Die Natur und du* und *Der Geist der Pflanzen*. Bücher, die Zoe gelesen hatte.

Dann hatte ich angefangen zu sammeln. Wie Zoe vorher. Echinacea pallida. Da war ich fünfzehn gewesen. Gloria hatte es gehasst. Ich hatte trotzdem einen großen Vorrat an Echinacea pallida angelegt.

»Trink!«, sagte Zoe in meinem Kopf. »Wir bekämpfen die Bakterien. – Auge um Auge. Zahn um Zahn.« Das war ihr Lieblingsspruch.

Ich machte den Gaskocher aus und trank im Dunkeln langsam den Becher leer – ließ den bittersüßen Sud schluckweise in mich hineinlaufen, spürte die Hitze, spürte das Wurzelaroma durch den Hals in den Magen wandern, spürte Zoe, und dann traten Schweißtropfen aus meinen Poren, so plötzlich und heftig, als sei irgendwo ein Rohr gebrochen.

Sie werden für alles bezahlen, Zoe. Dachte ich. Du kannst dich auf mich verlassen. Zahn um Zahn. Sie wissen es nicht, aber ich bin schon unterwegs.

Ich tastete im Dunkeln nach meinem Handy. Es war metallicblau und hatte einmal Fisch gehört, aber jetzt war es meins. Ich schaltete es ein und durchsuchte die Videos nach einem bestimmten. Bevor ich es abspielte, atmete ich tief durch.

Ich ließ das Video ohne Ton laufen. Sah zu, wie meine Schwester auf dem winzigen Display auftauchte. Dann auch ich. Auf mich achtete ich nicht, nur auf sie. Sie krachte in mein Herz.

Ihr wildes Haar flog durch die Luft. Ich saugte jede Bewegung ein: wie sie lief, wie sie die Fäuste ballte, wie sie schrie. Das Blitzen ihrer Augen, ihr aufgerissener Mund. Die Wut machte sie schön. Ich streichelte mit der Fingerkuppe über ihr Gesicht. Zoe. Meine Zoe.

Ich hatte Angst, das Video zu oft zu sehen, Angst, dass es eines Tages seine Wirkung verlieren könnte. Als es zu Ende war, hätte ich es am liebsten noch einmal abgespielt, aber das musste genügen. Ich machte das Handy aus, steckte es zurück.

Es war jetzt vollkommen dunkel in dem kleinen Raum, doch sobald ein Lkw dröhnend die Waschstraße verließ und sein Scheinwerfer durch den Vorhang ins Zimmer drang, holte das Licht Umrisse aus dem Dunkel: das Sarkophag-Bett gleich rechts neben meinem Kopf, den Stapelstuhl, meinen Charlottenburger: einen kleinen Hügel aus Leintuch voll finsterer Geheimnisse.

*

Die Neonlampe im Gang über meiner Tür flackerte vor sich hin und ich lief die ersten paar Schritte im Halbdunkel. Ich hatte das Tuch wieder umgebunden. Erinnerte mich an das Kind. Wie es geschrien hatte. Der Mund ein Loch.

Ein paar Türen weiter wurde es heller. Dort war die Röhre intakt. Sie sirrte und schüttete ihr bläuliches Licht über die schäbige Tapete. Ich musste an Hyde denken. An die Kerzen, die Papa entzündet hatte. Dieses anschmiegsame Licht.

Das Motel war kaum belegt. In den meisten Zimmern war es still, nur einmal hörte ich Gesprächsfetzen in einer fremden Sprache. Polnisch vielleicht. Oder Russisch? Hinter einer anderen Tür telefonierte jemand. Ich hatte meinen Charlottenburger um und in den Händen hielt ich den staubigen

Radiowecker aus meinem Zimmer und einen Thermosbecher voller Tee.

Das Schild auf der letzten Tür verkündete *Waschraum*.

*

In dem schimmelgrün gekachelten Raum gab es keine Dusche. Zwei Badewannen standen nebeneinander. Wieso zwei? Sollten hier zwei wildfremde Menschen gleichzeitig baden?

Daneben ein weiterer Stapelstuhl. Er hatte eine gespaltene Lehne. Es roch penetrant nach nassem Fell und die Emaille am Wannenrand war abgeplatzt. Einen Vorhang für die Wannen gab es nicht. Auch keine Handtücher, Vorleger, Seife. Außerdem war es eiskalt, denn das Fenster war gekippt, und Schnee stob herein.

Ich stellte den Thermosbecher auf den Boden, legte meine Sachen auf dem Stuhl ab und schloss das Fenster. Dann drehte ich die Heizung auf. Der Thermostat bewegte sich hier nicht einmal bis 1. Er war fixiert auf einer Stufe, die eine Schneeflocke zeigte. Die Wannen waren schmutzig. Der Kachelboden auch. Jemand war mit matschigen Schuhen ins Bad gekommen und hatte eine braune Spur hinterlassen. Kleine Gewölle aus Haaren und Staub lagen in den Ecken.

Ich spülte eine Wanne notdürftig aus und wollte sie mit dem Stöpsel verschließen, aber es gab keinen, nur ein Stück Angelsehne, das den Wannenrand herabbaumelte.

Ich schaute in die zweite Wanne. Auch dort die Angelsehne. Die Stöpsel waren abgeschnitten worden. Das passte zu Roland. So ließ sich heißes Wasser sparen.

Nicht mit mir. Ich zog eine Socke aus, knüllte sie zusammen und stopfte sie in das Abflussloch, dann drehte ich das heiße Wasser auf. Der provisorische Verschluss hielt. Ich ging zur Tür und sperrte ab.

Weil es so kalt war im Raum, dampfte das Wasser, und unwillkürlich schnappte ich nach Luft. Ich kramte ein paar Tütchen hervor und streute etwas vom Inhalt in die Wanne. Thymian, Rosmarin und Fichtennadeln. Im heißen Wasser entfaltete sich langsam ihr Duft. An den Kachelwänden rann der Wasserdampf in Rinnsalen hinab. Als würden die Wände weinen. Ich stellte die dicke rote Stumpenkerze auf den Fenstersims, zündete sie an und machte das Neonlicht aus. Mit dem harten Licht verschwand auch das Schimmelgrün.

Zuerst war da nur Schwärze, dann ein Fließen flacher und tieferer Dunkelheit und schließlich gewöhnten sich meine Augen wieder an das Kerzenlicht.

Die Wände weinten nicht mehr – sie drehten sich in einem funkelnden Tanz mit der Flamme.

Schaut euch das Feuer an, es flüstert.

Papas Stimme.

Wir lagen in unseren Bettennestern, Zoe und ich, die Kerze auf dem Boden flackerte. Alles war weich im Flammenlicht, alles floss und die Wände pulsierten wie etwas Lebendiges.

»Die Kerze geht aus, Papa«, hatte ich gesagt. Wir sahen, wie sie auf dem Teller zusammenschmolz, wie die Flamme im Wachs ertrank.

Dunkelheit.

»Na ja. Nichts bleibt für immer, Katrina. Jede Kerze geht aus.«

Jede Kerze geht aus.

Der Waschraum füllte sich nach und nach mit Dampf und

dem Geruch von Rosmarin, Fichte und Thymian. Ich fuhr mit der Hand durchs Wasser. Es bildete Kreise und Wirbel, wie der See früher, wenn Wind ging.

»*Du* bleibst für immer.«

»Jeder ist eine Kerze, Zoe.«

Während unsere Worte durch meinen Kopf wehten, drehte ich mich um und suchte nach einer Steckdose. Ich fand schließlich eine, knapp über der Sockelleiste an der Tür, und schloss den Radiowecker an.

In der eisigen Luft zog ich mich aus, begleitet von Reggae-Rhythmen. Ich hängte die Sachen über den Stuhl. Meine Füße krümmten sich vor Kälte auf den nackten Kacheln.

Zitternd steckte ich den ersten Fuß ins heiße Wasser, hielt inne, weil der Kontrast so schockierend war. Jetzt langsam den anderen. Ich ließ mich millimeterweise hineingleiten. Ganz tief. Bis nur noch mein Kopf herausschaute, alles andere war von Hitze umschlossen. Selbst in diesem Moment wollte die Gänsehaut noch nicht weichen.

»Jetzt schaut nicht so, ihr zwei. Jede Kerze geht aus, ja. Aber das Licht bleibt«, hatte Papa gesagt.

»Nein, es bleibt nicht.« Zoe flüsterte. »Wo ist es denn?«

»Licht bewegt sich«, hatte Papa erklärt. »Und zwar in hoher Geschwindigkeit. Man nennt das …«

»Lichtgeschwindigkeit«, sagte Zoe ins Dunkel.

»Stimmt«, sagte Papa. »Woher weißt du das?«

»Aus dem Buch im Regal.«

Wir waren damals zehn, Physik würden wir erst in zwei Jahren haben, aber manchmal blätterten Zoe und ich aus Neugier in den vielen Büchern im Regal. Eins davon hieß *Physik, Kl. 7/8.*

»Und wie schnell ist das Licht?«, fragte Papa.

»Dreihunderttausend Meter in der Sekunde.« Meine Antwort kam wie aus der Pistole geschossen.

»Das heißt also …«, sagte Papa langsam, »… das Licht ist nicht verschwunden. Es hat sich nur sehr schnell bewegt. Es ist gerade an einem anderen, einem weit entfernten Ort. – Aber es ist da.«

Es ist da.

Der Satz war eine Brücke aus Stroh über einem Abgrund aus Feuer. Ich stolperte voran, Schritt für Schritt, spürte das Brennen in der Luft, atmete keuchend. Eine Brücke zwischen Hyde mit den angepinnten Baumblättern an den Wänden und einem nackten Waschraum irgendwo in der Nähe von Heilbronn, in dem ich hustend in der Wanne lag. Eine Brücke zwischen damals und heute.

Good friends we have … oh, good friends we've lost …

Ich lauschte.

So dry your tears …

Mir war, als sänge Bob Marley nur für mich. Dann verflocht sich Zoes Stimme in meinem Kopf mit der Melodie: »Jede Pflanze, die wir nicht kennen, muss gekocht werden, bevor wir sie essen.«

»Richtig.« Papas Stimme. »Und was ist mit Pflanzen, die milchigen Saft haben?«

»Die darf man nicht essen.«

»Genau. Die Zwiebeln von Tulpe und Narzisse und die Zwiebeln der echten Lilie sind wiederum … was?«

»Essbar.«

Ich öffnete die Flasche mit meinem Kastanienshampoo und verteilte es auf dem Kopf. Zoes Rezept. Seit der Gefangennahme machte ich es selbst: Ich schnitt wie Zoe früher Kastanien in Scheiben, stampfte sie, kochte sie zusammen mit einer geriebenen Quitte, Leinsaat und Flohsamenschalen. Seihte alles ab und hatte Duschbad und Shampoo in einem, eine Reinigung, die auch noch heilsam für die Haut war. Meine Schwester hatte viele Rezepte gewusst. Die mit Kastanien mochte sie am liebsten. Ich hatte zu viele davon vergessen.

Ich flüsterte ihre Namen. *Zoe. Papa.* Als könnte ich sie aus dem Halblicht heranziehen, wenn ich nur fest genug an sie dachte. Nicht heran, sondern heraus, korrigierte ich mich. Aus den Erinnerungshöhlen in meinem Schädel, für die es doch immer nur ein Hinfahrtsticket gab. Von draußen in die Höhlen *hinein*. Vom Erlebten in die Erinnerung *hinein*. Nicht zurück. Nie mehr zurück …

Sie *sind* da, dachte ich. Ich dachte es wie eine Beschwörungsformel, während die Reggae-Rhythmen leise den kalten Waschraum durchwehten. Sie *sind* da, wie das Licht – nur sehr weit entfernt.

Ich sank unters Wasser, ließ die Finger durch mein Haar gehen, wusch es aus. Langsam, ganz langsam spürte ich die Wärme durch meine Haut dringen, in die Knochen, bis tief in meinen vereisten Kern.

*

»Hallo und einen schönen Abend, meine Lieben!«, drang plötzlich eine dunkle, raue Stimme aus dem Radio bis zu mir unter das Wasser, und im selben Moment, als ich sie erkannte, schoss ich hoch, und etwas Leichtes strömte mir in den Kopf, als hätte ich zu schnell heißen Gewürzwein getrunken.

»Hier ist Josefine! Zwei Stunden bin ich jetzt wieder für Sie da – zwei Stunden lang können Sie anrufen und mir Fragen zu Ihrer Zukunft stellen. Wollen Sie wissen, ob eine neue Liebe auf Sie zukommt? Möchten Sie erfahren, welche Lebensaufgabe auf Sie wartet oder warum Sie in bestimmten Bereichen immer wieder auf die Nase fallen? – Ich bin verbunden mit dem Universum und kann Ihnen Antworten geben!«

Ich stellte mir vor, wie Josefine in ihrem wallenden goldenen Kleid und mit der Hochsteckfrisur vor dem Mikrofon saß, musste lächeln und atmete den Kräuterdampf tief ein.

Der Raum füllte sich mit diffusen Schatten. Ich griff nach dem Thermosbecher, den ich auf dem Boden vor der Wanne geparkt hatte. Und während ich Schluck um Schluck des heißen, heilenden Tees trank und Josefine einer Frau riet, in drei Monaten verstärkt auszugehen, denn sie würde in dieser Zeit die Liebe ihres Lebens treffen, trieb der Wind kleine, harte Flocken gegen das Fenster des Waschraums – Eiskügelchen, die am Glas knisterten und wisperten.

*

Später, als ich wieder in meinem kargen Zimmer war, nahm ich mein Kochgeschirr und kochte mir aus getrockneten Apfelstückchen eine Suppe. Ich würzte sie mit Zucker aus den Tütchen, die ich in allen Rasthöfen und Cafés mitnahm, und mit Muskat, den ich immer bei mir hatte.

Sowie ich den ersten Löffel in den Mund schob, schmeckte ich Hyde. Das Haus hinter den Hecken. Ich sah die durch den Raum gespannten Schnüre, an denen Hunderte Apfelscheiben hingen und trockneten. Wie Girlanden. Geruch und Geschmack scheinen am engsten mit unseren Erinnerungen verknüpft zu sein.

»Ein Apfel vor dem Schlafengehen macht den Schlaf ruhig«, sagte Zoe in meinem Kopf. »Und Apfelsuppe hilft dem Immunsystem, wenn es geschwächt ist von einer Krankheit. Du weißt ja …« Sie schwenkte die Faust vor meinem inneren Auge. »… die miesen Keime: Auge um Auge, Zahn um Zahn!«

Alles war wieder ganz nah. Hyde. Mein Zuhause.

Vielleicht hatte ich deshalb einen Albtraum in jener ersten Nacht im *Kartoffelparadies*.

Ich träumte von einer schwarzen, abgebrannten Landschaft. Es gab ein Licht irgendwo, aber es war stumpf. Es lag hinter dichten, dunklen Wolken, die immer tiefer sanken, immer tiefer, und mir die Luft nahmen.

Keuchend und hustend wachte ich auf. Ich sah auf die Uhr. Es war sieben Uhr. Mein erster Tag als Kellnerin. Ich musste aufstehen.

*

»Wie lange soll Tisch 5 noch warten, Katrina?«, brüllte Roland mir zu, kaum dass ich die Schwingtür mit den Hüften aufgestoßen hatte und mit einem Tablett voll abgeräumter Teller die Küche betrat.

Es war Samstag. Ich arbeitete jetzt schon fast eine Woche hier.

Das Grölen der Jungs von Tisch 8 rumorte noch in meinem Kopf. Während ich ihre Bestellung aufnahm, hatten zwei von ihnen lautstark meine BH-Größe zu schätzen versucht. Als ich ihnen dann das Bier brachte, schlug einer einladend auf seine Schenkel und meinte: »Na los, Fatima, beweg deinen Arsch für mich. Lap Dance ist doch im Preis inbegriffen, oder?«

Und wieder: Grölen.

Ja, ja, überaus witzig. Ich hatte ein Bier vor jeden gestellt und so deutlich wie möglich »Wohl bekomm's!« gesagt. Ich lächelte dabei, weil ich etwas wusste, was sie nicht wussten: Bevor ich die Biere für die Jungs gezapft hatte, hatte ich in jedes Glas gespuckt.

Tisch 3 hatte es beim aufdringlichen Starren belassen, als ich das Tagesgericht brachte: einen Teller *Blutige Augäpfel*, kleine Kartoffeln in Tomatensoße.

Das Motto der aktuellen Themenwoche im *Kartoffelparadies* war *Gruselkabinett*. Am Montag hatten wir die Dekoration aufgebaut und alles vorbereitet.

Ein batteriebetriebenes Plastikgerippe kroch durch sorgsam drapierte Spinnweben an der hinteren Wand des Schankraums. Künstliche Blutspritzer zierten Wände, Tische und Türen. Unheimliches Geheul wie aus einem Irrenhaus des neunzehnten Jahrhunderts drang aus Lautsprechern in den Ecken. Und bei der Eingangstür, direkt über dem Neonschriftzug *Kartoffelparadies – Motel & Restaurant*, hing ein Geschöpf, das Viktor Frankensteins Operationssaal hätte entflohen sein können – mit einer Axt im Kopf.

Annika und Vera, die zwei anderen Kellnerinnen, waren im hinteren Teil des Lokals beschäftigt. Sie trugen Masken, die fantasievolle Entstellungen zeigen – heraushängende Augen, zerfetzte Münder, gebrochene Nasen. Ich trug keine Maske.

Angeblich hatte Roland nur zwei. Aber das war gelogen. Ich hatte den Stapel Masken im unteren Fach des Tresens gesehen. Ganz hinten, wo die Aschenbecher standen, die seit dem Rauchverbot niemand mehr benutzte.

Wenn ich mein eigenes Tuch hätte tragen können, wäre alles in Ordnung gewesen. Aber nein. Roland hatte mir am Montag riesige goldene Creolen überreicht. Und ein rotes Seidentuch.

Die Ohrringe hatte ich genommen. Das Tuch nicht.

»Das und kein anderes«, sagte Roland leise. »Deins sieht aus wie eine Kompresse! – Das hier ist sexy und passt zur Farbe der Uniform!«

»Ich bin *keine* Haremsdame!«

»Das ist Teil der Show«, sagte Roland.

»Ich will nicht Teil der Show sein!«

Er zog die Augenbrauen zusammen. »Annika und Vera sind seit Jahren dabei. Die hatten noch nie ein Problem damit. – Nicht wahr, Annika?«, rief er, als Annika gerade mit einem vollen Tablett an uns vorbeirauschte. Eine aufgeklebte Wunde, durch die ein Stück Gehirn sah, klebte auf ihrem Hinterkopf. Es stimmte, Annika wirkte trotz der grotesken Verkleidung nicht genervt, sondern lässig. Souverän.

»Du kannst auch gehen«, hatte Roland gedehnt gesagt. »Ich finde schnell Ersatz.« Und er hatte Anstalten gemacht, das Tuch wieder an sich zu nehmen.

Wütend hatte ich danach gegriffen.

Im Waschraum vor dem Spiegel hatte ich dann die goldenen Creolen an den Ohrläppchen befestigt. Ich sah aus wie ein Weihnachtsgeschenk mit Henkeln! Nachdem ich mein eigenes Tuch ab- und das neue umgebunden hatte, schaute mich Scheherazade an. Zart verschleiert. Riesige dunkle Augen. Die Ohrringe funkelten märchenhaft. Aber.

Aber ich sah käuflich aus.

*

Aus dem Schankraum erhob sich das schauerliche Kreischen eines Wahnsinnigen. Regelmäßig, alle zwanzig Minuten kam es vom Band. Nur noch bis morgen, Katrina, sagte ich mir. Heute Abend gab es als Höhepunkt der Gruseltage noch den Auftritt eines Zauberers. Dann folgte der Sonntag, und diese verfluchte Woche war vorbei. Ich würde meinen Lohn bekommen und mich aus dem Staub machen. Nie wieder *Kartoffelparadies.*

»Nicht so lahm! Hier!« Roland schob mir einen Teller mit Stampfkartoffeln und Rührei und einen mit Gratin hin.

Ehrlich gesagt brauchte ich eine Pause. Seit acht Uhr morgens, seit das *Kartoffelparadies* geöffnet hatte, waren Annika, Vera und ich ununterbrochen auf den Beinen. Jetzt zeigte die Wanduhr siebzehn Uhr an. Offizielle Pausen gab es nicht – Vera und Annika schlangen höchstens mal an die Küchenwand gelehnt ein halbes Brötchen herunter. Ich kaute Apfel- und Birnenringe. Es wäre alles nicht so schlimm gewesen, wenn die Schichten nicht zwölf Stunden gedauert hätten und die Achtzentimeterpumps nicht gewesen wären. Mein schwaches linkes Bein zitterte. Ich bemühte mich, fest aufzutreten und es niemanden sehen zu lassen.

»Alles klar. Bin unterwegs!«, rief ich hastig, stellte das schmutzige Geschirr ab und wollte nach den beiden Tellern greifen.

»Stopp, Katrina! Wie oft soll ich dir eigentlich noch sagen: Erst die Reste in die Tonne, dann die Teller abspülen und in den Spüler einsortieren. Und *danach* die Bestellungen nach draußen bringen!«

»Ich dachte …«

»Du denkst nicht, dafür wirst du nicht bezahlt. Du machst, was ich dir sage. – Minuspunkt!« Er griff nach dem Kugelschreiber, der an der Tasche seiner Kochschürze klemmte, und trug den Minuspunkt genüsslich in eine Liste ein, die über dem Herd hing. Bei fünf Minuspunkten gab es eine Stunde Lohnabzug. In meiner Spalte standen mehr Minuspunkte als bei Vera und Annika.

Halt durch, Katrina, dachte ich. Du brauchst das Geld für die Kriegskasse. Du bist hier bald weg.

*

»Ach, Katrina, *Katrina* …« Roland seufzte. Er liebte es, meinen Namen zu sagen. Er lutschte förmlich an den Silben. »Tut mir wirklich leid wegen dem Minuspunkt, aber wer nicht hören will, muss fühlen, nicht wahr?« Sein Blick glitt zwischen dem Tuch, meinem Hals und dem Ausschnitt hin und her.

Ich lief zum Treteimer hinüber. Beim Gehen trat ich mit dem rechten, dem gesunden Bein so fest auf, dass der verdammte Hacken auf die Fliesen knallte. Es klang wie Schüsse. Sollten die Fliesen doch Sprünge bekommen!

Roland schien zu bemerken, dass etwas in mir vorging, denn er zog die Augenbrauen zusammen. »Was?« Er stellte sich breitbeinig vor mich, versperrte mir den Weg, den Stift in der Hand – nur allzu bereit für weitere Minuspunkte. Das konnte ich mir nicht leisten. »Wolltest du was sagen, *Katrina*?«

»Ich …« Ich biss mir auf die Zunge und verschluckte den Rest. Das Tuch blähte sich unter meinem heftigen Atem. Roland beobachtete mich lauernd. Ich schob ihn heftig zur Seite, trat auf den Hebel des Mülleimers, ließ sein Maul aufschnellen und schabte wütend die Reste von den Tellern hinein. Lass dich nicht provozieren, dachte ich. Das ist es nicht wert.

»Die Servietten kommen nicht in den Bio-Müll!«, sagte Roland mit liebenswürdiger Stimme, ging zum Herd und zeichnete erfreut einen weiteren Minuspunkt in meine Spalte. »Das weißt du doch. Immer schön trennen. – Huch, das ist ja schon ein halber Tag Lohnabzug insgesamt! So viele Fehler! Katrina, *Katrina* …«

Ich schob weiter die Reste in den Müll, kochte dabei innerlich vor Wut, aber ich hielt den Mund. Roland war berüchtigt für seinen Verschleiß an Kellnerinnen. Das hatten mir Annika und Vera im Vertrauen erzählt. Sie waren seine festen Kräfte – bei ihnen hielt er sich zurück, aus Angst, sie zu verlieren. Aber er freute sich über jede neue Aushilfe. An ihr konnte er seine Launen auslassen.

»Versuch einfach durchzuhalten«, hatte Annika mir geraten. »Egal wie – einfach durch!«

»Wenigstens eine Woche«, hatte Vera mich angespornt.

»Der legt's drauf an, dass du vorher aufgibst«, hatte Annika bestätigt. »Dann muss er dir nichts zahlen.«

Die letzte Aushilfe war angeblich so wütend auf Roland gewesen, dass sie ihn mitten in der Schicht hatte stehen lassen. Sie war an einem Donnerstag gegangen. Das Gehalt wurde aber nur wöchentlich am Sonntagabend ausgezahlt.

Heute war schon Samstag. Ich hatte es fast geschafft. Ich drehte den Wasserhahn an der Spüle auf, hielt die Teller in den Strahl. Dann riss ich den Geschirrspüler auf.

»Und da kommt auch schon die Getränkelieferung für heute Abend.« Roland lächelte breit und wies aus dem Fenster.

Der Laster fuhr gerade vor. Ich sah, wie der Fahrer suchend nach einer Kellnerin Ausschau hielt, die ihm die Lieferscheine unterschrieb und die Ladung abnahm. Zu unseren vielen Aufgaben gehörte auch, die Getränkelieferungen entgegenzunehmen und die Bier-, Wasser- und Saftkisten unter Rolands Blicken von draußen nach drinnen zu schleppen. Alles in diesen Mörderschuhen, dem viel zu engen Rock und der knappen Bluse. Sich vom Lieferanten beim Kistenschleppen helfen zu lassen, bedeutete einen Minuspunkt.

»Die Getränke machst du, nachdem du endlich Tisch 5 bedient hast. Annika und Vera sind beschäftigt. – Du hast Zeit.«

Ich schluckte eine Antwort runter, stellte stattdessen das Geschirr in die Spülmaschine. Dabei musste ich mich bücken, was Roland einen guten Blick in mein Dekolleté erlaubte. Kein Wunder, dass er meist uns Mädels die Maschine befüllen ließ. Ärgerlich drehte ich ihm den Rücken zu.

Halt durch, Katrina, dachte ich wieder. So stark wie du ist der noch lange nicht. Der kann dir gar nichts.

3. KAPITEL

DURCH SCHNEE UND STURM

Dieses Schwein!

Ich fuhr wie auf Autopilot. Achtete nicht darauf, *wohin* ich fuhr. Ich fuhr einfach. Ich funktionierte.

Wie hatte ich auch nur einen Moment lang glauben können, Roland würde halbwegs fair bleiben! Dabei hatte ich mir doch vorgenommen, mich durch nichts aus der Ruhe bringen zu lassen.

Scheißkerl! Scheißkerl!

Ich sprach es in mich hinein, die Worte zerhackten die Stille in meinem Kopf, und ohne bewusst darüber nachzudenken, legte ich die Gänge ein, blinkte, sah in die Seitenspiegel, bremste und fuhr wieder an. Angetrieben von diesem Wutmantra, von meinem heftigen Atem und dem wilden Flattern meines Herzens. War jemand hinter mir her? Bei jedem Auto, das zum Überholen ansetzte, zuckte ich zusammen und gab Gas. Meine Hände schienen mit dem Lenkrad verwachsen, mein Fuß mit dem Gaspedal.

Papa hatte Zoe und mir das Autofahren beigebracht, als wir vierzehn waren – in dem Lieferwagen. Immer die Forstwege entlang. Einen Führerschein hatte ich nicht. Aber das war im Moment meine geringste Sorge.

Der Blick auf die Digitaluhr am Autoradio zeigte mir, dass

seit meiner Flucht zwanzig Minuten vergangen waren. Ich sah wieder in den Rückspiegel. Kein Blaulicht, nur andere Wagen. Lkws, Pkws. Niemand, der mich verfolgte. Trotzdem – ich sollte von der Autobahn runter. Wenn sie mich suchten, dann garantiert hier. Die Landstraße war sicherer.

Ein Schild kündigte die nächste Abfahrt an. Ich setzte den Blinker.

*

Die Straßenränder waren zugewuchert, ausladende Büsche rechts und links. Niemand außer mir war abgefahren. Vor mir lag die Landstraße, darüber spannte sich schwarz der Himmel und ganz langsam kam ich zur Ruhe. Es hatte begonnen zu schneien. Winzige, vereinzelte Flocken. Sie glänzten, wenn sie vom Scheinwerferlicht getroffen wurden, und zerplatzten an der Windschutzscheibe.

Ich stellte das Autoradio an. Eine Sturmwarnung für die Gegend rund um Heidelberg. Ich versuchte nachzudenken.

Ich hatte Rolands Wagen gestohlen … Geschah ihm recht! Der Mistkerl schuldete mir mehr als nur einen Wochenlohn. Ich umklammerte das Lenkrad und die Knöchel traten hervor.

Trotzdem: Juristisch gesehen war ich im Unrecht.

Bei jeder Abzweigung, die sich vor mir auftat, nahm ich instinktiv die unscheinbarere, weniger befahrene. Glatter Asphalt wurde zu geflicktem Asphalt. Geflickter Asphalt zu unbefestigten Straßen.

Sie würden mich nicht finden.

*

Der Zauberer sollte um zwanzig Uhr auf einer aus Paletten gebauten Bühne im hinteren Teil des Schankraums auftreten.

Annika, Vera und ich hatten dafür – natürlich neben unserer Arbeit – Tische und Stühle aus diesem Bereich weggeräumt und sie im vorderen Teil des Raums enger zusammengerückt, sodass ein Zuschauer- und ein Bühnenraum entstand.

In der Nacht zuvor hatte Roland unter mir gebohrt und gehämmert, während ich mir in meinem Zimmerchen auf dem Gasherd ein kleines Mahl aus Reis und einer halben Paprika kochte, die ich aus der Küche hatte mitgehen lassen.

Der Boden hatte vibriert, die Fensterscheiben geklirrt. Mit dröhnendem Schädel hatte ich auf der Matratze gelegen, konnte nirgendwo hin und schlang mir die Decke um die Ohren. Schließlich hatte ich die Stumpenkerze angezündet, und während Roland unten an irgendwas sägte, hatte ich mein Rachebuch herausgeholt.

~~*Fisch*~~
Hämmer
Jenne
Matze
Jula

Fisch war durchgestrichen. Seine Telefonnummer, seine Adresse. Seine Strafe: WASSER.

Erledigt.

Blieben noch die anderen vier.

SPRENGSTOFF
GIFT

Ich begann im Kopf zu rechnen. Ich brauchte Geld. Viel Geld! Rache war teuer. Fischs Strafe hatte mich fast die ganze Kriegskasse gekostet. Die Woche Lohn hier war ein guter Anfang, aber ich brauchte mehr.

Irgendwann war Roland fertig gewesen. Endlich Stille von unten. Es musste gegen fünf gewesen sein. Ich hatte die halb heruntergebrannte Stumpenkerze gelöscht. Noch zwei Sunden Schlaf, bis ich aufstehen musste.

*

Inzwischen war es einundzwanzig Uhr und draußen so finster wie in einem Keller ohne Licht. Ich fuhr einen Feldweg entlang. Keine Markierungspfeiler rechts und links. Natürlich nicht. Wahrscheinlich kamen hier normalerweise nur Traktoren und Erntefahrzeuge vorbei. Die einzige Lichtquelle waren meine Scheinwerfer, die riesige brachliegende Flächen beleuchteten.

Als die Felder in Wald übergingen, bog ich in einen Weg ein, wahrscheinlich für Forstfahrzeuge. Die Scheinwerfer streiften dunkle Stämme und das Unterholz, streiften auch die Finsternis, die sich dahinter auftat.

Ein rotes Leuchten zog meinen Blick zum Armaturenbrett. Die Benzinanzeige.

Oh nein, bitte nicht …

Das erste Mal, seit ich losgefahren war, versuchte ich mich wieder zu orientieren. Ich war schon lange durch keinen

Ort mehr gekommen. Kein Wunder bei diesen Dschungelwegen.

Als ich endlich wieder auf eine Abzweigung stieß, nahm ich diesmal den breiteren Weg und folgte ihm. Nach etwa anderthalb Kilometern lichtete sich der Wald, und ich landete auf einer befestigten Straße, einer Straße aus *Asphalt*, nicht aus Tannenzapfen oder Feldsteinen.

Nach wenigen Minuten tauchte in der Ferne – von meinem Fernlicht erfasst – ein gelbes Ortsschild aus der Dunkelheit auf. Ich kniff die Augen zusammen, um den Namen zu erkennen.

Nussloch.

Nussloch?

Nie gehört. Das Kaff war winzig. Häuschen, die sich an die Erde pressten, sogar die Kirche war niedrig. Egal. Das einzig Wichtige war, eine Tankstelle zu finden! Und ein Bett.

*

Nussloch war so klein, dass es überhaupt kein öffentliches Gebäude gab. Weder Gasthaus noch Tankstelle. Einfach nichts. Es hatte nicht einmal einen Briefkasten.

Ich fuhr im Schritttempo, spähte nach links und rechts. Die Straßen waren still, Mülltonnen standen vor Häusern, in denen kaum ein Fenster erhellt war, und der Schnee, der sacht vom Himmel rieselte, glitzerte im Licht der Straßenlaternen.

Ein Schneesturm ist im Anmarsch. Schließen Sie alle Fenster!, warnte eine freundliche Männerstimme im Autoradio, und ich spürte, dass ich Josefine vermisste. Was absurd war, weil ich sie gar nicht kannte. Aber ich hätte jetzt viel dafür gegeben, ihre Stimme zu hören. *Es wird nicht nur stürmisch heute Nacht, sondern auch eiskalt. Temperaturen von bis zu minus achtzehn Grad werden erwartet. Also ziehen Sie den warmen Frotteeschlafanzug an!*

Ich sah misstrauisch auf die rot blinkende Tankanzeige. Wie lange würde das Benzin noch reichen? Zehn Kilometer bis zur nächsten Stadt oder nur einen? Würde ich im Schneetreiben zwischen zwei Orten, mitten im Nirgendwo, liegen bleiben? Ich hatte keine Jacke dabei. Die lag, zusammen mit meinen anderen Sachen, in meinem Zimmer im *Kartoffelparadies*. Nur meinen Charlottenburger hatte ich greifen können, den hatte ich zum Glück im Schankraum abgestellt. An Klamotten besaß ich nur das, was ich anhatte: Rolands Puffuniform samt Feinstrumpfhose und Stöckelschuhen. Großartig. Ich war bestens gewappnet für eine Reise durch arktische Temperaturen. Jetzt wärmte die Heizung den Wagen noch, aber bei abgestelltem Motor würde die Kälte den Innenraum erobern.

Ich gab Gas und ließ Nussloch hinter mir.

*

Gegen halb acht abends war es im *Kartoffelparadies* immer voller geworden. So voll, dass Vera und ich weitere Stühle aus dem Lager nach oben tragen mussten.

Zorro stand vor dem Tresen, spürte die wachsende Aufregung in der Luft. Er zitterte, war nervös. Er buffte die Stühle an, die wir vorbeitrugen, knurrte erregt, als immer mehr Gäste kamen.

Mit zusammengebissenen Zähnen schleppte ich Stuhl um Stuhl in den Schankraum, streichelte Zorro hin und wieder beruhigend hinter den Ohren und nahm nebenbei Bestellungen auf. Mein linkes Bein begann langsam Probleme zu machen. Es fühlte sich schwerer an als sonst, als zöge ich einen großen Stein mit.

Dieses Bein war, seit ich denken konnte, schwächer als das andere. Weniger belastbar. Es hatte mich langsamer als Zoe gemacht. Ich musste vorsichtiger auftreten, konnte nicht einfach losrennen, denn dann knickte der Fuß einfach weg. Papa meinte, ich hätte mir einmal das Bein gebrochen und es sei nicht gut zusammengewachsen. Ich konnte mich nicht daran erinnern, also musste ich wirklich noch *sehr* klein gewesen sein.

Ich versuchte, den Schmerz zu ignorieren, notierte die Getränkewünsche. Es gab nur noch Getränke, kein Essen. Roland kochte heute nicht. Er stand am Lichtpult, das er hinter dem Tresen aufgebaut hatte.

Kurz nach acht wurde es plötzlich dunkel im Raum, die Musik erstarb und ein lang gezogener Eulenruf hallte durch den Raum. Das Herz wurde mir leicht bei diesem Laut, doch die Leute im Raum kreischten auf. Als wäre eine Eule etwas, wovor man sich fürchten müsste …

Das Licht wurde langsam hochgezogen, und auf der Bühne, die Roland gestern Nacht gezimmert hatte, stand ein Skelett. Wieder kreischten die Leute. Diesmal noch lauter. Der Effekt war wirklich gut. Roland schien hinter dem Pult voll und ganz in seinem Element zu sein. Er wirkte hoch konzentriert und hellwach. Das Skelett war ein Mann mit schwarz geschminktem Gesicht, schwarzen Handschuhen und schwarzem, hautengem Anzug und auf all das Schwarz war in grellweißer Farbe ein Knochengerüst gemalt. Roland schaltete ein Stroboskoplicht an.

Das Weiß war brutal und die Lichtblitze zerhackten die Bewegungen des Skelettmanns. Der hielt plötzlich ein langes Seil in den Händen, und jemand fuhr einen Rollwagen auf die Bühne, auf dem sich seltsame Utensilien befanden, Stäbe oder Dolche, Bänder oder Gummis – ich konnte es nicht genau erkennen, weil die Zuschauer mich ganz in Beschlag nahmen mit ihren Getränkewünschen.

Aus den Lautsprechern hörte man eine durch mehrere Effekte verzerrte unheimliche Stimme: »Heißen Sie unseren Star des Abends willkommen! Das ist *Dead Body,* der Zauberer aus dem Totenreich!«

Die Menge johlte.

Ich hörte Zorro jaulen und lief hinter den Tresen, um ihn zu beruhigen und dann Bier zu zapfen. Roland nickte mir vom Lichtpult aus zu. Ich zapfte und kippte das Bier um und plötzlich spürte ich seine Hand an meinem Oberschenkel!

»He, was soll das!«, zischte ich und fuhr herum, aber da stand Roland schon wieder an seinem Pult.

»Jetzt bist du perfekt«, sagte er und lächelte.

An meinem schwachen linken Bein spürte ich über der Kniekehle, kurz unter dem Rocksaum, einen Fremdkörper. Was war das?

Wütend schaute ich an mir herab. Und zuckte zusammen. Roland hatte mir eine künstliche Fleischwunde aufgeklebt. Direkt auf die Strumpfhose. Ich bewegte das Bein. Die Wunde öffnete und schloss sich. Sie würde sich also auch beim Gehen öffnen und schließen und jeden Besucher anblinzeln wie ein böses, krankes Auge.

*

Im Lokalsender im Autoradio lief jetzt *This is the Rhythm of the Night.*

Wo genau befand ich mich hier eigentlich? Ich musste mich konzentrieren.

Die Scheinwerfer erfassten ein gelbes Ortsschild. Ich kniff die Augen zusammen und las *Mückenloch.*

Das klang noch kleiner als Nussloch, noch hoffnungsloser.

Zäune, Mülltonnen und dunkle Gebäude rechts und links am Straßenrand. Kaum ein Licht, nur in wenigen Fenstern zuckte der bläuliche Schein eines Fernsehers. Da glitt plötzlich, wie eine Wunderkerze, ein mit rosa Neonbuchstaben erleuchtetes Haus aus der Dunkelheit heraus.

Die Buchstaben ergaben: H O S T E L. Zwar keine Tankstelle, aber wenigstens ein Bett für die Nacht! Erleichtert rollte ich näher. Über der Eingangstür, vor der ein paar Leute standen und rauchten, prangte der Name des Hostels: *Zum Schlösschen.*

Das Gebäude war jedoch alles andere als ein Schlösschen: Es war ein grobporiger Betonklotz, fleckig und mit winzigen Fenstern, kaum größer als Luftlöcher. Egal! Ich ließ das Seitenfenster herunter, um die Leute zu fragen, ob überhaupt noch ein Zimmer frei war. Schneeflocken trudelten ins Wageninnere.

Die Musik verstummte. Eine gut gelaunte Moderatorin verlas die Verkehrsnachrichten. Ich rollte näher und machte das Radio aus. Die Stimme der gut gelaunten Moderatorin las einfach weiter. Hinter den rauchenden Leuten stand eins der winzigen Fenster offen, aus dem derselbe Radiosender drang. Köpfe wandten sich mir zu. Das pinkfarbene Neonlicht bildete Kreise auf dem Schnee, die instabil wirkten. Wie

Stellen, durch die man einbrechen könnte. Fröhlich gab die Moderatorin bekannt, dass es mehrere Verkehrsunfälle in der Umgebung gegeben hätte. Außerdem würde über Nacht ein Schneesturm erwartet. Und dann würde ein roter Transporter gesucht.

Die Leute vom Hostel sahen mir interessiert entgegen.

Der Transporter zeigt an der Seite einen großen schwarzen Schriftzug: »Devil Inside«. Er ist von einer jungen Frau zwischen achtzehn und fünfundzwanzig gestohlen worden. Es folgte eine kurze Personenbeschreibung. Größe, Kleidung, Haut- und Haarfarbe. Dann: *Auffälliges Merkmal: Die Frau trägt ein Tuch vor dem Gesicht.*

Die Moderatorin lachte, dann wurde Musik eingespielt. Der Wagen stand jetzt genau vor dem Hostel, wenige Schritte von der Gruppe entfernt. Ich atmete heftig und schnell, das Tuch bebte. Die Leute tuschelten. Jemand trat seine Zigarette aus, löste sich aus der Gruppe und stapfte durch den Schnee auf mich zu. Ein anderer zückte sein Handy. Ich drehte den Schlüssel im Zündschloss. Mein Fuß senkte sich auf das Gaspedal. Der Motor heulte auf, und ich schoss an dem Hostel und dem näher kommenden Mann vorbei, sah im Rückspiegel, wie Schnee und Kies unter den Rädern wegspritzten, wie der Mann etwas rief oder fluchte, wie die Leute aufgeregt durcheinanderliefen.

Ich fuhr zurück auf die Straße und raste los.

Roland hatte eine Suchanzeige aufgegeben! Verdammt!

Warum mussten die Leute ausgerechnet den Lokalsender hören? Shit! Was jetzt?

Der Scheinwerfer erfasste ein gelbes Hinweisschild, holte es aus der Dunkelheit.

Heidelberg, dreißig Kilometer. Das schaffte ich nie mit dem bisschen Benzin!

Und als hätte jemand meine stummen Hilferufe gehört, tauchte plötzlich rechts am Straßenrand ein kleiner brauner Wegweiser auf: *»Haus Waldkauz« – 5 Kilometer.*

Ich bog in den schmalen Weg ein. Der führte bergauf und offenbar in einen Wald.

*

»Und jetzt, meine Damen und Herren«, verkündete *Dead Body*, der Zauberer aus dem Totenreich, »brauche ich eine Assistentin für meinen nächsten Trick und bitte die bezaubernde Kellnerin Katrina auf die Bühne! – Applaus, meine Herrschaften, Applaus!«

Mir fiel fast das Tablett aus der Hand.

Dead Body zeigte in meine Richtung und Roland richtete einen Spot auf mich. Applaus donnerte mir entgegen. Ich war wie erstarrt. Ich hasste es, im Rampenlicht zu stehen. *Hasste* es!

Es hatte bereits zu viele Scheinwerfer gegeben, die auf mich gerichtet worden waren, bis mir unter ihrer aggressiven Hitze der Schweiß ausgebrochen war, ungezählte Kameras, die begierig jede meiner Bewegungen aufgesaugt und im Fernsehen wieder ausgespuckt hatten.

Ich rührte mich nicht vom Fleck, während das Publikum anfing, »Katrina, Katrina!« zu rufen.

Vera kam angerauscht, nahm mir das Tablett ab und flüsterte: »Los, mach schon, sonst rastet Roland aus. Das kriegst dann nicht nur du zu spüren, sondern auch Annika und ich.«

Die Leute machten Platz. Vor mir bildete sich eine lange, dunkle Gasse, die zur Bühne führte. Dort wartete der Tod.

Bitte nicht.

Vera schob mich mit sanftem Druck nach vorn, hinein in die Gasse. Und dann lief ich zitternd einfach weiter. Ich versuchte, das linke Bein nicht so nachzuziehen, während die klatschenden Hände rechts und links nach mir schnappten. Ich erklomm die Bühne.

»Meine Damen und Herren!«, rief der Tod ins Mikro. »Die bezaubernde Katrina!«

Wieder Applaus.

Dead Body hielt mich an der Hand, während Roland einen grellen Scheinwerfer auf mich richtete. Ich war geblendet – das Publikum lag als schwarzer Block vor mir. Vor Panik bekam ich überhaupt nicht mit, was *Dead Body* sagte. Jedenfalls nicht bewusst. Unbewusst aber musste doch etwas in mir zuhören, denn ich tat alles, was der Zauberer von mir wollte. Immer noch hatte ich Veras Worte im Ohr. Wenn ich nicht mitmachte, würde Rolands Wut uns alle treffen, und das wollte ich auf keinen Fall.

Ich ging zu dem Rollwagen. Reichte dem Tod Bänder und Ringe. Gab ihm Knochen und einen Totenschädel und mit allem begann er zu jonglieren. Ich ließ mich in eine riesige Box sperren, durch die Dolche gesteckt wurden, und wieder rausholen. Hielt ein Kaninchen in den Händen, das sich in einen Berg voller Maden verwandelte. Ich erschrak zu Tode und ließ alles fallen und noch in der Luft verwandelten sich die Maden in glitzerndes Konfetti. Ich hielt Tücher, die zu Schlangen wurden, Schlangen, die um meinen Hals krochen und sich dort zu Seilen verwandelten! Verteilte Spielkarten mit Skeletten darauf an die Zuschauer und sammelte sie wieder ein. Ich warf *Dead Body* einen Reifen zu, der in der Luft in Feuer aufging.

Irgendwann waren wir fertig.

Dead Body nahm mich bei der Hand und beide verbeugten wir uns. Die Menge tobte.

*

Schnee knirschte unter den Rädern. Er war unberührt – das sah ich im bleichen Licht der Scheinwerfer. Ich wurde nervös. Kein Auto war hier gefahren, kein Fußgänger gegangen, kein Schneepflug hatte den Weg frei geräumt. Weder Salz noch Splitt waren gestreut. Nicht einmal ein Tier hatte diesen Weg gekreuzt.

Umgestürzte Kiefern lagen ab und zu an den Wegrändern. Sie waren nicht abtransportiert worden. Sie verrotteten einfach. Wo verdammt war ich hingeraten?

Fünf Kilometer können sehr lang sein, wenn man langsam fährt. Und das *musste* ich. Der Weg wand sich in unberechenbaren Kurven den Berg empor und er wurde immer schmaler. Was sollte ich tun, wenn mir ein anderer Wagen entgegenkam? Links fiel der Hang steil ab – ich hatte Felsgestein gesehen. Unbegreiflich, dass es hier keine Leitplanken gab!

Das Schneegestöber wurde dichter. Große Flocken, die gegen die Frontscheibe trudelten. Ich stellte hastig die Scheibenwischer an. Ich konnte kaum mehr etwas sehen; die Scheinwerfer erfassten nur das weiße Wirbeln direkt vor mir und von den Seiten flutete Dunkelheit das Auto.

Die Zweige schabten jetzt aggressiver über das Dach und

die Scheiben. Instinktiv duckte ich mich. Die hängen viel zu tief, dachte ich. Normalerweise wurden die Bäume am Straßenrand doch zurückgeschnitten. Hier schien das Straßenamt geschlafen zu haben.

Ich fuhr mit offenem Mund und merkte es erst, als mir das Schlucken schwerfiel. Meine Zunge lag wie ein Stück Dörrobst im Mund. Rechts der Abgrund, links der Wald, der sich immer dichter an das Auto herandrängte. Eine Wendemöglichkeit entdeckte ich nirgends.

Sollte ich anhalten und im Rückwärtsgang den Berg wieder runterfahren? Ich sah in den Rückspiegel. Immer stärkeres Schneetreiben. Scheiße … Ich hätte mir nicht einmal bei klarer Sicht zugetraut, diese Todesspirale rückwärts zu bewältigen, aber bei diesem Wetter war das reiner Selbstmord!

Ich biss die Zähne zusammen. Sah starr geradeaus und lenkte den Wagen durch die Nacht. Vorwärts! Es konnte nicht mehr weit sein!

*

»Ich bitte um Ruhe!«, rief *Dead Body* ins Publikum, und die Zuschauer hörten auf zu murmeln, mit den Füßen zu scharren und zu knistern. Ein tiefes Schweigen legte sich über den Raum.

Langsam wurde das Geräusch von Trommeln aus den Lautsprechern hörbar. Ein dunkler, hypnotischer Rhythmus, der lauter wurde, irgendeine Bandaufnahme, die mich an Afrika erinnerte, an Voodoo-Tänze bei Feuerschein in der Nacht.

*

Fast wäre ich gegen das Tor geprallt.

Es tauchte so plötzlich mit seinen schmiedeeisernen Spitzen aus dem Schneegestöber vor mir auf, dass ich die Bremse ganz durchtrat. Ich flog in den Gurt, dann erstarb der Motor.

Der Wagen stand, vielleicht eine Handbreit vor den Eisenstäben. Mein Herz raste und mein Gesicht fühlte sich taub an. Ich machte die Augen zu, atmete mehrfach tief durch. Dann sah ich wieder nach draußen. Ein Plateau. Wenigstens konnte ich hier wenden.

Hinter dem Tor führte der Weg weiter nach oben. Irgendwo dort, im Finstern, auf dem Hang, musste das Gebäude liegen. *Haus Waldkauz*. Der Himmel war bedeckt, sperrte den Mond aus. Schwere Wolken, die noch mehr Schnee mit sich trugen. Ich saß still da, ließ die Scheinwerfer an. Eine Zunge aus Licht.

Irgendwie hoffte ich, dass jemand aus dem Haus auf mich aufmerksam würde und herkäme. Mich fragte, was ich wollte, mir das Tor öffnete und mich aufnahm für diese Nacht, doch als auch nach Minuten alles still blieb, schaltete ich die Scheinwerfer aus, kniff die Augen zusammen und versuchte, in der Dunkelheit ein Licht auszumachen.

Nichts.

Es war so still, dass ich das Flüstern der Flocken auf dem Autodach hörte. Der Schnee kam in Schüben – mal war die Sicht klar, dann stob er herab, undurchlässig, dicht, eine große Blindheit.

Als es für einen Moment kaum schneite, sah ich mich aufmerksam um. Wo *war* überhaupt dieses Haus? Vielleicht schaute ich ja in die völlig falsche Richtung!

Vollmond. Gerade noch war alles schwarz wie Teer gewesen, jetzt schwappte knochenweißes Licht durch ein Wolkenloch über die verschneiten Nadelbäume, spiegelte sich in der Schneedecke über dem Hang, legte alles bloß.

Und *dort* stand es – etwa fünfzig Meter vom Tor entfernt, auf dem Hang, stumm und dunkel die Landschaft überragend: das Haus.

Es war nicht groß, schien sich aber trotzig dem Licht zu stellen, das all seine Schäden ausleuchtete. Da war das krumme Dach, aus dem ein Schornstein und zwei Türmchen ragten. Vom linken waren nur noch Reste übrig. Da waren eine schiefe Regenrinne, eine fleckige Mauer. Wuchernde Ranken lagen über der Vorderfront wie ein Hutschleier über einem verweinten Gesicht. Ein Baum neigte sich bedenklich tief über das Dach. Rundherum wuchsen noch mehr. Sie waren alt und wunderschön und passten gut zum Haus. Der Mond beleuchtete den tief verschneiten Hang und der Hang leuchtete gespenstisch zurück.

Mein Blick wanderte wieder zum Haus. Wo die Fenster nicht zugewachsen waren, sah man, dass sie mit Brettern vernagelt waren. Nichts regte sich dort oben außer den Schneeflocken, die das schwarze, stumme Gebäude umwehten.

Ich saß im Wagen, die Hände immer noch um das Lenkrad gelegt, und begriff erst langsam, was das alles bedeutete.

Dort war niemand. Dort war schon *lange* niemand mehr gewesen! Das Haus war aufgegeben, dem Verfall ausgesetzt. Die Natur holte sich bereits alles zurück.

Ich musste umkehren. Durch die Wildnis zurück, eine Straße finden und einen Ort, in dem ich tanken oder übernachten konnte. Am besten beides. *Hier* jedenfalls war kein

Mensch. Ich warf einen letzten Blick auf das vernagelte Haus und drehte dann den Zündschlüssel im Schloss.

*

Der Motor blubberte, dann erstarb er.

Oh nein! Nicht jetzt, bitte … Nicht hier!

Ich versuchte es noch mal.

Blubbern. Verstummen.

Das rote Licht der Tankanzeige blinkte anklagend.

»Verdammt«, murmelte ich. »Du bist eben noch prima gefahren … Du willst mir doch nicht erzählen, dass jetzt kein Tropfen Benzin mehr in dir ist …«

Ich wartete einen Moment, drehte den Zündschlüssel erneut. Der Motor kam. Er blubberte, das Blubbern stabilisierte sich, und als ich den Rückwärtsgang einlegte und Gas gab, fuhr er los. Ich sah in den Rückspiegel, und als ich gerade wenden wollte, blieb der Transporter endgültig stehen.

Ich atmete durch.

Probleme haben die Leute draußen. Wir nicht, Katrina.

Ich lauschte auf die Stimme in meinem Kopf und wurde ruhiger.

Für uns gibt es nur Herausforderungen.

Gut. Was konnte ich tun? Im Auto zu bleiben, war keine Lösung. Die Wärme würde schnell schwinden, die dünnen Wände boten keinen Schutz. Schmerzhaft vermisste ich meine robuste Zunftkleidung. Wenn ich wenigstens eine Decke hätte … Ich hob den Kopf, sah mich im Fond um. Kein vergessener Schal, kein Fetzen, nichts, was ich mir über die dünne Uniform wickeln konnte. Roland war schlecht ausgestattet.

Minus achtzehn Grad hatten sie angesagt. Wenn ich nichts unternahm, würde ich heute Nacht erfrieren. Bereits jetzt spürte ich die Kälte, die sich ins Wageninnere schlich.

Für uns gibt es nur Herausforderungen.

Denk nach, Katrina! Streng dich an.

Ja, ich dachte nach. Und – es gab eine Möglichkeit: Ich konnte den Wagen verlassen, den Waldweg zurück zur Straße gehen und hoffen, dass jemand vorbeikäme, der mich per Anhalter mitnahm. Es waren etwa fünf Kilometer. Ein Fünfkilometermarsch dauerte unter normalen Umständen eine Stunde.

Leider herrschten keine normalen Umstände. Draußen braute sich ein Schneesturm zusammen, der Weg war unbeleuchtet und tief verschneit und ich trug geradezu unmögliche Klamotten. Ich sah hinaus ins Dunkel. Der Wind wurde stärker. Der Gedanke, so schlecht ausgerüstet Kilometer um Kilometer durch diese Witterung zu stapfen, jagte mir Angst ein.

Es gab eine weitere Möglichkeit: Ich konnte jetzt den Wagen verlassen und alles für ein Feuer zusammensuchen. Eine Menge Nadelbäume wuchsen hier und Nadelholz brannte sogar in feuchtem Zustand gut. Es erzeugte eine kräftige Wärme, hielt jedoch keine Glut. Ich würde viel Holz brauchen und müsste das Feuer die ganze Zeit füttern. Alles machbar. Allerdings hatte ich weder eine Axt noch eine Säge. Ich könnte heruntergefallene, kleine Äste und Zweige aufsammeln. Ich würde das schon hinbekommen.

Ein Feuer unter freiem Himmel hat jedoch die Eigenschaft, nur die Seite, die man ihm zudreht, zu wärmen, während die abgewandte halb erfriert. Da ich nicht einmal eine Decke hatte, war das keine erfreuliche Aussicht. Und wenn ich an den angekündigten Schneesturm dachte, erst recht nicht.

Ich sah nach draußen, zögerte.

Und dann, so jäh, als bräche ein Vogel aus einem Gebüsch, fiel mir die Lösung ein.

Ich griff in den Charlottenburger, zog Josefines Visitenkarte hervor.

Der Zufall geht keine geraden Wege – *er steht plötzlich vor dir.* JOSEFINE

›Wenn Sie Hilfe brauchen‹, hatte sie gesagt, ›wenn Sie Hilfe brauchen, rufen Sie mich an. Jederzeit.‹

*

Ich tippte die Nummer ein. Die metallicblaue Farbe des Handys schien im dünnen Schein der Wagenbeleuchtung zu glimmen.

Alles wäre anders gekommen, wenn ich damals dieses Handy schon bei mir gehabt hätte. Fischs Handy. Nach der Gefangennahme. Im weißen Zimmer. Sie hatten mir alles weggenommen: meine Klamotten, die Schuhe, alles. Sie suchten nach Informationen, sie suchten ein geheimnisvolles *Etwas*, von dem sie vermuteten, dass ich es ihnen verschwieg. Sie nahmen mir sogar die Kette weg, ein Geschenk von Papa. Zoe hatte exakt die gleiche: silbern und mit einem Schlüssel als Anhänger.

Im weißen Zimmer hatten sie mich gefragt, wofür der Schlüssel sei, aber ich wusste es nicht. Sie glaubten mir nicht, doch das war mir egal gewesen – es war sowieso alles zerstört. Wozu dieser Schlüssel auch immer gepasst hatte – es existierte nicht mehr.

Ich griff automatisch an meinen Hals. Die Kette hing jetzt wieder dort. Sie hatten sie wochenlang behalten, und als ich schließlich immer wütender danach fragte, hatten sie sie mir endlich zurückgegeben.

Fischs Handy hatten sie mir nicht wegnehmen können. Es hatte zu jener Zeit noch in seinem Versteck in Hyde gelegen, und selbst ich hatte noch nicht gewusst, dass es überhaupt existierte.

*

Nachdem ich Josefines Nummer eingetippt hatte, presste ich das Handy ans Ohr.

Nichts.

Totenstille. Bis auf den pfeifenden Wind draußen.

Ich starrte aufs Display.

Anruf fehlgeschlagen.

Ich versuchte es noch einmal.

Anruf fehlgeschlagen.

Ich wählte auf gut Glück irgendeine Nummer.

Anruf fehlgeschlagen.

Erst jetzt sah ich, dass überhaupt kein Balken angezeigt war. Ich hatte keinen Empfang.

*

Ich steckte das Handy zurück, die Kälte im Wagen war jetzt nicht mehr zu ignorieren. Der Wind zog übers Autodach. Ich starrte ins Dunkel jenseits der Frontscheibe, als würde sich die Lösung für mein Problem irgendwo dort draußen verbergen.

Und vielleicht tat sie das ja.

Dort draußen war zumindest das Haus.

Ich konnte den Wagen verlassen und versuchen, hineinzugelangen. Die Mauern würden mich vor dem Sturm schützen. Gegen die Kälte fand ich vielleicht eine Decke oder etwas anderes. Wenn ich bloß die Nacht überstand, konnte ich morgen weitersehen.

Nur – wie kam ich rein? Ich musterte die dicken Mauern. Sie wirkten fest und standhaft. Die vernagelten Fenster hatten etwas Beunruhigendes, als hätte jemand Augen mit Gewalt zugeklebt. Ich würde die Tür aufstemmen müssen oder zumindest die Bretter von einem der Fenster brechen.

Im Handschuhfach fand ich eine Taschenlampe und steckte sie in meinen Rockbund. Vielleicht hatte Roland hinten im Laderaum Werkzeug! Ich schnappte meinen Charlottenburger, und ohne mich weiter aufzuhalten, öffnete ich die Autotür und schwang die Füße hinaus in den Schnee.

*

Dead Body hielt mich an der Hand. Das voodooartige Trommeln wurde tiefer und drängender, der Rhythmus näherte sich dem Schlagen eines menschlichen Herzens an und löste einen seltsamen Schwindel in mir aus, während der Raum in einer noch tieferen Dunkelheit versank. Ich spürte, wie dieser Rhythmus nach mir tastete und in mich hineinglitt; er hatte etwas Sinnliches, etwas *Verbotenes*, etwas, das sich mit meinem Puls mischte. Das Tuch bebte unter meinem heftigen Atem. Je länger nichts passierte, desto enger schnürte die Erwartung mich ein. Ich sah von der Seite zu *Dead Body*, der lächelnd ins Publikum schaute. Er sollte endlich etwas tun!

Und dann ... begann er zu murmeln, aber ich konnte es nicht verstehen. Zusammen mit dem Gemurmel färbte die Dunkelheit sich rot. Es war ein unheimliches, ein irgendwie wund wirkendes Licht, das in Schwaden über die Bühne waberte. Ich drehte mich um und sah, dass dieses Licht vor allem im hinteren Bühnenbereich wallte und langsam näher kam. *Dead Body* presste meine Hand zusammen und zischte mir zu: »Nicht umdrehen. Sieh nach vorn! – Ins Publikum.«

Er murmelte weiter.

Aus den Augenwinkeln sah ich das Licht hinter uns herannahen. Ich spürte seine Wärme jetzt an meiner Schulter und im nächsten Moment wanderte der rote Lichtkegel schon über meinen Hals nach oben und blendete mich.

Als das erste Stöhnen im Publikum erklang, verstand ich noch nicht. Ich blinzelte und versuchte die Leute zu erkennen, aber da war nur ein schwarzer Block. Das Licht krachte mir voll in die Augen.

Jemand schrie: »Das kann doch nicht sein, das ist keine Maske! Das ist echt!«

Das Stöhnen ging in Pfiffe und Rufe über und dann machte es Klick in meinem Kopf. Rolands rotes Licht machte den Stoff unsichtbar!

Dead Body versuchte mich festzuhalten, doch ich riss mich los, hielt die Hände vors Gesicht, strauchelte über die Bühne, suchte nach einem Ausweg. Ich musste raus hier!

»Applaus, meine Damen und Herren!«, rief der Tod von der Bühne. »Das war die Krönung der Gruselshow: die *Metamorphose.* Applaus für Katrina, die Verwandlungskünstlerin. Jekyll und Hyde in einer Person! Applaus für die schreckliche Miss Hyde!«

Ich stolperte von der Bühne, an den johlenden, pfeifenden, klatschenden Menschen vorbei, die mich anfassten und mir ins Ohr schrien, Richtung Tresen, wo Roland mir hinter dem Lichtpult entgegengrinste. Im Gehen band ich mir die Schürze ab und warf sie ihm ins Gesicht. Ohne nachzudenken, griff ich nach dem Autoschlüssel am Haken an der Wand und zerrte meinen Charlottenburger aus dem untersten Tresenfach.

Roland, der sofort kapierte, was ich vorhatte, sprang von seinem Platz am Lichtpult, wollte mir hinterher, doch Zorro baute sich vor ihm auf. »Aus dem Weg, blöde Töle! Die will den Wagen klauen. Hinterher! Fass! Los!«

»Miss Hyde, Miss Hyde«, jaulte die Menge ekstatisch, während ich zur Tür humpelte.

»Fass sie!«

Ich bekam noch mit, wie der Hund anfing, aus tiefster Kehle zu knurren, und wie Roland zurückwich.

»Danke, Zorro«, flüsterte ich an der Tür. Dann warf ich sie zu. Sperrte das Kreischen der Leute, das Jaulen und Bellen hinter mir weg, stürzte über den Hof zur Garage. Setzte mich in den Transporter. Steckte den Schlüssel in die Zündung. Drehte ihn um. Und raste los.

4. KAPITEL

IM EISIGEN NIRGENDWO

Meine Füße in den Hackenschuhen durchbrachen die Schneekruste. Ich versank bis weit über die Knöchel. Die Kälte war schockierend.

»Scheiße!« Eine Sturmböe riss mir das Wort von den Lippen.

Egal! Weiter! Ich stapfte um den Wagen herum. Der Wind pfiff durch die dünne Bluse. Gerade als ich den Laderaum öffnen wollte, bemerkte ich eine Bewegung hinter dem Tor. Oben am Haus. In der Nähe der Nussbäume. Da war jemand!

Ich kniff die Augen zusammen.

Jetzt sah ich nichts mehr, nur noch das wilde Wehen. Dennoch spürte ich plötzlich mein Herz. Ein Bild stand vor meinen Augen: eine geduckte Gestalt, die im Mondschein einen ausgemergelten Schatten geworfen hatte und ruckartig ins Unterholz gehuscht war.

»Hallo?« Ich ging bis zum Tor, rief lauter, rief in das Schneetreiben, in die vom Mondlicht aufgeweichte Dunkelheit. »Haaaalloooo? Ist da jemand? Können Sie mir helfen?«

Keine Antwort. Keine Regung. Ich musste mich geirrt haben. Ich stapfte zurück zum Wagen. Das Einzige, was sich hier bewegte, waren die Flocken.

*

Im Innern des Transporters stapelten sich Rolands Einkäufe für die nächste Woche. Wir hatten sie wegen der Vorbereitungen für die Zaubershow noch nicht ausladen können.

Das hätte wieder Minuspunkte für alle gegeben, dachte ich. Ich leuchtete einmal durch den Laderaum. Da standen säckeweise Kartoffeln, da war auch Gemüse, Obst. Dosen in Klappkisten, Gläser, Tetrapaks. Kein Benzinkanister für Notfälle. Kein Werkzeug. Und nichts, womit man sich wärmen konnte. Nichts zum Umhängen, nicht mal ein verdammter Müllsack!

Ich warf die Türen wieder zu. Der Wind schlug die Krallen in mein Fleisch, durchschnitt die Stille, die Baumkronen ächzten. Ich atmete flach. *Sei nicht so zimperlich, Katrina!* Ich durfte jetzt auf keinen Fall ins Auto zurück. Ich würde es nicht noch mal über mich bringen, es zu verlassen. Mit zusammengebissenen Zähnen stapfte ich los. Hoffentlich scheiterte ich nicht schon am Tor.

Die Kälte ließ meine Gelenke erstarren, ich stolperte mehr, als dass ich lief. Die Arme hatte ich fest um meinen Körper geschlungen, der Charlottenburger auf meinem Rücken schlackerte.

Am Tor angekommen, tastete ich über das Schloss, fand die Klinke. Es würde verschlossen sein, ich wusste es. Es *konnte* gar nicht offen sein.

Das Tor war auf.

*

Es klemmte nur. Ich schob es mit Gewalt weiter, griff mit beiden Händen nach den Stäben, spürte, wie der Rost meine

Haut ritzte. Die Stäbe waren so eisig, dass ich Angst bekam, ich könnte daran festfrieren. Ich riss die Hände wieder weg, zog die Bluse aus dem Bund und schützte die Finger damit, als ich sie erneut um die Stäbe legte.

Ich schob das schwere eiserne Ding Zentimeter um Zentimeter vorwärts, und als es stecken blieb, stemmte ich mich mit dem ganzen Gewicht dagegen, knickte dabei mit den verdammten Hackenschuhen weg, stürzte. Mitten in eine Schneewehe.

*

Die letzte Wärme sickerte innerhalb von Sekunden aus meinem Körper. Ich stemmte mich sofort wieder hoch, auf die Knie. Die Feinstrumpfhose war zerrissen. Die Haut aufgeschürft. Die aufgeklebte Wunde saß immer noch fest. Lass dich von dem bisschen Kälte nicht kleinkriegen, verdammt!

Ich atmete scharf ein, versuchte, die Kältestiche zu ignorieren, und stemmte mich wieder gegen das Tor. Die Wut machte mich stark.

Endlich schwang das Tor auf.

*

Ich stapfte den Hang hinauf und keuchte. Der Weg war steil. Der Schnee tief. Mein Schuhwerk das Allerletzte.

Vorwärts, Katrina, du schaffst das!

Wenigstens hatte es aufgehört zu schneien. Nur der Wind war geblieben, zornig, bissig, böse – eine Vorahnung des bevorstehenden Sturms.

Stur sah ich geradeaus, und so stolperte ich im Dunkeln fast über das Schild, das plötzlich vor mir aus dem Schnee aufragte. Ich zog die Taschenlampe aus dem Rockbund und leuchtete das Schild an.

Verwalter gesucht!

Darunter eine Handynummer.

Ich kämpfte mich weiter in dem gespenstischen Mondlicht den Weg hinauf. Das Haus hob sich düster vor all dem Weiß ab. Eiszapfen hingen vom Dach. Schnee war schräg die Hauswand emporgeweht.

Eine Veranda umgab das Gebäude. Sie bestand aus schweren Holzbohlen. Ich stapfte zwei Stufen hoch, bis zur Haustür. Rüttelte daran. Schlug mit den Handflächen gegen das Holz. Keine Chance. Die Tür saß fest. Wieder durchfuhr mich ein heftiges Kältebeben und ich biss mir auf die Zunge. Ich schmeckte Blut, spuckte es aus. Hustete. Vielleicht gab es eine Seitentür. Ich humpelte über die Veranda, war schon fast um die Ecke, da ging mein nächster Schritt – ins Nichts.

Kurz hatte ich ein Bild vor Augen: wie ich viele Meter tief fiel – ein nicht endender Sturz, wie in eine Gletscherspalte.

Doch nur die morschen Bodenbretter der Veranda waren gebrochen. Ich fühlte noch als Nachhall, wie das Holz knirschte und wegknackte, wie mein Fuß versank, wie ich nachrutschte – bis zum Knie. Im selben Moment hörte ich ein Geräusch, das wie ein lautes, schmerzvolles Weinen klang – aus dem Unterholz. Ich blickte hin. Nichts. Nur der Sturm.

Mechanisch zog ich mein Bein aus dem Loch. Sah die Abschürfungen, das Blut. Es wirkte dünn. Wässrig. Aber ich spürte kaum etwas. Unsicher ging ich weiter, tappte über die Veranda, um die Ecke.

Keine Seitentür.

Aber ein Fenster.

Ich tastete die Bretter ab. Fest vernagelt. Wütend packte ich eins am Rand, rüttelte daran, doch meine Finger rutschten ab, immer und immer wieder – ich fand einfach keinen Halt.

Ich brach in Tränen aus, sie schienen sofort zu gefrieren. Meine Finger bluteten. Ich war unvorsichtig, und ich wusste, was das bedeutete. Die Kälte saß schon zu tief in mir drin. Sie machte etwas mit meinem Hirn. Es war doch klar, dass ich die Bretter ohne Werkzeug nie abbekommen würde! Ich brauchte einen Hebel.

Und als ich das gedacht hatte, hatte ich keine Kraft mehr.

Sie war verschwunden. Versickert. Einfach weg.

Ich wollte nicht mehr. Nicht mehr denken, keine Entscheidungen treffen, keinen Hebel von irgendwo her besorgen, ich wollte auch nicht mehr stehen – es war so anstrengend. Der Wind war gnadenlos. Vielleicht konnte ich mich kurz setzen … nur für eine Minute … einfach in den Schnee setzen und …

Mein schwaches linkes Bein knickte ein und ich ließ mich fallen. Mir war egal, ob der Boden mein Gewicht halten würde. Wenn ich einbräche, könnte ich einfach liegen bleiben. Ich spürte die Kälte an den nackten Oberschenkeln nur kurz. Dann breitete sich in mir das beruhigende Gefühl aus, auf einem Ofen zu sitzen. Ich beobachtete, wie helles Blut aus meinen aufgeschürften Fingern und vom Bein in den Schnee tropfte. Rot auf Weiß. Rot … auf … Weiß. Egal. Ich würde jetzt … die Augen schließen … mich ausruhen … nur einen Moment …

…

…

Katrina, steh auf!

Ich riss die Augen auf. Zoes Stimme in meinem Kopf.

Zähl mir die Merkmale von Unterkühlung auf! Jetzt sofort! Wir haben sie gemeinsam gelernt. Los, fang an!

»Koordinationsprobleme, nachlassende Sorgfalt, Gleichgültigkeit, Müdigkeit«, flüsterte ich automatisch. Gerade eben war ich so glücklich gewesen. Jetzt war ich nur noch erschöpft. Ich konnte nicht verhindern, dass ich zur Seite sank. Ein heftiger Schauer durchzog meinen Körper. Mir war doch gar nicht kalt.

Du wirst erfrieren. Steh sofort auf!

»Lass mich …«, flüsterte ich. »Bitte, Zoe …«

Katrina, hoch mit dir!

»Nein … ich weiß schon, was ich …«

Und gerade als ich endgültig zurücksinken wollte, hörte der Sturm auf. Jäh.

Stille setzte ein. Eine Stille, als würde man zu tief tauchen, eine Art lautloses Dröhnen. In einem langen Zug atmete ich aus. Es war alles so wunderschön. So friedlich. So … perfekt. Ich würde einfach zurückfliegen. Zurück zu Hyde, zu einer Zeit, als Zoe mehr gewesen war als nur eine Stimme in meinem Kopf. Zurück …

*

Plötzlich durchbrach ein Geräusch die Stille. Wie ein Riss das Eis.

Ich wollte das Geräusch nicht. Keine Störung. Doch es zog meinen Kopf hoch, zupfte die müden Lider auf, schob meinen Blick nach links.

Was war das?

Es war so still, dass ich meinen Puls hörte. Und darunter ein … Knacken. Ein … *Schleifen.*

*

Etwas drang aus dem Unterholz auf die Lichtung. Es bewegte sich auf das Haus zu. Ich kniff die Augen zusammen, um besser zu sehen. Es war ein Tier, rötlich. Ein Fuchs? Nein, zu klein dafür. Langsam hob ich die Hand mit der Taschenlampe, knipste sie an, richtete das Licht auf das Tier. Da hob es den Kopf, drehte ihn in meine Richtung. Die Konturen des kleinen Schädels waren klar erkennbar. Eine Katze.

Irgendwas stimmte nicht mit ihr, sie torkelte. Knickte bei jedem zweiten Schritt weg. Sie hinterließ keine Tatzenspuren, sondern eine breite Schleifspur im Schnee. In der Spur erkannte ich etwas Dunkles.

Blut? Ich hievte mich auf die Füße.

Gebeugt kauerte ich auf der Veranda, schwankte, stützte mich an der Mauer ab, richtete mich auf. Der Sturm toste.

Die Katze schleppte sich zur Seitenwand des Hauses, verschwand um die Ecke. Ich weiß nicht, warum, aber ich folgte ihr. Zur Hinterseite des Hauses.

Dort setzte sie zum Sprung an. Wohin wollte sie? Ehe ich den Gedanken zu Ende denken konnte, prallte sie von der

Mauer ab, fiel zurück in den Schnee, und ein schmerzerfülltes Weinen ertönte. Sie setzte erneut an, sprang diesmal mehr nach links und landete auf einem Fensterbrett, das ich erst jetzt bemerkte. Als sie aufkam, weinte sie erneut. Das Geräusch ging mir durch Mark und Bein. Jetzt machte sie etwas dort oben mit ihren Vordertatzen. Schärfte sie die Krallen an den Brettern?

Und dann … plötzlich … war sie verschwunden.

Ich starrte auf die Mauer. Stolperte die paar Schritte bis zum Fenster. Leuchtete auf die Bretter.

*

Das Fenster war zugenagelt wie alle anderen auch.

Die Taschenlampe beleuchtete Blut auf dem Fensterbrett und im Schnee. Die Kratzspuren an einem der Bretter. Ich streckte die Hand aus und berührte das Brett.

Es bewegte sich!

Es ließ sich ein Stück zur Seite schieben und dahinter befand sich Fensterglas. Das Glas war kaputt. Ich legte die Taschenlampe ab, packte fest entschlossen das lockere Brett und riss es ab. Ich benutzte es als Hebel, um das zweite Brett wegzustemmen. Es fiel in den Schnee. Jetzt das dritte Brett. Dann lag das Fenster frei. Ich nahm die Taschenlampe wieder an mich, leuchtete. Ein kleines, zerbrochenes Fenster.

Mit steifen Fingern zog ich einen Stöckelschuh aus und hämmerte damit das restliche Glas aus dem Rahmen, vergrößerte die Öffnung. Ich tastete hinein, fand einen Metallhaken am inneren Fensterrahmen und öffnete ihn. Das Fenster ging auf.

Unbeholfen zog ich den Schuh wieder an. Ich konnte die Finger vor Kälte kaum mehr bewegen, doch es war wichtig, die Füße zu schützen. Da unten, auf dem Boden des Hauses, lagen die Scherben.

Ich warf zuerst den Charlottenburger hinein, nahm die Taschenlampe zwischen die Zähne, dann stützte ich mich mit beiden Händen aufs Fensterbrett und schwang mich hoch, bis ich auf dem Sims hockte. Ich leuchtete ins Dunkel des Gebäudes, hielt mich am Fensterrahmen fest und rutschte langsam ins Innere.

5. KAPITEL

DIE ERSTE NACHT

Im Haus war es bitterkalt.

Ich schob mit einem Fuß die Scherben zusammen, trat vorsichtig daneben. Hob den Charlottenburger auf, schnallte ihn um.

Tu was! Hilf dir!

»Gleich, Zoe …« Ich flüsterte.

Warum ist Unterkühlung so gefährlich? Na los, sag's mir! Sprich!

»… weil man sie unterschätzt und sich nicht selbst hilft …« Ja, ich erinnerte mich. Wir hatten das in Papas Erste-Hilfe-Kurs gelernt.

Dann unternimm endlich was!

Das Fenster führte in ein Bad. Ich ließ den Taschenlampenstrahl wandern. Das Bad war dunkelblau gekachelt und winzig. Die Kälte war erbarmungslos. Ich rieb zitternd meine Arme.

Nicht die Arme! Die Herzgegend!

Ich ließ sie sofort los, rieb stattdessen meinen Oberkörper, rechts über der Brust. Es stimmte. Bei Unterkühlung soll man nicht die Arme reiben, weil dann kaltes Blut ins Herz transportiert wird. Besser ist, das Herz zu massieren. Aber es half nicht.

Ich tappte weiter. Hoffte, dass ich etwas fand, was ich mir

umwickeln konnte. Das Bad war jedenfalls ganz leer. Nicht einmal einen Duschvorhang gab es.

Wärme dich! Los! Los!

»Ja, Zoe … ich suche ja … ich …«, flüsterte ich.

Ich verließ das Bad und gelangte in einen Korridor. Das Taschenlampenlicht streifte einen zerschlissenen Läufer. Dann einen Dielenschrank. Ich riss die Schranktür auf.

Bitte, bitte, bitte.

Fast hätte ich geweint.

Im Schrank hing ein Mantel! Dunkelbraun, ein steifer, gummiartiger Kunststoff. Ein richtiger Mantel! Ich nahm den Charlottenburger ab, schob die halb erstarrten Arme in die großen Ärmel, wickelte mich in den quietschenden Stoff und stöhnte auf, als das eiskalte Textil sich an meine Haut presste.

Zieh das schreckliche Teil sofort wieder aus! Du brauchst etwas Warmes, Trockenes. Einen Pullover, eine Decke ….

»Gibt … nicht …« Jeder Rest Wärme, der sich noch in mir gehalten hatte, floss aus mir heraus. Der Mantel schien sie regelrecht aus mir herauszusaugen. Mein Blut fühlte sich kalt und verklumpt an.

Zieh den verdammten Mantel aus! Sofort!

Ich versuchte es ja. Ich versuchte, ihn wieder auszuziehen, aber es gelang mir nicht. Er war so schwer, so steif. Und meine Hände und Arme waren wie aus Holz. »Kann … nicht …«, keuchte ich. Und es war mir plötzlich auch egal. Ich ließ den Mantel an. Nahm mein Bündel wieder hoch. Leuchtete in den Schrank.

Da stand etwas auf dem Boden. Ein Paar Gummistiefel! Wie mühsam es war, sie herauszuholen. Beim Hineinsteigen musste ich mich an der Wand abstützen. Die Stiefel waren zu groß. Sie schlackerten um meine Füße und waren genauso kalt wie der Mantel, aber was spielte das für eine Rolle? Meine Füße waren taube Klumpen, totes Fleisch, das ich hinter mir herzog.

Der Korridor hatte eine Tür rechts und eine links. Geradeaus öffnete der Gang sich in einen großen Raum. Ich schlurfte an den Türen vorbei. Die Beine wie eingerostet, die Füße wie … welche Füße? Ich wollte … nur … weiterschlurfen. Und … mich … dann … hinlegen.

Dreh sofort um! Geh zurück, öffne die Türen!

»Nein …« Lass … mich … einfach … weiter…

KATRINA!

»Ist ja gut …«, flüsterte ich. Zoe hatte recht. Die Erkenntnis drang durch den Nebel in meinem Kopf. Vielleicht fand ich etwas … etwas Warmes. Wie in Zeitlupe schlurfte ich zurück. Drückte eine der Klinken hinunter. Das Taschenlampenlicht zitterte über ein Tischchen, einen Stuhl, ein vernageltes Fenster, ein Bett.

Ein Bett …

Ich spürte, wie mir die Tränen herunterliefen.

Auf dem Bett lag eine Decke.

*

Trotz der Decke wurde mir nicht wärmer. Ich hatte es nicht geschafft, mich von dem froststarren Gummimantel zu befreien. Ich hatte die Bettdecke einfach irgendwie darübergezogen und war weiter durch den Korridor geschwankt, in den großen Raum.

Eine Lobby. Ich zitterte jetzt so heftig, dass ich die Taschenlampe verlor.

Zoe sagte in meinem Kopf: *Merkmale einer fortgeschrittenen Unterkühlung sind … rede, Katrina, rede!*

… gewaltsames, unkontrollierbares Frösteln und verworrene Aussprache, führte ich ihren Satz zu Ende. Stumm, denn sprechen konnte ich nicht mehr.

Meine Finger waren so steif, dass es mir schwerfiel, die Lampe aufzuheben, ich brauchte beide Hände dafür. Als ich mich aufrichtete, schlugen meine Zähne aufeinander, ein Krachen im Kopf. Die Kälte im Raum schien zu knistern.

Wären die Wände aus Glas, dachte ich, wären sie voller Eiskristalle. Wäre der Boden aus Metall, würde ich daran festfrieren. Der Atem stand in Wolken vor meinem Gesicht. Ich leuchtete einmal ringsum.

Geradeaus – die Haustür. An den Wänden Holzregale, Bücher darauf. Im Raum verteilt standen Sessel, Tischchen, altmodische Lampen. Versuchsweise drückte ich mit dem Ellbogen auf einen Lichtschalter. Meine Hände waren mittlerweile unbrauchbar, wie verwachsen mit der Taschenlampe. Natürlich blieb es dunkel.

Ich leuchtete weiter. Eine Treppe führte ins obere Geschoss. Weiter. Und dann entdeckte ich etwas, das mich auflachen ließ, ein Lachen, das in Weinen kippte. Zwischen zwei Regalen schlummerte ein Kamin.

*

Ich ging vor dem Kamin in die Knie, öffnete ungelenk die Schornsteinklappe. Der Wind pfiff – der Kaminschacht war nicht blockiert. Zwei Kiepen standen daneben, halb mit Holz gefüllt. Ich fand sogar Zündhölzer, doch sie waren feucht. Ich blies mir in die Hände, steckte sie unter dem Mantel in meine Achselhöhlen, versuchte sie beweglicher zu machen. Dann nahm ich den Charlottenburger ab, öffnete die Riemen, wofür ich drei Anläufe brauchte. Ich musste irgendwie den Wachsblock mit den eingeschmolzenen Zündhölzern herausbekommen.

Nie hatte ich aufgehört, Zündhölzer einzuwachsen, auch nicht nach der Gefangennahme. So hatte Papa es uns gezeigt. Man legt Zündhölzer, am besten mehrere Hundert Stück, auf einen Haufen. Gießt flüssiges Wachs darüber. *Ein Zündholz kann euch das Leben retten. Ihr müsst es vor Feuchtigkeit schützen.* Eingewachst kann man sie durch jede Witterung transportieren. Selbst wenn sie ins Wasser fallen würden, wären sie noch brauchbar.

Der Wachsblock rutschte weg, ich konnte die Finger nicht mehr richtig biegen. Ich schnappte die ganze Zeit nach Luft. Ich musste jetzt unbedingt, *unbedingt* etwas unternehmen. Hyperventilation zeigt, dass die Körpertemperatur zu schnell sinkt.

Ich klatschte in die Hände – eins, zwei, drei, fünf, zehn Mal –, blies hinein, bis mir schwindelig wurde, versuchte sie zu öffnen und zu schließen, griff nach dem Block, zog ihn heraus, brach ein Zündholz ab, und dann –

Tu das Richtige, Katrina!

– nahm ich den kleinen Gaskocher aus meinen Sachen. Zoe hatte recht. Ich musste so schnell wie möglich Wärme in meinen Körper bekommen. Ein Feuer in Gang zu bringen, dauerte zu lange. In der Zwischenzeit konnte mein Körper schon so viel Energie verloren hatte, dass ich ohnmächtig wurde. Trinken half schneller.

Ich stellte den Kocher vor mich. Versuchte mich einen Moment lang völlig auf meine Atmung zu konzentrieren – ich musste ruhig werden, aufhören, nach Luft zu *schnappen*, sondern sie *langsam einziehen*. Denk an etwas Schönes, befahl ich mir. Denk an …

… Hyde, als alles noch gut war, als der Bus noch nicht gekommen war, als es Fisch und Hämmer noch nicht gab und auch nicht das grässliche weiße Zimmer. Denk an den großen Raum in Hyde, der Küche und Wohnzimmer in einem war, an die Kunstwand voller Bilder und an Zoes Kräuterbüschel, die ihre Gerüche verströmten: Bohnenkraut, Oregano, Minze. Denk an die Sitzlandschaft, so bunt und gemütlich: Patchworkdecken über den Matratzen, die auf einem Holzpodest auflagen, das du selbst gebaut hast. Viele, viele Kissen darüber. Regalwände voller Bücher. Erinnere dich an den Herd mit seinen Klappen, den Geruch von verbrennendem Holz. An die zwei Zimmerchen, die von dem großen Raum abgingen: eins für Zoe und dich, eins für Papa. Die Fenster winzig, damit in kalten Zeiten nicht zu viel Wärme verloren ging. Denk an den Specht, der immer an den Verandapfosten geklopft hat, und daran, wie Hyde im Frühjahr duftete, all seine Bohlen, das kräftige Holz. Als würde das Haus sich nach jeder Schneeschmelze an seine Zeit als Baum zurückerinnern, würde wieder spüren, was Frühling ist, aufwachen, die Poren öffnen, harzen, duften und Insekten anlocken …

Ich atmete endlich ruhig.

Mit steifen Händen kramte ich den kleinen Topf hervor, meine Trinkflasche, schaffte es irgendwie, ein Streichholz anzuzünden, das Gas zu entflammen, den Topf auf den Kocher zu stellen, Wasser aus der Trinkflasche hineinzugießen. Und dann wartete ich. Wartete und fror erbärmlich und hielt die Hände über den Topf mit dem sich langsam erwärmenden Wasser.

Ich ließ es nicht kochen, machte es nur heiß. Mit viel Mühe schaffte ich, etwas davon in den Becher zu kippen und diesen Schluck für Schluck auszutrinken. Ich kippte nach, trank, kippte nach, trank. Spürte, wie die Wärme durch die Speiseröhre in meinen Magen floss und wie etwas ganz tief in mir, das niemals einfrieren sollte, langsam anfing zu tauen.

*

Wenn ich etwas im Laufe der Jahre gelernt hatte, dann, ein Feuer zu machen. Ich durchsuchte die Regalwände, um ein Buch zu finden, das vielleicht entbehrenswert war. Aber was ich von Weitem für Bücher gehalten hatte, stellte sich als eine umfangreiche Sammlung von Gelben Seiten und Telefonbüchern heraus. Kein einziges richtiges Buch. Ich griff nach den Gelben Seiten von 2005, davon gab es mindestens zwanzig Exemplare. Wer hob so alte Dinger auf? Und wozu so viele? Ich riss die Seiten heraus und knüllte sie vor dem Kamin zu Bällen zusammen. Ich baute ein kleines Gestänge aus Holzsplittern darum. Stellte um das Gestänge schmale Holzscheite, an die ich zwei dickere Scheite lehnte.

Kurz darauf hielt ich meine Hände an die Flammen. Zog die Gummistiefel von den Eisklumpen, die meine Füße waren. Sie waren beunruhigend weiß, so als wäre alle Farbe herausgelaufen. Ich hielt auch sie ans Feuer.

Nicht zu nah!

Ja, Zoe, ich weiß. Sehr leicht verbrannte man sich die Gliedmaßen in so einem gefühllosen Zustand.

Es dauerte lange, bis ich überhaupt etwas spürte, bis die Haut kribbelte und kleine Wärmetierchen mit brennenden Füßen durch meine Adern zu jagen begannen. Bis das Leben mit einem schmerzhaften Biss in mein Fleisch zurückkehrte.

*

Langsam war die allerschlimmste Kälte in der Lobby einer klammen Kühle gewichen. *Warm* wurde es in dem hohen Raum noch nicht. Dabei prasselte das Feuer mit hohen Flammen. Ich hatte Scheite nachgelegt, um der Hitze Futter zu geben, doch der Winter hatte zu lange in diesem Gebäude gehaust. Er hatte sich durch Mauern, Boden und Dach gefressen, hatte sich knackend und knisternd eingenistet. Es würde noch Tage dauern, bis die Mauern sich erwärmten. Dennoch – wenn man jetzt von draußen kam, spürte man zumindest einen *Unterschied.*

Ich war noch einmal draußen gewesen. Ich hatte die Kiepen geleert und durchs Badezimmerfenster gedrückt, bis sie in den Schnee fielen, dann war ich hinterhergestiegen. Im Schneesturm hatte ich mich bis zum Tor gekämpft, zu dem davor parkenden Wagen. Die Lebensmittel mussten aus dem Transporter, sonst erfroren sie. Ich hatte sie in die Kiepen gestapelt, diese den Hang hinauf zum Haus gezerrt und zurück durch das kleine Badfenster gestemmt. Ich musste das Ganze mehrere Male wiederholen, bis der Transporter leer war. Ich war extrem erschöpft, aber mir war warm dabei geworden.

Im Feuer knackte ein Scheit. Es zischte, als Harztropfen aus dem Holz traten und in die Flammen fielen. An ein Regal gestapelt, standen jetzt die Tetrapaks und Dosen, die Beutel, Tüten und Gläser mit den Lebensmitteln.

Ich kauerte auf einer Matratze vor dem Kamin, die Decke um mich geschlungen. Die Matratze stammte aus dem Zimmer im Korridor. Das Feuer tänzelte. Es zupfte an meinem Herz. Erinnerte mich an Hyde. Holte mir meine Kindheit vor Augen.

*

»Papa, Papa! Komm schnell! Hilfe, Hiiilfe!« Wir lagen aneinandergeklammert in Zoes Bett und schrien wie am Spieß. Bis Papa die Tür öffnete und Licht mitbrachte und Trost. Wir waren vier Jahre alt.

»Was ist denn los?«

»Da drunter wohnen zwei Monster!«

Unter unseren schönen Holzbetten mit den hohen Beinen konnte man sich gut verstecken, aber nachts verwandelte sich der Raum darunter in Höhlen, in denen das *Waldmonster* hauste (bei mir) und die *Blutige Hand* (bei Zoe).

Ich erinnere mich, wie Papa uns erklärte, dass Monster grundsätzlich nicht in Häuser kämen und dass sie vor allem Räume unter Betten überhaupt nicht leiden könnten, weil sie davon Schnupfen und grüne Beulen bekämen. Wir hörten ihm mit aufgerissenen Augen zu, und solange es hell war, waren wir beruhigt. Lachten darüber, dass wir an Monster unterm Bett geglaubt hatten!

Doch kaum hatte er unser Zimmer verlassen, wurde unser

Lachen hysterisch, und Zoe stürzte von ihrem Bett in meins: »Ich hab die *Blutige Hand* kratzen gehört. Sie versucht, in mein Bett zu klettern! – Sie ist total sauer, weil sie Schnupfen und grüne Beulen hat!« Und schon fingen wir wieder an zu schreien.

Das ging mehrere Nächte so.

Und dann, als wir wieder einmal tränenüberströmt nach Papa riefen, weil wir auf die Toilette mussten, aber nicht konnten, denn das *Waldmonster* und die *Blutige Hand* würden sofort nach unseren Füßen schnappen, war Papa mit Licht und der Säge in der Hand hereingekommen. Zuerst brachte er uns beide nacheinander auf dem Arm zur Toilette. Und dann drehte er unsere Betten um und sägte die Beine ab.

Danach schleppte er seine eigene Matratze in unser Zimmer und schlief für diese eine Nacht zwischen unseren Bettenlagern, die nun direkt auf der Erde auflagen.

Es war eine Wunderheilung. Seit jenem Tag schliefen wir friedlich auf dem Boden wie zwei Herbstblätter. Es gab kein einziges Monster mehr in Hyde.

*

Unter Rolands Einkäufen waren Wasserflaschen. Ich goss eine halbe in den Topf, gab meine restlichen getrockneten Apfelstücke hinein und kochte alles auf dem kleinen Gaskocher. Außerdem fand ich Honig, Mandeln und Rosinen. Die Kälte und die Anstrengung hatten mich ausgelaugt; ich brauchte Energie. Ich gab viel Honig und Mandeln in die Suppe.

Mandeln enthalten Magnesium. Papa.

Magnesium ist gut für Nerven, Knochen und Zähne. Zoe.

In den Rissen hörte ich ihre Stimmen am deutlichsten. In den Rissen zwischen Einsamkeit und Angst. In einem Satz, irgendwo, ganz nah, hinter den Schläfen, ein Wrackteil. So oft hatte ich mir vorgestellt, dass sie eines Tages verstummen, für immer in den Faserrändern des Schweigens versinken würden. Dort, wo alles endet. Wo die Kerze erlischt.

Mit der Zeit brachte das Feuer die Gerüche des Gebäudes hervor. Den Geruch nach sumpfigen Teppichen, feuchten Tapeten, verrottendem Holz. Und Verwahrlosung. Einer Verwahrlosung, die noch tiefer als die Kälte zu sitzen schien. Dieses Haus bedeutete offenbar niemandem mehr etwas. Es starb leise und von allen unbemerkt. Das erzählten die sich ausbreitenden Flecken an den Wänden, die morsche Veranda, das zerstörte Türmchen auf dem Dach. Und plötzlich überfiel mich eine tiefe Traurigkeit. Es war nicht meine, aber sie hauste hier, und ich verkroch mich tiefer unter die muffige Decke.

Ich hab es geschafft, Zoe, dachte ich. Ich bin nicht erfroren. Der Sturm warf sich gegen die Tür, rüttelte an den Brettern vor den Fenstern. Das Feuer im Kamin strömte Wärme aus und die Erschöpfung zupfte an meinen Lidern, zog sie zu. Die Decke fest um mich gewickelt, streckte ich mich langsam auf der Matratze aus. Lauschte dem Flüstern des Feuers. Atmete mich in den Schlaf.

*

In dieser Nacht vor dem Kamin träumte ich das erste Mal wieder von dem Bus am See.

Ich hatte schon lange nicht mehr davon geträumt. So wie ich alle Gedanken an den Bus vermied, hatten sich auch meine Träume an die Vereinbarung gehalten. Das Tor zu dieser Erinnerung war zu. Doch ich hatte es geahnt: Jederzeit konnte es aufspringen. Licht würde eindringen, grell und ohne Erbarmen, und alles, was im Innern lag, könnte aus seinem schattigen Schlummer gerissen, hervorgezogen werden …

In jener ersten Nacht im Haus sah ich ihn wieder vor mir: den kleinen Bus, tarnfarbengrün und mit abgedunkelten Scheiben. Ich sah, wie er die Forstwege entlangkam, die Tiere vertrieb und am See haltmachte. Wie er seine Türen öffnete.

»Verpisst euch!« Hämmers Stimme.

Zoe, die anfing zu knurren.

»Scheiße, Mann … Scheiße! Die sind voll gaga!«, schrie Fisch in meinem Kopf.

Ich schreckte hoch, schnappte nach Luft und meine Hände krallten sich in die Decke, strichen dann nervös über Gesicht, Hals, Schultern …

Ich starrte in die Glut im Kamin, stand auf und legte zwei Scheite nach, bevor das Feuer noch ganz zerfiel. Von meinem Lager aus beobachtete ich die Flammen, die um das Holz herum stiegen und sanken, sah, wie bewegliche Schatten durch den Raum huschten, und versuchte, mich zu beruhigen.

Vielleicht lag es an diesem Haus im Schnee, dass ich nach so langer Zeit wieder vom Bus geträumt hatte. An dem Geruch nach Feuchtigkeit, Holz und Erde. Am Fauchen des Sturms draußen, an Zoes und Papas Stimmen in meinem Kopf. Vielleicht war es eine Mischung aus allem und das lang gezogene Klagen eines Waldkauzes. Denn all dies ähnelte der Zeit in Hyde.

*

»Hört zu!«, sagte Papa eindringlich und zeigte zum Regenfass, das unter Hydes Regenrinne stand. Ein großer, flacher Stein lag daneben. »Sollte mir irgendwas zustoßen, müsst ihr dort graben! – Merkt euch die Stelle.«

»Wieso? Was ist dort?«

»Versprecht, dass ihr es nicht vergesst! Ihr dürft es nicht vergessen!«

*

~~*Fisch*~~
Hämmer
Jenne
Matze
Jula

Ich blätterte im Traum die Namen in meinem Rachebuch wie in einem Daumenkino ab. Rattattattattatt. Und wieder von vorn. Rattattattattattatt.

Hinter jedem Namen stand eine Telefonnummer.

Die Telefonnummern hatte ich aus Fischs Handy.

Fisch hatte ich schon erledigt.

Niemand hat je erfahren, dass ich Fischs Handy habe.

Irgendwas streifte meine Hand.

Was?

Mein Körper war schneller als mein Hirn. Ich sprang auf, die Fäuste geballt, die Augen aufgerissen, heftig atmend. Ich starrte auf mein Matratzenlager.

Was war los?

Mein Kopf schnellte von rechts nach links.

Das hier war nicht mein Zimmer in Hyde! Und nicht das im Kartoffelparadies. Es war auch nicht das Zimmer bei Gloria. Ich war in dem Haus im Schnee. Was zum Teufel hatte mich eben berührt?

Der Raum erhob sich um mich her. Still und düster und ... einsam. Ich schüttelte die Hand, als könnte ich damit auch die Berührung abschütteln. Den Traum. Ich hatte die Berührung geträumt. Ja, das war es. Der Übergang vom Denken zum Träumen ist fließend. Unmerklich.

Ein schwaches orangefarbenes Licht kam vom Kamin, das die Düsternis ringsumher noch zu verstärken schien. Das Feuer schwelte nur noch, Glutwürmer in der Asche, die mal dunkler, mal heller wurden, die Holzscheite waren komplett zerfallen. Es roch modrig. Die Wände schienen langsam und lautlos zu atmen.

Ich griff nach der Taschenlampe, erhob mich. Barfuß lief ich über den eisigen Boden, leuchtete hinter die monströsen Sessel und unter die zierlichen Tischchen. Der Schreck schien meine Wahrnehmung geschärft zu haben – alles wirkte deutlicher, mit härteren Kontrasten. Die Möbel so scharf konturiert wie Stiche, das Tapetenmuster wie mit spitzer Feder gezeichnet.

Und in der hintersten Ecke, ganz an die Wand gedrängt, entdeckte ich sie: die Katze. Die Katze, die mir den Weg ins Haus gezeigt hatte.

Sie leckte ihre Vorderpfote, und als das Licht der Taschenlampe ihr Gesicht traf, hielt sie inne, begann zu fauchen.

»Hallo«, flüsterte ich, und sie legte angespannt die Ohren zurück. Das heißt: Sie hatte nur eins. Das linke war abgerissen, nur ein kleiner Hautlappen war noch übrig. Langsam näherte ich mich. Die Katze kauerte sich noch enger an die Wand. Mit jedem Schritt entdeckte ich mehr Einzelheiten: wie sie zitterte. Wie stumpf ihr Fell war. An manchen Stellen fehlte es büschelweise. Sie atmete schnell und mit offenem Maul. Ihre Augen waren verklebt und entzündet. Nur eine winzige Stelle an ihrem linken Augenwinkel stand offen.

Konnte sie überhaupt etwas erkennen? Hell und dunkel vielleicht. Deshalb also hatte sie das Fensterbrett beim ersten Mal verfehlt. Ich spürte einen feinen, tief sitzenden Schmerz hinter meiner Brust. Die Katze ließ die Ohren spielen. Ihre Schwanzspitze zuckte. Ich rührte mich nicht, stand ganz still, und nach einer Weile begann sie wieder, ihre Pfote zu lecken. Diesmal nicht die Vorder-, sondern die Hinterpfote – offenbar waren beide verletzt.

»Danke, dass du mir den Weg ins Haus gezeigt hast«, flüsterte ich und ging auf die Knie. Sie fauchte wieder.

Mit langsamen Bewegungen öffnete ich eine verschweißte Packung Hackfleisch von Rolands Vorräten und schob sie vor das Regal. Dann zog ich mich zum Kamin zurück, wickelte mich in die Decke. Ich schloss die Augen und nach einer Weile wurde es Frühling in meinem Kopf.

*

Der Frühling war Zoes und meine liebste Jahreszeit gewesen. Wir fieberten ihm entgegen. Denn von Anfang März bis Ende Mai durften wir Hyde auch im Dunkeln verlassen. Der erste Juni änderte alles. Dann durften wir nur raus, wenn es hell war. Richtig hell. Nicht mal das Dämmerlicht von Morgen oder Abend war erlaubt.

Im Sommer war das nicht so schlimm, vor allem morgens nicht. Die Sonne ging zeitig auf; oft waren wir schon vor sechs draußen. Zwar ging sie auch spät unter, aber für uns immer noch zu früh, früher jedenfalls, als wir ins Haus zurückwollten.

»Vor der Dämmerung seid ihr beide wieder hier, Zoe! – Denkt daran!«

»Ach, Papa …«, bettelten wir. »Am See ist es so schön! Es gibt Frösche. Und es ist ganz warm. Können wir heute Nacht nicht draußen bleiben? Wir stecken eine Laterne in die Erde und machen ein Nachtpicknick.«

»Willst du wirklich mit einer Kugel im Kopf sterben, Zoe?«

Zoe sah zu Boden, kickte mit dem Fuß einen Kienapfel weg. »Nein.«

»Dann seid vor der Dämmerung hier. – Und pass auf deine Schwester auf.«

»Wieso immer Zoe?«, maulte ich. »Ich kann doch auch mal auf sie aufpassen!«

»Zoe ist neun Minuten älter.«

März, April und Mai waren unsere Traummonate. Da machten wir jedes Wochenende, ausnahmslos *jedes* Wochenende, Ausflüge, und die Dunkelheit war kein Feind mehr, sondern ein Freund.

Der März war der Monat der Nachtwanderungen. Papa führte uns in die knackende, rauschende, duftende Dunkelheit. Wir zogen uns warm an – dicke Strumpfhosen, zwei Pullover und den Anorak – und wanderten anderthalb Stunden lang zu einer Lichtung, die von Birken gesäumt war. Wir breiteten dort die Thermodecke aus, legten uns auf den Rücken und Papa erklärte uns die Sterne. Während der Tau sich langsam über unsere Haut legte und es im Unterholz wisperte und raschelte, schauten wir mit dem Fernglas in den schwarzen Himmel und lernten die Sternbilder.

Im April und Mai gab es die ersten Pilze. Die Sternenlehrzeit war vorbei. Stattdessen packte Papa freitags, gleich nach dem Unterricht, den Rucksack, und Zoe und ich sprangen begeistert durch Hyde und suchten alles zusammen, was wir für unsere Ausflüge brauchten: Isomatten, Schlafsäcke, Spankörbe, Jacken, den Gaskocher, den Wachsblock mit den Zündhölzern, Alugeschirr, Messer, Feldflaschen, das Salz, die Gaze, Zwiebeln und Gewürze. Ein paar Fladen – noch ganz warm. Mehr nicht. Alles andere würden wir sammeln.

Wir standen am Samstag noch vor den Vögeln auf. Zoe und ich verschlangen den Hirsebrei in Sekunden, kippten den Brennnesseltee hinunter, waren schneller fertig als Papa und trommelten mit den Füßen. Und dann ging es endlich los! Papa rief: »Auf, auf – das Gebirge ruft!«, und schnallte sich den Rucksack um. Wir verschlossen Hyde und wanderten davon.

Es war noch dunkel. Wir bahnten uns den Weg durch Wiesenknöterich, Bärwurz und Hahnenfuß, wie Zoe flüsternd aufzählte. Sie leuchtete mit der Taschenlampe den Weg ab. Jeder Name klang wie eine Geschichte. Wollgras, Mädesüß und Pestwurz. Zoes Flüsterworte bevölkerten die Pflanzenwelt für mich. Trollblume. Kratzdistel. Storchschnabel.

Bei Sonnenaufgang schlugen wir das Zelt am Gebirgsbach auf, packten unsere Sachen aus, scheuchten ein paar Birkhühner auf und gingen auf Pilzsuche.

»Es ist wichtig, früh aufzubrechen«, sagte Papa. »Wir sind nämlich nicht die Einzigen! Aber wer früher als alle anderen da ist, findet die Pilze zuerst!«

Er kannte die besten Stellen. Im April und im Mai gab es noch nicht so viele Pilze wie im Herbst. Aber es gab die Käppchenmorchel, den Schuppigen Porling, den Chlorbecherling und Verpeln.

Wir waren mit Spankorb, Messer und Tuch ausgerüstet. Fanden wir einen essbaren Pilz, schnitten wir ihn dicht unter dem Hut ab, reinigten den verschmutzten Stiel, und wenn Blätter oder Nadeln am Hut klebten, wischten wir ihn mit dem Tuch vorsichtig sauber. Dann legten wir den Pilz behutsam mit den Lamellen nach unten in den Korb. Gegen Mittag kehrten wir zu unserem Zelt zurück, müde und mit vollen Körben.

»Spannt schon mal die Gaze auf«, sagte Papa, »aber passt auf, dass sie nicht im Schatten hängt!«

Und während Papa Zwiebeln schälte und ein paar Pilze schnitt, dann den Gaskocher anmachte, die große Pfanne darüber stellte, Öl hineingoss und Pilze und Zwiebeln hineinwarf, suchten Zoe und ich nach vier frei stehenden Bäumen und spannten dazwischen die Gaze auf. Wir breiteten die restlichen Pilze darauf aus. Sie durften einander nicht bedecken, damit jeder in der Sonne lag und Luft bekam von allen Seiten.

Dann pflückten wir Wunderlauch; im April war er am zartesten. Manchmal roch das ganze Ufer danach: frisch, hellgrün und zwiebelig. Wir wuschen die Blätter im Gebirgsbach, rupften sie klein und streuten sie über die geschmorten Pilze. Wenn wir dann vor unserem Zelt auf der Thermodecke saßen, jeder ein Schälchen auf dem Schoß und einen der aus Hyde mitgebrachten Fladen in der Hand, stand die Sonne im Zenit. Wir hielten unsere Gesichter ins Licht und schlangen die Mahlzeit herunter. Nichts geht über frische Morcheln.

Wir Mädchen verbrachten fast den ganzen Rest des Tages am Wasser. Wenn es sonnig genug war, konnten wir in dem eiskalten Bach sogar schon anbaden. Papa schnitt währenddessen Stangen zurecht und baute aus Totholz eine kleine Bank und ein niedriges Tischchen. Er sammelte Brennholz und ließ Zoe und mich Reisig und trockene Rinde im Zelt aufstapeln, für den Fall, dass es regnen sollte.

Manchmal, selten, verirrten sich Fremde bis zu unserem Flecken – Wanderer oder andere Pilzsammler. Papa musste uns dann keinen Blick mehr zuwerfen wie früher, als wir noch klein waren. Wir wussten, was zu tun war: Sobald wir das typische Knacken von Zweigen hörten, die unter Menschenfüßen zerbrechen, ließen wir alles stehen und liegen, liefen zum Zelt, kramten in unseren Rucksäcken und zogen die Handys heraus und die Dose mit den Kaugummis.

Wir setzten uns vors Zelt und begannen am Handy zu spielen. Ich spielte *Snail Mail* und Zoe *Bubble Invasion*. Waren die Handys nicht aufgeladen, taten wir trotzdem so.

Wenn die Leute aus dem Unterholz brachen, grüßte Papa freundlich und ging ihnen entgegen. Sie unterhielten sich. Übers Wetter, über die Pilze, darüber, ob dieses Frühjahr wärmer war als das vorige oder nicht. Die Leute warfen nur einen kurzen Blick auf Zoe und mich. Wir sahen nicht auf. Wir ließen Kaugummiblasen zwischen unseren Lippen aufgehen, waren vertieft, und aus Zoes Handy hörte man, wie die Bubbles zerplatzten, die sie zerschoss, und aus meinem, wie die Rennschnecke um die Kurven fetzte und dabei »Yeah! This is my day!« rief. Zoe und ich grüßten Leute, die zufällig vorbeikamen, grundsätzlich nicht, wir taten so, als wären wir völlig abwesend.

»Kinder …«, sagte Papa entschuldigend. »Ich kriege sie einfach nicht von den Dingern weg.« Die Wanderer lachten; das kannten sie.

Nachdem sie wieder weg waren, warfen wir unsere Handys zurück ins Zelt, gruben in der Walderde ein kleines Loch, spuckten die Kaugummis hinein und sprangen kreischend zurück in den Gebirgsbach. Papa wendete die Pilze in ihrer luftigen Hängematte, und sobald die Dämmerung kam, nahmen wir die Gaze ab und verstauten die Pilze im Zelt. Am nächsten Tag würden sie weiter in der Sonne trocknen.

Wenn der Vormittag warm gewesen war, durchsummten Mücken den Nachmittag. Papa hatte immer ein Säckchen mit Zedernholzspänen dabei und verbrannte sie. Die Asche mischten wir mit Zitrone und rieben uns damit ein.

Später hackte Papa das gesammelte Holz mit der kleinen Axt zurecht, und wenn mit der Dunkelheit die Feuchtigkeit aus dem Boden aufstieg und wir langsam zu zittern anfingen, machten wir ein Feuer. Papa hatte zu Hause gesüßten Eichelteig gemacht und mitgenommen. Den wickelten wir um Stöcke, und während rings um uns her die Nacht aufging, backten wir Stockbrot.

*

Doch nicht nur an den Wochenenden, auch an allen anderen Tagen dieser drei Monate durften wir das Haus im Dunkeln verlassen – und wir nutzten das aus bis zum Letzten. Papa hatte keine Angst um uns. Jedenfalls nicht, dass wir nachts im See ertrinken, von Tieren angefallen werden oder uns verlaufen könnten.

Der Wald war ein Körper und wir waren Teile von ihm. Nichts Wichtiges, vielleicht die Ohrläppchen. Entbehrlich zwar, aber direkt mit dem ganzen Rest verbunden, dasselbe Fleisch. Wir spürten ihn, kannten die anderen Glieder und Organe genau. Wir kannten die Routen der Wildschweine, die den Wald wie ein Aderngeflecht durchzogen; wir hörten ihre Schritte, konnten sie von denen anderer Tiere unterscheiden. Die Warnrufe der Vögel verrieten uns nahende Boden- oder Flugräuber und eben auch Menschen. Wir wussten, wo glitschige Baumstämme am Seeufer lagen, der Boden morastig und unsicher wurde, wo Algen im Wasser sich heimtückisch um die Beine wickelten. Lange im Voraus sahen wir, wenn ein Unwetter kam – am Wechsel des Lichts, am Tiefflug der Vögel, am Schutzverhalten blühender Pflanzen. Bevor es losbrach, waren wir in Sicherheit. Und die Orientierung zu verlieren, war für Zoe und mich genauso unwahrscheinlich, wie plötzlich die Fähigkeit zu atmen aufzugeben.

Papa hatte von Anfang März bis Ende Mai keine Angst um uns, denn nicht der Wald war der Feind. Ab Juni aber mussten wir versprechen, jede Dunkelheit zu meiden, jedes Dämmer-, Halb- und Zwielicht.

Ab Juni war die Schonzeit zu Ende. Die Jagdsaison begann.

*

Ich erwachte von einem lauten Knall. Ein zweiter folgte.

Hilfe!

Waren das Schüsse?

Einen schrecklichen Moment lang wusste ich nicht, wo ich

war. Ich konnte nichts sehen, konnte mich nicht bewegen, weder den Kopf drehen noch die Finger oder Zehen krümmen, und auf meiner Brust lag ein Stein oder ein Baumstamm oder etwas Totes. Mein Herz schlug, als wollte es etwas zertrümmern, und dieser Geruch nach Blut … er machte mich wahnsinnig … Ich *wusste,* dass nichts vorbei war, ich *wusste*, dass ich wieder in Hyde war, hörte Zoe schreien und an mir reißen und –

Dann war es vorbei. Ich konnte die Augen öffnen, mich aus dem Traum befreien, ich war wieder hier: in diesem Haus auf dem Hang mitten im Schnee. Draußen tobte kein Feuer, sondern der Sturm, ich hörte das Pfeifen im Kaminschacht. Die Holzbalken knarrten. Ein Baum ächzte. Der große Nussbaum wahrscheinlich. Er stand sehr dicht am Haus.

Ich lag da, es war fast völlig dunkel. Das Feuer im Kamin war heruntergebrannt. Ich beobachtete das schwache Fizzeln der Glut, die roten Glutpunkte, die der Wind im Schacht immer wieder aufleuchten ließ – alles war gut. Das Haus war aus Stein und hielt dem Sturm stand.

Doch der Geruch von Blut war noch da.

Der Geruch von Blut ist noch da.

Mein Herz schlug wieder schneller. Wieso war der Traum vorbei und der Geruch noch da?

Wieder ein Schuss. Oder etwas ähnliches. Dann ein Jaulen, ein Wimmern.

Ich lauschte so angestrengt, dass mein Kopf zu schmerzen begann, versuchte, *hinter* das Heulen des Sturms zu horchen.

Da war etwas.

Ein Pochen. Rhythmisch. Und noch etwas. Ein … *Schaben.*

Nein, das kam nicht von draußen.

Das kam von *drinnen.*

Von irgendwo über mir.

Tock, tock, tock. Als würde jemand anklopfen. Knöchel gegen Holz.

Die Härchen in meinem Nacken stellten sich auf und ein Prickeln überzog meine Kopfhaut. Ich atmete durch den Mund, hob die Taschenlampe und sah langsam nach oben, zur Zimmerdecke.

*

Tock … tock. Wieder das Pochen.

Ich war hier nicht allein.

Jemand war im Obergeschoss!

Ich setzte mich auf und dabei bemerkte ich die Bewegung. Im hinteren Teil des Raums. An der Treppe.

Panisch leuchtete ich dorthin. Die Katze. Sie kauerte am Fuß der Treppe – ein rothaariger Klumpen – und hatte den Kopf in meine Richtung gedreht. Mit den verklebten Augen konnte sie nichts sehen, aber sie witterte.

Erneut knallte es, das Tier wimmerte leise auf. Vor Angst? Dann hörte ich, wie jemand im oberen Stockwerk herumrumpelte.

Verdammt! Was sollte ich tun?

Es gibt nur einen Weg aus der Angst. – Der führt mittendurch. Papa. Wild entschlossen stand ich auf, ging los. Ich wollte, nein, ich *musste* ins obere Geschoss.

Fast wäre ich gestolpert. Über die Katze, die sich am Fuß der Treppe plötzlich vor mir aufbaute, mit gesträubtem Fell und krummem Rücken. Die Ohren zurückgelegt. Sie fauchte mich an. Der Sturm warf sich mit voller Wucht gegen die Mauern.

Ein neuer Knall von oben. Die Katze stieß einen seltsam kehligen Laut aus, schwankte, kippte seitlich weg, rappelte sich wieder auf. Ich wollte an ihr vorbei, hinauf. Sie schien meine Absicht zu spüren, quälte sich ein paar Stufen hinauf, bäumte sich erneut vor mir auf. Was sollte das? Versuchte sie mir den Weg nach oben zu versperren? Ihr Schwanz peitschte die Luft und unter den verklebten Augen zuckte es – sie versuchte offenbar verzweifelt, die Lider zu öffnen.

Ich machte einen Schritt, um an ihr vorbeizukommen, aber ein tiefes Knurren ließ mich innehalten. Ich sah die Zähne in ihrem aufgerissenen Maul, lang und spitz. Ich sah, wie ihre Barthaare zitterten, die Muskeln sich spannten, wie sie sich mir entgegenstellte. Sie knurrte lauter. Jäh überfiel mich eine Erinnerung. Nein: knallte in mich rein.

Zoe. Zoe, wie sie die Zähne fletschte. Wie sie Hämmer und Fisch anknurrte. Wie beide zurückwichen. Die Augen ungläubig aufgerissen.

Schritt um Schritt ging ich rückwärts die Stufen wieder hinunter, langsam und ohne abrupte Bewegungen zu machen, während die Katze mir knurrend folgte.

*

Etwas war anders.

Zuerst fiel es mir gar nicht auf, weil ich mich so auf die Katze konzentriert hatte, die – nachdem sie mich weit in die Lobby zurückgedrängt hatte – nun die Richtung änderte und fauchend im Dunkel des Korridors verschwand. Nach und nach wurde mir klar, dass es die Geräusche waren, die sich verändert hatten.

Die Holzbalken ächzten nicht mehr. Kein Knarren von den Bäumen draußen. Es war so still, als wäre der Sturm erstickt. Auch das Pochen und Schleifen im Stockwerk über mir hatte aufgehört.

Die Stille hatte etwas Körperliches, presste sich wie Korken fest in die Ohren. Ich schüttelte den Kopf. Bewegte meine Glieder. Hatte das Gefühl zu schweben.

Alles schien den Atem angehalten zu haben, in Erwartung zu verharren.

Langsam drehte ich mich um, sah die Treppe hoch.

Irgendetwas war da oben. Ich spürte es, wie ich den Gummistoff des Mantels auf meiner Haut spürte: entsetzlich nahe. Etwas hockte dort und gab jetzt keinen Laut mehr von sich. Die plötzliche Stille schien an mir zu saugen, mich hochlocken zu wollen. Doch um nichts in der Welt wäre ich jetzt mehr die Treppe emporgestiegen. Es war mir unbegreiflich, dass ich eben noch freiwillig dort hochgewollt hatte. Langsam griff ich nach den Gummistiefeln und ging auf Zehenspitzen rückwärts. Nichts wie weg hier …

*

Ein gewaltiges Ächzen und Knacken durchbrach die unnatürliche Stille. Ich rannte jetzt. Durch den Korridor zum Bad. Ich musste raus aus diesem Haus!

Auf dem Weg zum Bad passierte es: Ein Krachen, so heftig, dass die Wände aufschrien, die Balken heulten. Ich spürte den Aufprall durch die Fasern des Gebäudes gehen und in meinem Rückgrad summen. Sofort ließ ich die Stiefel fallen, duckte mich und hielt die Arme schützend über den Kopf. Etwas ratschte von außen die Hausmauer entlang. Es klang *gigantisch*.

Und dann war es plötzlich vorbei.

Vorsichtig richtete ich mich auf, schlüpfte in die Stiefel und drückte die Türklinke zum Bad herunter. Immer noch diese irritierende Empfindung, Korken im Ohr zu haben. Ich stieß die Tür auf.

Schwaches Dämmerlicht sickerte durch die zerbrochene Scheibe herein, machte nichts wirklich sichtbar, zog nur Konturen aus der Finsternis: das Waschbecken, die Toilette. Ich lief ans Fenster, durch das Schnee hereinstob. Schnee – so fein wie Salz. Er bildete eine dünne Schicht auf dem Fensterbrett und den Fliesen.

Ich wollte das kaputte Fenster ganz aufstoßen, aber es prallte mit dem Rahmen gegen etwas und blieb stecken. Unwillkürlich stieß ich einen kleinen Schrei aus und sprang zurück.

Draußen lag etwas Riesiges.

6. KAPITEL

DIE ENTSCHEIDUNG

Was war das für ein schwarzes, ungeheures Ding? Vorsichtig leuchtete ich mit der Taschenlampe durch das Fenster hinaus.

Die Krone des Nussbaums.

Sie lag im Schnee wie ein gigantisches besiegtes Tier. Der Sturm hatte ganze Arbeit geleistet. Überall im Schnee verstreute Dachziegel. Ich drückte das Fenster nach außen, presste es gegen die Krone, und als die Lücke groß genug war, zwängte ich mich durch und kletterte über das Geäst hinaus. Ich blickte nach oben.

Um Genaues zu sehen, war es noch nicht hell genug, aber ich erkannte einen schwarzen Fleck im Dach: Die herabgestürzte Krone hatte ein riesiges Loch hineingerissen.

Endlich verstand ich. Niemand hatte im oberen Stockwerk rumort! Niemand hatte geklopft, etwas über den Boden geschleift, war herumgetrampelt. Es war der Sturm gewesen, die Äste des Baums.

Ich schlang die Arme um mich und ließ den Blick über das Grundstück gleiten. In die fahle Morgendämmerung.

Halblicht. Es schlief nicht mehr, aber es war auch noch nicht wach. Schwachblau zog es über den Schnee, legte den Schimmer des Unwirklichen über alles. Jeder Zentimeter wirkte unschuldig, als wäre nichts passiert. Als könnte nie etwas passieren. Der lautlose Übergang von Nacht zu Tag. Ein dünner, verfrorener Vogelruf erklang und brach jäh wieder ab, als wäre die Stille über ihn hergefallen.

Ich erinnerte mich.

Ich erinnerte mich an einen anderen Winter, eine andere Stille. Zoe und ich hatten in einem ähnlich schwachblauen Licht aus dem Fenster gesehen, zappelig vor Ungeduld, dass es endlich Morgen würde und wir hinausdurften – in den Schnee, auf den See. Gleitschuh fahren!

Der See. Und wie die Stille immer wieder unterbrochen worden war von einem gewaltigen Stöhnen. Dem Atem des Sees. Riesige Risse zogen sich durch das Eis und brachen es auf.

Jetzt, Jahre nach diesem Winter, breitete sich wieder so eine dichte Schneedecke vor mir aus. Erneut ragten düstere Bäume ringsum in den Himmel. Es ging kein Lüftchen, nichts regte sich. Die Kälte wuchs knisternd und in dem blassen Dämmer sah die Landschaft geisterhaft schön aus.

Im selben Moment tauchte etwas Dunkles im Schnee auf. Die Katze. Sie torkelte um das Schild vor dem Haus.

*

Verwalter gesucht.

Ich stand da, atmete Kältewolken aus und das war der Augenblick. Der Augenblick, in dem die Sonne aufging und der Schnee ringsum erglühte. Es war magisch und ich schloss geblendet die Augen. Machte sie gleich wieder auf.

Die Katze war weg. Hatte das Licht mich getäuscht?

Verwalter gesucht.

Ich starrte die Buchstaben an. Setzte sie im Kopf zusammen. Formte Worte daraus, gab den Worten einen Sinn. *Verwalter. Gesucht.*

Es scheint eine unbewusste Kraft in uns zu wohnen. Etwas, das im Verborgenen für uns sorgt und Entscheidungen trifft, bevor wir selbst sie wissen.

Ehe ich begriff, was ich tat, hatte ich das Handy in der Hand und die Nummer auf dem Schild gewählt.

Kein Empfang.

Wie in Trance ging ich weiter vom Haus weg, tiefer in den Schnee, wählte die Nummer erneut, bis das Freizeichen ertönte. Es drang in meinen Kopf, und während ich wartete, das Handy ans Ohr gepresst, in den fremden, viel zu großen Mantel gehüllt, die Füße in Stiefeln aus dünnem Gummi, schien die Landschaft unsichtbare Fühler in meine Richtung auszustrecken, mich flimmernd zu erkunden. Als versuchte sie, herauszufinden, wer ich war und was ich hier wollte.

Ja, was *wollte* ich eigentlich hier?

Seit ich meine Ausbildung beendet hatte, war ich auf der Walz. Hala und Lukas aus der Wohngruppe hatten mir geraten, lieber HartzIV zu beantragen, in der Wohngruppe zu bleiben und abzuwarten. Vielleicht bekäme ich eine richtige Anstellung. Aber HartzIV, mal ehrlich! Ich war siebzehneinhalb, als ich den Gesellenschein in der Tasche hatte. Ich war die Jüngste in meinem Ausbildungsjahr. Die anderen waren neunzehn und älter. In der Schule hatte ich eine Klasse übersprungen, in der Ausbildung ebenfalls, ich *wusste* einfach mehr als die anderen, und dennoch hatte ich das Gefühl gehabt, alles ginge extrem langsam.

Als ich endlich fertig war, konnte ich nicht rumhocken

und *warten*. Ich hatte schon viel zu lange gewartet. Dreieinhalb Jahre waren seit der Gefangenschaft vergangen und immer war irgendwer um mich herum gewesen, hatte meine Schritte überwacht, mich kontrolliert. Erst Gloria, bei der ich am Anfang hatte wohnen müssen, dann die Betreuer vom Jugendamt, dann die Leute aus der Wohngruppe und zwischendurch immer wieder: Dr. Sonnenkalb. Ich hatte es satt. Es war Zeit, meine Bewacher zu verlassen. Es war Zeit, aus Zorn Taten werden zu lassen.

Zeit, Rache zu nehmen.

»Du kannst nicht einfach loswandern«, sagten die Leute vom Jugendamt.

»Ich bin Tischlergesellin«, sagte ich. »Es ist mein *Recht*, nach der Lehrzeit auf die Walz zu gehen! Ich will Erfahrungen machen. Drei Jahre und ein Tag – so sind die Regeln. – Wollen Sie mich wirklich dafür bestrafen, dass ich jünger bin als die anderen? Das wäre Diskriminierung.«

Meine Betreuerin vom Jugendamt war ratlos gewesen – so einen Fall hatte sie noch nie gehabt. Sie hatte mich gehen lassen. Vorher hatte sie mich noch mit einer Kluft versorgt und einer Prepaid-Telefonkarte. Ich hatte versprechen müssen, mich regelmäßig zu melden.

Was sie nicht wusste: dass meine »Walz« nur ein Vorwand war. Die Kluft half mir dabei, mich unkompliziert trampend fortzubewegen. Sie half mir, schnell Unterkunft und Arbeit zu finden. Irgendwann unterwegs war ich achtzehn geworden. Da hatte ich aufgehört, mich beim Jugendamt zu melden. Ich war erwachsen.

Niemand fand es verdächtig, dass ich nirgends länger verweilte. Das gehörte schließlich zu den Regeln. Aber ich arbeitete nicht, um meine Erfahrungen als Tischlerin zu mehren, sondern um das Geld für meinen privaten Krieg zu verdienen. Vor einiger Zeit hatte ich die Schlacht begonnen: Ich hatte Fisch erwischt. Er war der Erste gewesen.

Eine leise, weiche Stimme in meinem Kopf sagte plötzlich: *Sieh hin.*

Ich ließ den Blick über den Schnee gleiten, bis er an dem Schild hängen blieb. *Sieh hin.*

Ich kniff die Augen zusammen. Las noch einmal das Schild. *Verwalter gesucht.*

*

»Heumeier«, krächzte eine genervte Männerstimme.

Ich zuckte zusammen. Ich hatte völlig vergessen, dass ich das Handy ans Ohr gepresst hielt, dass ich tatsächlich diese Nummer auf dem Schild gewählt hatte.

»Es … ähm … es geht um die Verwalterstelle«, stotterte ich.

»Ja, die Stelle ist noch frei«, sagte der Mann und klang augenblicklich höchst entgegenkommend. »Wir können uns gern vor Ort treffen.« Und dann nieste er mir ins Ohr.

Ich trat mit eiskalten Füßen auf der Stelle. Was hatte ich getan? Der nahm mich doch sowieso nicht. Ich hatte nicht nur keinerlei Erfahrungen, ich wusste ja noch nicht mal, was ein Verwalter überhaupt machte!

»Aber wir brauchen jemanden mit handwerklichen Fähigkeiten«, fuhr er fort. »Das ist unbedingt …«

Handwerkliche Fähigkeiten? »Ich *bin* Handwerkerin!«, unterbrach ich sofort. »Ich bin auf der Walz.«

»Wie bitte?«

»Handwerkerin. Auf. Der. Walz«, wiederholte ich so deutlich wie möglich.

»Oha!« Der Tonfall am anderen Ende veränderte sich weiter, wurde weicher, *noch* entgegenkommender. »Das ist gut. Sogar sehr gut … Nur – wissen Sie, worauf Sie sich da einlassen würden?« Wieder nieste er. »Das Haus liegt sehr abgeschieden … mehrere Kilometer vom Ort entfernt. Mitten im Wald. – Es ist wirklich einsam.«

»Ich weiß.« Ich atmete Kälte aus. »Ich bin ja schon da.«

»Was haben Sie gesagt?«

»Ich. Bin. Schon. Da«, sagte ich langsam und hangelte mich von Buchstabe zu Buchstabe. Wie ich mein Handicap hasste! »Ich stehe gerade auf dem Grundstück. Das ist eine längere Geschichte. Holzarbeiten am und im Haus kann ich gern übernehmen, aber …« Ich stockte. »Fürs Dach brauchen Sie Fachleute. Der Sturm hat … aber sehen Sie es sich am besten selbst an!«

Kurz war es still am anderen Ende. Dann räusperte er sich und sagte: »Sie *sind* schon am Haus?«

»Ich muss Ihnen etwas gestehen«, sagte ich. »Ich war sogar schon *im* Haus. – Das erkläre ich Ihnen, wenn Sie herkommen. – In einer halben Stunde? Ja, das passt gut.«

Als er aufgelegt hatte, starrte ich verblüfft auf das Handy. Dann sickerte die Erkenntnis endlich durch: In einer halben Stunde würde er hier sein. Hier, bei mir! Entsetzt sah ich auf meinen Gummimantel, die Gummistiefel. Ich brauchte ordentliche Klamotten! Schließlich war das ein Vorstellungsgespräch.

Ich musste noch mal ins Haus. In der Lobby stand eine Kommode. Vielleicht hatte ich Glück und fand irgendetwas darin. Im Grunde war *alles* besser als mein momentaner Aufzug!

*

»Wann könnten Sie denn anfangen?«, fragte der Mann, kaum dass er den Jeep verlassen hatte. Er blies sich in die Hände, blickte von mir zum Grundstück, wieder zurück.

Ich hatte ihn an der Auffahrt empfangen. Der Jeep war so langsam wie ein sich anschleichender Marder den Weg hochgekrochen; er hatte Schneeketten. Eine gute Entscheidung. Hier wurde offenbar nicht geräumt und der Weg war steil und vereist. Ich fragte mich, ob ich selbst ohne Schneeketten überhaupt wieder wegkäme. Wenn ich erst Benzin hätte.

Leider war meine Suche nach Kleidung erfolglos geblieben. Die Kommode hatte eine ungewöhnliche Mischung aus Werkzeugen und Socken enthalten.

Über die Socken war ich glücklich gewesen, ich hatte sofort ein Paar aus Wolle herausgenommen und angezogen. Aber nachdem ich alle Schubladen durchwühlt hatte, hatte ich plötzlich Skrupel bekommen, weiter im Haus herumzusuchen. Was wäre, wenn ich wirklich Klamotten finden würde?, hatte ich mich gefragt. Ich hätte sie unmöglich tragen können. Dieser Herr Heumeier hätte sie wiedererkennen können. Wie stand ich dann da?

Nur – wie sollte ich mein seltsames Äußeres erklären?

Als der Mann jedoch auf mich zukam, sah ich, dass ich das vielleicht gar nicht brauchte. Er hatte heftig mit einer Erkältung zu tun und schien gar nicht auf mein Äußeres zu achten.

»Ich meine – ginge es schon nächsten Monat?«, fuhr er fort.

»Ach so, erst mal: Ich bin Frank Heumeier. Der Bürgermeister.« Er reichte mir die Hand.

Sein Gesicht war müde, die Haut blass, fast grau. Er trug einen dicken braunen, handgestrickten Wollschal um den Hals, und ich stellte mir sofort seine Frau vor: rundlich, mit vielen Lachfältchen, eine Frau, die große Kuchen backte, Kessel voll Pflaumenmus anrührte und diesem müden, blassen Mann warme Schals strickte. Außerdem trug er liebevoll ausgesuchte Fellohrenschützer und einen voluminösen Steppmantel, der wie ein Zelt von ihm abstand. Ich beneidete ihn heftig um jedes einzelne Stück.

»Ich bin Katrina Rotberg.«

»Wie bitte?« Er sah mich verwirrt an.

»Rotberg«, wiederholte ich langsam und versuchte, nicht über die Silben zu stolpern.

»Ich habe Ihnen …« Da stockte er plötzlich, musterte mich das erste Mal aufmerksam. »Sagten Sie gerade *Rotberg*?«

Ich biss mir auf die Zunge und hasste mich dafür, dass ich ihm meinen Nachnamen genannt hatte. Er war mir einfach so rausgerutscht.

»Katrina Rotberg?«, wiederholte er. Ich sah, dass es in seinem Hirn arbeitete. Sein Blick blieb an dem Tuch hängen.

Sagt nie euren vollständigen Namen. Nicht, wenn es sich vermeiden lässt. Nur die Vornamen! Papas Stimme in meinem Kopf.

»Rotberg …«, murmelte der Bürgermeister wieder. »Ich könnte schwören … Haben Sie mal was im Fernsehen ge…?«

Im selben Moment schüttelte ihn eine Niessalve und er zog ein gigantisches blaues Stofftaschentuch aus seiner Manteltasche.

Er schnäuzte sich lange und ließ das Taschentuch dann wieder in der Manteltasche verschwinden. Das konnte er unmöglich im Laden gekauft haben. Solche Größen gab es gar nicht. Das musste seine Frau selbst genäht haben. Ich verspürte plötzlich eine tiefe Sehnsucht, sie einmal kennenzulernen.

»Wo waren wir?«, fuhr er fort. »Ach ja: Könnten Sie vielleicht sogar schon nächste Woche anfangen?«

Ich atmete erleichtert aus. »Ich … na ja … ich könnte im Grunde sofort anfangen«, schlug ich vor.

»Sofort? – Sie meinen *heute*?« Er wirkte überrascht, zog einen Notizblock hervor und schrieb etwas auf. Dann schaute er sich wieder um, sein Blick huschte über die Bäume, das Tor und den Pfad zum Haus, den ich in den Schnee getrampelt hatte. »Wir klären das nachher in meinem Büro unten im Ort. Wenn alles in Ordnung ist, mache ich den Vertrag fertig, Sie bekommen die Schlüssel und dann liegt das Haus in Ihrer Obhut. Die konkreten Aufgaben erkläre ich Ihnen im Büro.«

Wie? So einfach sollte das sein? Es gab doch bestimmt noch andere Bewerber?

»Sie haben Ihre Papiere bei sich? – Ausweis, Gesellenschein?«

Verdammt! Wenn er meinen Ausweis sah, würde er wissen, woher er meinen Namen kannte …

»Ich bräuchte auch eine Schufa-Auskunft.«

»Das … das Jugendamt kann Ihnen bezeugen, dass ich ehrlich bin«, mühte ich mich durch die Worte.

»Das *Jugendamt*?! – Sind Sie … ähm … Wie alt sind Sie?« Noch irritierter musterte er mein Tuch.

»Ich bin volljährig«, beeilte ich mich zu sagen. »Aber das Jugendamt war bis vor Kurzem mein Vormund.«

Jetzt würde er mich gleich abwimmeln. Ich ahnte es.

Er räusperte sich und sagte: »Üblich wäre eine Probezeit von sechs Wochen.«

Was? Bot er mir tatsächlich immer noch den Job an?

»Selbstverständlich. Gern!«

»Sie sagten vorhin, Sie sind auf der Walz. Welches Handwerk? Im Haus müsste einiges ausgebessert werden. – In einem gewissen finanziellen Rahmen können Sie auch Leute beauftragen.«

Ich atmete erleichtert durch. Jetzt war ich auf sicherem Terrain. »Ich kann gut mit Holz umgehen. Ich bin Tischlerin. Innenarbeiten wären also kein Problem.«

»Tatsächlich?« Er klang, als hätte er gar nicht zugehört. Er scannte stattdessen dauernd die Umgebung. Suchte er irgendwas? »Falls Sie für uns infrage kämen, wo würden Sie wohnen – unten in Felsgrund?«

»Also … wenn es möglich wäre, direkt im Haus zu …«

»Aber sie sagten doch, das Dach sei beschädigt!«, unterbrach er. »Felsgrund hat ein Gasthaus …«

»Mir gefällt es hier«, sagte ich. »Außerdem würde das Gebäude nicht mehr leer stehen. Es tut keinem Haus gut, unbewohnt zu sein. Nicht mal mit intaktem Dach. Die Kälte und die hereinkriechende Feuchtigkeit richten Schäden an.«

»Das ist auch wieder wahr«, sagte er und seufzte. »Wir würden dann umgehend die Elektrizität und das Wasser wieder anstellen lassen.« Wieder notierte er etwas auf seinem Block. »Noch etwas: Falls wir zusammenkommen, müssten Sie bitte unterschreiben, dass Sie auf eigene Gefahr hier wohnen.«

»Ja, natürlich.« Ich trat von einem Fuß auf den anderen. Trotz der Wollsocken, für die ich ein leises Dankesgebet in Richtung Haus schickte, froren meine Füße in den dünnen

Gummistiefeln. »Wollen wir vielleicht …« Ich sah sehnsüchtig zum Gebäude. »Im Schuppen hab ich Feuerholz entdeckt und geheizt. Ich hab schon gestern Abend damit angefangen, es müsste jetzt ganz angenehm drinnen sein. – Ich bin mitten im Schneesturm hier gestrandet. Mein Benzin war alle. Ich hab im Haus übernachtet, um nicht zu erfrieren – ich musste eine Scheibe einschlagen. Ich ersetze Ihnen das.«

Er ging gar nicht darauf ein. »Und Sie haben sich auch bereits auf dem Grundstück umgesehen?« Ohne auf Antwort zu warten, fuhr er fort: »Das Feuerholz im Schuppen können Sie selbstverständlich nutzen, so wie auch alles andere.«

Die Kälte biss in meine Fußsohlen.

Er hustete in sein riesiges Taschentuch. »Wie haben Sie eigentlich von der Verwalterstelle gehört?«, fragte er.

Gute Frage. »Ich … ich habe es … von jemandem gehört, der es von jemandem hier aus dem Ort wusste«, probierte ich es.

Ein Blick in sein Gesicht sagte mir, dass das möglich war. Ich fuhr, mutiger geworden, fort: »Und da wollte ich mir das Haus anschauen, hab mich ins Auto gesetzt und bin hergefahren.« Ich machte das Tor jetzt einladend weit auf. »Lassen Sie uns doch ins Haus gehen. Es ist so kalt.«

*

»Sie sagen also, das Gebäude steht seit drei Jahren leer«, sagte ich, als wir an dem Schild *Verwalter gesucht* vorbeikamen. Die Aussicht, mich gleich vor dem Kamin aufwärmen zu können, erleichterte mich. Ich hatte das ewige Frieren so satt. Der Winter hatte sich dieses Jahr zu fest in die Monate verbissen.

»Ja. Martin Wolf ... also der Vorbesitzer ... hat es der Gemeinde überschrieben«, sagte der Mann und schnäuzte sich wieder. »Aber es gibt bestimmte Auflagen. Wegen dieser Auflagen ist uns das Haus im Grunde ein Klotz am Bein. Wir würden es gern weiterverkaufen oder wenigstens vermieten. Aber wir finden weder Käufer noch Mieter. Offenbar will einfach niemand hier draußen leben.«

Ich sah mich um. »Wirklich? Es ist doch traumhaft schön.«

Vor uns lag die glitzernde Schneedecke, eingerahmt von Bäumen, die von Frost funkelten, und davor stand, wie auf einem Gemälde, das Haus. Es wirkte ausgedacht. Eine wilde Erfindung dieser Landschaft – so als hätten die Bäume und der Hang etwas Verrücktes geträumt und es dann aus sich herauswachsen lassen. Eigenwillig, mit geneigten Wänden und dunklen Mauern, aber nicht fremd. Es schien mit allem hier verwurzelt. Ich sah im Geiste Menschen aus und ein gehen, ich hörte Lachen, Musik und über der Tür und den Fenstern sah ich Lichterketten.

»Was für Auflagen?«, fragte ich.

»Es soll nicht ausschließlich privat genutzt werden«, sagte er. »Es muss in irgendeiner Weise auch der Öffentlichkeit zugänglich sein.«

Etwas flirrte an meinem inneren Auge vorbei. Ein Bild. Zu schnell. Zu verschwommen. Ich konnte es nicht festhalten.

»So was wie ... ein Ort der Begegnung?«, fragte ich.

»Ja.« Er seufzte.

Ganz behutsam flog das Bild wieder heran: Fackeln in der Erde, die am Abend ein leises Licht warfen. Ich hörte Menschen miteinander sprechen. Roch den Duft von Kokoskeksen, die gerade aus dem Ofen gezogen wurden ...

»Ein Café«, flüsterte ich.

»Ach du meine Güte! Hier? Wer würde denn hierher …«

Beim verächtlichen Klang seiner Stimme zerstob das Bild wieder. Wir kamen dem Gebäude näher und er lief immer langsamer. »Also … wenn Sie mich fragen«, sagte er mit Nachdruck, »wäre Abreißen das Vernünftigste! Dann könnten wir das Land hier anderweitig nutzen. Aber abreißen dürfen wir nicht. Damit verfiele automatisch unser Besitzanspruch. – Ein Café! Also wirklich! Sie sind die Erste, die so eine Idee …« Er unterbrach sich, denn jetzt kamen wir zur Seitenwand des Hauses, und der Schaden im Dach wurde sichtbar.

»Grundgütiger!«, rief er aus. »Das hat uns noch gefehlt!«

»Also – das lässt sich reparieren.«

»Ja, sicher …« Er schaute langsam das Haus an, von oben bis unten, wieder nach oben. »… aber mal ehrlich, abgesehen von dem Loch ist das Dach doch … es ist … irgendwie schief. Oder nicht? Und dann diese Veranda unter dem ganzen Knöterich … Da erstickt man ja! Und das Geländer …« Er stieß es an und es gab sofort nach und blieb in einem schrägen Winkel stehen. »Wo man auch hinsieht, nur Arbeit, Arbeit, Arbeit!« Er schnäuzte sich wieder. »Einfach nur scheußlich, oder?«

Dass der Knöterich verwachsen war, stimmte. Aber wenn man ihn zurückschnitt, würde er ein grünes Dach über der Veranda bilden. Und ja, das Geländer war halb abgerissen und sah aus, als würde es unter einem einzigen kritischen Blick vollends zusammenbrechen, doch die Holzstreben waren wunderschön geschnitzt! Wenn man sie reparieren und streichen würde und sie dann …

»Und der Verandaboden ist morsch«, unterbrach er meine

Gedanken. »Treten Sie da bloß vorsichtig auf! Sonst brechen sie ein.« Schon passiert, dachte ich, hielt aber den Mund. »Das ist der reinste Müllhaufen hier.«

Er musterte das Gebäude, sog laut die Luft ein.

»So dürfen Sie das nicht sagen«, flüsterte ich. »Es sieht nur auf den ersten Blick so aus.«

Leider verstand ich seine Reaktion. Nein, *Verstehen* war das falsche Wort. Sie war mir vertraut. Es ist leichter, etwas Ungewohntes abstoßend zu finden, als es zu mögen. Es erfordert weniger Fantasie.

Wenn er das Gebäude ansah, entdeckte er offenbar nur Verfall. Die Antenne, die aus einem bestimmten Blickwinkel einem gebrochenen Zeigefinger ähnelte. Die blätternde rote Farbe des Hauses. Das Loch im Dach.

»Die Gegend hier ist tatsächlich schön. Da haben Sie recht! Aber dieses Grundstück … das ist …« Was es für ihn war, erfuhr ich nicht mehr. Es löste sich in einer heftigen Hustenattacke auf.

Aber ich *spürte*, was er dachte. Dieses Grundstück war für ihn ein Ärgernis in der lieblichen Landschaft. Wenn der Hang ein Gesicht wäre, hätte er für ihn vielleicht eine Schönheit werden können. Glitzernder Schnee, kräftige Bäume, die sanfte Neigung. Aber dann … Dann entdeckte man das Haus. Das Feuermal im Gesicht …

»Da stimmt doch was mit den Proportionen nicht«, sagte er und kniff die Augen zusammen. Die Geometrie des Hauses schien gestört. Die Wände wirkten gekrümmt. Die Fenster schräg in die Mauern gedrückt und die Dachrinne schob sich schief durch den Blick.

»Dass das überhaupt noch von alleine steht«, murmelte er.

Es waren Details, und wenn man sie einzeln sehen konnte, war jedes für sich liebenswert. Betrachtete man nur das Ganze, verlieh ihre Ballung dem Haus etwas Groteskes.

Als ich die Hand zur Türklinke ausstreckte, trat er plötzlich einen Schritt zurück: »Frau Rotberg, lassen Sie uns in mein Büro hinunter in den Ort fahren – dort können wir die Details viel besser besprechen. Und wir besorgen auch gleich noch einen Kanister Benzin für Sie!«

7. KAPITEL

FELSGRUND

Während der Fahrt nach Felsgrund zog sich der Himmel zu. Nach einer Weile begann es zu schneien. Der Wagen rollte die Waldwege entlang; ich spürte, wie die Räder im Schnee einsanken. Von draußen war kein Geräusch zu hören, nur der leise Motor. Wir fuhren kilometerweit, ohne an einem anderen Haus vorbeizukommen.

»*Haus Waldkauz* liegt wirklich einsam«, sagte Frank Heumeier, als könne er meine Gedanken lesen. Er saß unbequem da. Obwohl viel Platz im Wagen war, hatte er sich tief über das Lenkrad gebeugt, als drückten die Äste das Autodach nach unten. »Kein Mensch wohnt so weit draußen. Wenn noch mehr Schnee fällt, ist man hier regelrecht abgeschnitten.«

Alles an ihm wirkte verspannt. Die Art, wie er das Lenkrad umklammerte, wie sein Blick immer wieder nervös nach rechts und links huschte. Als hätte er *Angst*. Aber wovor? Vor dem *Wald*?

Die Stille schien ihn noch zusätzlich zu bedrücken, denn er machte das Radio an, drehte es laut. Werbung begann das Wageninnere zu füllen.

Günstig! Günstig! Günstig! – Greifen Sie zu! Kühlschränke, so billig wie nie!

Ich rutschte tiefer in den Beifahrersitz, schloss die Augen, als könnte ich damit den Lärm ausschließen. Ein Kopfschmerz schlich sich an.

Kaufen Sie zwei Kühlschränke, kriegen Sie einen dritten umsonst! Jaaaa – SIE HABEN RICHTIG GEHÖRT!

Das Autoradio war jetzt so laut eingestellt, dass der Fond des Wagens zu vibrieren schien.

Irgendwann kamen wir endlich am Waldrand an, und ich atmete auf, denn sofort, als wir die Bäume hinter uns hatten, machte der Bürgermeister das Radio leise. Wir bogen in eine asphaltierte Straße ein und er stellte es ganz ab. Draußen wurde es um eine Nuance heller.

»Puh!«, sagte er und lebte regelrecht auf. Er setzte sich gerade hin, begann zu lächeln. Als wäre eine Last von ihm abgefallen.

Ohne die schützenden Baumkronen fiel der Schnee dichter. Die Scheibenwischer arbeiteten auf Hochtouren. Ich sah aus dem Seitenfenster, erkannte aber nichts in dem Gewirbel. Als wir hielten, drückte ich mein Gesicht an die Scheibe. Zwischen dem fallenden Schnee wurden vage Umrisse eines Gebäudes sichtbar. »Ist das Ihr Büro?«

»Nein. Darf ich Sie zuerst zu einem heißen Getränk einladen?«

Wir stiegen aus und stapften hinüber. Ein tristes Gebäude mit dicken Steinwänden und winzigen Fenstern. Schnee landete auf meiner Nase, meinen Brauen, den Wimpern, ich blinzelte und las auf dem Schild über der Tür: *Zum Felsgrunder Hirsch.* Darunter stand in kleineren, dünnen Buchstaben: *Inh. Roswitha Hirsch.*

»Unser Gasthaus!«, erklärte der Bürgermeister überflüssigerweise.

Beim Eintreten erklang ein dumpfes Schellen. Direkt über der Tür war ein Gehänge aus drei Kuhglocken angebracht. Wir stiegen eine kurze, schmale Treppe nach unten.

Es war, als würde man in eine Höhle hinabklettern. Unten angekommen, öffnete sich die Treppe in einen düsteren Schankraum. Trübes Licht waberte von einer Deckenlampe. Gruftlicht. Die Decke war so niedrig, dass ich mich automatisch duckte.

Am liebsten hätte ich kehrtgemacht, aber Frank Heumeier war hinter mir und strebte tatendurstig vorwärts. Stimmengemurmel empfing uns und eine Geruchswolke aus Fett, Bier und Wäsche, die in ungelüfteten Räumen trocknete.

Langsam gewöhnten sich meine Augen an das Schummerlicht und ich schaute mich um. An den Wänden hingen Geweihe. Auf einem Regal hinter der Theke standen ausgestopfte Raubvögel.

Im selben Moment, als ich sie entdeckte, erstarrte ich. Die Vögel starrten mich blind an. In eine Pose gezwungen, selbst im Tod nicht frei, die Augen mit Glas ersetzt. Diese tiefe Traurigkeit, die in Wellen von ihnen ausging und durch den Raum schwappte – merkte das niemand? Ich hatte zu zittern begonnen und riss den Blick von den Vögeln los. Blickte stattdessen auf die Tafel, die neben der Bar stand. In mädchenhafter Schrift stand da:

Heute:
Gebratene Leber & Kartoffelstampf

Die Schönheit der Schrift wirkte fehl am Platz – wie eine Orchidee auf einer Müllkippe.

Obwohl es gerade mal zehn Uhr war, standen drei Männer an der Bar und tranken Bier. Kein Tisch war belegt. Aus zwei Boxen an der Theke drang blechern *Living next door to Alice.*

Die drei drehten sich zu uns um. Einer hatte eine Dogge bei sich, die zusammengerollt zu seinen Füßen schlief. »Ruhig, Bolko!«, befahl sein Herrchen, als wir näher kamen. »Ganz ruhig! Kein Grund, sich aufzuregen, Bolko!« Vom Klang seiner Stimme erwachte die Dogge, öffnete ein Auge und schloss es sofort wieder.

Hinter der Theke polierte eine Frau Gläser. Sie war schon älter, hatte eine rundliche Figur und ein strenges Gesicht.

»Mahlzeit.« Der Bürgermeister klopfte auf einen Tisch. Die Männer murmelten etwas zurück. Bolko schnarchte.

Die Frau hinterm Tresen sagte: »Du siehst aus, als gehörst du ins Bett, Frank, aber nicht ins Gasthaus.«

Frank Heumeier lächelte. »Kannst du mir eine heiße Zitrone machen, Rosi? Und für Frau Rotberg …« Dabei sah er mich fragend an.

»Für mich einen Kaffee.«

»Wie bitte?« Sie beugte sich über den Tresen. »Ich hab Sie nicht verstanden, Herzchen.«

Sie strahlte etwas irritierend Zweideutiges aus, was mich zwang, hinzusehen. Ihr breites Lächeln zum Beispiel war sympathisch, schaffte es aber nicht, die Härte in ihrem Gesicht zu überwinden. Ihre Haut war rot wie nach einer Anstrengung, gleichzeitig wirkte sie blutleer, als wäre die Röte nur aufgepinselt. Sie hatte keinen schönen Teint, ihre Poren waren zu groß, doch dafür war ihr Mund exquisit: fein geschnitten und zart wie bei einem jungen Mädchen. Sie hatte ihn rosa geschminkt. Faszinierend.

»Einen. Kaffee«, sagte ich überdeutlich. »Bitte.«

Ihr Blick hing einen Moment zu lange an dem Tuch über meinem Gesicht. Dann betrachtete sie meinen Gummimantel, die Stiefel. Ich starrte zurück.

Sie nickte und schlurfte zu einem Wasserkocher.

Frank Heumeier steuerte einen Tisch an der Wand an und ich folgte ihm. Das Gemurmel der Männer hatte wieder eingesetzt. Der Wasserkocher fing an zu blubbern. Der Bürgermeister setzte seine Fellohrenschützer ab und hängte sie über einen Garderobenhaken. Er hängte auch seinen Steppmantel auf.

»Möchten Sie Ihren Mantel nicht ausziehen?«, fragte er.

Der Gummimantel war schon schlimm genug, aber voller Schrecken dachte ich an meine verdreckte Bluse, den zerrissenen Rock, die kaputte Strumpfhose, mein ganzes derangiertes Äußeres und wusste, dass es meine Vertrauenswürdigkeit komplett untergraben würde – egal, wie ich es erklärte.

»Ich hab das Gefühl, ich werde krank«, wehrte ich ab. »Mir ist ganz fröstelig. Ich glaube, ich behalte den Mantel besser an.«

Er nickte ernst. »Ja, das ist eine gute Idee – ich wünschte, ich hätte die auch gehabt.« Er nieste wieder. »Ich meine, *bevor* ich krank geworden bin.« Seine Nase war mittlerweile knallrot vom vielen Schnäuzen. »Also, Frau Rotberg, ich wollte Ihnen Felsgrunds beliebtestes Gasthaus zeigen. Wenn Sie als Verwalterin für uns infrage kommen, könnten Sie auch *hier* wohnen«, fuhr er fort. »Im ersten Stock gibt es Fremdenzimmer. Sie hätten alles vor Ort. Sie könnten hier zu Abend essen. Sie hätten immer Gesellschaft ...«

Er sah mich fragend an.

»Das ist nett von Ihnen.« Ich sah mich nochmals um und

einen Moment lang versuchte ich es wirklich. Ich versuchte mir vorzustellen, hier zu wohnen. Es ging nicht. Auch wenn die Zimmer ein Stockwerk höher lagen, war es unwahrscheinlich, dass sie wesentlich mehr Charme besaßen als dieser muffige Schankraum. Ich sagte zögernd: »Ich glaube, mir würde es auf dem Berg besser gefallen.«

In diesem Moment ging überall an den Wänden knackend das Licht an.

»Damit ihr nicht im Dustern hockt!«, rief die Wirtin uns zu. »Ruhig, Bolko!«

Mein Kopf brummte. Es war zu hell. Das Licht zu weiß. Und es wurde immer noch heller und weißer, weil es erst langsam hochfuhr. Es strömte aus den verschnörkelten Lüstern an den Wänden, die alt aussahen und golden, aber weder das eine noch das andere waren. Sie bestanden aus Plastik, und die Glühlampen, die Kerzen imitierten, waren Energiesparlampen.

Die Wirtin kam mit unseren Getränken. Sie trug ein schönes gelbes Kleid, das ihr gut stand, hatte aber ein fleckiges Geschirrtuch umgebunden, was den Eindruck gleich wieder zunichtemachte.

Ich starrte sie erneut an. Ich konnte nicht anders – ihre zweideutige Aura wühlte mich auf. Hinter meinen Schläfen pochte es. Sie sah zurück. Ertappt wandte ich mich ab, schaute auf die Tasse, die sie vor mich gestellt hatte.

»Hätten Sie vielleicht einen Strohhalm?«, fragte ich deutlich.

»Für den Kaffee?«, sagte sie ungläubig.

»Ja, bitte.«

»Rosi, das ist Frau Rotberg«, stellte Frank Heumeier mich

vor. »Sie wird vielleicht die neue Verwalterin vom *Haus Waldkauz*.«

Ich sah auf, lächelte mit den Augen.

Es war wie in einem schlechten Western. Die Männer am Tresen hatten abrupt aufgehört zu reden, alle drehten sich zu uns um.

»Im *Haus Waldkauz*?«, sagte die Wirtin spitz, und ihr Blick huschte zum Bürgermeister, dann wieder zu mir. »Na, das sollten Sie sich noch mal überlegen, Herzchen.« Sie stellte die heiße Zitrone mit einem Rumms vor Frank Heumeier ab. »Bist du nicht schlauer geworden nach den letzten drei Verwaltern, Frank?«

»Rosi!«, sagte der Bürgermeister ärgerlich. »Wir sind gerade beim Vorgespräch.«

Sie zuckte mit den Achseln. »Zucker?«, fragte sie.

»Nein, danke.«

»Kein Kuchen dazu?«

Ich schüttelte den Kopf.

Sie ging zurück zum Tresen. Als sie an der Tafel vorbeikam, nahm sie die Kreide und schrieb in dieser wunderschönen Schrift *Marmorkuchen* unter das Leber-Angebot.

»Heißt das, ich wäre nicht die erste Verwalterin?«

»Es gab drei vor Ihnen. Allen war es dort oben leider zu einsam«, sagte der Bürgermeister rasch. »Aber Sie … Sie hatten gesagt, dass Sie …«

»Mädel, du kennst dich nich aus hier, hm?«, rief der Mann mit der Dogge quer durch den Schankraum zu mir rüber. Er lehnte jetzt mit dem Rücken am Tresen, die Arme verschränkt, und sah zu uns. Die Dogge hatte sich im Schlaf näher geschoben und ihren Kopf auf seinen Füßen abgelegt.

»Der Frank wird Ihnen nichts zahlen, wenn Sie die Treppe runterfall'n.«

»Wir lassen den Strom wieder anstellen«, sagte Frank Heumeier laut. »Dann wird Frau Rotberg es hell haben im Haus und nicht über ihre eigenen Füße stolpern.«

Der Alte neben dem Doggenmann fuchtelte mit einem Arm in der Luft herum und rief etwas, was ich nicht richtig verstand. Seine Stimme war so krächzend und fistelig. Sie überschlug sich dauernd. Es klang wie: »Der Deibel haust oben im Wald. Der *Deibel* …«

Ich sah den Bürgermeister verwundert an, der schlug mit der Faust auf den Tisch. »Ludwig! Es reicht. Was soll Frau Rotberg von uns eigentlich denken? Da sitzt du und bist schon am Vormittag völlig betrunken! – Hattest du nicht eine Abmachung mit deiner Uschi? Kein Bier vor vier?«

Der Doggenmann legte dem Alten die Hand auf die Schulter und sagte beschwichtigend zum Bürgermeister: »Reg dich nicht uff, Frank, reg dich doch nicht so uff …«

Alle Blicke waren weiterhin auf mich gerichtet. Was erwarteten sie von mir? Ich wurde nervös. Dabei sollte ich das neugierige Starren gewohnt sein. Aber es war mir nie gelungen, mich damit abzufinden. Selbst Tiere im Zoo hassten es, angestarrt zu werden.

»M-M-Mädel«, sagte jetzt der dritte Mann an der Bar. »S-s-such dir doch einen besseren J-J-Job. So'n junges D-D-Ding wie du!«

»Niederbrennen sollten wir das Haus! *Niederbrennen!*«, kreischte der Alte mit seiner Fistelstimme.

Bitte was …?

»S-s-so 'n junges Ding …«

Frank Heumeier stand auf, warf verärgerte Blicke in die Runde und sagte: »Schämen solltet ihr euch. Ihr macht Frau Rotberg Angst! Ja, *Haus Waldkauz* liegt einsam. Und ja, Frau Rotberg ist jung. Und was soll uns das jetzt sagen? – Haben Sie Angst vor der Einsamkeit?« Er sah mich an.

Ich schüttelte vorsichtig den Kopf. Mir war, als ginge es hier noch um etwas anderes.

»Und jetzt ist Schluss mit diesem Kindergarten. Lasst uns in Ruhe miteinander reden!«

Die Stimmen der Männer wurden zu Gemurmel. Das Gemurmel verschwand im Bierschaum. Ihre Blicke nicht.

»Bitte schön, Herzchen.« Die Wirtin stand plötzlich wieder neben unserem Tisch und hielt mir einen Strohhalm hin. Bolko wuffte im Schlaf. Ich griff nach dem Halm und begann nachdenklich die heiße, bittere Flüssigkeit zu schlürfen.

*

Später, nachdem wir den *Felsgrunder Hirsch* verlassen hatten und ins Bürgermeisterbüro gewechselt waren, das gleich nebenan in einem Neubau lag, fragte Frank Heumeier mich nach meinen Papieren.

»Wenn ich bitte Ihren Ausweis und den Gesellenschein sehen dürfte. Und …«, sagte er höflich, »… würden Sie mir auch den Kontakt zum Jugendamt geben? – Ich prüfe gleich jetzt und hier, ob Sie für uns infrage kommen. Sie können währenddessen dort warten.«

Ich ignorierte den Stuhl, auf den er wies. Konnte er es nicht einfach bei dem Gesellenschein belassen? Musste es auch noch der Ausweis sein?

Ich hasste es.

Mein Kiefer tat weh, so fest biss ich die Zähne aufeinander, als ich in meinen Sachen kramte und die Klarsichthülle mit den Dokumenten hervorzog. Ich fummelte den Ausweis heraus und schob ihn zu ihm hin.

*

Ich war am neunundzwanzigsten November geboren. Ich war achtzehn Jahre alt. Ich wusste, dass nicht das Nachrechnen im Kopf ihn so lange aufhielt.

Es war mein Foto.

»Und hier sind mein Gesellenschein und mein Realschulzeugnis«, sagte ich und hielt ihm den Rest meiner Dokumente hin.

Neugier und Angst, hatte Papa uns erklärt, befinden sich im Gehirn direkt nebeneinander. Der Bürgermeister versuchte, keine Reaktion zu zeigen, aber seine Lippen verloren jäh alle Farbe und um seine Nase herum bildeten sich Schweißperlen. Ich nahm seine Angst wahr. Er roch wie ein Reh, das Gefahr witterte und jeden Moment flüchten würde. Dennoch hörte er nicht auf, das Foto anzustarren

»Ja … ähm … danke … Frau … Rotberg«, sagte er schließlich. Weil zuerst keine Stimme kam, musste er sich räuspern. Sein Blick wich mir aus. Meine Hände zitterten. Seine auch.

Obwohl uns nur der Tisch trennte, etwa fünfzig Zentimeter Glas, waren wir unendlich weit voneinander entfernt. Ich sah ihm an, dass er wusste, dass er Teil einer anderen Welt war. Aber ihm war nicht klar, *wie* anders.

»Gut, dann jetzt der Gesellenschein!« Er griff nach der Klarsichthülle. Zu forsch. Er griff daneben. Endlich hatte er sie, nahm die Papiere heraus, las. Hob den Kopf, musterte mich wieder. Das Tuch lag eng an meinem Gesicht an.

Probleme haben die Leute draußen. Wir nicht.

»Sind Sie *die* Frau, von der damals in den Nachrichten …« Er brach ab. Er musste irgendwas in meinem Blick gesehen haben.

»Und das hier ist die Nummer meiner ehemaligen Betreuerin im Jugendamt. – Ich gehe kurz auf Toilette, während Sie telefonieren.«

*

Als ich zurückkam, war er fertig mit dem Anruf. Es fiel kein Wort über das, was er erfahren hatte. Stattdessen hielt er mir einen Schlüsselring mit zwei Schlüsseln hin.

»Der hier ist für die Außentür.« Er zeigte auf den kleineren. Er hatte einen komplizierten Bart. »Dieser ist für das Tor draußen.« Er tippte auf den größeren.

Ich hatte tatsächlich den Job. Die Kriegskasse würde sich füllen. Hämmer, dachte ich. Bald könnte ich Hämmer erledigen.

Trotzdem war ich nicht froh. Ich war wütend.

Ab dem Moment, als der Bürgermeister meinen Ausweis gesehen hatte, hatte sich sein Verhalten mir gegenüber geändert. Es steckte jetzt etwas Gezwungenes in seinen Bewegungen, etwas Gezwungenes in seiner Stimme und dem Lächeln.

Es war immer so.

Sobald die Leute herausfanden, woher sie mich kannten,

war es vorbei. Sie konnten mich nicht mehr als die sehen, die ich vorher für sie gewesen war. Sie sahen nur noch *die Andere*.

Die, die unter dem Tuch lauerte.

»Die Innentüren müssten alle auf sein«, fuhr er mit dieser aufgesetzten Fröhlichkeit fort. »Ach ja …«, fügte er nach einer Weile hinzu. »Da gibt es eine Tür im ersten Geschoss. Ganz hinten. – Versperrt. Lassen Sie sie bitte zu. – Wir haben keinen Schlüssel dafür.«

»Wieso – was ist da drin?«, fragte ich.

»Ein drittes Gästezimmer«, sagte er. »Es *soll* verschlossen bleiben. Eine dieser Klauseln.« Als er Klauseln sagte, machte er mit den Fingern Gänsefüßchen in der Luft und verdrehte die Augen. Dann griff er nach einem Aktenordner. Auf dem Deckel stand *Haus Waldkauz*. Er schlug den Ordner beim letzten Blatt auf, heftete es aus, ließ den Finger über den Text laufen, bevor er laut vorlas: … *muss das letzte Zimmer im ersten Stock verschlossen bleiben. Das Schloss darf weder geöffnet, herausgebrochen noch sonst wie beschädigt werden. Sollte diese Klausel nicht beachtet werden, verliert die Schenkung ihre Gültigkeit.*

Er zeigte mir den Zettel. Der Satz *Das Schloss darf weder geöffnet, herausgebrochen noch sonst wie beschädigt werden* war in Fettschrift gedruckt.

»Kennen Sie den Grund für diese Klausel?«

Er schüttelte bedauernd den Kopf.

»Wieso eigentlich *Haus Waldkauz?*«, wollte ich wissen. »Das klingt nach einer Pension, aber es ist keine. Warum steht ein Schild am Straßenrand, das zu einer nicht existierenden Pension weist?«

Er ging zum Fenster, sah ins Schneegestöber, antwortete nicht. Das Schweigen dehnte sich.

Ich hätte es mit einer anderen Frage aufbrechen können. Aber dann hätte ich keine Antwort auf meine erste Frage bekommen. Ich wusste: Wenn man etwas erfahren wollte, musste man schweigen.

Das gehörte zu den Dingen, die ich im weißen Zimmer gelernt hatte. Kurz nach der Gefangennahme. Mit Schweigen können die wenigsten umgehen. Es ist eine Lücke und Lücken sind schwer zu ertragen. Sie werden immer gefüllt. Ich sagte nichts, schaute ebenfalls aus dem Fenster.

»Nun ja«, begann Frank Heumeier nach einer Weile unbehaglich und schaufelte Worte in die Lücke. »Genau genommen *ist* es eine Pension. Oder vielleicht sollte ich sagen: Es *war* eine.« Er zog sein Taschentuch hervor, schnäuzte sich, steckte es weg, sprach dann weiter: »Es war im Grunde immer eine. – Das ist der Witz an diesem Haus: Wann immer es vererbt oder verkauft wurde, war da diese eine Auflage: dass es auch der Öffentlichkeit zugänglich gemacht werden sollte. Dass der Besitz dann und nur dann rechtsgültig in die anderen Hände überging. Und alle Besitzer haben dem Haus den Stempel *Pension* aufgedrückt.« Die ganze Zeit schaute er aus dem Fenster. Mir war nicht klar, ob er es tat, um *mich* nicht ansehen zu müssen, jetzt, wo er wusste, was unter dem Tuch war. Mein Kiefer verhärtete sich. »In Wirklichkeit«, fuhr er fort, »… in Wirklichkeit hatte keiner der Eigentümer Interesse daran, eine Pension zu führen, und alle wussten das. Alle wussten, dass es ein … na ja … ein So-tun-als-ob war.«

»Und falls tatsächlich jemand an die Tür klopfte und dort schlafen wollte?«

»Dann wurde er weggeschickt.«

»Wieso ist das nie aufgeflogen? – Das heißt doch eigentlich, dass alle Eigentümer gegen einen wichtigen Punkt im Kauf- oder Erbvertrag verstoßen haben.«

»Das stimmt. Wenn jemand geklagt hätte, hätte der wahrscheinlich gewonnen. Aber er hätte danach das Haus bekommen. Mit dieser Auflage.«

Da der Bürgermeister es weiter vorzog, aus dem Fenster zu schauen statt in mein Gesicht, nutzte ich die Gelegenheit, um mich in seinem Büro umzusehen, das sich in dem scharfen, elektrischen Licht badete. Ich wusste nicht, in welchen Räumlichkeiten Bürgermeister eines Dorfs normalerweise arbeiteten, aber so ein funkelndes Reich aus Chrom, Glas und Technik hätte ich nicht erwartet. Eher etwas Einfaches, Rustikales.

In diesem Raum gab es nichts, was älter als ein Jahr sein konnte. Selbst die Vorhänge wirkten steif und steril, als wären sie gerade erst aufgehängt worden.

»Und jetzt gehört es also der Gemeinde.«

»Ja, und wir als neue Eigentümer würden …« Er räusperte sich. »… wir würden zumindest *versuchen*, die Auflage zu erfüllen. Bis wir einen Käufer von außerhalb dafür finden, der sich dann selbst mit dieser Auflage herumplagen kann.« Er stieß sich endlich vom Fensterbrett ab, sah mich an. »Sie haben vorgeschlagen, ein Café daraus zu machen«, fuhr er fort, als wäre nichts, aber seine Stimme war eine halbe Oktave höher geklettert. »Warum nicht? Dann kann uns keiner ans Bein pissen. Sozusagen. Machen Sie doch ein Sommerlokal daraus, Frau Rotberg!«

»Das ist eine gu…«

»… oder tun Sie so, als ob«, unterbrach er. In seinen Mundwinkeln hing wie festgetackert diese falsche Fröhlichkeit. »Sie wissen ja: pro forma.« Jetzt zwinkerte er auch noch!

Ob es jemals anders sein würde? Schwärze flutete meinen Kopf.

»Alles im Haus können Sie benutzen. Sie brauchen nicht zu fragen. Sie können auch einen großen Container bestellen. Es liegt jetzt alles in Ihren Händen, Frau Rotberg!«

Ich sagte nichts.

»Noch einen Kaffee?« Seine Stimme kiekste vor geheuchelter Munterkeit.

*

Als wir wieder vor dem *Haus Waldkauz* standen und der Motor lief, fragte der Bürgermeister: »Was werden Sie jetzt tun?«

»Zuerst müssen die Bretter von den Fenstern.« Ich spähte durch den Schneewirbel zum Haus hinüber, das blind zurückschaute. Es wirkte, als hätte jemand das Gebäude mit Gewalt niedergerungen und ihm die Augen verklebt. Ich machte die Wagentür auf, sprang hinaus und rief »Danke!« ins Wageninnere.

»Warten Sie! Ihr Kanister ist noch hinten drin.« Kurz schwieg er, dann bot er aus einem Impuls heraus an: »Ich helfe Ihnen mit den Brettern. Im Schuppen sind Werkzeuge.«

*

Meter um Meter arbeiteten wir uns durch den Schnee um das Haus herum, stemmten die Bretter von den Fenstern im Erdgeschoss.

»Und danach ist das Dach dran!«, rief ich ihm zu. »Das hat Priorität. – Vorsicht, das splittert gleich!« Ich nahm ihm das Stemmeisen aus der Hand und machte selbst weiter.

»Sie haben recht, Frau Rotberg. Das Dach ist das Wichtigste.«

»Ich hab eine verletzte Katze auf dem Grundstück gesehen.« Wir waren beim vorletzten Fenster angekommen. »Könnte die vielleicht jemandem aus dem Dorf gehören?«

»Eine Katze? – Es gibt jede Menge Katzen hier«, sagte er. »Das war bestimmt eine aus dem Dorf. Die vermehren sich wie die Karnickel. Es wird bestimmt nicht die letzte sein, die Sie sehen.« Er lächelte, es wirkte steif, dann warf er das Brett in den Schnee und legte die Zange aufs Fensterbrett. Förmlich gab er mir die Hand. »Ich muss los«, sagte er. »Ich hab noch Termine. – Den Rest schaffen Sie allein, oder?«

»Wollen Sie nicht mit reinkommen und einen heißen Tee trinken? Zum Aufwärmen?«

»Nein, nein«, sagte er und stapfte durch den Schnee zurück zum Tor. Ich folgte ihm. »Ich stelle Ihnen noch den Kanister raus!«

*

Als er den Motor anließ und mir durchs Autofenster noch einmal zunickte, hielt ich mich mit einer Hand am Tor fest. Mir war schwindelig.

Ich würde tatsächlich bleiben. Fürs Erste.

Aber *bleiben* – war das nicht so, als stünde ich mit laufendem Motor bei Rot an einer Ampel und wartete auf den Moment, in dem die Farbe endlich wechselte? War es *das* vielleicht?

War ich hier, um zu warten? Aber worauf? Dass irgendetwas sich änderte? Wie sollte das passieren, wenn ich nicht selbst dafür sorgte? Bei Fisch hatte ich es getan. Er war erledigt. Und bestand das Leben nicht genau darin: die Plätze zu wechseln, Pläne zu schmieden, Rache zu nehmen?

Ich horchte in mich hinein und es kam keine Antwort.

Die Kälte dieses Tages umhüllte mich und seit vielen, vielen Monaten kam ich mir wieder real vor. Bezwungen von der Entscheidung zu *bleiben*.

In diesem Moment brach die Sonne durch die Wolkendecke und der Schnee strahlte für eine Sekunde auf. So heftig, dass ich die Augen schließen musste. Im Winter wirkt manchmal selbst ein dünner Sonnenstrahl kraftvoll – er spiegelt sich im funkelnden Weiß, wird zurückgeworfen als hunderttausendfaches Echo aus Licht. Einen Sekundenbruchteil später war es vorbei, die Sonne verschwunden. Aber ich hatte sie gesehen. Hatte den Moment gespürt.

Frank Heumeier wendete und hupte zum Abschied. Der Schnee knirschte unter seinen Rädern. Ein paar Meter später hupte er ein weiteres Mal, der Wagen wurde immer kleiner auf dem gewundenen, von Ästen überhangenen Weg. Bis er schließlich in eine Kurve einbog und nicht mehr zu sehen war.

Die Schneeketten hatten ein Muster im Weiß hinterlassen, als hätten sie Zeilen in den Schnee geschnitzt, Schriftzeichen über Hunderte von Metern, in einer Sprache, die ich zwar erkennen konnte, aber nicht verstand.

8. KAPITEL

O-T-E-L

Ich bückte mich nach dem Kanister.

Dann warf ich einen Blick über die Schulter. Schief sah mir das Haus entgegen. Die Verlassenheit strömte aus jedem Zentimeter. Etwas zupfte an mir. Ein Gefühl, das ich nicht zuordnen konnte.

Ich lief zum Transporter, schraubte den Tankdeckel ab und füllte das Benzin ein. Der Transporter musste hier weg. Ich musste ihn auf dem Grundstück verstecken. Ich hatte Glück gehabt, dass der Bürgermeister ihn nicht genauer angeschaut hatte. Wenn er von der Suchmeldung wusste, hätte er ihn erkannt. Sein Blick war nervös überall hingehuscht – immer wieder zu den Bäumen, in die Dunkelheit dahinter, zum Haus und wieder zurück. Nur nicht zum Wagen. Vielleicht würde er beim nächsten Mal aufmerksamer sein …

Als ich das Tor mit der Schulter aufstieß und den neu gefallenen Schnee dabei zur Seite drückte, schob sich plötzlich ein Bild vom Sommer über diesen ewigen Winter, und ein anderes Tor wehrte sich gegen das Geöffnetwerden. Das von Gestrüpp eingewebte Tor, das zu Hyde führte.

Hyde war von einem Gürtel aus stacheligen Hecken umgeben gewesen: ein undurchdringliches Brombeergewirr, das meterhoch wucherte, sich ausbreitete und Jahr für Jahr verdichtete. Wer es nicht wusste, hätte nie gedacht, dass dieser wilde Gürtel nicht natürlich entstanden, sondern einmal sorgsam angelegt worden war. Zoe und ich schoben die Zweige zur Seite, tasteten uns in einem geheimen grünen Tunnel vorwärts, bis wir endlich die Klinke des Tors in all dem Gesträuch fanden. Wir öffneten es, indem wir uns mit dem ganzen Körper dagegenstemmten. Junge Ranken, die innerhalb von Stunden gewachsen waren und sich um das Metall geschlungen hatten, rissen, das unwillige Tor öffnete sich einen Spalt weit, wir schoben uns hindurch und das Buschwerk schloss sich hinter uns wieder. Niemand hätte in dem ganzen Grün dieses Tor vermutet. Niemand ahnte, dass hier ein Grundstück begann – mit einer Schaukel, Beeten, Unmengen von aufgestapeltem Holz, kleinen Obstbäumen. Ein Grundstück, ganz rund – eingerahmt und halb überdacht von einem Wall wilder Hecken.

In der Mitte stand Hyde.

Ich schüttelte den Kopf, schüttelte dieses Bild ab, den Sommer, die Erinnerung.

Mit aller Kraft drückte ich das schwere Tor durch den Schnee, und als die Öffnung endlich breit genug für den Transporter war, warf ich die Tasche mit den Schneeketten auf den Beifahrersitz, stieg ein und steckte den Zündschlüssel ins Schloss. Das Autoradio sprang an. Statt loszufahren, drückte ich auf den Sendersuchlauf, bis ich bei *Astro-Radio* war.

»… zugeschaltet haben zu Lady Josefines Zukunftsschau!« Ich stellte das Radio hastig lauter. »Noch eine halbe Stunde bin ich für Sie da! Rufen Sie an! Ich freu mich auf Sie!«

Ich lächelte. Josefine warf wieder mit Ausrufezeichen nur so um sich. Sie klang kunstvoll zerzaust, nach billigen Zigaretten und dem Duft von Patchouli. Nach einer Autofahrt bei Kälte und nach dem unverständlichen Echo, das einem anstelle der Träume bleibt.

»Haben Sie keine Scheu! Stellen Sie mir Fragen zu Ihrer Zukunft!«, ermunterte sie ihr Publikum. »Geht es bei Ihnen um Liebe, um Geld, um Beruf, Verwandte, Reisen oder Gesundheit? Fragen Sie mich! Ich bin mit dem Universum verbunden!«

Josefine gab ihre Nummer durch. Und noch ehe ich begriff, was ich tat, hatte ich sie in mein Handy getippt.

Kein Empfang.

Ohne weiter nachzudenken, sprang ich aus dem Wagen, lief durch den Schnee, bis sich endlich ein Balken auf dem Display zeigte, und wählte erneut. Ich fragte mich, was ich da eigentlich machte. Ich würde sowieso nicht durchkommen. Da hörte ich das Freizeichen.

Josefine sagte: »Und da ist auch schon der nächste Anruf!« Es machte Klick und plötzlich sprach sie an meinem Ohr: »Wunderbar – Sie sind durchgekommen! Mit wem bin ich verbunden?«

»Mit …« Ich stockte. »… Sabrina.«

»Sabrina, was möchten Sie wissen?«

Die Überraschung, dass ich durchgekommen war, nahm mir plötzlich die Luft. »Ich … mein Leben … ich weiß nicht …« Ich räusperte mich. Schloss kurz die Augen, sammelte mich, setzte neu an. »Ich weiß nicht, ob ich das Richtige tue im Moment. Ob ich … ich meine … ob ich mir nicht irgendwas vormache. Ich hab eigentlich einen Plan. Vielleicht hält mich meine jetzige Entscheidung nur auf.«

Beim Wort *Plan* spannten sich meine Muskeln an, ich hörte

Schreie in meinem Kopf, spürte das Feuer aus meinen Albträumen. Josefine mischte die Karten an meinem Ohr und legte sie schnell nacheinander auf den Tisch.

»Sie sind in ein Loch gefallen«, begann sie. »Gefallen und gefallen und gefallen. Ziemlich tief. Und seit einiger Zeit sind Sie sozusagen auf dem Boden gelandet. Stimmt das?«

»Ja«, flüsterte ich, und sie lachte bellend.

»Aber es ist immer noch finster um Sie her. Gut, es war mutig, dass Sie aufgestanden sind und jetzt mit ausgestreckten Armen durchs Dunkel irren. – Aber denken Sie daran: Es gibt zwei Türen. Eine führt ins Licht, die andere in eine noch tiefere Finsternis. Nehmen Sie die richtige.«

Genau so was hatte sie mir im Auto gesagt. Sagte sie etwa allen dasselbe? Oder hatte es tatsächlich etwas zu bedeuten?

»Was für zwei Türen? Ich verstehe nicht!«

»Doch, das tun Sie!« Die Verbindung war plötzlich weg und ich hörte Josefine im Radio fragen: »Sind Sie noch dran?«

»Ja!«, rief ich. Vergeblich.

Ich steckte das Handy langsam in die Manteltasche, blies in meine Hände und lief durch den Schnee zurück zum Transporter. In Gedanken war ich bei dem Telefongespräch. Was hatte Josefine mir sagen wollen?

Ich stieg ein, drehte den Zündschlüssel und fuhr an. Vorsichtig lenkte ich den Wagen durch den Schnee, um die herabgestürzte Nussbaumkrone herum, bis zum Schuppen. Hier würde ihn so schnell niemand entdecken.

Als ich ausstieg und die Tür zuschlug, dröhnte das Motorengeräusch noch in meinen Ohren. Verstopfte sie für alles andere. Erst nach einer Weile ließ das nach, und ich fühlte, wie etwas in mir sich öffnete.

Ich kannte dieses Gefühl. Ich kannte diesen irritierenden Übergang zur Stille, bei dem man kurzzeitig Angst hat, taub geworden zu sein – es ging Zoe und mir so, wenn wir von einer der *Großen Fahrten* zurückkamen. Dann waren wir von Geräuschen erfüllt. So sehr, dass ich jedes Mal für einen kurzen Moment Panik hatte, dass ich nichts anderes mehr aufnehmen könnte. Nichts, was stiller war.

*

Wir übernachteten in Berlin stets in ein und derselben Unterkunft, in einer lauten Neuköllner Nebenstraße ohne Bäume. Offenbar hatte niemand den Mut gehabt, dort welche zu pflanzen. Stattdessen gab es dornenreiche Büsche, die nicht blühten und kahle Stellen hatten. Sie drängten sich an den Hauswänden entlang, als fürchteten sie sich.

Im Sommer roch die Straße nach Gummi und heißem Fett, im Winter nach Asche. Die Buchstaben H O T E und L zogen sich nicht neben-, sondern übereinander die Mauer empor – sie leuchteten im Dunkeln, blaue Lettern auf riesigen weißen Quadern, und jedes Mal war mindestens ein Quader tot.

Das Hotel stand eingeklemmt zwischen einer Wäscherei und einer Pfandleihe. Es war in einem mutigen Hellblau gestrichen, doch die Farbe war mehrfach ausgebessert worden, und so zogen sich kleinere und größere Stellen wie Flicken über die Wand, stets eine Nuance heller oder dunkler als die Ursprungsfarbe.

Das Gebäude war ungewöhnlich schmal, als würden seine Nachbarn ihm die Luft rausquetschen, doch es schien seinen Mangel an Breite durch Höhe wettmachen zu wollen. Jedenfalls reckte es sich kühne sechs Stockwerke empor – wie ein Baum, der zu dicht zwischen anderen steht, aber unbedingt auch etwas von der Sonne abhaben will.

Dass die Gegend schrill und heruntergekommen war, begriffen wir damals nicht. Für Zoe und mich war alles ein Abenteuer, ein grellbunter Traum, den wir zweimal im Jahr träumten, um uns danach zu schütteln, zu lachen und »Krass!« zu rufen.

Als wir dieses Mal zur Weihnachtszeit vor dem Hotel einparkten (das zum OTEL geschrumpft war; das H leuchtete nicht nur nicht, der Quader fehlte komplett), drehte Papa sich zu unseren Sitzen herum, nickte uns stumm zu, und wir fühlten uns wie Jane und Jana Bond. Jede wickelte einen Streifen Kaugummi aus und steckte ihn in den Mund, wir verbanden die Ohrstöpsel mit unseren Handys, nahmen sie in die Hand. Dann stiegen wir aus und trotteten Papa hinterher. *Trotten* hatten wir vorher geübt.

Obwohl Zoe viel lieber vor dem prachtvoll geschmückten Baum im Foyer mit seinen Hunderten elektrischen Lichtern stehen geblieben wäre und ich mich von dem erleuchteten Aquarium wie magisch angezogen fühlte, taten wir so, als würden wir beides nicht mal bemerken. Wir schwebten in einer Musikwolke aus dem Handy dahin, oder sollte ich eher sagen: *schlurften* dahin? Papa wartete am Rezeptionstresen schon auf uns, zwei Schlüssel in der Hand: einen für uns und einen für sich.

Die ersten drei Stunden ließ er uns immer allein im Hotel. Gab die Säcke mit Wäsche in der Wäscherei nebenan ab und fuhr dann weiter zum Supermarkt. Während er dort die Taschen, Körbe und Klappkisten mit Lebensmitteln und den anderen Dingen auf der Liste füllte, auf dem Rückweg erst die Gasflaschen abgab und neue kaufte, dann in der Wäscherei die saubere, getrocknete und gefaltete Wäsche entgegennahm, seiften Zoe und ich uns unter der Hoteldusche mit dem rosa Zeug aus dem Spender ein, spritzten uns mit der Brause voll und das ganze Bad gleich mit. Wir rannten nackt durch das Zimmer und kreischten, machten sämtliche Lampen, den Fernseher und den Föhn an, aßen die Schokolade, die auf den Kissen lag. Wir lachten, spülten das WC, lachten weiter, spülten, spülten immerzu, weil es so lustig war. Zoe sprang auf dem Bett herum, ich föhnte meine Zehen. Der Fernseher und der Radiowecker plapperten von zwei Seiten auf uns ein, das Licht grölte aus jeder Ecke und wir jaulten mit. Jedes Mal hörten wir erst auf, wenn das Telefon auf dem Nachttischchen klingelte. Ich ging ran: »Hallo?«

»Ist bei Ihnen alles in Ordnung?«, fragte die Rezeptionistin. »Es hat Beschwerden von Gästen auf Ihrem Gang gegeben.«

»Entschuldigen Sie«, sagte ich. »Wir stellen den Fernseher leiser.«

Und wir machten alle Geräte aus, zogen uns an und kicherten. Papa kehrte immer am frühen Mittag zurück. Er klopfte kurz, steckte den Kopf ins Zimmer und sagte: »In zehn Minuten geht's los!«

Dann nahm er selbst eine Dusche, schlüpfte in eins der frisch gewaschenen Shirts. Wenn er uns abholen kam, standen wir schon vor der Tür.

Zuerst gingen wir zum Friseur. Papa suchte immer Friseure aus, bei denen junge Leute arbeiteten und laute Musik lief.

»Schaut genau hin und hört aufmerksam zu«, schärfte er uns ein. Und wir gehorchten: Sahen uns um in dem lichterfüllten Raum mit den Drehstühlen vor einer funkelnden Wand aus Haarsprays und Pflegemitteln, lauschten den Gesprächen, und als ich schließlich in den Händen einer hippen grün-rosa gesträhnten Frau landete, musterte ich neugierig ihre Piercings und Tattoos.

»Warst schon länger nicht mehr, wa?«, fragte sie, als sie meinen herausgewachsenen Kurzhaarschnitt hier und da anhob.

»Die wachsen so schnell.«

Sie lachte. »Wie willstes haben? Richtig lang wachsen lassen? Oder ab?«

»Ab.«

Neben mir saß Zoe. Sie mochte ihr Haar länger. Wenn sie in unserem Kletterbaum kopfabwärts an einem starken Ast hing, strich ihr Haar über den Waldboden, fegte die Blätter. Ihre Friseurin, deren Haar auf einer Seite abrasiert und auf der anderen lang war, kürzte Zoes herausgewachsenen Pony und schnitt dann die Spitzen. Papa hockte am anderen Ende des Salons und um seinen Stuhl herum lagen lauter Locken. Es sah aus, als hätte jemand ein rotes Schaf geschoren. Er lachte uns quer durch den Raum zu.

»So«, sagte Papa, als wir wieder draußen standen. »Und jetzt geht's ins Kino!«

Er bestand immer darauf, dass wir einen Blockbuster und einen Arthouse-Film sahen. Hintereinander. Aber seit ein paar Jahren kaufte nicht mehr er die Tickets an der Kasse, sondern wir. Er wollte, dass wir »selbstständig« wurden.

Er gab uns das Geld und wir stellten uns in die Schlange. Auch das Popcorn kauften wir selbst. Und dann genossen wir unsere halbjährliche Doppelfilm-Mischung. *Madagaskar* und *Die fabelhafte Welt der Amélie.* Als wir älter waren, *Harry Potter* und *Das weiße Band.* Und *Der Herr der Ringe* und *Dancer in the Dark.*

Später gingen wir shoppen, kauften neue Klamotten. Sachen, in die wir hineinwachsen konnten. Wir besorgten Haarfärbemittel für Papa, Stiefeletten und Kaugummis für uns. Gingen bei Saturn in die Computerabteilung und ließen uns die neuesten Tablets und Notebooks zeigen, obwohl wir gar nicht vorhatten, etwas zu kaufen. »Hört gut hin«, schärfte Papa uns ein. »Und schreibt euch ruhig was auf.«

Wir besuchten eine Ausstellung – im Bode-Museum, im Hamburger Bahnhof oder im Deutschen Technikmuseum. Und kamen wir am Abend aus dem Theater, der Schlittschuhbahn oder vom Rummel, aßen wir in einem indischen Imbiss.

Wir sollten so viel wie möglich erleben, möglichst unterschiedliche Eindrücke sammeln. Denn sie mussten für ein halbes Jahr reichen.

Wenn wir nachts in das schmalbrüstige Hotel zurückkehrten, zogen Zoe und ich unsere Matratzen zum Schlafen auf den Boden und flüsterten. Von draußen blinkte die Neonreklame herein, die der Vorhang nur dämpfte, wir hörten Autos hupen. Unten auf der Straße johlten und schrien Leute, und hin und wieder ging ein Alarm an. Unsere Köpfe waren voller Geräusche und Bilder. Wir redeten bis in die frühen Morgenstunden.

Am nächsten Tag, nach dem Frühstück, zahlte Papa an der Rezeption, wir trugen unsere Sachen hinaus und verstauten alles im Lieferwagen, wo schon Benzinkanister, das Motoröl, die Kisten mit Kerzen, das Propangas und die Lebensmittel gestapelt waren – Säcke voller Dauerwaren: Reis, Mais, Zucker, Mehl, Salz, Öl, Kaffee und Konserven.

Etwa vier Stunden brauchten wir bis nach Hause, aber unsere Köpfe waren auch nach der langen Fahrt noch übervoll. Sie summten und schwirrten nicht nur vom Motorengeräusch, sondern auch vor lauter Eindrücken. Ich weiß noch genau: Wir stiegen aus, standen vor Hydes verborgenem Tor, atmeten die Waldluft ein und waren taub und blind. Wir hörten nichts von dem, was uns wirklich umgab – wir hörten nur den Widerhall des Erlebten. Und dann … sehr langsam … nahmen wir die ersten vorsichtigen Vogelstimmen wahr, drang das Knarren der Äste zu uns durch und schließlich wieder das Rauschen des Windes in den Kronen.

Aber einen schrecklichen Moment lang war da immer *nichts* gewesen. Wir hatten dagestanden, zwischen *allem*. Und wir hatten es weder gehört noch gespürt.

9. KAPITEL

VERSPERRT

Als ich die Tür öffnete, ging ein kurzer Windstoß durchs Haus, ich hörte es. Er drang bis in die obere Etage. In der Lobby wehten die zerschlissenen Vorhänge.

In der Nacht hatte das Kaminfeuer nur Details aus den Schatten gezogen – jetzt waren die Fenster nicht mehr vernagelt; der im Sonnenschein badende Nachmittag floss frei herein. Für einen Moment wirkte der Raum, als würde er von innen glühen. Die Tapeten. Das Mobiliar. Licht wie Honigtee.

Alles hier war alt. Nichts passte so richtig zusammen. Ein Durcheinander, das sich offenbar über mehrere Generationen angesammelt hatte. Ein praller Polstersessel stand zwischen zerbrechlich wirkenden Tischchen. Stehlampen-Ungetüme mit riesigen Schirmen beugten sich über dünnbeinige Stühle und eine geschnitzte Truhe.

Ich schloss die Haustür hinter mir und ging zum Kamin. Die Glut schwelte nur noch und ich legte neue Scheite auf. Dann drehte ich mich wieder um. *Sieh hin, Katrina.*

Und plötzlich … mit jener schlafwandlerischen Sicherheit, wie man sie nur aus Träumen kennt … begriff ich, dass das Mobiliar nicht einfach nur *da* war, sondern eine Geschichte erzählte.

In der Mitte der Lobby war ein Stuhl umgekippt und eins der Tischchen. Glasscherben, Zettel und Stifte lagen verstreut auf dem Boden. Und was war das? Ein Thermometer? Eine Schublade der Kommode war halb herausgezogen und es lagen Tüten davor.

Etwas war hier geschehen. Dies war der erstarrte Augenblick einer Störung, wie auf einem Foto festgehalten. Aber derjenige, der diesen Moment fortführen könnte, fehlte. Ganz langsam richteten sich die Härchen an meinen Armen auf. Der Schatten eines Ereignisses streifte den Raum: wie jemand so heftig aufsprang, dass dabei Stuhl und Tischchen umkippten.

Mir war, als könnte ich das Echo des auf dem Boden zerspringenden Wasserglases noch hören. Ich müsste mich nur genug anstrengen. Jemand lief zur Kommode und riss die Schubladen auf, zerrte etwas heraus, stopfte es in Tüten. Eine Schublade klemmte, und derjenige versuchte es mit Gewalt, war zu grob dabei, zu hektisch, und die Vase auf der Kommode kippelte, fiel zu Boden. Zerbrach. Wenn ich nur still genug wäre, könnte ich die Schritte vielleicht noch hören: ein hastiges Hin und Her zwischen drinnen und draußen, eine Kofferraumklappe wurde zugeschlagen, ein Reißverschluss heftig hochgezogen, das Drehen des Schlüssels im Schloss, der aufheulende Motor eines Wagens, sein Leiserwerden und dann: Stille.

Stille, die jahrelang angehalten hatte. Bis jetzt.

*

Ich öffnete die kleine Holztruhe an der Wand. Ich hoffte auf

Klamotten. Ich *brauchte* Klamotten! Und jetzt hatte ich die Erlaubnis, alles zu benutzen.

Kerzen.

Der Anblick weckte Erinnerungen, und ich hielt einen Moment inne, bevor ich die Finger über das glatte, kalte Wachs gleiten ließ.

Ich nahm eine heraus – eine Kerze bei sich zu haben, war nie verkehrt.

Ich drehte mich einmal im Kreis, betrachtete mein neues Zuhause: die leicht gekrümmten Wände, die Ecken, die keinen rechten Winkel bildeten, die zusammengewürfelten Möbel, die schönen, altersmüden Tapeten und die Fenster, hinter denen sich der Wald auftat und atmete.

*

Ich wollte in die Räume im ersten Geschoss. Ich brauchte irgendwas, um das Loch im Dach provisorisch zu flicken. Eine Plane vielleicht. Wenn ich Glück hatte, fand ich nebenbei auch etwas zum Anziehen.

Stufe um Stufe stieg ich hinauf. Ich musste an die schwer verletzte Katze denken, die mir heute im Morgengrauen den Weg nach oben versperrt hatte. Wo war sie hin? War sie in den Wald gelaufen, um dort zu sterben? Tiere spüren, wenn der Tod kommt, und ziehen sich zurück. Vielleicht hatte sie hier im Haus sterben wollen und meine Anwesenheit hatte sie vertrieben? Das Hackfleisch hatte sie nicht angerührt. Ich hatte es heute Morgen am Bücherregal gefunden – genau so, wie ich es nachts hingestellt hatte.

Der untere Teil der Treppe lag im Nachmittagslicht, das

nach oben hin immer mehr ausdünnte, bis es im Dunkel verfloss.

Während ich höher stieg, ließ ich die Finger über den hölzernen Handlauf gleiten, über die adernartige, feine Maserung. Das Holz war glatt und fühlte sich lebendig wie ein Muskel an.

Die Stufen waren mit Teppich ausgekleidet. Wäre es nicht so kalt gewesen, hätte ich die dicken Socken ausgezogen, um mit nackten Füßen darüberzulaufen. Das Teppichmuster gefiel mir – eingewebte goldene Blüten. Manche waren geschlossen, bloße Knospen, andere hatten sich schon geöffnet, und Goldpollen schwebten um sie her. Ich atmete ein, meinte, die Pollen zu riechen, und dachte an vergangene Sommer, an ein anderes Haus, an Zoe und Papa. Und dann knarrte eine Stufe, ich zuckte zusammen und sah, dass der rote Stoff litt. Dass er schmutzig war, die Farben welk, der Stoff dünn … An vielen Stellen heruntergetreten bis aufs blanke Holz.

Mit jeder weiteren Stufe wurde es dunkler. Kein Wunder: Von oben kam kein Tageslicht, dort waren die Fenster noch vernagelt. Auf dem letzten Drittel der Treppe blieb ich stehen und zündete die Kerze an.

*

Wir hatten Hyde mit Gas, aber vor allem mit Kerzen beleuchtet. Sie waren überall. In dem Lüster an der Decke, in den Ständern auf dem Küchenbord, auf unseren Nachttischchen.

»Die Flamme ist euer Freund. Sie flüstert euch Geschichten zu. Passt gut auf sie auf«, sagte Papa, nachdem er uns ins Bett gebracht hatte. »Nur noch zehn Minuten, ja? – Dann macht ihr die Kerze aus.«

»Sie tanzt«, wisperte Zoe und schaute in die Flamme.

Wir formten Schattentiere mit den Händen, wie Papa es uns gezeigt hatte, und ließen sie die Wand bevölkern. Hasen, zwei heulende Wölfe, ein Monster mit Säbelzähnen. Und die Verwandlung von Dr. Jekyll in Mr. Hyde.

Das war unsere früheste Kindheitsgeschichte. Papa erzählte sie uns zum ersten Mal, als Zoe fragte, warum unser Zuhause eigentlich Hyde hieß. Er erzählte sie mithilfe einer Kerze und den Schatten.

»Das ist Dr. Jekyll«, sagte er. Ein dicker Mann mit Zylinder erschien an der Wand. »Alle im Ort kannten und achteten Dr. Jekyll. Er galt als höflich, ein tadelloser Mann. Was aber niemand wusste, war, dass sein Leben als Dr. Jekyll nur eine Maske war. Wenn der Tag einschlief, wenn die Nacht sich aufrichtete, legte er die Maske des braven Mannes ab und wurde zu Mr. Hyde!« Aus dem steifen, dicken Mann mit dem Zylinder wurde ein geduckter Mensch mit schnellen, huschenden Bewegungen. Aus seinem Kopf ragten Ziegenhörner. »Niemand wusste, dass der brave Dr. Jekyll und der geheimnisvolle Mr. Hyde ein und dieselbe Person waren. Im Schutz der Nacht tat Mr. Hyde Dinge …«

»Was für Dinge?«, flüsterte ich.

»Böse Dinge«, sagte Papa. »Das sagten die anderen jedenfalls.«

»Aber unser Hyde ist doch kein böses Haus?«, fragte Zoe erschrocken.

»Nein. – Aber es ist ein Geheimnis. So wie auch Mr. Hyde das Geheimnis von Dr. Jekyll war«, sagte Papa und ließ Mr.

Hyde über die Wand huschen. »Wenn irgendwer hierherkommt, denkt der, dass es hier nur Hecken und Gestrüpp gibt. Die Hecken sind wie Dr. Jekyll. Dicke, brave, höfliche Hecken. Aber dahinter …«

»Dahinter ist unser Hyde versteckt!«, sagte Zoe und lachte.

»Viele Menschen haben zwei Gesichter«, sagte Papa und ließ vor unseren Augen Dr. Jekyll zu Mr. Hyde werden und Mr. Hyde zu Dr. Jekyll. »Aber sie zeigen immer nur eins. Man muss ganz genau hinschauen, um das versteckte Gesicht zu sehen.« Und dann stand er auf und ging ins andere Zimmer. Die Geschichte ließ er im Kerzenschein zurück und wir begannen mit ihr zu spielen.

Wie man mit Feuer umgeht, wussten wir: dass man das Streichholz vom Körper weg anreibt, Kerzen nie unter ein Regal schiebt, dass man sie nicht zu dicht nebeneinanderstellt und sie löscht, sobald man den Raum verlässt. Es gab wassergefüllte Eimer in Hydes Ecken. Große Tücher schwammen darin, die wir bei einem Brand nass über das Feuer werfen konnten. Nachts, wenn ich fast schon schlief, hörte ich Papa durch das Haus tappen. Er vergewisserte sich, dass alle Kerzen aus waren. Leise öffnete er unsere Tür und schlich zu den Nachttischen. Er prüfte, ob die Dochte nicht mehr glühten. Papa war sorgsam und wir lernten diese Sorgsamkeit von ihm.

Später dann, nach der Gefangennahme, als ich eine Kerze mit ans Bett nahm, gab es Ärger. Gloria, bei der ich wohnen musste, diskutierte. Die aufgedruckten Sonnenblumen auf ihrer Bluse bebten dabei, als ginge ein Sturm hindurch.

»Wir leben nicht mehr im Mittelalter.« Gloria griff nach der Kerze. Ich hatte sie sorgsam auf einen Unterteller geklebt, und jetzt flackerte sie in ihrer Hand. »Nimm die Nachttischlampe. – Feuer ist gefährlich.«

Normalerweise widersprach ich ihr nicht, aber diesmal musste ich. »Du kannst mir vertrauen, Gloria. Feuer ist nur gefährlich, wenn man nicht weiß, wie man damit umgeht.«

»Mädchen, schau in den Spiegel«, fuhr sie mich an. »Wie kannst du das heute noch sagen?«

Ich schwieg, aber ich war wütend.

»Also – in diesem Haus werden Kerzen nur angemacht, wenn ein Erwachsener dabei ist!« Sie schämte sich nicht einmal, diesen Satz zu sagen.

»Ich bin fünfzehn, keine drei.«

»Und du weißt nichts«, sagte sie. »Nichts vom realen Leben.« Sie lächelte die ganze Zeit, doch beim Wort *real* wurden ihre Augen eng.

»Weil ich erst fünfzehn bin?«, fragte ich.

»Bitte respektiere meine Wünsche.«

Sie machte eine abrupte Bewegung und die Kerze brach vom Teller, fiel auf meine Bettdecke. Es war nur ein winziger Brand. Für den Bruchteil einer Sekunde stand Gloria wie erstarrt, dann stürzte sie zu mir und begann hektisch zu pusten. Die Flammen loderten auf. Ich sagte nichts, klatschte nur das nasse Handtuch aus dem Eimer unter meinem Bett auf die Stelle.

»Da siehst du es!«, rief Gloria.

Dabei war sie es gewesen, die den Fehler gemacht hatte.

Gloria wiederholte streng: »Kein Feuer ohne Erwachsene!«

Dann schloss sie meine Tür und ließ mich allein mit der Wahl, im Dunkeln zu sitzen oder kaltes Elektrolicht aus der Lampe fließen zu lassen.

Kein Feuer ohne Erwachsene.

Sie *war* erwachsen, aber sie kannte das Feuer nicht. Wusste nicht, wie man darauf aufpasste. Sie hörte die Stimme der Flamme nicht. Nicht ihr Flüstern.

*

Ich hielt die Kerze hoch und ließ ihren leisen Lichtschein den finsteren Korridor entlangwandern. Er war leicht gekrümmt, wie alles an diesem Haus. Ich spürte den Teppich unter den Füßen, und wo er durchgetreten war, splitterte das Holz. Dauernd blieb ich mit den Wollsocken hängen und die Dielen knarrten bei jedem Schritt. Die Tapete war dunkelrot, sie hatte eine weiche Textur. Ich ließ einen Finger darübergleiten. Samt. Kerzenhalter hingen in Abständen an den Wänden.

Vor der ersten Tür auf dem Korridor blieb ich stehen. Auf die Außenseite war mit hartem Bleistift eine Eule gezeichnet. Knarrend ließ sich die Tür öffnen.

Im Kerzenlicht präsentierte sich ein Arbeitszimmer. Ein verstaubter Schreibtisch mit Schnitzereien stand auf schlanken, grazil gewölbten Beinen in der Mitte. Er hatte Schubladen mit verzierten Griffen. Ich trat näher. Auf der Schreibplatte lag eine Unmenge Kram – Stifte, Hefte, poröse Radiergummis, eine Schere, ein leeres Glas, eine Tasse, in der etwas eingetrocknet war, und was war das? Zeitungsausschnitte? Ja, aus einem Hefter ragten aus Zeitungen gerissene Seiten, mit Post-it-Zettelchen gespickt.

Ich griff nach einer, las die Schlagzeile: *Johann Konrad und seine Frau Luisa – neue Besitzer vom* Haus Waldkauz. Ein Foto zeigte beide, wie sie in die Kamera lächelten. Die Frau trug ein ungewöhnlich hübsches Kleid, hellblau oder lavendelfarben, mit Blüten am Saum. Sie hatte die Hand in den Nacken ihres Mannes gelegt. Darunter stand: *Das junge Paar möchte eine architektonische Herausforderung angehen*. Ich legte den Hefter wieder hin. Auf dem Deckblatt stand in harter, kantiger Schrift HvL.

HvL? Was sollte das sein?

Klebrige Ringe verunzierten die Tischplatte. Vor dem Tisch stand ein sanft geschwungener Armlehnstuhl mit Geflecht.

Ich ging zum Fenster. Die Flügel ließen sich nach innen öffnen, und während ich mit einer Hand die Kerze hielt, stemmte ich mich mit der anderen gegen die von außen vorgenagelten Bretter. Wenn das nicht funktionierte, musste ich es von draußen versuchen, mit einer Leiter.

Ich hatte Glück. Die Bretter lösten sich so bereitwillig, als hätten sie nur darauf gewartet. Eins nach dem anderen stieß ich vom Rahmen und sie fielen nach unten, in den Schnee.

Als ich die Fensterflügel wieder schloss, bemerkte ich, dass die Scheibe eine Eishaut hatte. Ich legte den Finger darauf, nahm ihn wieder weg und hinterließ einen leeren Fleck in dem filigranen, hauchzarten Gewebe. Das Eis würde wieder über den Fleck wachsen, in einer Geschwindigkeit, die das menschliche Auge als Reglosigkeit einordnet.

Das Arbeitszimmer lag jetzt im Winterlicht und schien langsam zum Leben zu erwachen. Wie Dornröschen, als es geküsst wurde, dachte ich. Die dunklen Ecken schienen aufzuatmen. Die Tapeten waren ebenfalls aus Samt und von einem satten Gelb. Sie wirkten wie befreit von den düsteren, feuchten Schatten, die drei Jahre lang auf ihnen gelastet hatten.

Ich hielt Ausschau nach einer Folie, einem Wachstuch, einer Plane. Irgendetwas, womit sich das Loch im Dach schließen ließ. Zumindest vorläufig.

Doch der Schreibtisch und die Regale gaben nichts dergleichen her.

Als ich auf den Korridor zurückkehrte, ließ ich die Tür mit der gezeichneten Eule offen. Ich öffnete die nächste, auf die eine Sonne gezeichnet war, hielt die Kerze hinein. Offenbar ein Gästezimmer. Zwischen apricotfarbenen Tapeten schlummerten ein Tisch, ein Bett und eine kleine Kommode aus Nussholz. Die Kommode war leer.

Hinter der dritten Tür, die mit zwei gekreuzten Pinseln gekennzeichnet war, wartete eine Rumpelkammer. Sie war vollgestellt mit Tapetenrollen, Sockelleisten, einem Berg Fliesen, Pinseln, Rollen, Eimern mit angebrochenen Flüssigkeiten – lauter Reste. Ich kämpfte mich durch und stieß dabei zwei schmale Teppichrollen um. Sie zeigten dasselbe Muster wie der Teppich im Korridor und auf der Treppe: Goldpollen, Knospen und Blüten. Dahinter entdeckte ich … eine zusammengelegte Plane!

*

Ich hatte noch nie ein Dach repariert.

Aber das muss ich auch nicht, sagte ich mir immerzu – ich musste nur dieses verdammte Loch halbwegs schließen, um das Hausinnere so lange zu schützen, bis ich eine Dachdeckerfirma engagiert hatte. Das Loch war riesig.

Ich befand mich im Dachgestühl, mit den Füßen auf je einem Balken. Zwischen den Balken lag weiches, strohartiges

Material, und ich wagte nicht, dorthin zu treten. Wer weiß, ob das hielt? Vielleicht war der Rest aus Pappe und ich brach durch.

Auf der Suche nach dem Zugang zum Dach war ich den Korridor entlanggelaufen, hatte die Decke mit der Kerze abgeleuchtet. Ganz am Ende hatte ich die Luke entdeckt.

Mit einem Metallstab, der an der Wand hing, ließ sie sich öffnen, und eine Leiter war herausgeklappt. Aus der Kommode in der Lobby hatte ich mir Hammer und Nägel besorgt, die Kerze in einen der Kerzenleuchter an der Wand gesteckt, und jetzt stand ich hier, ganz oben, nur der Himmel war über mir. Ich hielt die Nägel im Mund und den Hammer in der Hand, versuchte, ausschließlich auf die Balken zu treten, und schlotterte vor Kälte, aber egal. Ich nagelte die Plane fest. Es musste getan werden. Das Dach war das Allerwichtigste.

Jede Menge Ziegel, Schutt und Schnee lagen zu meinen Füßen, und vor allem der Schnee machte mir Sorgen. Ich musste verhindern, dass noch mehr davon hereinkam. Feuchtigkeit war der Tod für ein Gebäude. Der Wind versuchte mir die Plane aus der Hand reißen, doch das ließ ich nicht zu. Ich hielt ich sie energisch fest und hämmerte weiter.

*

Als ich wieder unten in der Lobby war, machte ich mir mit meinem Gaskocher einen Tee und trank ihn so heiß, dass ich mir fast die Kehle verbrannte. Ich ließ meine froststarren Finger an dem Becher auftauen und drehte meinen Körper vor dem Kaminfeuer hin und her, um wieder Wärme hineinzubekommen.

Später stieg ich erneut ins erste Geschoss und tat nacheinander in jedem Zimmer dasselbe wie im Arbeitszimmer: Ich öffnete die Fensterflügel und brach die davorgenagelten Bretter heraus. Hörte das leise Seufzen, wenn die Bretter in den Schnee fielen. Spürte, wie die von der Last der Düsternis befreiten Zimmer aufatmeten. Sie schienen das hereintastende, feine Abendlicht zu befühlen, es zu genießen, wie es über jeden Zentimeter glitt.

Die vierte Tür schmückte eine Welle. Dahinter lag ein Ankleidezimmer. Der Schein meiner Kerze huschte über eine alte Singer-Nähmaschine. In einer Ecke stand ein großer Schrank vor nachtblauen Tapeten. Ein Schrank! Vielleicht fand ich darin endlich etwas, was ich anziehen konnte! Mit drei Schritten war ich da, riss an der Schranktür. Sie war verschlossen. Verdammt. Ob es irgendwo einen Schlüssel gab? Auf den ersten Blick sah ich ihn jedenfalls nicht in dem Zimmer liegen. Vielleicht unten, in der Lobby? Ich würde danach suchen, sobald ich hier oben alle Bretter von den Fenstern entfernt hatte.

Mittlerweile wurde das Licht minütlich dünner, das zarte Rot des Himmels fader, der beginnende Abend riss Löcher in den entkräfteten Tag. Das Ankleidezimmer, das ich so gern lichterfüllt gesehen hätte, sackte nach und nach in tiefere Schichten von Dämmerung ab.

Ich trat wieder in den Gang. Nur ein Zimmer war noch übrig.

Es war die einzige Tür im Haus, die einen Knauf hatte. Er bestand aus Marmor. Ich drehte daran und wollte mit Schwung eintreten, als ich mit der Schulter gegen das Holz prallte.

Die Tür gab nicht nach.

Ich rüttelte am Knauf. Versperrt.

Ich beleuchtete das Schloss. Kein Schlüssel. Ich ließ den Finger über das Schlüsselloch gehen. Eisige Kälte strömte heraus und mich fröstelte. Rasch nahm ich den Finger wieder weg. Ich ließ das Kerzenlicht über die Tür gleiten. Ein großes Herz war mit dünnem, hartem Bleistift auf die Außenseite gezeichnet.

Ein Herzzimmer? Was sollte das sein?

Das Frösteln wurde zum Zittern. Dass das Haus kalt war, war klar, aber *hier*, vor dieser Tür, konnte man Fleisch einfrieren. Was war hinter der verdammten Tür?

Und in dem Moment fiel es mir wieder ein: *Diese* Tür war tabu. Man durfte sie nicht öffnen.

*

Ich stand draußen im Schnee, vor dem Haus. Die Kerze hatte ich gegen die Taschenlampe eingetauscht und leuchtete die Seitenwand an, und als ich die Fenster zählte und die Umrisse der Seitenwand in ein Notizbuch übertrug, das ich aus dem Arbeitszimmer mitgenommen hatte, hörte ich ein langes, tiefes Seufzen, das fast menschlich klang.

Es war nur der Wind, wusste ich. Der heulte und ließ die Bäume ringsum stöhnen, aber es hatte den Anschein, als käme das Geräusch aus dem Haus.

Mein Blick hing an dem einzigen Fenster, das noch vernagelt war.

*

Ich zeichnete. Leuchtete mit der Taschenlampe mal aufs Haus, dann aufs Notizbuch. Wände, Fenster. Nun folgten das Dach, der Schornstein, das Loch im Dach.

Es war exakt so, wie ich vermutet hatte: Das Loch lag über dem verschlossenen Raum. Und auch das Seufzen kam von dort. Was im Grunde ganz normal war: Der Wind drang in das Loch, und wo die Plane ihn flatternd ins Innere passieren ließ, seufzte er.

Ich schlug das Notizbuch zu und stapfte zielstrebig zum Transporter. Ich hatte das Handyaufladekabel aus meinem Charlottenburger dabei. Ich hatte zwar keinen Strom hier im Haus, aber auch in Hyde hatten wir die Handys immer im Wagen aufgeladen.

Ich ließ den Motor an, verband das Kabel mit dem Anzünder und steckte dann mein Handy an. Jetzt musste ich nur noch warten, dass die Batterieanzeige grün wurde.

Während das Handy lud, wollte ich eine Dachdeckerei finden. Aus der Lobby hatte ich mir die Gelben Seiten von vor drei Jahren geholt – die aktuellsten: von 2015.

Der Motor lief, ich blätterte und suchte erst »Felsgrund«, dann das »D« für Dachdeckerei. Es gab einen Eintrag. Es war jetzt kurz nach siebzehn Uhr. Wenn ich Glück hatte, erreichte ich noch jemanden.

Ich sah aufs Display – kein Empfang. So machte ich den Motor aus, nahm das Handy vom Ladekabel, sprang aus dem Wagen und lief eine Weile im Finstern herum, bis sich wenigstens ein zitternder Balken auf dem Display zeigte. Ich gab die Nummer ein, wartete.

»Dachdeckerei und Bauklempnerei Klausen«, meldete sich eine Frau.

»Rotberg«, sagte ich. »Ich rufe aus der Nähe von Felsgrund an. Ich würde gern einen Termin mit Ihnen ausmachen.«

»Wie bitte?«

»Ich würde gern einen Termin mit Ihnen ausmachen«, wiederholte ich deutlicher. Ich betonte sorgsam jedes Wort, versuchte, nicht über die Vokale und Konsonanten zu stolpern. »Es geht um ein ziemlich großes Loch im Dach. Die Adresse ist in der Nähe von Felsgrund.«

»Diese Woche wird das definitiv nichts mehr – aber wir könnten nächsten Mittwoch jemanden vorbeischicken. Wo genau ist es denn?«

»In der Forststraße 1.«

Schweigen am anderen Ende.

»Hallo?«, fragte ich. »Sind Sie noch da?«

Wieder Schweigen. Dann: »Meinen Sie das Haus im Wald?« Sie sprach *im Wald* irgendwie seltsam aus. »Das mit den Türmchen?« Sie wartete die Antwort nicht einmal ab. »Ich fürchte, wir können den Auftrag nicht annehmen.«

»Wie bitte?« Ich war verwirrt.

»Auf Wiederhören.«

Ich presste das Handy ans Ohr, es tutete nur noch.

*

Was war *das* denn gewesen?

Ich blätterte und leuchtete mich wieder durch die Gelben Seiten, suchte nach einer weiteren Dachdeckerei. Abwechselnd stampfte ich mit den Füßen dabei, um nicht anzufrieren, und suchte Schutz im Windschatten eines großen Schneehügels.

In Felsgrund gab es keine weitere Dachdeckerei. Verständlich, der Ort war klein. Ich beleuchtete die winzige Karte auf der Rückseite der Gelben Seiten, suchte den nächstgelegenen Ort. Mückenloch. Auch dort gab es eine Dachdeckerei.

Aber Mückenloch war der Ort, wo die Leute am Hostel mich als Diebin des Transporters identifiziert hatten. Dort konnte ich auf keinen Fall fragen! Jemand von dort konnte mich wiedererkennen.

Der nächste Ort hieß Blaukamp. Auch dort gab es eine Dachdeckerei. Ich wählte.

Nicht mal eine Minute später starrte ich auf das tutende Handy. Dieselbe schroffe Reaktion.

Ich studierte noch einmal die Karte, wanderte die Orte mit dem Finger ab und blieb bei Neckargemünd stehen. Neckargemünd war ziemlich weit von Felsgrund entfernt.

Die Frau am anderen Ende fragte nur: »Wie groß ist das Loch?«

»Eine Baumkrone ist aufs Dach gestürzt – ich würde sagen, mindestens drei Meter. Ein großer Schaden jedenfalls.«

Sie machte mehrfach »Hm, hm«, nahm meine Daten auf und versprach, am Freitag jemanden vorbeizuschicken.

Ich legte auf und lief schnell zurück ins Haus.

Schon als ich die Tür öffnete, spürte ich die Wärme, hörte das Knacken und Flüstern des Feuers. Ich schlüpfte aus den dünnen Stiefeln, lief zum Kamin und hockte mich davor.

Lange starrte ich in die Flammen – es war immer dieselbe Bewegung, gleitend, zuckend und doch jedes Mal neu. Als ich den Kopf abwandte, tanzte es weiter vor meinen Augen. Ich schloss die Lider und sah dem Feuer im Innern meines Kopfes zu.

10. KAPITEL

STÖRUNG

Erst durch das Feuer war auch Papa aufmerksam auf sie geworden, damals. Das Lagerfeuer am Abend.

Diese prächtigen Flammen, die herrliche Farbe, das Licht!

Zoe und ich hatten sie schon seit dem Vormittag im Visier – ihre Ankunft war nicht zu überhören gewesen. Wir hatten draußen unter den Lesebäumen gelernt – vor Hydes Tor. Die Lesebäume waren zwei Tannen, wir saßen an ihre Stämme gelehnt und machten Stillbeschäftigung für Deutsch. Wir lasen Morton Rhues *Ich knall euch ab!*.

Zoe las hoch konzentriert. Sie hatte eine Falte auf der Stirn und strich hin und wieder etwas mit dem Bleistift an. Kein Lachen, nichts.

»Mann, das ist krass!«, sagte sie nach einer Weile und unterbrach die Lektüre. »Echt spannend, aber … kannst du das *glauben*?«

»Na ja, nicht wirklich. Aber das ist ja auch bloß ein Buch, oder?«

»*Robinson Crusoe* ist auch 'n Buch und das hab ich gleich geglaubt!«

»Ich meinte auch nur«, sagte ich, »Bücher *brauchen* ja nicht wahr zu sein.«

Je älter wir wurden, desto weniger glaubwürdig erschienen

uns die Bücher, die wir für den Unterricht lesen mussten. Es war immer schwerer geworden, sich hineinzuversetzen. Als wir jünger waren, war es uns jedenfalls leichter gefallen.

Mit zehn und elf hatten wir im Unterricht Stephensons *Die Schatzinsel* und Twains *Tom Sawyer* gelesen, mit zwölf Defoes *Robinson Crusoe*. Wir hatten die Hauptfiguren verstanden, fieberten mit ihnen mit. Jedes Wort glaubten wir, weil wir so vieles wiedererkannten. Das alles hatte mit uns zu tun. Dann wurden wir dreizehn und der Unterricht brachte uns Noacks *Rolltreppe abwärts,* Rees' *Klassenspiel* und *Blueprint* von Charlotte Kerner. Und jetzt, mit vierzehn, lasen wir Morton Rhues *Ich knall euch ab!*. Ich las es wie Zoe: mit angehaltenem Atem, hoch konzentriert, fassungslos.

Plötzlich geriet der Wald in eine andere Schwingung. Gleichzeitig hoben wir die Köpfe, lauschten. Um sich im Wald zurechtzufinden, braucht man keine Augen. Man braucht Ohren.

»Vergesst nie, auf die Tiere zu hören«, sagte Papa immer. »Der Waldfunk ist der beste Sender. Er bringt die wichtigsten Nachrichten und ist immer up to date.«

Vor allem muss man auf die Kleintiere achten: die Singvögel zum Beispiel. Weil sie besonders gefährdet sind, warnen sie einander, sobald ein Feind sich nähert. Größere Vögel greifen die Warnrufe auf und tragen sie weiter, auch wenn sie den Feind selbst nicht gesehen haben.

Papa hatte recht: Man musste nur hinhören, dann *sah* man, was vorging, sogar mit geschlossenen Augen.

An jenem Tag unter den Lesebäumen schien es, als hätte jemand die Frequenz am Radio gewechselt, und nachdem die ganze Zeit Jazz gespielt hatte, kam Techno. Der Übergang war jedoch so schleichend verlaufen, dass wir es erst nach einer Weile wahrnahmen.

In unserer Nähe sangen die Vögel zwar noch normal, doch in der Ferne hatten sich die Reviergesänge der Amseln in ein dumpfes *Gjuk Gjuk* verwandelt. Sie schimpften. Es wäre uns nicht aufgefallen, wenn nicht andere ferne Vögel mitgemacht hätten. Und dann weitere.

Irgendwann waren es einfach zu viele.

»Okay« flüsterte Zoe. »Es ist offenbar etwas Größeres, aber es ist weit weg.«

Doch das ferne Schimpfen breitete sich langsam aus. So wie Ringe, die von einem in den See geworfenen Stein ausgehen. Zoe und ich schirmten im selben Moment die Augen mit den Händen ab, sahen uns um. Wir konnten nichts Verdächtiges entdecken.

Gjuk … Gjuk … Gjuk … Gjuk, machten jetzt nicht mehr nur die fernen, sondern auch schon nähere Amseln.

»Okay, okay … irgendwas kommt näher«, wisperte Zoe.

»Definitiv«, bestätigte ich. »Aber nicht aus der Luft. Da würden sie *Ziliiiic* rufen. Sie rufen *Gjuk.*«

Zoe sagte: »Also ein Bodenfeind.«

Wir spitzten die Ohren, versuchten, *weiter* zu lauschen als nur in unserer unmittelbaren Umgebung, und da hörten wir plötzlich Schwarzkopfmeisen nicht allzu weit weg schimpfen. *Tschicka-di-di-di-di-di-di-di-di-di.* Als die *di* gar nicht mehr aufhören wollten, wurden Zoes Augen immer größer.

Sie sah mich an: »*Was* soll das sein? Ganz schön groß, oder? – Hast du es verstanden? Ich hab's nicht ganz … ich meine, reden die von einem Wildschwein?« Und nach einer Weile: »Oder von mehreren?«

»Nein«, gab ich zurück. »Größer! Nicht *Tschicka-di-di-di-di-di*. Das wär 'n Schwein. Das waren zehn *di* hintereinander. Mindestens. Es muss doppelt so groß sein! *Riesig!*«

Wieder lauschten wir. »Du hast recht«, flüsterte Zoe. »Aber ich kapier's nicht. Was soll'n das bitte sein? Saurier sind ausgestorben!«

»Horch!« Angespannt verfolgten wir den Weg, den der riesige Bodenfeind nahm – und er war schnell. Das Schimpfen der Vögel kam näher, die Reviergesänge in unserem Umkreis veränderten sich. Ein Eichelhäher begann zu rätschen. Etwa hundert Meter weit entfernt hörten wir ein Knacken und wussten, dass irgendwo dort Rehe aufschreckten und flohen.

Was auch immer da kam, es würde gleich hier sein.

*

Ich stand von meinem Kaminplatz auf. Meine Hände und Füße waren nicht mehr so eisig, aber mir war innerlich immer noch kalt. Ich sollte mir noch einen Tee machen.

Vielleicht gab es in der Küche wieder fließendes Wasser. Heumeier hatte ja versprochen, Strom und Wasser wieder anstellen zu lassen. Diesmal ging ich im Korridor nach rechts, zur einzigen Tür im Erdgeschoss, die ich noch nicht geöffnet hatte. Ein Schneidbrett aus Holz hing daran. Es erinnerte mich an Bastelarbeiten, die Zoe und ich mit acht gemacht hatten. Sorgsam ins Holz eingebrannte Schnörkelbuchstaben gaben bekannt, dass sich hinter der Tür die Küche befand.

Ich spürte einen eisigen Luftzug. Ähnlich wie der, der oben aus dem Schlüsselloch der Herzzimmertür gekommen war.

Hier kroch er aus dem Spalt unter der Küchentür hervor. Ich griff nach der Klinke, und als ich die Tür aufstieß, strömte eine Kälte aus dem Raum, als hätte ich einen Gefrierschrank geöffnet.

Durch das Fenster fiel Mondlicht in die Küche. Ich sah einen Herd mit Ofenklappe. Daneben einen Schrank, so monumental, als wäre er eigentlich als Denkmal geplant worden. In der Ecke stand ein Besen. An der Wand ein Regal, auf dem ein Sammelsurium an Tassen lagerte, dazwischen ein Radio – alles voller Staub und Spinnweben. Ich schlang die Arme um mich, meine Zähne schlugen aufeinander. Mein Blick fiel auf das Rosshaarsofa, das hinter einem schäbigen Holztisch stand.

Und auf dem Sofa, mitten im Mondlicht, saß die Katze. Mein Herz öffnete sich und alle Wärme floss hinein. Sie lebte!

*

Der irre Vogellärm machte Zoe und mich unter den Lesebäumen fast taub. Und dann – endlich – sahen wir, wer da in den Wald eingedrungen war.

Er war tarnfarbengrün. Zerbeult. Uralt. Und er fauchte und knatterte und böllerte.

Ein Bus!

Ein Bus mitten im Wald!

Die Vögel schimpften ihn nicht nur aus, sie hüpften und flatterten von Baum zu Baum und begleiteten ihn zeternd.

Tschicka-di-di-di-di-di-di-di-di-di-di.

Bodenfeind, Bodenfeind. Riesiger Bodenfeind!

»Was will der denn?«, fragte Zoe. Sie setzte das Fernglas auf die Nase, das sie immer umgehängt hatte. »Sieht uralt aus, das

Teil, völlig verrostet! Hoffentlich will der das nicht im Wald entsorgen.«

»Vielleicht hat er sich verfahren?«

»Klar. Und er kommt durch eine Zeitfalte geradewegs aus dem letzten Weltkrieg«, widersprach Zoe. »Zu uns *verfährt* sich keiner. Wer hier landet, hat sich das vorgenommen!«

Sie hatte recht. Wenn überhaupt, kam zwei Mal im Jahr der Jeep des Försters diesen Weg entlang. Private Fahrzeuge waren verboten.

Selbst Wanderer schafften es nur selten so tief in den Forst. Das waren dann Abenteuer-Touristen, die sich eine aberwitzige, nirgends verzeichnete Tour vorgenommen hatten.

In diesem Teil des Waldes gab es keine Wegemarkierungen. Es *existierte* kein offizieller Weg. Sämtliche Wanderstrecken lagen im Norden, weit entfernt von unserer Lichtung.

Es gab einen schmalen Weg für Forstarbeiter, der rasch zuwucherte und etwa hundert Meter am See vorbeiführte. Dort tuckerte der Bus entlang. Wir zogen uns automatisch von den Lesebäumen zurück, ins Unterholz hinein, tiefer in Richtung Hyde, beobachteten aber weiter genau, was passierte. Zoe reichte mir das Fernglas.

Der Forstweg führte nicht zum See, sondern in einem weiten Bogen um ihn herum und dann von ihm fort. Plötzlich brach der Bus aus, fräste zwei Gebüsche um und holperte über die Lichtung durch das hohe Gras – direkt zum See.

Die Vögel schrien, rätschten, klackerten, flöteten, zischten. Von allen Baumkronen schimpfte es auf den Eindringling herab. Der kam am Ufer an und der Motor erstarb.

*

Die Katze sah mir entgegen. Meine Hand zuckte automatisch zum Gesicht. Ich hatte kein Tuch um!

Natürlich nicht. Ich war nicht auf die Idee gekommen, es umzubinden, weil ich keinen Besuch erwartete. Und ohne atmete ich freier. Nach einer Weile löste sich der Schreck – Katzen sind keine Menschen. Sie achten nicht auf die Oberfläche, sondern auf das Wesentliche.

Die Katze leckte sich die Seite, doch als ich die Küche betrat, richtete sie sich auf. Es fiel ihr schwer, sie schwankte dabei. Sie starrte mich an. Ihre Augen waren nicht mehr verklebt. Hatte sie in Felsgrund jemanden, der sich um sie kümmerte? Ihre Ohren spielten, die Barthaare bebten. Sie war nervös.

Was war mit ihr los? Ich machte meine Taschenlampe an und ließ den Strahl über die Katze wandern, was sie mit einem Schwanzzucken beantwortete. Es gefiel ihr nicht. Verständlich.

Ich musste an *Dead Body* denken. Wie er mich auf die Bühne gezogen, wie Roland die Scheinwerfer auf mich gerichtet hatte. Bei dieser Erinnerung knipste ich die Lampe wieder aus, ließ – wie vorher – nur das Mondlicht durch die Fenster scheinen. Sofort wurde die Katze ruhiger.

Als ich mich näherte, erkannte ich, dass es nicht das Tier von gestern war. Dieses hier war größer, der Nacken breiter – es war ein Kater. Er blinzelte mich an.

Blinzeln, das wusste ich von Papa, ist für Katzen, was das Lächeln für Menschen ist. Sie drücken damit ihre Friedlichkeit aus. So blinzelte ich zurück und hoffte nur, dass der Kater im Dunkeln auch meine Augen sah. Um sicherzugehen, leuchtete ich mir kurz ins Gesicht dabei.

Wieder dachte ich daran, dass ich kein Tuch trug. Und dass er mich hoffentlich wirklich anders anschaute als Menschen.

»Was ist mit dir, du Ärmster?«, murmelte ich und ging vor ihm in die Hocke. Und richtig: Der entblößte Teil meines Gesichts war ihm egal. Er achtete nur auf meinen Tonfall, meine Bewegungen und meine Augen – wir blinzelten uns gegenseitig an.

Was ich im Mondlicht von seiner Gestalt erkennen konnte, war ein Jammer. Er war klapperdürr. Sein linkes Ohr zerfetzt. Sein Fell – als hätte man ihn gerupft und nach halber Arbeit gemerkt, dass es kein totes Huhn, sondern ein lebender Kater war, und ihn laufen lassen. Über seinen Rücken zog sich ein kahler Fleck. Die Haut dort sah krank aus, als würde sie faulen. Ich ging näher heran, betrachtete den Fleck genauer. Er war geformt wie Norwegen. Was war das?

Der Kater bewegte sich und drehte sich wieder auf die Seite. Es war eher ein mühsames Aufstützen und dann Fallenlassen. Ein langer Klagelaut durchzog die Stille. Dann widmete er sich dem dunklen Loch an seiner Seite, leckte darüber, leckte und leckte.

Ich hielt die Luft an.

»Mein Gott«, flüsterte ich, starrte auf das Loch und dann auf das Blut auf dem Sofa. »Was hat man dir angetan?«

Er gab flache, gejagte Schnurrtöne von sich. Von Papa wusste ich, dass Katzen nicht nur schnurrten, wenn sie sich wohlfühlten, sondern auch, wenn sie litten.

Mir war klar, dass er seine Wunde leckte, weil Tiere das nun mal so tun. Im Grunde war es auch gut – Speichel desinfiziert und enthält sogar schmerzstillende Essenzen. Aber wenn ein Tier *dauernd* an seiner Wunde leckt, kann sie nicht heilen. Im schlimmsten Fall reibt die Zunge die Wunde noch mehr auf. Und Katzen haben eine Zunge wie Sandpapier …

»Bitte …«, flüsterte ich. Mein Herz schlug schnell und hart. »Bitte hab keine Angst …« Ich streckte die Hand nach seinem Kopf aus.

Er ließ es zu, dass ich ihn zwischen den Ohren streichelte. Sah mich an, und alles in diesem Blick flehte: *Hilfe*.

*

Saß man unter den Lesebäumen vor Hydes verstecktem Tor, konnte man hören, was am See vor sich ging. Die Luft trug weit. Bis zu den Lesebäumen, durch Hydes Wände, zu unserem Bett. Im Sommer hörten wir nachts in unseren Bettennestern die Frösche und im Winter, wie das Eis im See ächzte.

Jetzt vernahmen wir, wie die Bustür aufgeschoben wurde, ein hartes Ratschen. Ein Typ mit rotem Basecap und ein zweiter mit der Figur eines Gesteinsbrockens sprangen aus dem Fahrzeug. »Oh Scheiße, ist das heiß, Mann!« Dann lautes Lachen.

Zwei weitere Männer verließen den Bus. Die Vögel schimpften hysterisch.

»Kann mal einer den Lärm abstellen!«, rief eine Frau aus dem Businnern.

Einer der Typen antwortete: »Das ist Vogelgesang, Jula, Mensch! Das ist *Natur*!«

»Nein«, flüsterte Zoe neben mir. »*Das* ist kein Gesang, das sind Warnschreie.«

Ich hatte Zoes Fernglas vor den Augen. Zwischen den vier

robusten, geräuschvollen Männern, die seltsame, sperrige Gegenstände und mehrere Kanister ins Freie zogen, einen Grill aufbauten und Angelstühle auseinanderklappten, lief die Frau hin und her. Sie trug Gelb, Orange und Neongrün. Einer hatte ein Radio aufgestellt und Musik beschallte alles, machte sogar die empörten Vogelstimmen matt.

»Was siehst du?«, fragte Zoe.

»Das, was du hörst. Das sind voll die Grobiane.«

Sie verloren keine Zeit. Der brockenhafte Typ hatte plötzlich eine Axt in der Hand und begann, ein dünnes Bäumchen am Ufer abzuschlagen. Nahm sich das nächste vor. Der mit dem roten Basecap baute irgendwelche Geräte auf.

»Die spinnen«, wisperte ich. »Scheinen Camper zu sein, aber die spinnen total! Hauen die jungen Bäume ab, statt Totholz zu sammeln!«

»Was?!« Zoes Stimme schraubte sich in die Höhe.

Ich reichte ihr stumm das Fernglas.

Sie blickte nur eine Sekunde hindurch, warf mir das Fernglas zu und sprang auf. Mit großen Schritten marschierte sie über die Lichtung zum See.

»Zoe!«, rief ich, so leise man eben *rufen* kann. »Zoe, wir dürfen nicht! Es ist Dienstag. – Es ist nicht mal elf Uhr.«

»Mir egal!«, gab Zoe zurück. »Diese Penner machen alles kaputt!«

Ohne weiter zu überlegen, lief ich hinterher.

*

Ich heizte den Herd an.

Es wäre einfacher gewesen, den Kater in der Lobby zu versorgen – dort war es mittlerweile warm –, doch ich wagte es nicht, ihn hochzuheben. Die Wunde an seiner Seite war groß und tief. Sie würde weiter aufreißen. Ich musste ihm *hier* helfen. Ich schob Scheit um Scheit in den Herd, um Wasser heiß zu machen, öffnete das Fenster. Es war zwar eiskalt, aber die Luft hier drin war abgestanden und konnte sich nicht erwärmen. Sie roch nach Moder, Verlorenheit und noch nach etwas anderem, etwas Ungutem. Das wucherte über allem, so wie schimmlige Haut über einem vergessenen Joghurt.

Nachtluft kam herein, der saubere Geruch von Schnee. Ich machte einen Schritt zurück und trat dabei auf etwas, das unter meinem Stiefel nachgab. Erschrocken sprang ich zur Seite. Leuchtete nach unten. Eine tote Maus. Nein – mehrere. Sie lagen im Raum verstreut. Darum würde ich mich später kümmern. Erst einmal drehte ich das Wasser auf. Nichts.

Ich schmolz Schnee.

Aus meinen Sachen nahm ich ein Tütchen Kamillenblüten schüttete sie ins Wasser und ließ sie eine Weile mitkochen. Ich begann, Kerzen aufzustellen, denn für das, was ich vorhatte, brauchte ich Licht.

Dann stellte ich den Topf aufs Fensterbrett, damit das Wasser abkühlte. Flocken fielen auf das heiße Metall und verdampften.

Der Kater rührte sich nicht, verfolgte aber jede meiner Bewegungen mit den Augen. Während der Topf abkühlte, holte ich ein paar Socken aus der Kommode in der Lobby. Zurück in der Küche, zog ich den Topf herein und schloss das Fenster.

Sanftes Kerzenlicht erhellte den Raum. Das Feuer im Herd knackte. Das Wasser roch nach Kamille; Schwaden dampften heraus.

»Ich will dir helfen«, flüsterte ich und ging mit dem warmen Kamillenwasser vor dem Sofa in die Hocke.

Wieder blinzelte der Kater. Ich blinzelte zurück und tunkte eine Socke ins Wasser.

»Ich muss deine Wunde säubern«, sagte ich. »Du brauchst keine Angst vor mir zu haben. Ich weiß, wie das ist …«

Er würde sich wehren. Ich wusste es. Meine Hand war ein Feind, der sich seiner Wunde näherte. Er würde sich blitzschnell zur Seite drehen und Zähne und Krallen hineinschlagen. Verletzte Tiere konnten unglaubliche Kräfte entwickeln. Angst macht stark.

Ich begann zu summen. *Amazing Grace.* Zoe und ich hatten es in Hyde gesummt, wenn eine krank war oder nicht einschlafen konnte. Nach einer Weile schloss der Kater die Augen. Als ich mit der nassen Socke seinen Körper berührte, dachte ich noch: Warum gefährdest du dich?

Er riss die Augen auf, griff aber nicht an.

»Alles wird gut.«

Die Kerzen warfen ihr weiches, bewegliches Licht auf meine Hand, und der Kater ließ zu, dass ich seine Wunde betupfte, atmete tief ein und aus, beobachtete meine Finger. Ich streichelte seinen Kopf, und er zuckte nicht, fauchte nicht, versuchte nicht, wegzukommen oder zu beißen.

Zoe.

Mein Herz schlug plötzlich schneller, holpriger.

Unter meinen Fingern spürte ich nicht mehr das dünne, kranke Fell des Tiers, sondern Zoes Haar. Ich beugte mich über den Kater und sprach auf meine Schwester ein.

Zoe …

Ich war wieder neun und Papa raste durch den Forst, meine

Schwester lag auf dem Rücksitz, sie war aus der sitzenden Position in eine liegende gesunken, ihr Kopf lag auf meinem Schoß. Ich blickte in ihr weißes Gesicht wie in einen Spiegel. Papa versuchte, vorsichtig zu fahren, doch der Wagen hüpfte über Wurzeln und warf uns durcheinander. Zoe stöhnte. Ich streichelte ihre Haare, ihre Stirn.

»Hab keine Angst«, flüsterte ich dem Kater zu. »Ich bin bei dir …«

Draußen hatte ein Schneesturm eingesetzt. Er wütete und heulte, rüttelte am Küchenfenster, und langsam verwandelte er sich, wurde zum zornigen Heulen eines Motors, wenn Papa die Gänge einlegte und Gas gab.

»Es ist gut …«, flüsterte ich. »Alles ist gut …«

*

»Papa! Papa!«, schrie ich. »Hilfe! Hiiiilfe! Zoe stirbt!«

Ich stieß das verborgene Tor auf und rannte schreiend über das Grundstück.

Papa kam aus Hyde herausgeschossen. »Was? Was ist passiert!«

»Sie stirbt!«, kreischte ich. »Sie stirbt!«

Er war in drei Schritten bei mir, griff nach meinen Schultern und schüttelte mich. »*Was ist passiert!*«

»Sie ist abgestürzt!« Ich heulte.

Papa rannte ins Haus zurück und stand nur Sekunden später wieder neben mir, in der Hand hatte er eine Tasche. »Los! – Wo ist sie?«

Ich rannte aus dem Tor in den Wald. Papa lief hinter mir her.

Zoe und ich hatten einen Ausguck. Ziemlich hoch in einer

uralten Linde auf der Lichtung am See. Wenn wir bis ganz hoch geklettert waren, in seine Spitze, setzten wir uns in eine Astgabelung. Dort wehte uns der Wind um die Nase und wir sahen von oben in die Vogelnester. Wir konnten *alles* überschauen. Den See mit seinem Schilfwald, den Forstweg, die Lichtung mit dem hellgrünen Gras. Das Heckengestrüpp, das Hyde umgab und das von oben wie ein Wall aussah, ein grüner, verfilzter, wild wuchernder Wall.

Seit wir sieben waren, seit etwa zwei Jahren, hatten wir den Ausguck. Zoe war diejenige gewesen, die angefangen hatte zu klettern. Sie konnte einfach nicht widerstehen. Sie liebte die Höhe, das Gefühl, Teil der Baumkrone zu sein. Und sie hatte mich damit angesteckt. So kletterten wir mittlerweile den Stamm und die Äste empor wie zwei Eichhörnchen, und wenn wir beide da oben saßen und der Wald unter uns schwankte, fühlten wir uns auch so: wie die rotfelligen Königinnen der Bäume.

Es war nur ein kleiner Wettkampf gewesen. Genau wie sonst auch. Zoe war von vorn und ich von hinten die Linde hochgeklettert. Natürlich war ich wie immer langsamer gewesen. Es lag an meinem linken Bein. Ich konnte es nicht so belasten wie das rechte. Ich wusste, dass ich keine Chance gegen Zoe hatte, so wie auch Zoe das wusste. Trotzdem veranstalteten wir immer wieder solche Wettkämpfe. Sie machten einfach Spaß.

Ich hatte nicht gesehen, wie es passiert war. Ich hörte auch keinen Schrei, nur das Krachen eines brechenden Asts, dann den dumpfen Aufprall. Zoe lag unten, den Ast halb über sich, und sah zu mir hoch, die Augen aufgerissen, verwundert, als könne sie nicht glauben, was gerade passiert war.

So schnell ich konnte, stieg ich hinab, stürzte zu ihr. Ich hievte den Ast hoch, zerrte ihn weg, beugte mich über sie. »Zoe, was ist?«

»Mein Bein«, stöhnte sie, und da bemerkte ich den sich ausbreitenden dunklen Fleck an ihrem Hosenbein. Zoes Gesicht war schneeweiß, dann wurde es sonderbar grau, ihr Blick rutschte weg, als wollte sie nach innen schauen, in sich hinein, und ich sah nur noch das Weiße. Da war ich hochgesprungen und wie eine Verrückte den Weg zurück zu Hyde gerannt. »Hilfe! HILFE!«

*

Anderthalb Stunden später erreichten wir die Notaufnahme des Krankenhauses. Es war ein furchtbar trauriger Raum. Die Wände waren von einem welken Beige, und sie hatten einen öligen Schimmer, als würden sie weinen. Es roch nach Angst und nach verbrauchter Luft. Automatisch atmete ich nur noch ganz flach. Das Licht war hart und leuchtete die Gesichter ringsum aus. Bleiche Haut, zu viel Glanz in den Augen. Mich fröstelte.

Ich sollte auf einem der Plastikschalensitze warten. Papa diskutierte mit der Schwester am Empfangstresen. Es gab irgendein Problem. Er gestikulierte. Sanitäter eilten rein und raus. Ein Baby weinte. Ich rutschte auf dem unbequemen Sitz hin und her. Ich hätte am Handy spielen sollen oder wenigstens so tun müssen, aber ich konnte nicht und steckte es weg. Es beachtete mich sowieso keiner. Alle waren mit sich beschäftigt. Ich stand auf. Ich wusste, dass ich die Regeln nicht einhielt, aber ich wollte zu Zoe, musste bei ihr sein.

Sie hatten sie auf eine Liege am Ende des Wartesaals verfrachtet, neben einen Gang, in den andere Kranke geführt oder geschoben wurden. Sie musste warten, bis noch schlimmere Notfälle versorgt waren. Ich stellte mich neben die Liege und Zoe hielt mir ihre kalte, schweißnasse Hand hin.

»Ich hab mein Handy nicht dabei«, flüsterte sie und drückte meine Finger. »Gib mir deins. Wir nehmen es zusammen. Du weißt doch, wir …« Sie brach ab.

Ja, ich wusste.

Ich zog mein Handy aus der Hosentasche und schob es in ihre andere Hand. »Warte.« Ich schloss die Ohrstöpsel an und klemmte einen in Zoes Ohr und den anderen in meins. Das Handy war tot. Es war egal. Die Leute würden zwei Mädchen sehen, die Musik hörten.

»Hast du Schmerzen?«

»Hm.«

Ich hielt ihre Hand und begann leise *Amazing Grace* zu summen.

Vom Empfangstresen hörte ich das Hin und Her zwischen der Schwester und Papa. Es waren nur Fetzen. Papas erregte Stimme: »… mir nicht erzählen, dass Sie sich weigern?« Die Stimme der Schwester, murmelnd. Dann wieder Papa: »… gleich hergefahren. Haben Sie etwa in jeder Situation Ihres Lebens Ihren Ausweis dabei?« Das Baby fing wieder an zu weinen, übertönte den Streit, und als die Mutter mit ihm auf und ab lief, beruhigte es sich, und ich konnte verstehen, wie Papa sagte: »… ich zahle bar.« Das Baby weinte wieder seinen Schmerz heraus. In der Pause, in der es Luft holte, drang Papas Stimme zu uns herüber: »… etwa, dass ich ihr das Bein selber schiene? – Herrgott noch mal! Sie würden doch sicher nicht …« Der Rest ging im verzweifelten Weinen des Babys und der tröstenden Stimme der Mutter unter.

Schließlich kam Papa zu uns, lobte mich und Zoe leise für die Ohrstöpsel und da wurde Zoes Liege auch schon von einem Pfleger abgeholt. Ich nahm meinen Ohrstöpsel heraus und drückte ihn Zoe in die Hand.

»Na, und du kommst also aus der Schweiz?«, fragte der Pfleger munter und tätschelte Zoes Schulter.

Zoe sah kurz zu mir und Papa.

»Ja«, antwortete Papa an ihrer Stelle. »Wir sind hier im Urlaub. Wir kommen aus …«

»… Montreux«, vervollständigten Zoe und ich den Satz, und durch den Ring aus Sorge und Kummer hindurch, der Papa umgab, spürte ich, wie stolz er auf uns war.

»Da hast du euch aber ganz schön den Urlaub verdorben, oder?«, sagte der Pfleger zu Zoe.

Zoe nickte tapfer.

»Na ja, wenigstens weißt du jetzt, dass nur Affen auf Bäume gehören, keine Menschen.«

Papa und ich mussten zurückbleiben, und ich blickte Zoes weißem, ängstlichem Gesicht hinterher, als sie durch eine Tür am Ende des Gangs geschoben wurde. Mit den Fingern morste sie mir noch eine Botschaft zu. Unser kleines, geheimes Alphabet: *Kopf hoch!*

*

Die Wunde am Bauch des Katers blutete stark und hellrot. Das hieß, Arterien waren durchtrennt. Wahrscheinlich war er deshalb so ungewöhnlich ruhig. Er hatte viel Blut verloren.

Ich wühlte aus meinem Charlottenburger das Erste-Hilfe-Set. Der Kater brauchte einen Druckverband. Das musste ich hinkriegen! Erst, als etwas auf meine Hände tropfte, merkte ich, dass ich weinte.

Wieso ging es mir so nahe?

Behutsam legte ich sterile Gaze auf die Wunde, befestigte sie mit einer Mullbinde, was der Kater widerspruchslos zuließ. Ich musste ihn dabei ein wenig anheben. Er war so leicht, regelrecht ausgemergelt. Ich nahm eine abgepackte Mullbinde, legte sie fest auf die Gaze, wickelte eine elastische Binde straff darum, befestigte sie mit Tape. Fertig.

Ich roch seine Angst, diesen scharfen, beklemmenden Geruch, den auch Menschen in bestimmten Situationen ausströmten. Warum die meisten Leute Angst nicht riechen konnten, war mir ein Rätsel. Ihr Geruch ist so deutlich. Das Schnurren hatte sich beschleunigt.

Jetzt noch die Pfote. Er hatte sie dicht an den Körper gezogen, Schonhaltung. Ermutigt von seinem sanftmütigen Verhalten, begann ich mit ihm zu sprechen. In den kleinen, leisen Gurrlauten, mit denen Katzen zu ihren Kindern sprachen. Dabei nahm ich seine kranke Pfote vorsichtig in die Hand und sah nach, ob er sich etwas gebrochen hatte. Nein, offenbar nicht. Die Pfote ließ sich bewegen. Vielleicht hatte er sich etwas eingetreten? Einen Glassplitter, Eis? Ich hockte auf dem Küchenboden, gurrte und tastete die Pfote ab. Der Ballen war aufgeschnitten. Eine hässlich gezackte Wunde, die blutete, aber ich konnte keinen Fremdkörper darin entdecken.

Der Kater maunzte immerzu, ließ die Krallen aber drin. Er versuchte nicht einmal, die Pfote wegzuziehen. Behutsam wusch ich die Wunde aus, desinfizierte sie. Ich strich Zoes

Ringelblumenwundsalbe auf, legte eine Kompresse an, wickelte eine Mullbinde darum und tapte sie fest. Als ich fertig war, streckte der Kater mir vorsichtig die Hinterpfote hin, und da sah ich, dass auch sie verwundet war. Ich versorgte auch diese Verletzung, dann setzte ich mich neben ihn auf das Sofa.

Immer noch war es scheußlich kalt in der Küche, aber das Feuer im Herd knackte und prasselte. Seltsam. Der Kater war abgelenkt durch meine Nähe und versuchte nicht, sich den Verband abzureißen. In einer Stunde würde der Druckverband die heftige Blutung an seiner Seite hoffentlich gestillt haben und ich könnte die Kompresse wechseln.

Ich kraulte ihn zwischen den Ohren. Doch erst als ich wieder anfing, *Amazing Grace* zu summen, hörte er auf, so gehetzt zu atmen. Er wurde ruhig. War er eingeschlafen? Als ich das dachte, öffnete er die Augen, drehte den Kopf und leckte über meine Finger. Er schob sich dichter an mich heran, legte den Kopf auf meinem Bein ab und machte die Augen wieder zu.

Zoe.

Abrupt zog ich das Bein weg, hörte auf zu summen, stand auf. Erschrocken riss der Kater die Augen auf, sein Blick tat mir weh. Ich wollte nicht, dass es mir wehtat.

»Du musst Hunger haben.«

Wir sahen uns an, ein verwundetes Tier und ein verwundeter Mensch, und langsam wurde die klamme Feuchtigkeit spürbar. Jene hartnäckige, klebrige Feuchtigkeit, die irgendwann in leer stehende Räume einzieht und die ganze Zeit unterhalb der Eiseskälte gelegen hatte.

»Ich hol dir etwas.«

*

Sie trugen Shirts, von denen sie die Ärmel abgeschnitten hatten. Ihre Arme waren kräftig und wetterfest. Sie schichteten die Stämme auf und wirkten routiniert dabei. Der Brocken mit der Axt schlug gerade auf eine kleine Birke ein. Ein anderer – lang und dürr wie eine Zitterpappel – tänzelte um ihn herum und fotografierte ihn dabei.

»He!«, rief Zoe. »Was soll die Scheiße? Lass das! Lass die Birke in Ruhe!«

Es dauerte eine Sekunde zu lange, bis der dürre Typ und der Baummörder sich umdrehten. Als sie es taten, verstand ich, warum – sie hatten sich in dieser Sekunde Tücher über Nase und Mund geschoben, die sie schon um den Hals gebunden getragen hatten.

Sie starrten uns an, als wären wir Gespenster. Was verständlich war. Wer erwartete auch mitten im Wald, fernab jeder Route, zwei vierzehnjährige Mädchen?

Ein Weile sahen sie uns stumm an und wir sie – schließlich trafen auch wir so gut wie nie auf eine Menschenseele –, dann kicherte der dürre Typ. »Damenbesuch, Hämmer.« Er hielt das Handy hoch und machte auch von uns ein Foto.

Einen Moment lang dachte ich, Zoe würde ihn anspringen. Das Haar war ihr ins Gesicht gefallen, und mit rauer Stimme sagte sie: »Die Bäume am Ufer dürft ihr nicht einfach abhacken!«

»Wieso – sind die was Besonderes?« Der Typ, der Hämmer hieß, wandte sich an den Dürren. »Findest *du*, die sind selten, Fisch?« Er machte eine Geste mit dem Arm, die den ganzen Wald umfasste, Hunderte und Tausende von Bäumen.

Der dürre Fisch kicherte wieder, sprang mit seinem bescheuerten Handy um uns herum und nahm uns jetzt auf

Video auf – wie Sehenswürdigkeiten. Mich machte das nervös, Zoe wurde nur noch wütender.

»Das sind Jungbäume!«, schleuderte sie diesem Hämmer entgegen. »Du bringst Babys um!«

»Ach, und die Erwachsenen – die darf ich also umbringen?«, Hämmers Stimme klang gedämpft durch das Tuch. Zoe fuhr herum und tat etwas, was die beiden lähmte. Sie verstummten und starrten Zoe an, als könnten sie es nicht glauben.

Zoe fletschte die Zähne, die Oberlippe war weit hochgezogen und tief aus ihrer Kehle drang ein dunkles, tollwütiges Knurren. Langsam kam sie näher, das Knurren wurde lauter, ein unheimlicher, gefährlicher Laut, ihre Hände waren geballt, Speichel tropfte von einem Zahn. Hämmer wich mit aufgerissenen Augen zurück.

»Scheiße! – Die sind voll gaga!«, kreischte Fisch.

Aber das stimmte nicht. Wir hatten nur von den Tieren gelernt.

Die ganze Zeit drehte er sein Video. Als Zoe zu ihm herumfuhr, den Mund aufriss und fauchte, sprang er nach hinten. Sie ließ den Kopf vorschnellen, schnappte nach dem Handy.

Ich legte die Hand auf Zoes Schulter und sie hörte auf zu fauchen, knurrte nur noch.

»Nein, du darfst auch die erwachsenen Bäume nicht umbringen«, erklärte ich diesem Hämmer, als hätte nichts das Gespräch unterbrochen, »… aber du darfst auflesen, was sie fallen gelassen haben. Das Totholz.«

Zoe stand neben mir. Ich streichelte ihre Schulter. Sie knurrte nicht mehr, hatte aber die Oberlippe immer noch zurückgezogen und atmete heftig. Ihre Nasenflügel bebten.

Sie hätte sie angesprungen, wusste ich. Sie hätte zugebissen. Sie lebte nach dem Auge-um-Auge-Prinzip.

Der mit dem roten Basecap kam langsam näher. Er trug eine rote Sonnenbrille, rote Stulpen und hatte ebenfalls ein Tuch umgebunden. Natürlich auch rot. Irgendwie irritierten mich die Tücher. Was sollte das?

»Was'n hier los? Seid ihr aus 'ner Anstalt ausgerissen, oder was?« Sein Tonfall klang drohend. Er hatte am Seeufer dreibeinige Metalldinger aufgestellt, die ein bisschen aussahen wie Vogelruheplätze. Oder wie die Außenstangen für ein viel zu eng gestelltes Tipi. Ständer für irgendetwas.

»Reg dich nicht auf, Jenne«, sagte Fisch. »Das ist nur die Greenpeace-Truppe.« Dann kicherte er wieder so komisch, aber es klang wacklig. Er fixierte Zoe.

»Und was wollen die hier?«, wiederholte der Typ, der Jenne hieß.

»Die Bäume schützen.« Hämmer nahm die Axt in die andere Hand. Auch er ließ Zoe nicht aus den Augen.

»Was?«, rief Jenne und kratzte sich den Bauch. »Verpisst euch! Wir brauchen hier keine Mütter Teresas des Waldes!«

»Apropos *Jung*bäume ...« Die Frau kam jetzt hinter den Typen hervor. Jula, so hatte sie einer der Typen vorhin genannt. Sie hatte orangefarbene Shorts an und trug einen phänomenalen Sombrero. Gelb. Kein normales Gelb, sondern eins wie ein Schrei. Dazu Schuhe, die für den Wald total ungeeignet waren: grüne Kroko-Sandaletten mit spitzen Hacken. Auch sie hatte ein Tuch umgebunden – es war bunt gefleckt. »Wie alt seid ihr überhaupt? Ihr seid doch garantiert noch keine sechzehn, oder?«

»Ja«, bestätigte ich. »Vierzehn.«

»Ihr schwänzt! – Es ist nicht mal …« Sie sah auf ihre Armbanduhr. »… Mittag.«

»Ferien«, sagte ich schnell.

»Ferien? – Was soll'n das für Ferien sein? Die Schule hat doch längst wieder angefangen.«

»Wir machen einen Ausflug.« – »Wir sind zu Besuch«, antworteten Zoe und ich gleichzeitig.

»Was denn nun? – Besuch oder Ausflug?« Der schreigelbe Hut warf ein schattig gelbes Echo auf ihr Gesicht. Ich konnte ihre Augen nicht erkennen.

Irgendwas war seltsam. Etwas stimmte hier nicht. Ich kam nur nicht darauf, was.

»Wir machen einen Ausflug, um jemanden zu besuchen«, sagte Zoe.

»Hier?« Jula sah sich um.

»Ist schon noch ein Stück weg.« Zoe hatte aufgehört, die Zähne zu fletschen, redete schnell. An ihrem Geruch merkte ich, dass sie Angst hatte.

»Und was macht ihr dann hier?«

Papa hatte uns immer geraten, Fragen zu stellen, wenn wir mit anderen redeten. Fragen *stellen* war gut. Sie zu *beantworten*, konnte gefährlich werden. Jetzt erst begriff ich, was er gemeint hatte.

»Das hier ist unser Platz«, sagte Jula. »Und wir wären gern allein.«

»Wir haben das gleiche Recht, hier zu sein, wie ihr!«, widersprach Zoe.

»Was macht *ihr* eigentlich hier?«, versuchte ich das Ruder herumzureißen und stellte meine erste Frage.

»Sieht man doch. Campen. Tiere beobachten und so.«

»Wahrscheinlich wird es eher auf das Gegenteil hinauslaufen«, sagte Zoe. Ich versuchte, ihr durch Blicke ein Zeichen zu geben, aber sie reagierte nicht.

»Hä?«, fragte die Sombrero-Frau.

»Die Tiere beobachten *euch*«, erklärte Zoe. »Ihr seid viel zu laut. Und …« Sie deutete auf den phänomenalen Sombrero. »… ihr seid zu bunt angezogen. Ihr seid für die Tiere so was wie wandelnde Warnschilder. Da kommt kein Reh freiwillig aus der Deckung.«

»Das werden wir ja sehen …«, sagte die Frau rätselhaft und lachte.

»Jetzt quatsch nicht noch mit denen, Jula! Die sollen einfach dahin zurückkriechen, wo sie rausgekrochen sind!«, verlangte Jenne. »Aber pronto!«

Wir dachten gar nicht daran. »Wozu habt ihr die Tücher um?«, fragte Zoe, die sich jetzt offenbar auch wieder ans Fragenstellen erinnerte.

»Sonnenschutz«, sagte Jula kühl.

Der vierte und letzte Typ tauchte hinter ihr auf.

»Gibt's ein Problem?« Sein Tuch war graugrün, und seine Haare sahen aus, als hätte eine Mäusefamilie darin gewohnt und die Hälfte weggefressen.

»Genau genommen zwei, Matze«, antwortete Jula.

»Schwänzerinnen.« Das war Jenne.

»Stimmt gar nicht – wir schwänzen nicht!« Ich war wütend.

»Okay, aus welchem Bundesland kommt ihr?«, fragte dieser Matze.

Was sollte das? – Sie stellten zu viele Fragen. Das gefiel mir nicht.

»Sachsen-Anhalt«, sagte Zoe aufs Geratewohl.

»Und ihr seid hier im Vessertal also zu Besuch.« Matze fuhr sich durch sein mäusezerfressenes Haar, zückte dann sein Handy, fummelte daran herum. »Hm.«

»Das ist ja wohl nicht illegal!«, sagte ich.

»Doch«, sagte Matze. »Irgendwie schon.« Er las etwas vom Display ab. »Schon mal was von Schulpflicht gehört? In Sachsen-Anhalt beginnen die Ferien erst im Juli.« Er hielt das Handy hoch.

Shit.

»Interessant. Ihr seid Ausreißerinnen«, stellte Jula fest. »Die Bullen interessiert das bestimmt. Na los, ruf an, Matze.«

»Ist ja gut«, versuchte ich sie zu beschwichtigen. »Wir haben's kapiert. Wir sind schon weg. Komm, Zoe …«

»Wird Zeit«, der Dürre kicherte wieder. »'ne Klette ist ein scheues Ding gegen euch.«

Ich drehte mich noch einmal zu Hämmer um: »Da drüben gibt es Totholz.« Ich wies zum Wald. »Da ist eine Buche umgestürzt. – Von der könnt ihr Holz nehmen. Lasst die gesunden Bäume stehen.«

Hämmer wechselte die Axt in die andere Hand, dann sagte er: »Adios, Chicas!«

Als wir über die Lichtung gingen, hatte ich das Gefühl, dass es nicht gut gelaufen war. Gar nicht gut.

*

Aus der Lobby holte ich eine neue Packung Hackfleisch. Als ich zur Küche zurückkam, spürte ich erneut den Wall aus Kälte. Wie konnte das sein? Im Herd brannte doch ein Feuer! Ich zwang mich über die Schwelle, durch diese Frostwand hindurch. Es war so eisig, als wäre die Nacht durch die Mauer gestiegen und drehte sich hier – unsichtbar, unhörbar – in ihrem klirrenden Kältekleid.

Ich ging vor dem Rosshaarsofa in die Hocke. Versuchte, die Kälte, so gut es ging, zu ignorieren.

Der Kater hatte während meiner Abwesenheit Tape, Binde und Gaze weggekratzt und leckte wieder seine Wunde. Ich stellte das Hackfleisch ab. Leise sprach ich auf ihn ein, während ich mir das Ganze ansah. Obwohl der Druckverband zerstört war, hatte er geholfen. Die Wunde blutete nicht mehr.

Vorsichtig drückte ich den Kopf des Katers von der Wunde weg und begann wieder zu summen, als ich mit der Schere das Fell rund um die Wunde abschnitt. Die Haut unter dem Fell war voller alter Narben. Auf den kahlen Stellen entdeckte ich etwas, was ich nicht verstand – verliefen da blaue Linien über der Haut? Ich hatte so etwas noch nie gesehen, konnte es nicht einordnen. Um mehr zu erkennen, hätte ich das Fell entfernen müssen – mit einem Rasierer.

Während ich die Wundränder abtupfte, ruhte sein Kopf auf meiner anderen Hand. Aus irgendeinem Grund vertraute er mir. Ich nahm frische Gaze aus der Tasche, wiederholte die ganze Prozedur, nur ohne die Druckbinde diesmal, tapte den Verband, streichelte den Kater zwischen den Ohren.

Dann zog ich behutsam die Hand unter seinem Kopf hervor und stieg aus meiner zerrissenen Strumpfhose. Schnitt die Beine und den Schritt ab. Übrig blieb ein dehnbarer Schlauch. Das erste Mal erkannte ich etwas Brauchbares in Rolands schrecklicher *Uniform*.

»Ich will dir helfen … verstehst du?«, flüsterte ich, als ich den Schlauch mit beiden Händen auseinanderzog. Der Kater beobachtete mich. Bis jetzt hatte er sich ruhig verhalten, aber diesen Schlauch würde er sich vielleicht nicht über seinen Bauch ziehen lassen. Er würde …

Ich hatte den Gedanken noch nicht zu Ende gedacht, da saß der Gürtel schon um seinen Körper, hielt die Kompresse sicher an ihrem Platz und nur an dem hysterischen Schnurren erkannte ich seine Nervosität. Um ihn abzulenken, stellte ich die Packung Fleisch vor ihn hin.

Er drehte den Kopf weg.

Er rutschte sogar ein Stück von mir ab und schloss die Augen. Ich schob das Fleisch hinterher, er rutschte noch weiter fort. Es war offensichtlich, dass er nicht wollte. Ich nahm die Packung weg. Tiere, die sehr krank sind, fressen nicht. Sie sparen alle Kraft für die Heilung. Ich hätte es wissen müssen.

Nach einer Weile setzte ich mich wieder neben ihn und summte, und er leckte über meine Hand und legte dann erneut den Kopf auf mein Bein.

DAS WEISSE ZIMMER

Es war so still, als hätte der Wald aufgehört zu atmen. Als wäre er gestorben und alle Tiere mit ihm.

Nein, das stimmte nicht. Da war noch etwas. Ein Piepen. Aber nicht von einem Vogel. Zu regelmäßig dafür, zu … leblos.

Ich schlug die Augen auf.

Schloss sie wieder.

Machte sie wieder auf.

Wo war ich?

Ich war nicht zu Hause.

*

Alles war weiß.

Mit Mühe hob ich eine Hand und bewegte die Finger. Gegen die strahlende Farbe der Wände sahen sie grau aus. Ein Prickeln zog von den Fingerkuppen über die Hand, das Gelenk entlang. Ich versuchte, mich hochzustemmen, doch es ging nicht.

Ich versuchte, wenigstens den Kopf zu drehen. Nichts. Vielleicht träumte ich. Es gibt diese Träume, in denen man einfach nicht vom Fleck kommt. Man strengt sich an, man versucht mit aller Kraft, die Muskeln dazu zu bewegen, ihre Arbeit zu verrichten – doch es ist, als wären sie aus Hirsebrei. Die Glieder bleischwer. Bewegung unmöglich.

An der weißen Wand gegenüber hing ein weißer Kalender. *2. Juni.* War das richtig? Hingen in Träumen weiße Kalender an weißen Wänden? Ich sah auf die Zwei und verstand nicht, was sie bedeutete. Was *irgendetwas* hier bedeutete.

»Guten Morgen«, sagte eine Frau, die plötzlich im Zimmer stand. Ich starrte sie an. Weder ihr Satz noch ihr Vorhandensein machten einen Sinn. Wann war sie hereingekommen?

Wo bin ich, wollte ich fragen, aber nichts passierte. Kein Laut kam aus meinem Mund. Ich hob die Hand an die Lippen, und ja, die Hand bewegte sich … aber ich hatte das Gefühl, sie täte es in Zeitlupe. Unendlich langsam schwebte sie zu meinem Gesicht und berührte etwas. Wieso spürte ich nichts? Ich tastete mit den Fingern über etwas Dickes, Festes. Einen Fremdkörper.

Der Fremdkörper lag dicht an, zog sich über Mund, Wangen, Hals. Auch die Nase war bedeckt, nur die Nasenlöcher lagen frei. Ich tastete über dieses *Fremde*, ich drückte darauf – irgendwo darunter war ich. Ich spürte den Druck meiner Finger nicht. Was sollte das? Was war das überhaupt für ein Ding?

Ein Knebel!

Der Gedanke war ein Schock.

Als ich das Wort dachte – *Schock* –, vervielfältigte es sich in meinem Kopf, wurde zu einem *SchockSchockSchock,* und ich warf mich auf das grotesk verlängerte Wort und schwebte darauf in die Höhe. Ich galoppierte in Zeitlupe die weiße Decke entlang und es gefiel mir. Ich schwang in Zeitlupe ein Lasso, um die Lampe zu fangen, hörte mein Zeitlupenlachen, tief in meinem Innern. Was …. was war hier los? Ich zog die Frage als Zug hinter mir her. Jedes Wort ein Waggon. Jeder Waggon eine andere Farbe. Die Farben so leicht wie Sternenstaub, ich spürte, wie der Zug hinter mir aufschwebte – ein riesiger, federleichter Schwanz.

»Alles ist in Ordnung.«

Ich war wieder da. In dem weißen Zimmer. Stürzte von der Decke herab, starrte die weiße Frau an. Geknebelt. Sie lächelte, aber auf eine Art, als gehörte das Lächeln in ein anderes Zimmer. Als hätte sie vergessen, es abzunehmen, als sie zu mir kam. Dieses Weiß überall! Es peitschte meine Augen.

»Alles ist in Ordnung«, wiederholte sie.

Der Satz war ein Schnitt quer durch mein Leben, quer durch alles, was ich kannte und wusste, denn eins verstand ich genau: Sie log. *Nichts* war in Ordnung.

Was ist hier los? Wo bin ich? Bitte – wo bin ich?

Keine Worte, keine Stimme. Der Knebel erdrückte alles.

Und die Frau antwortete nicht, denn sie hörte keine Frage. Sie lächelte nur. Lächelte.

*

Ich schlief.

Fast die ganze Zeit schlief ich.

Dass ich das tat und dass Zeit verging, konnte ich nur am Kalender ablesen. Aus der 2 wurde eine 3, aus der 3 eine 5.

Es sang in meinen Adern.

Und ich träumte.

Ich träumte vom See, der vor Hydes verborgener Pforte lag, nur hundert Meter entfernt. Die Sonne ging auf, und berauscht von der Freiheit, die uns die Schonzeit erlaubte, erlebten wir das atemberaubende Schauspiel am Ufer: den Übergang von Nacht zu Tag. Johannisbeersirup – ausgelaufen am Himmel. Wasser, das ölschwarz dalag und, als die Sonne erschien, plötzlich zu leben anfing. In Splittern sprang das Licht über die Oberfläche und der See atmete Tausende glitzernde Sterne.

Ich träumte.

Von Papa, der uns zu Hydes linker Seite führte, wo an der Hauswand das Regenfass stand. Daneben lag ein großer flacher Stein.

»Dort …«, erklärte er, »… müsst ihr graben, wenn mir etwas zustoßen sollte. – Merkt euch die Stelle!«

»Dir stößt nichts zu!«, sagte Zoe.

»Vergesst es nicht«, beschwor Papa uns. »Es liegt dort!«

Ich träumte.

Von unseren *Großen Fahrten*. Sie waren etwas Besonderes. Schon Tage vorher schien eine Art Fieber durch Hyde zu ziehen und alles zu erhitzen. Zoe und ich waren aufgedreht, liefen zwischen dem See und Hyde hin und her, lachten, jagten uns, kreischten.

Ebenfalls seit Tagen hing *die Liste* am Küchenschrank, auf der jeder von uns notierte, was wir von der *Großen Fahrt* mitbringen mussten.

Papa schrieb immer wieder neue Sachen auf, murmelte vor sich hin, stopfte Schmutzwäsche in Müllsäcke, die er im Lieferwagen verstaute. Dort landeten auch Körbe, Taschen, Klappkisten.

Papa war eitel. Im Alltag fiel uns das nie auf. Da ließ er sein Haar, wie es war. Er trug einen Vollbart. Aber vor jeder

Großen Fahrt färbte er sein graues Haar. Er färbte es rot, was ihm ein seltsames Aussehen gab – als ginge über seinem Kopf die Sonne auf. Er schnitt sich den Bart und rasierte ihn dann sorgsam ganz ab. Die Haut darunter war noch bleicher als ein Maipilz und fühlte sich dünn und verletzbar an.

»Ich möchte stadtfein sein«, sagte er zu uns.

Papa wurde immer schweigsamer während dieser Vorbereitungen. Wenn wir etwas fragten, sah er durch uns durch. Worüber er so intensiv nachdachte, wussten wir nicht, aber wir spürten, dass er innerlich nicht in Hyde war. Abwesend.

In der Nacht vor jeder *Großen Fahrt* saß er lange in der Küche. Sein Kerzenschein drang durch den Spalt unter unserer Tür. Ein feines gelbes Lichtband. Zoe und ich lagen in unseren Bettennestern und fragten uns, was er dort tat, denn wir hörten kein Geräusch. Nähte er? Manchmal standen wir auf, weil wir noch mal zur Toilette mussten, und der Weg nach draußen führte durch die Küche.

»Was schreibst du?«, fragte Zoe einmal neugierig und ging zum Tisch.

Papa drehte den Zettel um und sah uns ernst an.

»Einen Brief.«

»An wen?«

Erst sah es aus, als wollte er nicht antworten. Dann sagte er: »An jemanden draußen. – Husch, husch, macht schnell, sonst seid ihr morgen todmüde! Und zieht Schuhe an, ich hab heute Abend einen Igel auf dem Grundstück gesehen.«

Draußen tuschelten wir miteinander. Papa verschwieg uns etwas. Das war klar. Aber was? Und warum?

Am nächsten Morgen war er wieder normal. Wir aßen Frühstück, gingen noch mal *die Liste* durch. Kein Wort fiel über den Brief, und Zoe und ich waren viel zu aufgeregt, um danach zu fragen. Manchmal hatte ich vor den *Großen Fahrten* den Eindruck, dass etwas an der Kunstwand fehlte. Dort hingen unsere Bilder aus dem Kunstunterricht. Meine Collagen aus verschiedenen Hölzern, Zoes Federkränze und die Zwiebelzöpfe. Aber weil die Kunstwand immer sehr voll war, konnte ich nicht mit Bestimmtheit sagen, ob tatsächlich etwas fehlte, und wenn ja, *was*.

Bevor es endlich losging, mussten Zoe und ich uns aufstellen, und Papa begutachtete die Sachen, die wir für unseren Ausflug ausgesucht hatten. Wir wussten, dass für diesen Anlass Farben wichtig waren. Und Accessoires. Dinge, die wir sonst nicht trugen: Ringe, Ohrringe, ein Gürtel mit Strasssteinen – alles Sachen, die wir beim letzten Mal gekauft hatten. Für einen einzigen Anlass: die nächste *Große Fahrt*. Unsere olivgrünen Wetterjacken ließen wir zurück. Wir trugen Shirts mit Aufdruck (im Sommer) oder blendend weiße Steppanoraks mit Plüschfell an der Kapuze (im Winter). So etwas hatten wir sonst nie an. Wir trugen auch nicht unsere normalen Schuhe, sondern Stiefeletten.

»Sie drücken, Papa«, maulte Zoe. »Sie sind zu klein.«

Auch die Stiefeletten hatten wir von der letzten *Großen Fahrt* mitgebracht – und jetzt passten sie nicht, obwohl wir sie vor sechs Monaten eine halbe Nummer zu groß gekauft hatten.

»Nur bis zum ersten Schuhladen«, sagte Papa. »Geht das, Zoe? – Dann kaufen wir neue. – Und im Auto könnt ihr sie ausziehen.«

Zoe nickte. Er checkte, ob wir die Handys dabeihatten, die Kopfhörer und die Kaugummis, und dann verließen wir

Hyde. Papa verschloss sorgsam die Tür und Zoe und ich sprangen zum Tor und begannen den Kampf mit der Hecke. Diesmal mussten wir es schaffen, das Tor so weit aufzuzwängen, dass nicht nur unsere Körper hindurchpassten, sondern der ganze Lieferwagen!

Papa fuhr den Wagen hinaus, wir verschlossen das Tor, schoben die Pflanzen zurück an ihren Platz, überprüften drei Mal, ob auch nirgends eine Lücke klaffte, und dann ging es los. Nach Berlin.

*

Die weiße Frau kam zusammen mit einem weißen Mann. Er hatte eine überkämmte Halbglatze und roch nach Suppe. Der Mann lächelte, aber ich traute dem Lächeln nicht. Es wirkte wie mit einer Rasierklinge ins Gesicht geschnitten.

Ich hatte mir angewöhnt, die Augen zu schließen, wenn sie eintraten. Sie sahen mich ja auch nicht an. Ihre Blicke huschten über mich hinweg, und er redete über mich, als wäre ich gar nicht da. Es verletzte mich. Schlaf war die einzige Möglichkeit, mich zu wehren.

Sobald ich den Fehler machte, die Augen zu öffnen und die beiden anzuschauen, spürte ich die Flüchtigkeit ihrer Blicke – kurz, flach, kleine Mückenstiche. Ich hasste es.

Dass die Menschen sich nicht ansahen, war mir schon auf den *Großen Fahrten* aufgefallen. Wenn ihre Augen doch einmal die Gestalt des anderen trafen, dann nur sekundenkurz, als wäre es etwas Schämenswertes, etwas Unerhörtes.

Einmal wollte ich den weißen Mann fragen, wieso ich nicht starb, denn ich aß nie. Ich trank nie.

Oder war ich schon tot?

Aber der Knebel hielt mich stumm. Der weiße Mann blätterte in einem Block, notierte etwas, verschwand wieder.

Es sang in meinen Adern.

Auf einem Tischchen, zu weit entfernt, als dass ich herangekommen wäre, stand eine Vase mit Blumen in grellem Pink. Daneben eine Karte, auf der ein Krokodil einen Regenbogen herunterrutschte. *Alles Gute von Gloria!*, las ich. Ich fragte mich, wer diese Gloria war. Ich fragte mich auch, ob jemand die Blütenköpfe in Farbe getaucht hatte. Das Pink schmerzte in den Augen und verstärkte all das Weiß um mich her. Aus der Vase strömte ein fauliger Geruch.

Wo ist Zoe?

Wo ist Papa?

Die weiße Frau wirkte nicht echt.

»Es ist alles in Ordnung«, sagte sie. »Du hast es geschafft.«

Was? Was habe ich geschafft?

Sie legte eine Hand auf meine. Wieder dieses falsche Lächeln.

Gefangensein ist weiß, dachte ich. Es riecht faulig. Und es lächelt. Immerzu.

*

Links war ein Fenster. Erschütternd sauber. Glattweißer Rahmen. Keine Gardinen. Dahinter war Juni. Ich wollte dort hin.

Ich hörte ein leises Schaben und mein Blick zuckte zur Tür.

Über der Tür war eine Kamera angebracht.

Ich dachte an *Blueprint,* an *Ich knall euch ab!*, an eine Welt, in der solche Dinge passierten, und starrte in die Linse. Wer beobachtete mich?

Ich drehte mich weg und schloss die Lider. Ich stellte mir einen bis auf den letzten Platz besetzten Kinosaal vor, in dem ein Film lief. Ein Film, der mein Leben war.

*

Greller Lärm. Ein Gehämmer – so jäh, so brüllend laut, als schlüge jemand die Wände ein. Ich riss die Hände an die Ohren. Zu schnell. Zu heftig. Ein grauenhafter Schmerz spaltete meine Brust. Ich krümmte mich. Die weiße Frau beugte sich über mich.

»Was ist? Hast du schlecht geträumt? Es war nur ein Traum.«

Nein, war es nicht! Ich bin wach!

»Hast du Schmerzen? – Einmal Blinzeln heißt Ja, zweimal Nein.«

Aufhören! Ich schrie stumm gegen den Lärm an. *Es soll aufhören!*

»Schlaf gut.«

Geben Sie mir etwas zu schreiben! Bitte! Einen Stift!

Ich schrie ihr hinterher, als sie ging.

*

Der Lärm hielt an. Schläge. Immerzu. Irgendjemand wollte herein und ich konnte nicht aufstehen. Ich starrte auf die Tür, auf die Wände, die sich unter jedem Schlag zu biegen schienen, starrte, bis meine Augen zwei brennende Punkte wurden. Bis sie staubtrocken waren. Bis ich sie schließen musste.

Es sang in meinen Adern.

Jemand wollte etwas von mir. Sprach auf mich ein. Mehrere Personen, eine Frau, eine zweite, Männer. Wer waren sie? – Ich schwebte. Hörte nichts, nur die Schläge.

Nachts wurden sie dumpfer, als wären die schlagenden Fäuste mit Fell umspannt, und irgendwann blieb ein halb ersticktes Klopfen zurück, in einem regelmäßigen, dämmrigen Rhythmus, von dem mir übel wurde.

Ich starrte auf den Monitor neben meinem Bett, dieses Gerät, das über Drähte mit mir verbunden war. Es zeigte sanft wellende Kurven und piepte unablässig. Dieses Piepen in mir. Dieses … grauenhafte … Piepen …

*

Aus der 5 war eine 10 geworden. Aus der 10 eine 13.

Die weiße Frau kam und ich schlief nicht. Ich träumte auch nicht. Schwebte nicht mehr an der Decke entlang in meinem Schockschockschockzug. Ich hatte Schmerzen. Mein ganzer Schädel schmerzte, meine Brust.

Sie stand bei mir, schob eine Nadel in meinen Arm. Es sang wieder in meinen Adern. Ich wurde leicht, doch bevor ich zu schweben begann, tat ich, als würde ich schreiben. Sie verstand, verließ das weiße Zimmer und kam mit einem Block und einem Bleistift zurück.

Was ist passiert? Vater? Schwester?

Die weiße Frau las die Worte, sah mich kurz an, und bevor ihr Blick wegrutschte, sagte sie: »Ich komme gleich wieder.«

Als sie weg war, ballte ich die Faust und hielt den Bleistift in der Hand wie ein Messer. Ich starrte an die weiße Wand. Ich hasste diese Wand.

Mühevoll drehte ich den Kopf zum Fenster. Obwohl Juni war, war der Himmel grau. Die Schafskälte. Der Wind schüttelte die Baumkronen, Vögel jagten nach Mücken, ich sah die Wolken ziehen und dann war ich mitten unter ihnen, stürmte über den Himmel, stach mit dem Bleistift in die Wolken …

»Hallo«, sagte jemand, und ich machte einen Sturzflug.

Eine Fremde lächelte mich an. Neben ihr stand ein Mann, den ich auch nicht kannte. Beide trugen eine Uniform.

Die Fremde setzte sich neben mich. Der Mann blieb stehen.

»Wir durften nicht eher zu dir«, erklärte sie. »Fühlst du dich stark genug, um vielleicht ein paar Fragen zu beantworten?«

Ich hatte selbst jede Menge Fragen! Aber ich blinzelte einmal.

»Wie heißt du?«, fragte die Frau.

Ich kritzelte: Katrina Rotberg.

Meine brüchige Schrift. Ich erkannte sie kaum wieder. Dann hob ich den Block hoch, sodass sie es lesen konnte.

An dem Blick, den sie dem Mann zuwarf, erkannte ich, dass ich etwas Alarmierendes geschrieben haben musste. In diesem Moment erst fiel mir wieder Papas Warnung ein: »Sagt nie euren vollen Namen. Nur die Vornamen.«

Wieso hatte ich das vergessen?

Warum nicht zu Hause?

»Wo ist denn dein Zuhause?«

Hyde. Wo bin ich?

»Kannst du mir sagen, was am Abend des ersten Juni passiert ist?«

Am Abend des ersten Juni? Wir waren in Hyde gewesen, wie sonst auch.

Ich kritzelte: Kann ich Papa und Zoe sehen?

»Sabrina, wir …«

Katrina.

Die Frau in der Uniform zögerte. »Es gibt etwas, was du wissen musst, Sa…, Katrina.« Sie suchte nach meiner Hand auf der Bettdecke, drückte sie. Ihre Finger waren kalt, die Hand schmal, der Händedruck viel zu weich. Es war mir unangenehm. »Du hattest einen Unfall.« Ich starrte sie nur an. Was wollte sie mir sagen? »Der Unfall war sehr schwer«, fuhr die Frau fort. »Dein Kopf ist … er ist stark verletzt. Es kann sein, dass du dich nicht richtig erinnerst. Dein Unfall war so schlimm, dass nicht sicher war, ob du … ob du ihn überlebst.«

Sie hätte auch in einer fremden Sprache reden können. Ich hob einfach wieder den Zettel: Kann ich Papa und Zoe sehen?

»Deine Schwester und dein …« Sie blickte Hilfe suchend zu dem Mann am Fußende meines Bettes.

Er sagte: »Sie sind … gestorben.«

*

»Sabrina? Hörst du mich?«

Nein, ich lasse die Augen zu. Ich werde mich nicht erinnern! Nichts ist passiert.

Ich bin tief unter Wasser, meine Bewegungen sind verlangsamt, und was ich höre, kommt gedämpft und weich verzogen an meine Ohren. Keine Worte mehr, nur Laute. Kaulquappen schwimmen herum, saugen an A und U und I, schlucken alles.

»Sabrina?«

»Sie nennt sich offenbar anders.«

»Katrina!«

Ich stellte mir vor, auf dem Grund unseres Waldsees zu sein. Baute mir dort ein kleines Haus: Wände aus Tang, ein Fenster, im Innern ein Algensessel. Ich machte die Tür auf – sie öffnete sich nur langsam, weil das Wasser sie nur ungern freigab – und schwamm hinein. Die Kaulquappen folgten mir. Ich schloss die Tür und auch das Fenster, zog den Vorhang aus Wasserlinsen davor. Dann rollte ich mich auf dem Sessel zu einer Kugel zusammen und wartete, bis die Kaulquappen sich auf mir niederließen.

»Was ist mit ihr?«

Niemand zu Hause. Bin ein Stein. Liege auf Grund.

»Sie ist eingeschlafen.«

Ich spürte das Rütteln an meiner Schulter, Finger, die sich in mein Fleisch bohrten, spürte die Angst in diesen Fingern und den gierigen Wunsch zu helfen, wo es nichts zu helfen gab.

»Sabrina?«

Ich höre nichts.

Ich höre nichts.

Ich.

Höre.

Nichts.

»Sabrina!«

Jedes Wort hat Zähne. Reißt mir einen Bissen aus der Brust.

Ich ließ die Augen zu. War woanders. In meinem Haus im See, wo ich sicher war. Wenn ich die Augen aufschlüge, wenn ich ihre Blicke erwiderte, dann würde alles wahr. Solange ich sie geschlossen hielt, wäre ich nur krank.

Doch ein Wort war eingedrungen. Grausam und schnell wie ein Glassplitter.

Gestorben.

*

Mehr weiß ich nicht.

Ich weiß nicht, was sie an jenem Tag, dem dreizehnten Juni, noch versucht haben, um mit mir zu reden. Ich war ein Stein geworden. Stumm. Übergangslos in einen anderen Zustand geglitten. Verrückt. Verrückt vor Kummer.

Gestorben.

Ein Wort.

Es leuchtete rhythmisch hinter meiner Stirn auf. Es leuchtete im selben Takt, in dem das Gerät neben mir piepte. Schmerzhaft grelles, stummes Wort. Notsignal.

Auch nachts lief das Gerät. Gab sein gleichmäßiges, betäubendes Piepen von sich und der Monitor verströmte Licht ins Zimmer wie ein zartgrünes, waberndes Gift.

11. KAPITEL

DAS LOCH IM DACH

In der Nacht machten mich die klirrenden Fenster fast wahnsinnig. Als die Bretter noch davorgenagelt gewesen waren, konnte der Wind nicht so durchpfeifen. Jetzt schien das ganze Haus zu beben, zu klappern, zu jammern. Es zog in jeder Ecke.

Ich lag in der Küche auf dem Boden, hatte die Matratze mitsamt der Decke von der Lobby hereingezogen. Ich fror. Trotz unermüdlichen Heizens wich die Kälte hier einfach nicht, und irgendwann hatte ich das Thermometer geholt, das in der Lobby vor dem umgestürzten Tischchen lag. In der Lobby selbst waren es neunzehn Grad. In der Küche drei. Drei Grad! Nur dicht am Herd war es etwas wärmer.

Wenn mich jemand gefragt hätte, ob ich in die Küche übergewechselt war, um dem kranken Kater Gesellschaft zu leisten oder weil ich selbst mich allein fühlte, hätte ich keine Antwort gewusst.

Den Kater schienen die stöhnenden Balken, die knarrenden Fenster und die quietschenden Türen nicht zu stören. Er schlief einen halben Meter über mir auf dem Sofa.

Ich hatte ihm noch einmal den Verband gewechselt. Hatte den kahlen Fleck genauer betrachtet. Die Haut dort war zerschunden und wirkte … zu dünn. Als könnte sie reißen oder aufbrechen. Genau wie um die frei geschnittene Wunde herum zogen sich blaue Linien über die Haut. Sie verliefen wie ein Muster bis unter das Fell – als gingen sie darunter noch weiter.

Die Fenster, Balken und Türen raubten mir auf ihre nervtötende Art den Schlaf. Die Küchentür, die ich verschlossen hatte, damit das bisschen Wärme, das vom Herd kam, nicht gleich wieder verflog, ging immer wieder mit einem lauten *Klack* auf, und dann knarrte sie in einem Lufthauch vor sich hin, der wahrscheinlich aus dem zerbrochenen Badezimmerfenster in den Korridor drang.

Ich hatte versucht herauszufinden, warum sie nicht hielt. Das Scharnier war in Ordnung, das Holz nicht verzogen. Aber egal, wie fest ich die Tür wieder ins Schloss drückte: Spätestens nach ein paar Minuten sprang sie auf und zerknarrte die Stille. Und die Badezimmertür auch.

Klack. Wieder war die Küchentür aufgesprungen.

Ich zündete eine Kerze an.

Der Kater öffnete ein Auge. Die Flamme spiegelte sich in seiner Iris.

»Schlaf weiter.«

Die Küchentür knarrte lauter. Es klang lebendig. Als würde sie hinter vorgehaltener Hand lachen. *Krrrkrr … Krrr.*

Okay. Ich musste die Tür mit einem Stuhl blockieren.

Ich streifte die Decke ab und erhob mich. Sofort griff die Kälte nach mir und wischte jeden Fetzen Schläfrigkeit von meinem Körper. Jetzt war ich *wach*. Klappernd vor Kälte zog ich meine Sachen an.

Okay, wenn ich schon wach war, konnte ich mich auch nützlich machen. Ich würde Putzmittel kochen. Auf Zehenspitzen verließ ich die Küche mit dem schlafenden Kater, ging in die Lobby, kramte im Kaminfeuerschein in meinen Sachen, bis ich die Kastanien fand, zählte fünf Stück ab. Aus der einen Kommodenschublade nahm ich eine Socke, aus der anderen einen Hammer. Ich stopfte die Kastanien in die Socke, legte sie auf den Boden und begann sie mit dem Hammer vorsichtig und präzise zu bearbeiten. Die Wolle dämpfte die Schläge.

Ich hämmerte leise vor mich hin, bis ich das Sockensäckchen voller Kastanienkrümel war, schlich zurück in die Küche, füllte bei Kerzenlicht die Krümel in ein großes Weckglas. Während der Kater mich schläfrig beobachtete, schmolz ich Schnee, kochte das Wasser und goss es schließlich in das Glas. Morgen würde ich alles abseihen und hatte Kastanienwasser: das beste Putzmittel überhaupt.

Nur Gloria hatte sich davor geekelt. Aber Gloria hatte sich vor allem geekelt, was ich selbst gemacht hatte. Nie wollte sie etwas davon wenigstens mal ausprobieren. Als ich einmal von der Schule gekommen war, hatte sie alle meine Gläser und Fläschchen einfach weggekippt.

Ich verschloss das Glas mit einem Deckel.

Ratlos sah ich mich um. Weswegen war ich überhaupt aufgestanden? Die Küchentür antwortete mir mit einem leisen Knarren. Richtig – ich hatte die Tür mit einem Stuhl blockieren wollen!

Als ich das dachte, fiel sie mit einem Rumms zu.

Und dann … war alles still. Das Fenster bebte nicht mehr, die Tür blieb geschlossen, die Balken stöhnten nicht, kein Laut war zu hören außer dem leisen Knacken der Glut im Herd.

Ich blies die Kerze wieder aus und legte mich hin. Das Schnurren des Katers zog durch den Raum, sanft und weich, wie eine Wolke aus Pusteblumenschirmchen. Ich legte meine Hand auf das Sofa, neben den Kater, und es dauerte nicht lange, und er bettete den Kopf darauf. Ich schloss die Augen und lief in die Pusteblumenschirmchen-Wolke hinein.

*

»Hahiiii-a! Hahiiii-a!«

Aus der 13 an der weißen Wand war eine 16 geworden.

Immer noch lag ich geknebelt da und starrte an die Decke. Mittlerweile wusste ich, dass ich mich in einer Klinik befand, dass die weiße Frau Schwester Lorena war, der Knebel ein Verband. Was darunter war, wusste ich nicht. Es war mir egal.

»Hahiiii-a!«

Rufe. Mehrere Menschen. Es kam von draußen, von unten, aus dem Hof. Ich konnte nicht verstehen, was sie riefen. War etwas passiert? Gab es einen Notfall?

Etwas flog an mein Fenster. Ein Vogel? Ein dicker Falter? Ein Erdbrocken? Ich setzte mich auf.

»Hahiiii-a!« Vorsichtig schob ich die Beine über die Bettkante. Dabei spürte ich etwas Fremdes, Sperriges an meinem Bauch. Ich strich über das Nachthemd – das Fremde befand sich darunter und presste sich starr und künstlich an meine Handfläche. Ich schob die Decke weg und knöpfte das Nachthemd auf.

Aus meinem Bauch ragte ein Stück Schlauch.

Ein. Stück. Schlauch.

Mir wurde übel, ich riss das Nachthemd herunter. Das hatte

ich nicht gesehen. Nein, ich hatte es nicht gesehen. Ich dachte stattdessen an Papa, wie er Brotteig knetete, an Zoe, die duftende Kienäpfel in der Kiepe stapelte, hörte die Sonne auf der Walderde knistern, atmete durch. Einmal, zweimal. Und ließ mich vom Bett hinabgleiten, erst auf einen Fuß, dann auf beide. Ich hielt mich am Kopfteil fest, bemerkte meine Finger dabei, dürr und bleich. Wie Vogelknochen. Ich richtete mich behutsam auf. Dann ging ich Schritt für Schritt zum Fenster, gegen das in Abständen Spatzen, dicke Falter oder Erdbrocken prallten.

*

Ich riss die Augen auf, schrie.

Es war zu hell in der Küche. Verwirrt sah ich nach oben, an die Decke. Aus der Glühlampe ergoss sich gleißendes Licht über Tisch, Sofa, Boden, Matratze, mich. Der Strom war wieder da.

Sofort sprang ich auf, lief zum Waschbecken, drehte den Hahn auf. Erst kam nur Luft und ein lautes, hässliches Gurgeln, dann schoss das Wasser heraus. Es war braun und der Hahn hustete und rülpste es ins Becken. Ich ließ es laufen, bis es sich langsam beruhigte und klar wurde. Ich hielt die Hände darunter und warf es mir immer wieder ins Gesicht. Kalt wie geschmolzene Eiszapfen.

Es war Morgen, und ich versuchte, den Traum wegzuwaschen, diesen Tag, als ich so unvorsichtig gewesen war, zum Fenster des weißen Zimmers zu tappen und hinauszusehen. Jene Erinnerung, die wie Feuer an mir fraß. Seit vier Jahren.

Damals hatte ich, im ersten Moment, überhaupt nicht verstanden, was draußen vor dem Klinikfenster vorging. Ich hatte nicht klar denken können – zu vollgepumpt war ich mit Medikamenten gewesen.

Der Kater war weg.

Es war nicht nur hell in der Küche, sondern auch warm. Sehr warm. Der Küchenherd heizte endlich! Ein Blick auf das Thermometer sagte mir, dass sich die Küche auf sagenhafte dreiundzwanzig Grad aufgewärmt hatte. Im selben Moment hörte ich ein Geräusch.

Kurz. Dumpf. Über mir.

Dann einen Schrei.

Von einem Tier, fremd und unheimlich. Kein Vogel. Etwas mit Zähnen.

Schritte im Obergeschoss! Eindeutig Schritte!

Keine Sekunde später stürmte ich die Treppe empor. Ich knipste alle Schalter an und grelles Licht flutete den finsteren Korridor. Nacheinander riss ich die Türen auf. Machte in den Zimmern die Lichter an.

Arbeitszimmer (Eule). Gästezimmer (Sonne). Ankleidezimmer (Welle). Rumpelkammer (gekreuzte Pinsel). Eine Kaskade aus Licht.

Leer.

Leer.

Leer.

Leer.

Vor der letzten Tür (Herz) legte ich das Ohr an das eiskalte Holz. Direkt in das gezeichnete Herz. Hielt die Luft an. Lauschte.

Keine Schritte. Kein Ruf eines Tiers. Einfach *nichts*.

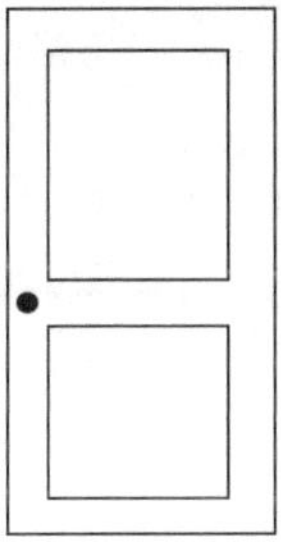

»Hallo?«

Ich riss den Kopf von der Tür zurück. Jemand rief!

»Haaaall-llo?«

Das kam nicht aus dem Herzzimmer! Das kam von draußen. Jetzt pochte es an der Haustür.

Ich stürzte zur Treppe, die Stufen hinab, durch die Lobby, hatte noch die Geistesgegenwart, mir mit fliegenden Händen das Tuch umzubinden, bevor ich die Haustür aufriss, mit so viel Schwung, dass sie gegen die Wand schlug. Zwei Männer wichen erschrocken zurück.

Dieses Zurückweichen. Obwohl ich es längst gewohnt sein sollte, kränkte es mich immer wieder aufs Neue. Ich schluckte und sagte: »Ja?«

Die beiden starrten mich an. Einer war jung, vielleicht so alt wie ich, achtzehn. Oder neunzehn. Er hatte ein lang gestrecktes Pferdegesicht, blondes Haar, das stoppelig vom Kopf abstand, und einen kleinen Glitzerstein im Ohr. Der andere war ganz augenscheinlich sein Vater: dasselbe Pferdegesicht, nur wettergegerbter und von Hunderten Fältchen durchzogen. Es war tiefbraun trotz der Jahreszeit und sah ein bisschen aus wie ein geschrumpelter Apfel.

»Die Klingel … äh …«, begann der Ältere.

Er brach wieder ab, um mich zu mustern. Gesicht, Tuch, meine ganze Gestalt.

Ich fuhr mir nervös durchs Haar, versuchte es zu glätten. Es war fettig und störrisch und ragte wahrscheinlich in alle Richtungen. Ich versuchte mich mit ihren Augen zu sehen: Ich trug eine zerknautschte, schmutzige, viel zu enge Bluse zu einem an der Seite tief eingerissenen Bleistiftrock. Der übergroße Gummimantel darüber war gewiss keine modische Aufwertung. Und meine Beine waren nackt bis auf die Wollsocken. Rasch klappte ich den Mantel zu, verschränkte die Arme vor der Brust.

»Guten Morgen! Firma Klott – Dachdeckerei. Ihre Klingel funktioniert nicht«, sagte der Jüngere und grinste. »Wir haben einen Termin.«

*

»Hahiiii-a! Hahiiii-a!«

Das weiße Zimmer war erfüllt von den Rufen.

Ein Steinchen flog an mein Fenster. War das Zufall? Oder wollte da jemand tatsächlich etwas von *mir*? Ich versuchte, schneller zu gehen, aber ich war so schwach vom langen Liegen. Ich schlich voran. Schritt für Schritt. Fast sofort war ich außer Atem. Bei jedem Schritt musste ich mich irgendwo festhalten. Am Fußende des Bettes, am Schrank, an dieser schrecklichen weißen Wand, am Ständer mit dem Tropf.

Als ich endlich am Fenster war, griff ich nach der Fensterbank. Klammerte mich mit meinen Vogelknochenfingern daran fest. Ließ die andere Hand – weiß wie die Arktis, von blauen Adern durchzogen – zum Fenstergriff schweben. Ich drehte den Griff. Die beiden Flügel schwangen auf und ich beugte mich hinaus.

»Sabriiiiina! Sabriiiina! – Da ist sie! – Hiiiier! Schau hierher!«

Bevor in meinem Rücken die Tür aufgerissen wurde und Schwester Lorena hindurchstürmte, um mich mit fester Hand vom Fenster wegzuziehen, erlebte ich den Beschuss. Den Beschuss aus einer Armee gezückter Kameras.

*

»Bitte entschuldigen Sie«, bat ich, als ich die Dachdecker durch den Schnee zur Seitenwand des Hauses führte. Es war so früh, dass nur ein Hauch Grau den Himmel färbte. Die Sonne war noch nicht aufgegangen.

Das Haus war hell erleuchtet, alle Fenster strahlten Licht ab – bis auf eines. Im düsteren Morgen sah das Gebäude aus wie ein leuchtendes Schiff. »Entschuldigen Sie …«

Ich war rasch in die Gummistiefel geschlüpft, was meinen Aufzug nicht wirklich verbesserte.

»Wie bitte?«, fragte der Jüngere.

»Ich habe unseren Termin …«, betonte ich deutlich. »Ich habe ihn irgendwie … ähm … Sie müssen wissen … ich bin erst seit …«

»Kein Problem«, sagte Jüngere. »Proben Sie für ein Theaterstück?«

Der Ältere lief auf meiner anderen Seite und beließ es beim Starren.

»Äh … so was Ähnliches«, antwortete ich dankbar. »Kostümfest.«

Eine Weile Schweigen, dann fragte der Ältere, der seine Sprache wiedergefunden hatte: »Gangsterbraut?«

»Gangsterbraut-auf-der-Flucht.« Ich fuhr mir mit den Fingern kokett durch das störrische Haar.

»Ist gut geworden«, sagte der Ältere. »Vor allem mit den Blutflecken.« Er wies mit dem Kinn auf meine Bluse. Shit. Das musste bei der Versorgung des Katers passiert sein. Mein Mantel klaffte schon wieder auf, aus den Lobbyfenstern strömte Licht ins Freie und zeigte meine blutverschmierte Bluse in voller Pracht. Ich machte den Mantel rasch wieder zu.

»Mal was anderes als die ganzen Bunnys und Krankenschwestern«, sagte der Jüngere.

Ich stimmte in sein Lachen mit ein. »Hier ist es.«

Wir sahen nach oben.

»Sagten Sie nicht, das Loch sei drei Meter groß?« Der Ältere sah mich fragend an.

»Ja«, flüsterte ich.

»Also – *das* können wir dazwischenschieben«, meinte der Jüngere.

Ich zog die Zeichnung vom Vortag aus der Manteltasche. Hielt sie in die Höhe. Verglich. Alle Proportionen stimmten: Dach, Wände, Fenster und Türen waren exakt so wie im Original.

»Perspektiven und Proportionen zu zeichnen, ist am schwersten«, sagte der Jüngere, der mir über die Schulter sah.

»Ja … das weiß ich, ich bin Tischlerin – ich kann das eigentlich.«

Wie hypnotisiert sah ich vom Blatt zum Dach, von dem

riesigen Krater auf der Zeichnung zu diesem anderthalb Meter großen Loch, das dort oben tatsächlich klaffte.

*

Schwester Lorena schloss resolut die beiden Flügelfenster, sperrte den Lärm von draußen aus, zog sogar den Vorhang zu. Alles mit einer Hand, während sie mich mit der anderen zurück ins Bett dirigierte. Ich gestikulierte – sprechen konnte ich ja nicht –, doch sie sagte nur immerzu: »Nicht aufstehen. Du musst liegen. Du bist sehr, sehr krank!«

Sie zog die Decke über mich. Ich wies zum Fenster. Sie schüttelte den Kopf. Verstand sie nicht, dass ich nur wissen wollte, was da unten los war? Oder *wollte* sie nicht verstehen?

Sie schob mir die vertraute Nadel in den Arm. Kurz darauf spürte ich, wie es wieder in meinen Adern sang, wie ich anfing zu schweben. Ich musste hier weg! Ich musste weg … Ich … musste …

*

Ich führte die Dachdecker ins obere Geschoss.

»Das Haus stand lange leer«, sagte ich leise. Mir war, als müsste ich das Gebäude gegen Kritik schützen. Wieso? Es *gehörte* mir nicht einmal. Die Männer verloren kein Wort über den zerschlissenen Teppich, die schmutzigen Ecken, die Spinnweben.

»Da ist die Luke.« Der Alte stand am Ende des Korridors und zeigte auf das Türchen in der Decke. Je näher wir gekommen waren, desto kälter war es geworden. Die Männer rieben sich die Oberarme. »Steht hier irgendwo ein Fenster auf?«

Ich schüttelte den Kopf. »Könnte die Kälte durch das Loch im Dach kommen?«

Der Jüngere sah den Älteren an. Der zuckte mit den Schultern. »Vielleicht …«

Der Alte griff nach dem Metallstab an der Wand und öffnete die Luke in der Decke. Wieder klappte die Leiter aus. Die Öffnung nach oben war finster.

»Brauchen Sie eine Kerze?«, fragte ich.

Als Antwort zückte der Jüngere eine Taschenlampe, die er an seinem Gürtel trug wie eine Pistole.

*

Am nächsten Morgen im weißen Zimmer sang es nicht mehr in meinen Adern. Ich lag im Bett, als hätte jemand mich mit Wucht in die Kissen geschleudert, und atmete heftig durch die Nase. Ich hatte einen Albtraum gehabt. Papa … Zoe … Schreie … ein papierner Himmel, der vor Hitze knisterte … eine Stichflamme, ein heißes Zucken … eine Frau in Uniform, die mir sagte, sie seien tot.

Gestorben.

Graues, noch müdes Licht strömte vom Fenster herein, hüllte das Bett in eine trübe Aura. Ich hatte die Decke nass geschwitzt, aber im Zimmer war es kühl. Ich musste herausfinden, was hier gespielt wurde. Irgendetwas stimmte nicht. Sie logen. Ich glaubte ihnen kein Wort. Auf keinen Fall würde ich nach Schwester Lorena klingeln. Sie steckte mit den anderen unter einer Decke. Ich schob die Beine aus dem Bett.

Wild entschlossen stellte ich mich hin, spürte meine zittrigen Oberschenkel, die schwachen Muskeln, straffte mich und tappte zur Tür.

Um mich herum wallte das Nachthemd – hellblau mit Rüschen. Es roch nach etwas Totem und war zu kurz. Ich hätte es gern ausgezogen, aber ich konnte meine eigenen Sachen nicht finden. Es gab keinen Schrank, nur ein Regal, und das Regal war leer.

Unerschütterlich fixierte ich die Kamera über der Tür. Stellte mir den Menschen dahinter vor, der mich beobachtete. War es Schwester Lorena? Niemand kann vierundzwanzig Stunden lang ununterbrochen auf einen Monitor starren! Nicht mal sie. Obwohl sie gestern sofort zur Stelle gewesen war, nachdem ich das Fenster geöffnet hatte. Aber jeder Mensch braucht Pausen. Das zaghafte Morgenlicht verriet mir, dass es noch sehr früh war, und ich hoffte, dass ich für meinen Ausflug die richtige Stunde gewählt hatte.

Ich öffnete die Tür einen Spalt. Elektrisches Licht strömte herein und stach mir in die Augen. Ich blinzelte, drückte die Tür noch weiter auf und schob den bandagierten Kopf hinaus.

Rechts zog sich ein Gang entlang. Etwa sechs Meter, dann kam eine Ecke. Türen – alle verschlossen. Hellblaues Linoleum, so glänzend sauber, dass es nass wirkte. Schmerzhaft weiße Wände. Ich schaute nach links. Zuckte zusammen. Nur etwa einen Meter neben der Zimmertür saß ein Mann auf einem Stuhl. Den Kopf an die weiße Wand gelehnt, die Arme verschränkt, schlief er mit offenem Mund. Er trug eine Uniform. Hinter ihm führte der Gang nach etwa fünf Metern zu einer weiteren Ecke.

Ich trat auf Zehenspitzen hinaus. Schlich mich an meinem Bewacher vorbei durch den Gang.

Weibliche Stimmen von links! Das mussten Schwestern sein. Gleich würden sie um die Ecke biegen. Sie durften mich nicht erwischen! Ich lief schneller und stieß die nächstbeste Tür auf. Rasch schlüpfte ich in den dahinterliegenden Raum.

*

Nachdem die Männer im Dachgestühl verschwunden waren, wandte ich mich zum Herzzimmer um. Ich hätte schwören können, dass ich eben etwas gehört hatte, trat an die Tür und presste erneut das Ohr ans Holz. Nichts. Ich wartete.

Halt. Da *war* etwas. Ganz leise. Ich hielt den Atem an.

Ein Schaben.

Ein … Schleifen?

Eine Maus, die am Gebälk knabberte. Hin und her huschte. Es konnte nicht anders sein. Jetzt war es wieder still.

Irgendwie hatte es sich *größer* als eine Maus angehört.

Wieder das Schaben. Ganz deutlich. Ich ließ das Ohr am Holz, hob die Hand, klopfte behutsam an die Tür. Das Schaben hörte auf. Die Stille ballte sich.

Kurz entschlossen ging ich hinab in die Lobby, wühlte in meinen Sachen nach dem Handy. Sah aufs Display. Kein Empfang. War ja klar. Ich verließ das Haus, stapfte in den Schnee, so weit, bis sich ein einzelner fragiler Balken zeigte.

Ich stand jetzt, wie schon beim letzten Mal, als ich Josefine spontan im Sender angerufen hatte, bei einem der Schneehügel vor dem Haus. Während ich die Nummer tippte, lehnte ich mich dagegen.

Von hier aus hatte ich einen guten Blick auf das Dach. Es hatte graue, verwitterte Dachziegel. Nur rund um das Loch zog sich ein dünner Kranz roter Ziegel. Diese Dachdecker waren schnell!

»Heumeier?«

»Hallo, hier ist Katrina Rotberg«, begann ich und artikulierte möglichst deutlich. »Ich wollte –«

»Ist alles in Ordnung bei Ihnen?«, unterbrach er mich. Er klang besorgt.

»Ich hab gerade die Dachdecker da.«

»Tatsächlich? Sie haben welche gefunden?«

»Deswegen rufe ich nicht an, sondern wegen des Herzzimmers.«

Schweigen am anderen Ende. Dann: »Gibt es Probleme?«

»Ich fürchte, da haben sich Tiere eingenistet. Vögel oder … Ratten.«

»Ratten?«

»*Irgend*etwas ist da jedenfalls. Ich bin mir sicher. Ich würde gern nachsehen. Mit Ihrer Erlaubnis natürlich nur.« Mein Rücken wurde kalt – ich stieß mich ab. Eine Schneewolke stob herab. Ich betrachtete erstaunt das Stück Karosserie, das darunter zum Vorschein kam. Ein Auto. Blau. Automatisch begann ich zu wischen, legte nach und nach eine rostzerfressene Motorhaube frei. Ich sah mich um. Das war nicht der einzige Schneehügel. Es gab noch … ich zählte rasch … sechs weitere.

»Ich meine«, fuhr ich fort, »es wäre gut zu wissen, was in dem Zimmer lebt. Vielleicht nagt da etwas die Dielen durch. Verstehen Sie?«

Da Frank Heumeier sehr lange schwieg, fürchtete ich

schon, dass die Verbindung unterbrochen worden war, aber dann sprach er endlich. »Sie wissen doch über die Klausel in der Schenkungsurkunde Bescheid.« Er klang steif und seltsam förmlich. »Das Schloss des Herzzimmers darf weder geöffnet, herausgebrochen noch sonst wie beschädigt werden«, zitierte er.

»Das ist mir klar«, sagte ich. »Ich werde das Schloss nicht anrühren.«

»Und wie wollen Sie es dann aufbekommen?«

»Gar nicht«, sagte ich fröhlich. »Ich will nur fragen, ob es okay ist, wenn ich das Zimmer *betrete.*«

Erneutes Schweigen. Ich wischte jetzt über die zweite Hälfte der Motorhaube.

»Die Fenster im Herzzimmer sind zu klein, um von außen reinzukommen«, sagte er schließlich. »Sie könnten von draußen höchstens reinschauen.«

»Ich will gar nicht durch die Fenster.« Die Idee mit den Fenstern war nicht schlecht, aber ich hatte eine andere.

Wieder schwieg er. Ich wischte weiter und langsam kam ein schiefer neongrüner Fleck auf dem Metall zum Vorschein. Ich hatte das Gefühl, ein kleines Geheimnis entdeckt zu haben, und zog meine halb erfrorene Hand befriedigt unter den Mantel, klemmte sie in die Achselhöhle, damit sie wieder warm wurde.

»Herr Heumeier?«

»Sie wollen das Schloss *nicht* aufbrechen?«

»Nein.«

»Ich verstehe zwar nicht, was Sie vorhaben …«, sagte er, »… aber wenn das Schloss heil bleibt, sehe ich keinen Grund, mich Ihren Plänen entgegenzustellen.«

Er verabschiedete sich förmlich und ich steckte das Handy weg. Ich ließ das dunkelblaue Wrack mit seinem schiefen neongrünen Fleck auf der Schnauze hinter mir, stapfte zielstrebig auf den nächsten Schneehügel zu, begann zu wischen und legte zartfliederfarbenes Metall frei. Wieder rostig. Ich blies in die Hände und dachte nach. War das hier etwa ein Autofriedhof oder so etwas?

*

Der Klinikraum, in den ich mich geflüchtet hatte, war groß, das Licht angeschaltet, aber niemand war darin.

Ich sah mich um. Auch hier irrenhausweiße Wände. Überall hingen Pastellbilder. Ein Blumenstrauß in verlaufenden Rosatönen, eine Schale mit Weintrauben, ein Mädchen, das verträumt in einen Spiegel sah. Ich wandte den Blick ab.

Ein Sofa, drei Sessel. Ein niedriges Regal mit Büchern. Kleine runde Tische. Auf einem lagen Zeitungen und Zeitschriften. In einer Ecke des Raums stand ein Korb voller Spiele. Mensch ärgere Dich nicht. Trivial Pursuit. Kartenspiele. Zerzauste Stofftiere. In einer anderen Ecke eine Palme in einem Terrakottatopf, an dem noch das Preisschild klebte. Offenbar war dies ein Aufenthaltsraum.

Schritte auf dem Gang. Automatisch wich ich zurück. Bis ich gegen einen der Tische stieß. Er geriet ins Wanken. Ich drehte mich um, hielt ihn fest. Es war der Tisch mit den Zeitungen.

Was … zum Teufel …?!

Draußen fuhren Autos, Mülltonnen wurden geleert, jemand rief, doch ich sah auf das Titelblatt einer Zeitung und alle Geräusche froren ein. Die Welt stand still. Dann begann der Fußboden zu beben, das Linoleum schlug Falten. Ich knickte in den Knien ein, der Boden kam mir entgegen.

Das Foto. Ich starrte es an.

Das … war ich.

Die untere Hälfte meines Gesichts war von einem Verband verdeckt. Ich schaute mit wildem Blick aus dem Fenster eines hohen Gebäudes. Meine Augen waren tiefschwarz und wirkten wie Löcher. Über dem Bild stand in fetten Lettern: *Entführungsopfer Sabrina R. zeigt sich zum ersten Mal!*

12. KAPITEL

DR. SONNENKALB

E*ntführungsopfer Sabrina R. zeigt sich zum ersten Mal!*

Sabrina?

Entführungsopfer?

Ich kauerte auf dem Boden. Hielt die Zeitung in der Hand. Ich begriff nichts. Ich begriff *gar* nichts, aber die Geräusche waren plötzlich wieder da. Und mir war kalt. Eiskalt. Ich versuchte, den Artikel zu lesen, doch meine Hände zitterten; die Buchstaben tanzten vor meinen Augen.

Auf dem Klinikgang gab es ein hektisches Hin und Her, Stimmen, die lauter wurden, schriller, Türen, die auf- und zuklappten. Schritte kamen näher, jemand riss die Tür auf. »Gott sei Dank!«

Ich sah auf. Eine junge Schwester. Vielleicht drei, vier Jahre älter als ich. Hinter ihr ragte der Polizeibeamte auf, der schlafend auf dem Stuhl vor meinem Zimmer gesessen hatte. Er schaute mich an, sah, was ich selbst jeden Morgen auf der Toilette im Spiegel sah – eine Mumie mit Augen –, und wich einen Zentimeter zurück.

Nur einen Zentimeter, aber das war der Moment.

Der Moment, in dem ich kapierte, dass es von jetzt an immer so sein würde: Ich stand auf der einen Seite, ganz allein, und mir gegenüber – die anderen.

Ich gehörte nicht dazu.

Genau das war der Moment. In dem ich spürte, dass zwischen uns ein unsichtbarer Schneesturm tobte. Und alles, was dann folgte, ahnte ich bereits voraus: Die Befremdung, die ich von nun an immer auslösen würde – in der Schule, in der Öffentlichkeit, bei jeder Begegnung. Und da wusste ich noch nicht einmal, dass ich unter dem Verband kein Gesicht mehr hatte.

»Ist dir nicht gut?« Die Schwester betrat den Raum.

Sie überschritt die unsichtbare Grenze, kam auf meine Seite, sprach mitfühlend auf mich ein. Sie hatte blaues, zu einem Pferdeschwanz gebundenes Haar, kajalumrahmte Augen, als hätte sie mit Asche darumgemalt, und trug einen Nasenring. Ihr weißer Kittel war hüftlang und auf die Brusttasche war eine Giraffe gestickt. Ihr Schildchen verriet, dass sie Schwester Fenya hieß, und sie roch nach Pfefferminz. All das registrierte ich. Jedes Detail stieß einen Haken in mein Hirn und blieb hängen. Sie hockte sich neben mich und am liebsten hätte ich sie mit beiden Armen umschlungen und wäre einfach eingeschlafen.

Schwester Fenya streichelte meine Schulter und half mir hoch. »Du zitterst ja …« Sie legte den Arm um mich, führte mich aus dem Raum, auf den Gang. »Ist gut«, flüsterte sie. »Ist gut …« Ich klammerte mich an ihr fest. Der Polizist trottete hinter uns her.

Auf dem Gang wartete eine Frau, die ich nicht kannte. Oder … doch? Ich starrte sie an und spürte, wie es hinter meinen Schläfen zu pochen anfing. Ein großer grauer Kopfschmerz. Ihr Anblick kam mir vertraut vor: diese weit auseinanderstehenden Augen, das kurz geschnittene silberne Haar.

Von wo? Oder sollte ich besser fragen: von wann? Denn langsam … ganz langsam stieg eine Erinnerung in mir hoch: aus den fiebrigen, schmerzfreien, ahnungslosen Tagen, an denen ich die Decke meines Zimmers entlanggeschwebt war. Die ersten Tage, die ich hier verbracht hatte, die Adern bis zum Bersten voll mit Gesang.

»Katrina, wie geht's dir?« Sie fuhr sich durchs Silberhaar.

Ihre Stimme kannte ich auch.

»Wir hatten ja schon darüber gesprochen, dass ich dir jemanden vorstellen möchte.«

Hatten wir?

Ich konnte mich nicht einmal erinnern, dass wir *überhaupt* gesprochen hatten. Oder halt … da … da war etwas. Winzige Erinnerungsfetzen schwammen plötzlich in meinem Hirn, zusammenhanglos, verstreut. Ja, wir hatten gesprochen. Oder genauer: Sie hatte neben meinem Bett gesessen und geredet, während ich Fragen und Antworten aufschrieb. Was für Fragen? Was für Antworten? Ich wusste es nicht mehr.

Sonnenkalb – ihr Name kam angeschwommen. Sie hieß Dr. Sonnenkalb. Psychologin.

Ich hielt ihr stumm die Zeitung hin und ein Schatten zog über ihr Gesicht. Wieder fuhr sie sich durchs Silberhaar.

»Katrina, du hättest das nicht so erfahren dürfen«, sagte sie leise. »Ich hätte es dir gern erklärt.«

Verdammt! Was meinte sie?

Neben ihr stand eine großknochige Frau in geblümter Bluse, die kurz zusammenzuckte, als ich sie ansah, dann aber den Mund zu einem breiten Lächeln verzog. Ich fing Dr. Sonnenkalbs Blick auf und schüttelte die Zeitung vor ihren Augen hin und her.

»Sabrina?«, fragte die Fremde.

Meine Beine gaben nach, doch Schwester Fenya hielt mich. Ich stützte mich mit dem ganzen Gewicht auf sie, hielt mich an ihrem Pfefferminzgeruch fest, dem Anblick ihrer Ascheaugen, dem Blau in ihrem Haar. Sie streichelte meine Hüfte und führte mich Schritt für Schritt zu meinem Zimmer.

»Der Arzt hat dieses Gespräch zwar erlaubt …«, sagte Schwester Fenya in strengem Tonfall, der nicht mir, sondern Dr. Sonnenkalb und dieser fremden Person galt. »… aber möchtest du das jetzt überhaupt?« Ihre Stimme war von frosthart zu frühlingswarm hinübergeglitten und sie drückte meine Hand.

Ich war so erstaunt, dass sie nicht *über* mich, sondern *mit* mir redete, dass ich erst reagierte, als wir schon an der Tür des weißen Zimmers waren. Ich nickte.

»Das Mädchen ist sehr krank«, ermahnte Schwester Fenya die beiden Frauen, die uns gefolgt waren. »Wenn Sie mit ihr sprechen, dann nur, während sie liegt.«

Nachdem sie mich ins Bett gebracht und sich vergewissert hatte, dass ich keine Schmerzen hatte, schloss sie leise die Tür hinter sich. Die Frau in der geblümten Bluse stellte sich vor mein Bett.

»Was hat er euch nur angetan …« Ihre Stimme zitterte. Dann fing sie an zu weinen.

Ich sah Hilfe suchend zu Dr. Sonnenkalb.

»Katrina«, sagte Dr. Sonnenkalb. »Das ist … deine Mutter.«

*

Ich stapfte durch den Schnee in den Schuppen, schnappte mir die Stichsäge und ging zurück ins Haus. Ich hatte eine

Idee … Doch bevor ich sie in die Tat umsetzte, wollte ich warten, bis die Dachdecker gegangen waren. Vorerst legte ich die Säge in der Lobby ab und stattete dem Ankleidezimmer einen Besuch ab.

Diese prachtvollen mitternachtsblauen Samttapeten! Als ich das Licht anknipste, schimmerten sie auf. Das Schimmern wirkte wie eine Begrüßung. Auch die Singer-Nähmaschine glänzte mir einen kurzen Gruß zu. Mein Blick ging zu dem Schrank mit seinem herrlichen Schnitzwerk.

Wie konnte man so ein Möbelstück einfach zurücklassen? Das Schnitzwerk zeigte ungewöhnliche Motive: Boote mit geblähten Segeln, die über eine stürmische See fuhren. Bewundernd glitten meine Finger über Wellen, Gischt und Wassertäler.

Leider war der Schrank nachlässig behandelt worden. Das Profil am Kranz war beschädigt. Auch das Relief zeigte tiefe Schrammen. An einigen Stellen waren Teile aus dem Schnitzwerk gebrochen. Hier eine Welle, dort das Maul eines Fisches, da der Bug eines Schiffes. Das Holz selbst war trocken und ausgezehrt.

Aus dem Spiegel an der linken Schranktür blickte mir ein hohläugiges Wesen entgegen. Grotesk in der blutverschmierten Bluse, dem zerrissenen Rock. Ja, die Dachdecker hatten recht: Ich sah aus wie eine Gangsterbraut.

Oder eine Irre.

Ich brauchte *endlich* etwas Normales anzuziehen. Etwas Warmes und Bequemes. Obwohl ich ja schon wusste, dass die Tür verschlossen war, legte ich die Hand an den Perlmuttgriff, spürte den weichen Schwung des Materials, zog daran.

Die Tür blieb zu.

In der Lobby war der Schlüssel nicht. Ich hatte danach gesucht. Ich ließ die Hand sinken. Dachte kurz nach.

Es gab keinen rechtmäßigen Besitzer dieses Schranks mehr, oder anders: Die Gemeinde war der neue Besitzer. Ich hatte die Erlaubnis, alles im Haus zu benutzen. Ich könnte also diese Tür aufbrechen.

Ich sah auf das filigrane Schloss – ein Kinderspiel.

Aber alles in mir schreckte zurück. Allein der Gedanke, mit Gewalt an diesem kleinen Schloss zu zerren, das sofort nachgeben würde, weil ich stärker war, fühlte sich falsch an. So als würde man jemanden, der am Boden lag, treten.

Was war das für ein Gedanke?

Er war plötzlich da, so wie eine Melodie, die man vor sich hin summte, ohne sagen zu können, woher man sie hatte.

Ich trat einen Schritt zurück. Betrachtete den Schrank.

Ganz deutlich hatte ich das Gefühl, als wäre nicht die Gemeinde der Besitzer dieses Schranks, sondern das Haus selbst. Als könnte es ihm missfallen, wenn ich ihm seine Geheimnisse rücksichtslos entriss.

Erneut wunderte ich mich über diesen Gedanken, aber dann fiel mir Gloria ein. Diese Frau, die meine Mutter war, die ich aber von Anfang an nur Gloria genannt hatte. Das Wort *Mutter* fühlte sich einfach falsch an. Mir fiel wieder ein, wie sehr *ich* es gehasst hatte, wenn sie in meiner Abwesenheit meine Sachen durchwühlte. Sie hatte sich noch nicht mal bemüht, ihre Spuren zu verwischen. Meine Bücher lagen in der falschen Reihenfolge da, meine Schultasche war aus- und allzu ordentlich wieder eingepackt worden, die Zimmertür stand weit auf. Als sie all meine Gläschen mit selbst gemachtem Shampoo, Duschölen und das Geschirrspülmittel einfach weggeschüttet hatte, war ich wütend gewesen. Sie hatten *mir* gehört. Und es war *mein* Zimmer, nicht ihres. Sie hatte mich gekränkt. Wieso trampelte sie einfach in meiner Privatsphäre herum?

Ich ging in die Küche und kochte eine Riesenkanne schwarzen Tees, den ich sehr lange ziehen ließ und dann in eine Schüssel umfüllte. Es fühlte sich an wie ein Ritual. Vorsichtig trug ich die volle Schüssel nach oben ins Ankleidezimmer. Ich nahm auch das Radio aus der Küche mit, schloss es an und suchte *Astro-Radio*.

Werbung. Jemand, der Kristalle anpries und dabei fast überschnappte vor Begeisterung. Ich brauchte einen Lappen. Das Zimmer war leer. Noch einmal ging ich ins Erdgeschoss, kramte einen Berg Socken aus der Kommode in der Lobby. Laut Frank Heumeier gehörten jetzt alle mir. Aber wozu brauchte ich zwanzig Paar? Vier reichten. Die restlichen nahm ich mit nach oben – sie würden prima Lappen abgeben!

Ich tunkte einen Sockenlappen in den Teesud, setzte ihn auf der Schranktür an und nahm mir jeden einzelnen Zentimeter vor. Ich wusch und strich und säuberte. Nacheinander behandelte ich die Ecken, Fugen und Kanten, jede Erhebung und Senke, das ganze Schnitzwerk. Die Schrammen. Die Löcher im Holz, die Brüche, die klaffenden Wunden. Für einen zweiten Durchgang kochte ich neuen Tee, und als ich wieder hochkam, lief im Radio eine Sendung mit einer Kartenlegerin. Leider nicht Josefine.

Später suchte Olivenöl und Salz in Rolands Vorräten. Olivenöl ist Holznahrung. Und zusammen mit Salz konnte es Wunder bewirken.

Ich streichelte die Öl-Salz-Mischung in die Wellenkämme und die wilde Gischt, ich massierte sie in die Segel, die der Sturm blähte, liebkoste Masten und Schiffsrümpfe, Schrammen, tiefe Kratzer.

Das elektrische Licht brauchte ich jetzt nicht mehr. Ich knipste es aus. Die Sonne war aufgegangen. Die mitternachtsblauen Wände schimmerten.

Wie das Holz unter meinen Händen langsam auflebte, wie es zu glänzen begann, als ich es mit einem neuen Sockenlappen nachpolierte! Seine schöne, tiefe Farbe kam wieder, es schien einzuatmen. Behutsam arbeitete ich mich das gesamte Reliefbild entlang nach unten, und als ich beim letzten Zentimeter ankam, auf Knien hockend und mit lahmen Armen, machte es plötzlich *Klick*.

Die Schranktür öffnete sich.

*

»Das ist … deine Mutter«, hatte Dr. Sonnenkalb verkündet, und ich war automatisch tiefer ins Kissen gesunken.

»Du kannst mich auch Gloria nennen«, bot die Fremde an.

Anfang Juni vor vier Jahren war ich ohne Schwester, ohne Vater und ohne Gesicht im Krankenhaus aufgewacht.

Mitte September und eine Reihe von Operationen später zog ich zu Gloria und ihrem Mann.

*

Der Schrank war voller Klamotten!

War die Tür verzogen? Hatte sie nur geklemmt?

Ich wühlte zwischen Hosen und Hemden herum. Auf einen Blick sah ich, dass sich das meiste kürzen, enger nähen oder umschlagen ließ. Ich war so glücklich, als hätte ich einen Goldschatz gefunden.

Ich hielt mir eine grüne Cordhose an. Nicht schlecht. Kurzerhand schnitt ich die Beine ein gutes Stück ab, setzte mich an die Nähmaschine und nähte sie um. Ich konnte ziemlich gut nähen; wir hatten in Hyde eine Tischnähmaschine gehabt.

Ich kramte ein langärmliges, geripptes Unterhemd aus dem Schrank, darüber zog ich einen Wollpullover mit Rentieren. Die Ärmel waren etwa dreißig Zentimeter zu lang; ich krempelte sie um. Ich stand vor dem Spiegel und war begeistert. Eine blasse junge Frau in Schlabbersachen und mit ungestümem, fettigem Haar blickte zurück – keine Irre in blutigen Puffklamotten.

War die Haustür aufgegangen? Es zog irgendwie. Fröstelnd drehte ich mich um, rieb mir die Arme.

»Du?«

Auf der Schwelle stand der Kater.

Die Kälte war vergessen, mein Puls raste vor Freude, und ich machte kleine Begrüßungslaute, kurze, feine Gurrgeräusche, und er gurrte zurück. »Ich bin so froh, dich zu sehen!«, sagte ich und hockte mich hin, um ihn anzulocken. »Ich dachte schon, du wärst … Verdammt, so verletzt einfach abzuhauen … Wo warst du denn bloß?«

Er maunzte als Antwort, schwankte dann.

»Ich bring dich runter«, entschied ich. »Dein Verband muss gewechselt werden. Außerdem ist es in der Küche viel wärmer.« Ich ging zu ihm, doch plötzlich stutzte ich.

Das war nicht der Kater. Das Tier war kleiner, zierlicher, hatte einen viel zu schmalen Nacken. Es war die Katze.

Aber das *konnte* nicht sein! Wieso trug *sie* die Verbände?

Wir sahen uns an, ich und sie, und einige stumme Sekunden vergingen, in denen mein Gehirn auf Hochtouren arbeitete. Ganz einfach, dachte ich nach einigem Zögern: Du hast dich geirrt, Katrina. Schon das zweite Mal innerhalb kurzer Zeit. Auch die Größe des Lochs im Dach hatte ich völlig falsch eingeschätzt.

Ich griff nach der Katze.

Da schlug sie nach meiner Hand. Sie hieb mir die Krallen tief ins Fleisch und fauchte.

Ich hielt die Luft an. Verdammt! Wie konnte ich so blöd sein, einfach nach ihr zu *greifen*? Ohne sie vorher zu beruhigen und ihr zu sagen, dass ich sie hochheben wollte. Ich hatte sie erschreckt.

Sie stand vor mir, knurrend, gesträubtes Fell, die Pfote noch erhoben, die Krallen wie Klingen in Richtung meiner Finger gewendet. Ich stand starr, die Hand noch ausgestreckt, und wagte kaum zu atmen. Ich wusste, wenn ich die Finger zurückzuziehen versuchte, würde sie sie *anfallen*.

Und so wurde ich ein lebendes Denkmal mit einer in der Luft hängenden Hand, von der Blut tropfte. Die Katze zeigte ihre Zähne und wich langsam zurück. Ohne mich aus den Augen zu lassen, verschwand sie aus dem Zimmer.

13. KAPITEL

NEUE HEIMAT

Gloria holte mich mit dem Auto von der Klinik ab.

Ich hatte die letzten Wochen auf dem Operationstisch verbracht, jedenfalls fühlte es sich so an. Seit über drei Monaten hatte ich nicht mehr gesprochen, und noch immer trug ich einen Verband, der meinen Mund verschloss.

Ich hatte gelernt, mich schriftlich auszudrücken, trug stets einen kleinen Zettelblock bei mir. Im Auto konnte ich mich auf diese Weise jedoch nicht »unterhalten« – Gloria musste ja auf den Verkehr achten. So sah ich aus dem Fenster. Das war etwas, was ich in den letzten Monaten gelernt hatte: Geduld zu haben. Statt zu sprechen lieber genauer hinzuschauen.

Gloria war mit Malte verheiratet. Das Paar lebte in einem gelben Haus am Rande von Potsdam: in Eiche. Von dort aus war es eine Viertelstunde Busfahrt bis ins Zentrum. Malte war nicht mein leiblicher Vater. Über den schwieg Gloria.

Das ursprüngliche Eiche, das früher einmal ein eigenes Dorf gewesen sein musste, bestand aus einer Handvoll Hutzelhäuschen am Straßenrand und war beschattet von schönen alten Bäumen. Dahinter begann das neue Eiche. Das, in dem Gloria wohnte.

Der Name verhieß Natur, doch nichts dort war natürlich oder gar gewachsen. Der Stadtteil wirkte, als wäre er das Ergebnis einer einzigen fieberhaft durchgearbeiteten Nacht: Einfamilienhäuser, wie mithilfe gigantischer Schablonen ausgeschnitten, rasch bemalt und heißluftgetrocknet. Straßen – als wären sie mit einer Riesenspritze in die Landschaft gedrückt worden, dann Ziersträucher an die Ränder gepinnt und dazwischen Rasenflächen in Teppichform ausgerollt – voilà: Eiche.

Was für ein Unterschied zu der versifften, vor Hundekot strotzenden Straße in Neukölln mit dem klapperdürren Hotel!

Wenn Papa Zoe und mich gebeten hätte, Eiche mit nur einem einzigen Wort zu beschreiben, so hätten wir sicher das Wort *adrett* genommen. Nirgends gab es einen schmutzigen Fleck, keine Wand war besprayt. Ich konnte mir nicht vorstellen, dass jemand in eine Ecke pinkelte. Keine Spinne wagte hier zu bauen, für Vögel waren die Sträucher zu dürftig, boten keinen Schutz.

Es gab einen adretten Bäcker, einen adretten Lebensmittelladen, eine adrette Bushaltestelle mit blitzenden Glaswänden. Eichen gab es absurderweise keine. Dafür Buchsbäume, Kriechwacholder und Koniferen – alle in Form geschnitten. Als ich das erste Mal durch Eiche spazierte, kam es mir vor wie »die Vorstadt« aus einem der Bilderbücher von Zoe und mir: Man konnte das Buch aufklappen, und »die Vorstadt« faltete sich dreidimensional aus einer Doppelseite auf – Häuser und Vorgärten: aufgeräumt, blitzsauber, tadellos.

Es war nicht billig, in Eiche zu wohnen, dennoch war der Stadtteil nicht mit Liebe errichtet worden. Zumindest kam es mir so vor. Das lag daran, dass es keine Details gab. Wenn man oberflächlich hinsah, entdeckte man zwar welche: die

Bilder an den Längsseiten mancher Häuser zum Beispiel, die Landschaften darstellten – bewaldete Hänge und Wasserfälle –, aber das waren keine *echten* Details. Diese Bilder waren nicht gemalt, sondern wie aufgestempelt. Etwas vom Band – leblos und wiederholbar.

Liebe hat viele Gesichter, und Fantasie, das hat Papa uns gezeigt, ist eins davon.

Er hat mit Zoe und mir Herbstblätter, Moos und flache Steinchen auf eine entrollte Tapete geklebt und diese dann in unserem Zimmer angebracht. Im Sommer hat er mit uns im See getobt und uns Märchen vom Leben der Wasserflöhe und Algen erzählt. Viele Weihnachten lang hat er als Knecht Ruprecht an unsere Tür geklopft, selbst gemachte Malbücher aus dem Sack gezogen, einen Kuchen in Form eines Iglus oder zwei Dosen, ein Stück Bindfaden und dazu die Anleitung für ein Dosentelefon. Fantasie ist eine Form der Liebe.

Fantasievolle Dinge können funktionslos sein, und Eiche, das begriff ich sofort, als Gloria das erste Mal mit mir die Straße entlangfuhr, war vor allem eines: funktional.

Trotzdem protzte es. Nicht mit besonderen Sehenswürdigkeiten, mit Säulen oder goldenen Dächern. Es protzte mit Namen. Wer auch immer diese Namen erdacht hatte, konnte jedoch nie in Eiche gewesen sein.

Das Haus von Gloria und Malte befand sich in der Schubertpromenade. Die »Promenade« beherbergte exakt zehn Wohnhäuser. Nirgends ein Café, eine Bar oder ein schickes Geschäft, an dem man hätte vorbei*promenieren* können. Die Parallelstraße hieß Vivaldiallee, hatte aber weder rechts noch links Bäume, und das Spektakulärste an ihr war der Briefkasten in der Mitte. Die längste und breiteste Straße in unserem

Stadtteil zog einen sanften Bogen und hatte achtzehn Häuser – sie hieß Tschaikowskiring.

*

Ich ärgerte mich.

Ich hielt meine verwundete Hand in der Küche unter den Hahn und das Blut floss zusammen mit dem Wasserstrahl in den Ausguss. Dann betrachtete ich die Verletzung. Vier tiefe Wunden. Ich tupfte Alkohol aus dem Erste-Hilfe-Set darauf. Den Schmerz hieß ich willkommen. Die Katze hatte ein Anrecht, sich zu wehren. Ich hatte nach ihr gegrapscht wie der letzte Trottel. Wahrscheinlich kam sie nie wieder.

Verdammt.

Ich klebte ein Pflaster auf meinen Handrücken und wünschte, ich könnte noch eins über den Riss im Vertrauen der Katze kleben. Ein großes, heilendes Pflaster.

*

Bei Gloria und Malte bekam ich den Raum im Souterrain neben der Sauna, wo ursprünglich zwei Ruheliegen gestanden hatten und ein Kraftgerät, das Malte einmal gekauft, aber nie benutzt hatte. Die Liegen standen jetzt im Trockenraum, das Kraftgerät war verkauft.

In meinem Zimmer gab es eine Kommode und ein Kiefernholzbett. Leider verbot Gloria mir, die Matratze auf die Erde zu legen.

Darf ich wenigstens die Beine absägen?, schrieb ich auf den Zettelblock und hielt ihn ihr hin. Ich wies aufs Bett.

Sie sah mich an, als sei ich verrückt.

Souterrain war ein eleganteres Wort für Keller. Mein Fenster ließ nur im oberen Drittel Sonne herein. Ich fand es trotzdem okay. Ich versuchte mir einzureden, dass ich in einer Waldhöhle lebte. Sah von drinnen nach draußen, halb verborgen in der Erde.

Aus meiner Höhle heraus beobachtete ich die Nachbarn, die Wäsche aufhängten, an den Buchsbäumen herumschnitten und immer wieder zu unserem Zaun kamen, um mit Gloria zu tuscheln. Ich suchte nach Kindern oder Jugendlichen, doch es schien keine zu geben. Zumindest kletterte nie jemand auf eine Konifere, keiner pflückte den Spitzwegerich, nicht mal die Wacholderbeeren. Dennoch waren Kinder da. Aber ich sah sie nur, wenn sie zur Schule aufbrachen oder zurückkamen. Ansonsten schluckten die Häuser sie.

Nur ein Mädchen, vielleicht ein Jahr älter als ich, kam jeden Tag regelmäßig ins Freie, schlenderte zu dem Grundstück, das uns schräg gegenüber lag. Dort war ein Hund angeleint. Sie triezte ihn mit kleinen Gemeinheiten.

Als ich Gloria davon erzählte, sagte sie: »Janine kümmert sich um den Hund ihrer Tante. Sie *spielt* mit ihm. Der wäre sonst den ganzen Tag allein. – Sie geht übrigens in dieselbe Schule, in die du bald kommst. Soll ich sie mal zu uns einladen?« Ich schüttelte entsetzt den Kopf.

Der Garten war so einsichtig, dass ich die Blicke der Nachbarn und einiger hartnäckiger Journalisten wie Hagelkörner auf mich prasseln spürte, sobald ich vor die Haustür trat. Sie sahen mich, schnappten nach Luft und wichen einen Zentimeter zurück.

Dieser eine Zentimeter war es, für den ich sie alle hasste.

Dieser Zentimeter, bevor sie begierig wieder an den Zaun traten und mir Fragen zuriefen, die ich, weil ich nicht sprechen konnte, sowieso nicht beantworten konnte.

Ich wich ihnen aus, versuchte die Rufe, die Blicke, das Klicken der Kameras zu ignorieren. Wollte meine Hände stattdessen beschäftigen. Doch in dem aufgeräumten Vorgarten gab es nichts für mich zu tun. Da waren keine Bäume, keine Verstecke, keine Pilze oder Kräuter. Es gab einfach nichts als diese hübsch zurechtgestutzte Artigkeit, die mich immer mehr verwirrte.

Gloria hatte mich dringend gebeten, das Grundstück nicht zu verlassen. Zu meiner eigenen Sicherheit. Was immer das heiße sollte. Wenn es nach Gloria gegangen wäre, sollte ich nur für die Therapiesitzungen mit Dr. Sonnenkalb raus.

Nach ein paar Tagen begann ich das Zimmer trotz des Verbots zu verlassen. Nachts. Heimlich. Wenn Gloria und Malte schliefen, wenn kein Nachbar mehr über unseren Zaun starrte, wenn die Journalisten weg waren. Ich *konnte* nicht dauernd drin bleiben; auf Dauer erstickten die Wände mich.

So wanderte ich im orangefarbenen Licht der Laternen die Schubertpromenade entlang und bei der ersten Gelegenheit öffnete ich das Tor eines fremden Vorgartens und schlich wie ein Iltis durchs Dunkel.

Im Finstern zu sehen, war kein Problem für mich. Während ich die Büsche berührte, atmete ich den süßen Duft des Geißblatts ein. Kein Hund schlug an, wenn ich die fremden Grundstücke betrat. Sie bemerkten mich am Geruch, kamen angerannt, hechelten, begrüßten mich japsend als eine von ihnen. Sobald einer heranstürzte, ließ ich mich auf alle viere nieder, stupste ihn an, wie er mich anstupste, ließ mich beschnüffeln und schnüffelte ebenfalls, und wenn er um mich herumsprang, wurde mein Herz leichter. Stand ich dann wieder auf und schlich weiter durch Eiche, hatte ich das Gefühl, meine Lungen hätten sich geweitet, ich spürte die Nachtluft tiefer in meinen Brustkorb dringen und fühlte mich *realer.*

Bei meinen nächtlichen Wanderungen pflückte ich Schafgarbe, Giersch und den Wegerich von den Wegen. Begann, nach Echinacea zu graben. Zerhackte meine Beute später in meinem Zimmer, breitete sie zum Trocknen aus und konnte – mit dem vertrauten Geruch von Kräutern und Wurzeln in der Nase – endlich einschlafen.

*

»Wir haben das Dach von innen provisorisch abgedichtet. Sie hatten das ja schon recht gut mit der Plane versucht. Am zwölften März kommen wir dann und schließen es fachmännisch von außen.«

Wir saßen am Küchentisch und tranken Tee.

»Am zwölften März?« Ich war erschrocken. »Das ist erst in drei Wochen.«

»Machen Sie sich keine Sorgen. Die Plane hätte das nicht durchgehalten, aber wir haben jetzt Dachpappe davorgenagelt. Bis zum zwölften dürfte das die Feuchtigkeit abhalten.«

Die Tasse, aus der der Ältere trank, war aus lehmfarbenem Ton, die des Jüngeren war ein Drache, dessen Schwanz den Henkel bildete, und meine eigene war weiß. Ein blaues Zwiebelmuster rahmte den Namen *Martin* ein.

Martin, dachte ich, warum hast du all deine Sachen hiergelassen?

Der Ältere sah sich interessiert um. »Solche alten Häuser haben schon was. – Nett haben Sie's hier jedenfalls.«

Es scheint ein heimliches Gesetz zu geben: Wohnzimmer sind die offiziellen Mittelpunkte eines Hauses, Küchen die emotionalen. Wenn jemand einen mag, landet man irgendwann in seiner Küche. Wer nie die Küche zu sehen bekommt, sollte sich um die Freundschaft Sorgen machen. In Hyde waren Wohnzimmer und Küche derselbe Raum gewesen.

Der Kohleherd bollerte. Es war jetzt warm hier drin. Die seltsame arktische Kälte war endgültig verschwunden. Im Radio lief *Ein Bett im Kornfeld*. Komisch, dass sie bei *Astro-Radio* in den Pausen immer irgendwelche Sommermusik spielten.

Vor zwei Stunden war es noch nicht nett in der Küche gewesen. Nach dem Missverständnis mit der Katze hatte ich meinen Ärger über mich selbst ins Scheuern verlegt. Das Kastanienputzmittel hatte beste Arbeit geleistet. Der alte Tisch war jetzt blitzblank. Alle anderen Flächen ebenfalls. Der Boden, der vor Schmutz gestarrt hatte, war frisch gewischt und roch auch so. Auf dem Linoleum waren klebrige Flecken gewesen. Am Vorabend waren sie mir nicht aufgefallen, aber als es in der Küche wärmer wurde, hatten sie zu stinken begonnen. Mäuseurin.

Im Schuppen hatte ich eins der Bretter, die vor die Fenster genagelt gewesen waren, zu schmalen Leisten geschnitten und an die Küchenwand gebohrt. In die Leisten hatte ich Haken gedreht, an denen nun die durcheinandergewürfelte Sammlung Tassen hing. Das Regal war mit einem Großteil von Rolands Vorräten gefüllt.

Auf dem Rosshaarsofa war ein riesiger Blutfleck gewesen,

dort, wo die Katze gelegen hatte. Ich hatte das Polster mit Schnee gereinigt. Das hatten wir in Hyde auch so gemacht. Damit die Männer keine feuchten Hosen bekamen, hatte ich die Patchworkdecke aus dem apricotfarbenen Gästezimmer darübergelegt. Während die Männer das Dach abgedichtet hatten, hatte ich die Fliesen gewischt, herumstehenden Müll weggebracht und die Fenster geputzt, bis ich schweißgebadet war.

Ja, die Küche war jetzt nett. Sie war tageslichtdurchströmt, roch sauber und wirkte bewohnt. Dennoch fehlte etwas.

Nicht etwas. Jemand. Sie hatte rotes, zerrupftes Fell, ein Loch im Bauch und ich Trampel hatte sie verjagt.

»Ich bin gern hier«, sagte ich. »Übrigens – danke, dass Sie im Bad die Scheibe repariert haben! – Schreiben Sie das bitte mit auf die Rechnung.«

Als ich auf der Toilette gewesen war, war mir aufgefallen, dass die zerbrochene Scheibe entfernt worden war. Eine neue steckte im Rahmen.

Der Alte grinste, der Junge prustete. »Ist ja toll, was Sie uns alles zutrauen, aber wir sind Dachdecker, keine Glaser.«

Ich nickte verunsichert. Machten sie sich lustig? Einer musste in einer Pinkelpause die kaputte Scheibe entdeckt und ausgebessert haben und nun wollten sie mir die Scheibe offenbar schenken.

»Das ist eigenartiges Glas«, sagte ich. »So dünn. – Ist das nicht sehr empfindlich?«

Der Junge prustete wieder, und der Alte sagte ernst: »Wir waren das nicht.«

*

Etwa zwei Wochen nachdem ich bei Gloria und Malte eingezogen war, sollte mir in der Klinik der Verband abgenommen werden. Endlich!

Malte fuhr mich hin.

Wir saßen im Auto und Malte war verlegen.

Er war von der ersten Minute an verlegen gewesen, in der ich in sein Leben getreten war, und fast tat er mir leid. Was für ein Gefühl ist das wohl, fragte ich mich, von heute auf morgen eine Stieftochter zu haben? Nicht irgendeine, sondern ein Mädchen, das entführt worden war. Dessen Fall durch alle Medien ging.

Am Anfang hatte er mich immer angesprochen, sobald ich ins Zimmer kam. Er hatte stets eine Frage gestellt – wie es mir ginge, was ich heute machen wolle, Small Talk. Jedes Mal schien er vergessen zu haben, dass ich nicht sprechen konnte. Eine Antwort zu *schreiben*, dauerte aber eine Weile, und diese Zwischenzeit schien ihn aufzuzehren.

Wenn ich fertig war mit Schreiben und hochsah, bemerkte ich, dass Malte angefangen hatte zu schwitzen und sein Lächeln sich verkrampft hatte. Später ließ er das Fragen sein, aber er versuchte, kleine Scherze zu machen, war betont munter und jovial. Doch er brauchte Bestätigung: ein Lächeln, ein spöttisches Verziehen der Lippen, ein Kräuseln der Nase. In meinem Gesicht aber antwortete immer nur ein starrer Verband auf seine Bemühungen.

Ich wusste, dass er nett sein wollte, aber alles an mir irritierte ihn. Er konnte nicht mit meinen eingeschränkten Reaktionen umgehen. In den letzten Tagen hatte er aus Verlegenheit mehr als einmal so getan, als wäre ich nicht im Raum – ganz so, als wäre ich nicht nur stumm, sondern auch unsichtbar.

»Heute kommt der Verband endlich runter«, begann Malte im Auto ein Gespräch. »Hast du Angst davor?«

Ich streckte meine Hand nach vorn aus und schüttelte sie, was *nein* bedeutete. Jetzt, wo er fuhr, hätte er mein Kopfschütteln nicht gesehen.

»Nein?«, sagte er. Er hatte offenbar mit einer anderen Antwort gerechnet, denn er schwieg.

Nein, ich hatte keine Angst. Ich wusste, was unter dem Verband war – die Ärzte hatten es mir erklärt, hatten mir Fotos von den OPs gezeigt und computergenerierte Bilder. Ich kannte die Stadien des »Wiederaufbaus« meines Gesichts, die Fortschritte. Ich kannte auch die Grenzen dieser Fortschritte. Ich wusste, dass mein Gesicht eine Ruine war und immer sein würde.

*

Als die Dachdecker gegangen waren, nahm ich das Tuch ab. Atmete freier. Dann ging ich ins Bad, betrachtete das Fenster.

So ein Glas hatte ich noch nie gesehen. Jedenfalls nicht in einem Fensterrahmen. Es war hauchdünn. Wie bei einem edlen Weinkelch. Im Grunde war das überhaupt kein Fensterglas. Ich legte einen Finger auf die Innenseite und einen außen an dieselbe Stelle. Nahezu sofort spürte ich die Wärme des jeweils anderen Fingers durch das Glas. Warum hatten die beiden Dachdecker das Fenster repariert und es abgestritten? Und warum hatten sie so dünnes Glas genommen?

Sehr vorsichtig schloss ich das Fenster. Es sah aus, als könnte es bei der geringsten Erschütterung zerspringen.

14. KAPITEL

FISCH, ERLEDIGT

Als Malte und ich von der Klinik zurück nach Eiche fuhren, war es genauso still im Wagen wie auf der Hinfahrt. Dabei hätte ich jetzt reden können. Der Verband war ab. Zumindest *versuchen* hätte ich es können. Doch weder Malte noch ich verspürten Lust auf ein Gespräch.

Malte saß wie ferngesteuert am Lenkrad, ein verkrampftes Lächeln auf dem Gesicht, das nicht wich – wie das Lächeln einer Wachspuppe. Ich selbst fühlte mich … gehäutet. Ich hatte mich mit der Zeit an das Gewicht des Verbands gewöhnt. Die wenigen Male, wo er mir abgenommen worden war – für einen weiteren chirurgischen Eingriff –, war ich bewusstlos gewesen. Wenn ich aufgewacht war, lag bereits ein neuer Verband über der unteren Hälfte meines Gesichts.

Jetzt war mir, als wäre mein Kopf zu leicht. Als könnte er zum Autodach schweben und mich mitziehen. Voller Konzentration hockte ich auf dem Sitz und spürte dem ungewohnten Gefühl von Luft auf meinen Wangen nach.

So fuhren wir zurück. Zu Gloria.

Als wir das Grundstück erreichten, stand sie bereits an der Tür. Schon von Weitem sah ich dasselbe wächserne Lächeln auf ihrem Gesicht wie bei Malte. Mit einem Unterschied: Es bröselte, als wir näher kamen. Und als ich ausstieg, hob sie die Hände, mit den Handflächen nach außen, wie um eine Lawine zurückzuhalten. Dann drehte sie sich um und stürzte ins Haus.

»Gloria?«, rief Malte.

Keine Antwort, nur lautes Schluchzen.

Wir betraten das Haus. Das erste Mal seit Monaten, das erste Mal, seit Papa und Zoe tot waren und ich erfahren hatte, dass Gloria meine Mutter war, schien der zähe, träge Sumpf, durch den ich mich tagtäglich kämpfte, dünnflüssig zu werden.

Sie weinte. Sie weinte um mich!

Gloria war nicht im Wohnzimmer und auch nicht in der Küche. Das Weinen kam aus dem Schlafzimmer. Ich schob die Schlafzimmertür auf. »Es ist nicht so schlimm, Gloria«, sagte ich und erschrak über die Stammellaute, die da aus meinem Mund kamen. Aber das erste Mal hatte ich ein Gefühl für sie. Sie weinte *um mich*.

»NEINNEINNEIN! Geh weg! Malte! MALTE!«

Ich sprang zurück, als hätte sie mit Feuer geworfen.

Malte stürzte an mir vorbei ins Schlafzimmer. Er drehte sich entschuldigend zu mir um, als er die Tür hinter sich zumachte.

Ich stand draußen und alle Wärme wich aus mir.

Sie weinte nicht um mich. Sie weinte um sich.

*

Ich konnte nicht einschlafen.

Ich drehte mich auf meinem Lager in der Küche hin und her. Es musste schon lange nach Mitternacht sein und noch immer war ich hellwach. Dass ich die ganze Zeit lauschte, wollte ich nicht wahrhaben. Dabei spitzte ich die Ohren, horchte auf einen leisen Schritt, das Tappen von Pfoten.

Nichts.

Ich hatte sie verjagt.

Vielleicht musste ich ein bisschen lesen. Ich nahm das Rachebuch, schlug es auf. Das Flammenlicht erhellte die Seiten.

~~*Fisch*~~*,* stand auf Seite 1. Dahinter seine Nummer, seine Adresse und seine Strafe: WASSER. Sein Name war durchgestrichen. *Erledigt,* dachte ich.

Auf Seite 2 stand: *Hämmer.* Nummer, Adresse und seine Strafe: SPRENGSTOFF.

Dann *Jenne, Matze, Jula.* Ihre Nummern, ihre Adressen, ihre Strafen: GIFT, INSEKTEN, FEUER.

Die Buchstaben waren schwarz und kantig. Im Flammenlicht wirkten sie wie Schlitze im Papier.

Ich atmete tief ein und aus und schloss die Augen.

Rache befriedigt.

Das ist etwas, was Filme und Bücher erzählen. Ich hatte viel Zeit gehabt, Filme zu sehen und Bücher zu lesen. Die Zeit nach der Gefangennahme. Ich hatte gar nichts anderes tun können, als in fremde Geschichten zu tauchen – es sei denn, ich wollte verrückt werden. Verrückt vor Wut.

Rache befriedigt. Auge um Auge, Katrina, Zahn um Zahn. Nur so! Zoes Stimme in meinem Kopf.

Fünf Leute standen auf meiner Liste, und Fisch war schon erledigt, aber ich fühlte mich nicht besser.

Ihre Adressen rauszubekommen, hatte mich wochenlang beschäftigt. Das war in der Wohngruppe gewesen.

*

In der Wohngruppe war es wie überall gewesen: Ich galt als seltsam. Ich suchte keinen Kontakt. Ich zog mich zurück. Ich mied die anderen und sie mieden mich.

Aber in meinem Zimmer hockte ich jeden Tag über meinem Geheimversteck unter einer der Dielen, das Rachebuch aufgeschlagen auf meinem Schoß, starrte die fünf Namen an. Und die fünf Telefonnummern, die ich aus dem geknackten Fisch-Handy hatte.

Ich zerbrach mir den Kopf.

Jeden verdammten Tag.

Hallo, Leute, das ist jetzt vielleicht eine ungewöhnliche Frage, aber ist es irgendwie möglich, die Adresse von jemandem rauszubekommen, wenn man nur dessen Handynummer hat?

Ich wusste keine andere Hilfe als das Internet und gab die Frage schließlich bei gutefrage.net ein. Die Antworten regneten auf meinen Monitor. Die erste:

Nicht bei Prepaid-Handys.

Die zweite:

Hi, das geht nur bei Handys mit Vertrag. Wozu willst du das überhaupt wissen??? Klingt irgendwie, als würdest du jemanden stalken wollen?!?! Mach dich nicht unglücklich, Baby!!!

Die dritte:

`Das können Sie als Privatmensch nicht rausfinden, glaube ich, aber vielleicht hilft Ihnen ein Detektiv.`

Die vierte:

`Vergiss es. Unmöglich! Datenschutz.`

Die fünfte:

`Über GPS-Peilung lässt sich herauskriegen, wo das Handy sich befindet.`

Und dann die letzte Antwort:

`Warum rufst du nicht einfach an und fragst nach der Adresse?`

Ich saß da wie elektrisiert. Die letzte Antwort war als Witz gemeint, aber: *Das war die Lösung!*

Das erste Mal, seit ich in der Wohngruppe eingezogen war, sprach ich ganz von selbst eine der Mitbewohnerinnen an.

Hala.

Hala war dreizehn. Sie hatte eine laute Stimme, Mitternachtsaugen und prachtvolles Haar bis zur Hüfte. Als sie neu in die Wohngruppe kam, musste sie jeden Nachmittag nach der Schule im Kindergarten arbeiten. Fünfzig soziale Arbeitsstunden, weil sie ein Mädel aus ihrer alten Klasse krankenhausreif geprügelt hatte.

Ich klopfte an ihre Tür.

»Ist auf!«

Als ich reinkam, saß sie auf ihrem Bett, senkte ihr Handy. »Was willst du?«

Sie hörte sich alles an, und als ich fertig war, sagte sie: »Ich schätze mal, du sagst mir nicht, wozu du die Adressen brauchst und wer die Leute sind?«

Ich schwieg.

»Warum sollte *ich* dir helfen? Das ist was Illegales, das riech ich«, sagte sie. »Zieh mich nicht in deine Scheiße rein! Ich hab keine Böcke auf noch mehr Arbeitsstunden.« Sie widmete sich wieder ihrem Handy und dem Spiel, das sie unterbrochen hatte. »Mach die Tür von außen zu.«

Ich stand nur da.

»Verzieh dich, Mann.«

Ich schwieg.

»Hörst du schwer?«, sagte sie, während sie schon wieder zockte.

»Wenn du's machst, kriegst du das hier«, sagte ich. Ich hielt eine Schatulle aus Holz hoch – ich hatte sie selbst gemacht. In den Deckel war ein schönes Schnitzmuster gearbeitet, es gab ein Schloss mit Schlüssel dafür und innen einen doppelten Boden. »Für Geheimnisse«, sagte ich.

Hala senkte das Handy. Hob widerwillig den Blick. Sah die Schatulle und plötzlich wurden ihre Augen sehnsüchtig. Sie wartete zwanzig ewige Sekunden, und ich dachte: Sie hat coole Klamotten, ein cooles Handy, einen Laptop. Was soll sie mit einer Holzschatulle?

»Sie hat einen doppelten Boden«, flüsterte ich.

»Okay, ich mach's.«

Und da ahnte ich auf einmal, dass wir doch nicht so verschieden waren. Wir alle hier in der Gruppe hatten unsere Geheimnisse. Ich verbarg sie unter einem Dielenbrett in meinem Zimmer. Hala würde sie von jetzt an in diese Schatulle legen.

Hala hatte eine schöne, klare Aussprache. Im Gegensatz zu mir. Ich gab ihr die Nummern und sie rief jede einzelne an. Sie gab sich als Paketbotin aus, die vergeblich versucht hatte, eine Sendung zuzustellen und … Sie war selbstbewusst, lachte in den Hörer, blühte in der Rolle richtig auf.

Ich stand neben ihr und hörte mit. Ich rechnete mit heftigem Misstrauen am anderen Ende, aber alles lief wie am Schnürchen. Nach nicht einmal einer Stunde war Hala die neue Besitzerin der Schatulle und ich hatte fünf Adressen in meinem Rachebuch stehen.

*

In meinem Souterrainzimmer roch es immer nach Holz und Fichtennadelextrakt. Der Geruch kam von der Sauna nebenan und hatte im Laufe der Zeit die Wände durchdrungen. Gloria entschuldigte sich oft deswegen, aber ich mochte den Geruch. Ich mochte ihn so sehr, dass ich manchmal, nachts, wenn Malte und Gloria schon schliefen, nur deswegen die Sauna anheizte. Ich lag dann in meinem Bett, schloss die Augen und stellte mir vor, es wäre Sommer. Zoe und ich lägen wieder auf der Lichtung am See, während die Fichten ihren wilden Duft über uns ausschütteten …

An dem Tag, an dem mir der Verband abgenommen worden war, war Malte irgendwann aus Glorias Schlafzimmer herausgekommen und in mein Reich hinabgestiegen. Er wagte sich nur bis auf die Schwelle. Ich saß auf dem Bett, mit verschränkten Armen, und blickte ihm mit meinem neuen Gesicht entgegen. Leise fragte er: »Wäre es für dich okay, dein Gesicht zu bedecken?«

Ich griff nach dem Zettelblock. *Es ist besser, wenn Luft rankommt. Das haben auch die Ärzte gesagt.* Ich reichte ihm den Zettel. Sprechen … das ging noch nicht.

»Bitte …« Er klang erschöpft und sah mich nicht an. »Ihr zuliebe.«

Es ist mein Gesicht. Das bin ich.

»Ich weiß«, sagte er noch leiser und ging wieder nach oben.

Ich lag starr auf dem Bett. Sie kam nicht, keiner kam. Ich fragte mich, wie Papa reagiert hätte. Zoe. Ich ging an dem Tag nicht mehr aus dem Zimmer heraus.

Danach verließ ich es nie wieder ohne ein Tuch.

*

Rache befriedigt.

Fisch hatte mein Leben zerstört. Meins und das von Papa und Zoe. Er und die anderen. Sie hatten mir alles genommen. Ich hatte so auf Befriedigung gehofft, als ich Fisch erledigt hatte. Aber das Gefühl stellte sich nicht ein.

Dabei war alles exakt so gelaufen, wie ich es geplant hatte …

Vor etwa einem Jahr hatte ich begonnen, auf die Walz zu gehen. Nach ein paar Wandermonaten war die Kriegskasse voll genug gewesen, die Zeit war gekommen. Ich trampte zu Fischs Heimatort.

Fisch wohnte in einem Kaff bei Hannover – in einer alten Mühle. Er wohnte dort im Dachgeschoss. Unter ihm lebte eine kleine Familie. Ein Pärchen mit Kind.

Ich hatte mich in dem einzigen Fremdenzimmer im Ort eingemietet – bei einer alten Dame, die mir sofort abnahm, dass ich aus gesundheitlichen Gründen Landurlaub machte. »Vom Arzt verschriebener Aufenthalt«, sagte ich, zeigte auf mein Tuch und sagte: »Asthma.«

Dass ich ausgedehnte Spaziergänge machte, wunderte sie also nicht. Hätte sie jedoch gewusst, dass ich nur einen Kilometer bis zur Mühle wanderte, dort auf einen Baum kletterte und stundenlang das Leben der Mühlenbewohner beobachtete, wäre sie wohl erstaunt gewesen.

Fisch und die Kleinfamilie waren enge Freunde, stellte ich fest. Sie bauten zusammen die Mühle aus. Ich sah sie hämmern, spachteln, verputzen, streichen – Tag für Tag. Fisch schien sich verändert zu haben. Der dürre, kichernde Mann vor vier Jahren war jedenfalls ein anderer gewesen als dieser.

Es war mir egal. Er war ein Mörder. Selbst wenn er sich von Grund auf verändert hätte, blieb er trotzdem für immer ein Mörder.

Schnell fand ich heraus, dass Musik die Achillesferse der Mühlenbewohner war. Die Scheune nebenan war ein Proberaum. Als ich die beiden Männer und die Frau das erste Mal proben hörte, wusste ich urplötzlich, womit ich Fisch besiegen konnte.

Jeden Mittwoch fuhren die beiden Männer einkaufen. Die Frau und das Kind blieben zu Hause. An einem solchen Mittwoch zog ich meine schicksten Sachen an – eine schwarze Hose und eine rauschgiftweiße Bluse – und klingelte an der

Tür. Die junge Frau öffnete mir, das Kind spielte auf dem Boden.

»Ich möchte Sie nicht belästigen«, sagte ich.

»Wie bitte?«

Ich bemühte mich, deutlich zu sprechen: »Hätten Sie vielleicht Zeit für eine fünfzehn Minuten dauernde marktwirtschaftliche Umfrage? – Sie würden mir einen Gefallen tun.«

»Ich … ähm …« Sie hatte die Tür nur einen Spalt auf. Es war sehr deutlich, dass sie sie wieder schließen wollte, nur noch nach den richtigen Worten suchte.

Da sagte ich freundlich: »Entschuldigen Sie bitte den Überfall. Und vor allem das Tuch. Ich würde es abmachen, aber ich leide unter einer heftigen Pollenallergie.«

Ich hatte sie richtig eingeschätzt. Sie ließ mich ein und fünfzehn Minuten lang beantwortete sie all meine Fragen. So erfuhr ich unter anderem, dass sie seit der Geburt des Kindes kaum mehr weggekommen war, dass sie alle es hier gut fanden, manchmal aber doch diese Sehnsucht nach »richtig vielen Leuten« hatten, und dass sie zu dritt planten, eine Band zu gründen. Nein, Urlaub sei nicht drin. Zu teuer, sagte sie, und dann seien sie auch nicht so die Pauschaltouristen. Wenn ich verstehen würde.

Ja, ich verstand.

Ich bedankte mich, schüttelte ihre Hand und sagte, die Firma würde sich in Kürze per Post mit einem kleinen Geschenk für ihre Hilfe bedanken. Und außerdem gäbe es auch eine Gewinnchance.

»Worauf denn?«

»Auf eine Reise«, sagte ich und fügte hinzu: »Nichts für Pauschaltouristen.«

Die drei Tickets fürs Fusion-Festival kosteten ein Vermögen. Ich steckte sie in einen Umschlag, legte ein offiziell wirkendes Schreiben bei: »Sie haben gewonnen! – 29.6. bis 3.7. – *Fusion* in Lärz. Eintritt zu allen Konzerten!«

Als ich am Morgen des neunundzwanzigsten Juni sah, wie Fisch und die Kleinfamilie jede Menge Gepäck in ihren Wagen hievten und dann fröhlich davontuckerten, war der Weg frei für mich. Ich hatte vier ganze Tage Zeit.

Wegen der Kleinfamilie hatte ich kurz so etwas wie Gewissensbisse. Um Fisch hingegen tat es mir nicht leid. Nein, um Fisch überhaupt nicht.

In das Gebäude einzubrechen, war ein Kinderspiel. Drinnen verschloss ich sämtliche Waschbecken mit Stöpseln, auch die Bade- und die Duschwanne. Und dann drehte ich die Wasserhähne auf. Um ganz sicherzugehen, zerschlug ich in der Küche das Wasserrohr mit der Axt, und das Wasser schoss in hellen Strömen hervor. Als Letztes führte ich den Gartenschlauch durch das eingeschlagene Wohnzimmerfenster, drehte den Hahn im Garten voll auf und ließ ihn drinnen seine nasse Arbeit verrichten. Die Mühle lag so abgelegen, dass niemand etwas bemerkte.

Als sie zurückkamen, saß ich – vom dichten Laubwerk verborgen – im Baum und sah zu.

Die Mühle stand unter Wasser. Es lief nun schon seit über vier Tagen. Fast einhundert Stunden.

Später holte ich mir diese Erinnerung immer wieder vor Augen. Dann, wenn die Angst mich packte, die Einsamkeit. Die Verzweiflung. Immer dann dachte ich zurück an diesen Tag, als sie die Mühle aufschlossen: wie das Wasser in jede Pore des Hauses gesunken war. Kein Hauch Leben war mehr in ihm gewesen. Die frisch renovierten Wände, die abgeschliffenen Dielen, die Holztüren, die Möbel, die Elektrogeräte, alles, alles, alles war tot. Ein Haus, das hilflos ertrunken war. Fisch hatte kein Zuhause mehr. Seine ganze Arbeit und der Traum vom Leben in einer Mühle – all das war hin.

Auge um Auge. Zahn um Zahn. Zoe wäre stolz auf mich gewesen.

Ja, Fisch hatte ich erledigt, aber ich fühlte mich nicht besser.

Vielleicht kommt die Befriedigung erst, wenn man sich *vollständig* gerächt hat, dachte ich und sah auf die vier anderen Namen in meinem Rachebuch. Noch vier Heimaten, die ich komplett zerstören wollte.

SPRENGSTOFF.
GIFT.
INSEKTEN.
FEUER.

15. KAPITEL
URMENSCHEN

Gloria hatte ihren Winterurlaub und auch den Jahresurlaub fürs nächste Jahr genommen, damit sie in meiner Nähe sein konnte. Das war eine nette Geste, aber ich wäre lieber für mich allein gewesen. Sie achtete nämlich darauf, dass ich »mich schonte«. Konkret hieß das, ich sollte pausenlos bei ihr sitzen. Bei schönem Wetter auf der Terrasse, während sie stundenlang bügelte. Bei schlechtem Wetter in der Küche, wo sie alle Schränke ausräumte und auswischte und wieder einräumte. Diesen Generalputz wiederholte sie jede Woche. In Hyde hatten wir ihn einmal im Jahr gemacht.

Es waren die letzten schönen Septembertage, und immer verfrachtete sie mich in einen der Korbstühle im Schatten und wickelte mich in eine Decke ein, so fest, dass ich dagegen protestierte. »Wenn ich schon sitzen muss, dann wenigstens in der Sonne«, sagte ich.

Die vielen Wochen im weißen Zimmer hatten mich blass werden lassen. Weiß wie gebleichte Knochen. Ich *sehnte* mich nach Sonne.

»Nein«, sagte Gloria. »Du sollst nicht verbrennen.«

Die Worte hatten plötzlich eine doppelte Bedeutung. Gloria bemerkte es auch und verstummte.

Sogar wenn sie im Wohnzimmer die aus hundertfünfzig

Glastropfen bestehende Deckenlampe auseinanderbaute, jeden Tropfen in eine Schüssel mit Seifenwasser tauchte und dann polierte, sollte ich bei ihr sein. Helfen durfte ich nie. »Du willst doch den Heilungsprozess nicht gefährden«, wehrte sie ab und zeigte auf das Tuch über meinem Gesicht. Ich sollte nur erzählen. Sie hatte viele Fragen.

Ich hasste es, herumzusitzen, ohne dass meine Hände etwas zu tun bekamen, und noch weniger mochte ich es, ausgefragt zu werden, aber Gloria gestattete ich es. Schließlich war sie meine Mutter. Meine Mutter, die mich das letzte Mal gesehen hatte, als ich zwei Jahre alt war.

Ihr Schwiegervater hatte ihre beiden Mädchen eines Freitagnachmittags wie immer fürs Wochenende abgeholt und sie am Sonntagabend nicht zurückgebracht, hatte sie mir erzählt. Weder von ihm noch von uns Kindern hatte sie danach zwölf Jahre etwas gehört. Sie musste annehmen, ich sei tot. Sei fair, Katrina, dachte ich. Sie hat ein Recht darauf, dass ihre Fragen beantwortet werden.

»Aber – wie habt ihr denn dort nur gelebt?«, fragte Gloria, während sie den zweiundachtzigsten Glastropfen der Wohnzimmerlampe ins Seifenwasser tauchte und polierte. Immer, wenn sie einen Tropfen zu den sauberen auf eine ausgebreitete Zeitung legte, stießen sie gegeneinander, und ein leises *Pling* ertönte. »Ohne Strom – das geht doch gar nicht! – Wie die Urmenschen!«

Das Wort gefiel ihr: *Urmenschen*. Sie verwendete es oft.

»Wir hatten Gas, Gloria. Einen Gaskühlschrank und einen Dreiflammenherd mit kleinem Backofen. – Wir hatten auch Propangaslampen. Außerdem viele Kerzen. Wir haben sie auf Spiegel gestellt – das verdoppelt das Licht.«

»*Gas* …«, sagte sie verächtlich. »Das hat ihm am Ende ja dann das Genick gebrochen … diesem Bastard!« Das Letzte zischte sie.

Ich hasste es, wenn sie zischte, und ballte meine Hände so fest zu Fäusten, dass ich später die Nagelabdrücke in den Handballen sah.

»Gas im Wald! – Ist doch klar, dass da mal ein Unfall passiert.«

Sie spielte auf die Explosion des Gastanks an, an die ich mich nicht mehr erinnern konnte.

»Es war kein Unfall, Gloria. Da waren Leute im Wald, die Feuer gelegt haben. Wie oft hab ich das jetzt schon gesagt?«

Ich hatte es der Polizistin im Krankenhaus gesagt, auch zwei anderen Polizisten, die zu mir ans Klinikbett gekommen waren, und später Dr. Sonnenkalb. Ich hatte es Malte gesagt und sogar der Presse, als ich noch so dumm gewesen war, einen Pressetermin wahrzunehmen, und sie sich alle mit ihren Kameras in das weiße Zimmer gedrängt hatten.

In der Zeitung stand dann: *Todesbrand im Vessertal: Rätselhafte Unbekannte oder erweiterter Selbstmord eines verzweifelten Entführers?*

»Du weißt doch, was die Polizei gesagt hat.« *Pling.* Der dreiundachtzigste Glastropfen.

Sie hatten drei Brandherde entdeckt. Es stand fest, dass es Brandstiftung gewesen war. Hinweise für die Anwesenheit anderer Menschen hatten sie angeblich nicht gefunden. Oder sie hatten nie wirklich danach gesucht. Meine Aussage, das hatte ich später erfahren, galt als nicht verlässlich.

Nicht verlässlich! Aber ich allein war übrig, *ich* wusste, was wirklich passiert war.

»Da waren fünf Leute …«, fing ich wieder an. »In einem Bus!«

»Du hast eine schwere Kopfverletzung gehabt«, sagte Gloria. »Du erinnerst dich an den Vorfall gar nicht. Jedenfalls nicht richtig.«

Es stimmte. An die Katastrophe selbst erinnerte ich mich nicht. Sie war aus meinem Hirn verschwunden, als hätte jemand sie sorgfältig ausgeschnitten und an einem Ort versteckt, zu dem ich keinen Zugang hatte. Aber an *davor* konnte ich mich erinnern! Ich erinnerte mich an den Bus. Ich erinnerte mich an Hämmer, Jula, Jenne, Matze und Fisch!

Keiner hatte mir geglaubt. Die Polizisten in meinem Zimmer damals hatten meine Zettelbotschaften über einen tarnfarbengrünen Bus zwar gelesen, fragten aber immer nur nach Papa. Ob ich gemerkt hätte, dass er nachts aufgestanden war. Wo er das Benzin aufbewahrte. Ob er in den letzten Tagen nervös und panisch gewirkt habe. Papa. Es ging ihnen von Anfang an nur um Papa. Der Bus war ihnen egal.

Irgendwann hatte ich Zettel und Stift voller Wut auf den Boden geworfen und angefangen zu schreien. Lautlos. Der Verband schluckte alles.

Die Augen der Polizisten hatten sich geweitet und ich sah mich selbst in ihren Blicken: ein geknebeltes Gespenst, stumm, dessen Kopf knallrot anlief, während die Augen hervorquollen.

Ich hatte nicht aufgehört, tonlos zu schreien, bis sie den Notknopf drückten und Schwester Lorena ins Zimmer gerannt kam. Das erste Mal war ich froh gewesen, sie zu sehen. Sie hatte die Polizisten hinausgeworfen und mich zurück in eine Welt voller Gesang gespritzt.

Dr. Sonnenkalb hatte mir später erklärt, es gäbe ein psychologisches Phänomen. Mythomanie. Das Gehirn *erfände* manchmal Zusammenhänge oder Gründe, wenn die Wahrheit unerträglich wäre. Das Erfundene würde dann als real wahrgenommen. Der Bus und die fremden Leute könnten so eine Erfindung sein. Mein Hirn könnte entschieden haben, dass unbekannte Brandstifter weniger schmerzhaft seien als die Wahrheit.

Als ich das hörte, begann ich wieder zu schreien. Zu jenem Zeitpunkt hatte ich einen Mund, aber ich schrie erneut ohne Laut. Tief in meinem Innern. Mein ganzer Schädel dröhnte davon.

Die Wahrheit …

Was bedeutete das denn? Was verdammt sollte diese Wahrheit sein?

Meine Wahrheit war brüchig, bestand aus Fetzen, Rissen und losen Fäden. Ich schrie weiter, weil es mir nicht gelang, sie zusammenzusetzen, sosehr ich mich auch anstrengte. Irgendwas stimmte nicht, das *wusste* ich einfach. Papa hätte uns nicht alle umgebracht. Niemals!

»Du vertraust *ihm*, nicht wahr?«, sagte Dr. Sonnenkalb mitten in meinen stummen, gellenden Schrei hinein.

Und es stimmte. Immer noch vertraute ich ihm mehr als den anderen. Aber wieso? Warum glaubte ich jemandem, der uns zwölf Jahre lang angelogen hatte?

Weil ich ihn liebe.

Das war es. Die Antwort. Der Schrei in meinem Kopf versiegte abrupt.

»Ich … liebe ihn«, flüsterte ich diesen ungeheuerlichen Satz in die plötzliche, große Stille hinein.

Selbst wenn er ein böser Mensch gewesen wäre – das war mir egal. Ich trauerte um den guten. Den, den ich gekannt hatte.

»Ich weiß«, sagte Dr. Sonnenkalb. »Und Liebe ist kein Fehler, Katrina.«

Ich hatte sie angesehen und dann geweint.

Gloria sagte es nie direkt, aber sie mochte nicht, dass ich trauerte. So tat ich es heimlich, aber sie bemerkte es doch. Immer entstand diese Falte auf ihrer Stirn, wenn ich von ihm redete, waren da die zusammengepressten Lippen. Immer diese Frage, die aus jeder Pore ihres Körpers zu strömen schien: *Warum liebst du ihn?*

Was hätte ich antworten können? Es ist schwer, *den einen Grund* für so ein großes Gefühl zu benennen. Ich konnte es jedenfalls nicht. Liebt man überhaupt aus einem Grund? Ich hatte ihn für viele Kleinigkeiten geliebt – und tat es noch immer.

Für seine tröstenden Hände, nachdem wir hingefallen waren. Für all die Ausflüge, seine köstlichen Beerensaucen und für die Schuhe, die er uns reparierte. Ich habe ihn für den rauchigen Geruch seines Pullovers geliebt. Für die kalten Tücher, mit denen er uns das Fieber aus dem Körper zog, und für die Kerzen, wenn die Nächte in Finsternis zu ertrinken drohten. Dafür, wie sehr er an uns glaubte. Dass er mir gezeigt hat, wie man mit Beilen, Äxten, einem Spaltmesser umging. Dass er Zoe die Kräfte der Pflanzen erklärte. Dass er lächelte, wenn er uns ansah und dachte, wir merkten es nicht. Ich habe ihn nicht einfach geliebt. Sondern mehrfach. Nicht nur als Tochter, auch als Freundin, als Schülerin. Als Komplizin. *Ich habe ihn geliebt.*

Er ist ein Verbrecher. Aber was seine Liebe aus mir gemacht hat, kann keiner ändern, auch ich nicht. Was Zoes und meine Liebe aus ihm gemacht hat, auch nicht. Er fehlt mir so.

Der Tod macht nicht nur einsam, weil er die gemeinsame Zukunft nimmt, sondern auch, weil er einen allein lässt mit all den Erinnerungen.

*

Ich zog vor dem Kamin meine Klamotten an. Wenn ich schon nicht einschlafen konnte, konnte ich auch arbeiten.

Mit einer Kerze in der Hand stapfte ich die Treppe ins obere Geschoss hoch, ging ins Ankleidezimmer. Ich hätte das elektrische Licht anmachen können, aber ich mochte dessen leblose Grelligkeit einfach nicht. Ich stellte die Kerze auf der Nähmaschine ab, nahm den Schrank in Augenschein, das beschädigte Profil am Kranz, das eine Welle nachbildete. Ihr höchster Kamm war herausgebrochen. Ich hatte das Maßband dabei, maß das Profil sorgsam aus. In der Rumpelkammer gab es Holz und eine feine Säge.

In dieser Nacht begann ich, den fehlenden Wellenkamm zuzusägen. Ich arbeitete langsam, sorgsam. Als die Fläche fertig war, wechselte ich die Werkzeuge. Ich musste nun aus zwei Dimensionen drei machen. Ich spatelte und formte, Späne schneiten auf den Boden und langsam wurde aus Holz schäumendes Wasser. Behutsam setzte ich das Stück in das beschädigte Profil ein, trat einen Schritt zurück, um zu schauen, wie es wirkte. Das Stück fügte sich ein. Geschmeidig, frisch und weiß zog es sich zwischen dem alten Holz dahin, wie junge Haut, die noch nie Sonne gekostet hatte.

Die Kerze flackerte. Sie war fast heruntergebrannt. Eine kleine Kältewelle kroch in den Raum und Gänsehaut zog meinen Hals hoch. Ich drehte mich um.

Auf der Schwelle stand die Katze. Sie schmiegte sich an den Türrahmen, schaute auf meine Hände, dann miaute sie. Leise. Gurrend. *Mrrrau.*

Mein Herz öffnete sich.

Langsam, ganz langsam ließ ich mich in die Hocke nieder. »Mrrrau«, machte ich leise. »Es tut mir leid …«

»Mrrrau. *Mrrau.*« Leichtfüßig tänzelte sie in den Raum.

»Wirklich«, flüsterte ich ihr zu. »Ich hatte dich nicht erschrecken wollen.«

Sie tänzelte an mir vorbei, zum Schrank. Streifte seine Ecken, schnupperte, drehte dann um und kam zu mir. Ich hielt ihr meine geöffneten Hände hin und sie stemmte den Kopf dagegen und begann zu schnurren.

»Darf ich dich hochheben und in die Küche bringen?«, fragte ich. »Ich muss deine Verbände wechseln.«

»Mrrau.«

*

»Die Wahrheit ist, er wollte sich umbringen«, sagte Gloria. »Und euch auch. Er hat deine Schwester auf dem Gewissen.«

Ein scharfkantiger, stummer Schrei bäumte sich wieder in mir auf, donnerte durch meinen Schädel. Ich riss die Hände an die Schläfen, stöhnte.

Nein!

Liebe ist kein Fehler, flüsterte Dr. Sonnenkalb.

Ich atmete tief durch, atmete den Schrei weg.

»Er ist ein Mörder, Sabrina!«

Ich hatte den Schrei besiegt, aber was, wenn Gloria wirklich recht hatte?

Ergab Wahrheit dann einen Sinn?

Früher wäre ich davon überzeugt gewesen. Ich hätte vehement behauptet: Ja, was denn sonst, wenn nicht die Wahrheit?

Inzwischen weiß ich, dass Wahrheit die Neigung hat, sinnlos zu wirken. Oder unglaublich. Und dass es vor allem die Lügen und die Halbwahrheiten sind, die logisch und sinnvoll erscheinen.

Die Polizei hatte gefragt, ob Papa auf den *Großen Fahrten* Benzin in Kanistern gekauft hätte.

»Ja. Immer. – Wir brauchten Benzin.«

»Wofür?«

»Für den Lieferwagen. Den Generator. Die Motorsäge.«

Sie hatten es sich notiert, weitere Fragen gestellt, und am Ende hieß es, er hätte das Feuer gelegt. Nachts, als wir schliefen, hätte er Holzstapel mit Benzin begossen, angezündet und sei dann ins Haus zurückgegangen. Erweiterter Selbstmord.

Es klang logisch.

Es ergab Sinn.

»Es ist die Wahrheit«, sagte Gloria.

*

Ich setzte die Katze in der Küche auf dem Rosshaarsofa ab.

»Hab keine Angst.« Während ich behutsam auf sie einsprach, entfernte ich die Verbände an den Pfoten. Die Wundsalbe und der Schutz durch die Binde hatten Gutes bewirkt. Am Ballen der Vorderpfote hatte sich die gezackte Wunde geschlossen.

Dünne Haut wuchs bereits darüber. Die Hinterpfote heilte langsamer.

Vorsichtig tupfte ich neue Salbe auf und verband die Pfoten frisch. Dann zog ich ihr den straffen Strumpfhosenverband vom Leib, rollte auch dort die Binde auf. Nahm die Kompresse ab.

»Wow!« Die Wunde heilte ungewöhnlich schnell.

Die Katze beobachtete mich genau. Ihre Barthaare zitterten vor Konzentration. Ich nahm die Schere und schnitt mehr Haar weg. Sie knurrte leise und tief aus der Kehle, doch als ich anfing zu gurren, hörte sie damit auf. Die blauen Linien auf der Haut machten einen Bogen. Die Haut hatte sich irgendwie verändert. War weicher als gestern. Weniger … räudig. Sie glänzte. Die seltsamen Linien wirkten farbintensiver. Sonderbar.

Ich hörte auf zu gurren, brachte mein Gesicht näher, tastete, strich über die Haut. Hob den Finger vor die Augen, spürte, wie mein Herz schlug.

Wieder knurrte sie leise, konnte mein Verhalten offenbar nicht einordnen, und erneut begann ich zu gurren. »Mrrrrrr.« Ich legte eine frische Kompresse auf, erneuerte den Verband, stülpte die abgeschnittene Strumpfhose über.

»Ich wünschte, du könntest meine Sprache«, sagte ich, während ich mir die Hände wusch. »Ich wünschte, du könntest mir sagen, was …«

Als ich mich umdrehte, war das Sofa leer.

»Nein, nicht …«, flüsterte ich. Ich sah unter den Tisch, in alle Ecken, hinter den Schrank. Die Katze war verschwunden.

*

»Ihr hattet nichts in diesem Blockhaus.« Gloria griff nach dem zweiundneunzigsten Glastropfen. Wie sie *Blockhaus* aussprach, gefiel mir nicht. Es klang genauso, wie sie *Urmenschen* sagte oder *primitiv.* »Nicht mal eine Toilette!«

»Wir hatten draußen vorm Haus eine Komposttoilette.«

»Oh Gott.« *Pling.*

»Das ist sehr umweltfreundlich, Gloria. Man braucht nur Holzspäne und am Ende …«

»Hör auf! Das will ich gar nicht wissen. Ist ja ekelhaft!«

Ist es nicht, dachte ich. Es bleibt nur Erde zurück.

»Aber womit habt ihr euch beschäftigt in dieser *Blockhütte*? Und draußen. Was habt ihr den ganzen Tag nur gemacht?« Wieder der Urmenschen-Tonfall.

Ich erzählte nichts von den Fallen. Von den Kaninchen, die wir fingen. Papa war es wichtig, dass wir hin und wieder Fleisch aßen.

Dass wir dafür töten lernen mussten, gehörte dazu. Das Töten selbst aber war nicht das Wichtigste. Es war der Respekt vor dem Leben.

Wir stellten die Fallen nur zweimal im Monat auf. Zoe und ich töteten die Tiere eigenhändig. Dann häuteten wir sie, nahmen sie aus, vergruben, was übrig war, und piekten Bucheckern an diesen Stellen in die Erde. Es war ein Ritual gewesen. Dort, wo die Kaninchen lagen, begannen Buchen zu sprießen. Ich sagte Gloria nichts von alledem. Sie hätte es nicht verstanden.

»Wir hatten jede Menge Bücher. Ein Radio auch. Und einen Computer.«

Sie sah von der Schüssel mit Seifenwasser auf. »Radio? Computer? – Machst du Witze?«

»Wieso? Papa wollte, dass wir Bescheid wissen über alles, was draußen los ist. Dass wir Nachrichten hören, die Charts kennen und so. Dass wir lernen, mit dem PC umzugehen.«

»Hör auf, ihn Papa zu nennen!« Sie sah mich ernst an. Und dann: »Nachrichten? Charts?« Es klang fast, als passte es ihr nicht, dass wir nicht wie die Neandertaler in einer Höhle gehaust hatten. »Und wie ging das bitte – ohne Strom?« *Pling.* Glastropfen hundertdrei. Ich wollte hier raus. Ins Freie, an die Luft, laufen, einfach nur laufen.

»Mit Akkus. Wenn die leer waren, haben wir sie im Auto aufgeladen. – Wir hatten auch einen Generator und zwei Solarzellen.«

Sie stockte, bevor sie den nächsten Glastropfen nahm. »Solarzellen …«

Ich hatte selbst viele Fragen, aber diese beantwortete sie meist schnell und fahrig, und ich fühlte mich lästig. Trotzdem versuchte ich es immer wieder.

»Gloria? Wenn wir auf *Große Fahrt* gingen, haben wir viel gekauft«, sagte ich. »Die Vorräte mussten ja aufgefüllt werden – und wir brauchten nicht nur Lebensmittel, auch neue Bücher, neue Klamotten, neues Werkzeug. Weißt du, woher Papa das ganze Geld hatte?«

»Noch mal: Er war nicht euer Vater!« Ihr Tonfall war scharf.

Ich hätte gern widersprochen, aber ich ließ es. Wir gingen auf zwei Wegen, die nicht zusammenführten.

»Bevor er mit euch verschwunden ist, hat er sein ganzes Konto leer geräumt«, fuhr sie fort. »Offenbar hatte er das Geld irgendwo bei euch gebunkert.«

»Aber wenn Papa … ich meine *er* … wenn er die Hütte gekauft hat, hätte man uns doch viel eher aufspüren müssen«, wandte ich ein. »Es muss irgendwo einen Kaufvertrag geben, mit seinem Namen drauf. Solche Daten sind doch abgespeichert. Ganz offiziell. – Nachdem er Zoe und mich … ich meine …« Ich verhaspelte mich. »Da hat man ihn doch gesucht! Dabei muss man zwangsläufig irgendwie auf seinen Namen und diesen Vertrag gestoßen sein. Wieso hat denn all die Jahre niemand in der Waldhütte nachgeschaut? Das ist unlogisch.«

»Er war clever.« Glorias Stimme war hart. »Er hatte das von langer Hand geplant. Er hat jemanden dafür bezahlt, die Blockhütte zu kaufen, damit sein Name nirgends auftauchte. Er hat denselben Wert noch mal draufgelegt, meinte die Polizei. Sie haben den ursprünglichen Käufer verhört. Er wusste von nichts. Es war einfach ein fantastisches Geschäft für ihn, und ihr hattet ein Versteck, das keiner finden konnte.«

Eine Weile war es still. Ich musste das alles sacken lassen.

Dann fragte Gloria, was sie mich schon so oft gefragt hatte: »Hat er wirklich nie von mir erzählt?« Ihr Ton war flach geworden.

»Nein«, antwortete ich, wie immer. »Oder das heißt: doch.«

»Was?« Ihr Kopf schnellte hoch. »Was hat er von mir erzählt?« Ihr Blick war hungrig, er huschte über den oberen Teil meines Gesichts, den, der sichtbar war.

Was wollte sie hören? Dass sie eine Bedeutung für uns gehabt hatte?

Sie warf gleich mehrere Glastropfen in die Schüssel und wühlte das Wasser mit den Händen um, dass es wild *plingte*. Wäre sie froh, wenn Papa uns liebevolle Geschichten von ihr erzählt hätte? Wahrscheinlich. Sie wäre dadurch irgendwie anwesend gewesen für uns. Sie hatte die ersten beiden Jahre unseres Leben mit uns verbracht – aber wir hatten keine Erinnerung daran. Ich wusste nichts mehr von ihr. Das musste schwer zu ertragen sein.

»Was hat er erzahlt, Sabrina?« Ihre Hände hatten aufgehört, Tornadowellen zu erzeugen. Sie sah mich an. Ihre Stimme zitterte. Würde sie gleich weinen?

»Dass du tot bist«, sagte ich.

»Dass ich tot bin …« Ihr Kopf senkte sich wieder über die Seifenschüssel, sie zog einen Glastropfen heraus und putzte ihn langsam. »Ich war aber am Leben.« Dann schwieg sie.

Nach einer langen Weile sagte ich: »Gloria, kann ich dich noch etwas fragen?«

Sie stand auf Zehenspitzen und schraubte nacheinander die sauberen Glastropfen wieder an die Lampe. »Natürlich.«

»Ich hab die Zeitungen, die du mir gegeben hast, alle gelesen. Von der … Entführung. Es gibt etwas, was ich nicht verstehe. Da stand, dass du zwei Wochen gewartet hast, bis du uns als vermisst gemeldet hast. Warum das? Zwei Wochen – das ist doch …«

… merkwürdig, hatte ich sagen wollen, sagte jedoch: »… ziemlich lange, oder?«

Sie senkte die Arme und sah mich an. Ihr Blick traf meinen und glitt dann über mich weg, zum Fenster hinaus, in eine von symmetrisch geschnittenen Büschen abgesteckte Ferne. »Das ist so lange her, Sabrina. – Ich weiß es nicht mehr.«

Ich wartete, ob sie noch etwas hinzufügte. Aber sie stellte sich wieder auf die Zehenspitzen und schraubte weiter.

16. KAPITEL

THERAPIE

Miez?«

Mit der fast heruntergebrannten Kerze lief ich durchs Haus. Sah in alle offen stehenden Räume. »Miez?« Als ich im Ankleidezimmer war, hörte ich ein leises Brummen. Es klang wie … wie …

Ein Motor! Ich stürzte zum Fenster.

Hinter dem Tor sah ich noch die Rücklichter eines Wagens glimmen, dann schlug die Finsternis wieder über dem Weg zusammen.

Wer war das gewesen? Für den Jeep des Bürgermeisters hatten die Rücklichter zu tief gelegen. Wer auch immer es gewesen war: Was hatte er hier mitten in der Nacht gewollt? Hatte ich Rolands Transporter eigentlich abgeschlossen? Fragen, die auf mich einprasselten.

Bevor ich jedoch nach unten laufen und nachsehen konnte, ob alles in Ordnung war, hörte ich etwas.

Ein leises, wischendes Geräusch.

Als würde eine Hand über ein Stück Stoff reiben. Oder … ich bekam eine Gänsehaut bei der Vorstellung: *als würde jemand etwas über den Teppich im Korridor schleifen.*

Bevor meine Fantasie mir noch ganz andere Bilder vors Auge holte, stürzte ich wild entschlossen aus dem Ankleidezimmer. Wachs tropfte mir über die Hand. Egal. Es war jemand im Haus!

Es gibt nur einen Weg aus der Angst. – Der führt mittendurch. Ich weiß, Papa.

Ich stand draußen. Im finsteren Korridor. Hob die fast abgebrannte Kerze so hoch, dass der Schein das Dunkel verdrängte. Wer auch immer hier war, ich musste ihn *sehen*.

*

Jeden Mittwochnachmittag fuhr ich von Eiche mit dem Bus zum Potsdamer Hauptbahnhof und weiter mit der Regionalbahn zu Dr. Sonnenkalb nach Berlin. Mittlerweile hatten die Journalisten sich verzogen, und auch die Nachbarn bekamen nicht mehr sofort einen halben Herzinfarkt, wenn sie mich sahen. Ich konnte das Haus verlassen, ohne dass jemand mein mit einem Tuch verdecktes Gesicht fotografierte oder Fragen auf mich abschoss. Nur die Blicke waren geblieben und das kurze Zurückweichen, sobald ich ins Freie kam.

Die Mittwochsgespräche mit Dr. Sonnenkalb waren Pflicht für mich. Die ersten Male hatte ich sie gehasst, aber dann änderte sich das. Bald sehnte ich sie regelrecht herbei.

Dr. Sonnenkalb war einer der wenigen Menschen, die *hinsahen*. Deren Blick nicht wegrutschte nach einer halben Sekunde, sondern auf dem Gesicht (in meinem Fall: auf der oberen Hälfte) liegen blieb. Ich hatte beobachtet, dass kleine Kinder so waren: Konzentriert blickten sie einem in die Augen. Jugendliche und Erwachsene schauten nicht mehr so. Offenbar zerstörte das Älterwerden nach und nach diese Fähigkeit, machte den Blick unstet, flackernd, diffus.

Ich merkte, dass Menschen nervös oder sogar aggressiv wurden, wenn ich mit ihnen redete. Ich hatte es erst auf das Tuch geschoben und die Undeutlichkeit meiner Aussprache, aber das war es nicht. Das heißt: nicht immer. Als ich einmal versuchsweise den Blick abwendete, während ich mit einem Arzt oder einer Schwester sprach, wurden sie sofort ruhiger, ihre Angespanntheit verlor sich. So seltsam es klingt: Sie schienen es einfach nicht gewohnt zu sein, *angeschaut* zu werden. Ich wusste, dass Tiere sich nicht anstarrten, das galt als Kampfansage. Und nie hätte ich einem Fuchs, Reh oder Marder in die Augen gesehen. Aber Menschen? Papa hatte uns beigebracht, einander anzuschauen beim Sprechen.

»Diese Treffen sind nur für dich gedacht«, erklärte Dr. Sonnenkalb, als ich das erste Mal in dem apfelgrünen Sessel saß und sie mich mit geradem Blick ansah. Ich fühlte mich unter diesem Blick sofort besser. »Sie sind weder für mich gedacht noch für die Neugier anderer Menschen.«

Sie spielte dabei offensichtlich auf die Interviews an, die Gloria gegeben und dabei ein Bild von mir für die Presse entworfen hatte, das nicht stimmte.

»Du kannst hier alles sagen«, versicherte mir Dr. Sonnenkalb. »Nichts verlässt diesen Raum. Ich bin nicht von der Polizei. Wir treffen uns nur deshalb, damit du besser mit allem leben kannst. Was immer du erzählst, ist hier in guten Händen.«

Gloria gab regelmäßig Interviews. Die Zeitungen waren voll davon. Sie hatte alle Artikel ausgeschnitten und für mich auf den Küchentisch gelegt. Ich weiß nicht, was sie damit bezweckte – vielleicht war es ein Versuch, sich mir zu nähern? Die Überschriften sprangen mir vom Papier entgegen:

12 Jahre Ungewissheit

S.O.S. – Mutter in Not

Nicht zu wissen, ob sie noch leben, ist schlimmer, als wären sie tot!

Am ersten Mittwochnachmittag saß ich nur da. Ich wollte nicht in diesem Raum sein, nicht in dem apfelgrünen Sessel sitzen und ausgefragt werden. So empfand ich es nämlich: als Ausgefragtwerden. So starrte ich vor mich hin, während meine Gedanken ratterten. Ich ballte die Hände und mein Blick ging ins Leere. Dr. Sonnenkalb saß mir gegenüber, sah mich an, und nach einer Weile, die mir vorkam wie ein ganzer Tag, sagte sie: »Unsere Zeit ist um. Wir sehen uns nächste Woche.«

Ich war aufgesprungen und zur Tür gestürzt, doch auf der Schwelle drehte ich mich noch einmal um. »Sind Sie jetzt nicht sauer?«

»Dies ist *deine persönliche Zeit.* Wenn du sie zum Schweigen brauchst, ist das in Ordnung.«

Damals war ich sicher, dass sie genau wie die anderen wäre. Ich schwieg auch beim nächsten Mal.

Beim dritten Mal schrie ich sie an. »Tun Sie nicht so verdammt verständnisvoll!«

»Wie kommst du darauf, dass ich so *tue*?«

»Ich bin nicht euer Versuchskaninchen!«

»Wen meinst du mit *euer*?«

Da brach ich in Tränen aus. Dr. Sonnenkalb schob mir wortlos die Box mit den Papiertaschentüchern hin.

Beim vierten Treffen änderte sich alles. Ich begann … stockend … zu sprechen.

»Eins verstehe ich nicht«, fing ich an. »Er hat uns gesagt, unsere Mutter sei tot.« Ich flüsterte nur, doch beim Wort *tot* begann der stumme Schrei wieder in meinem Kopf zu toben.

Sie schwieg.

»Aber sie hat die ganze Zeit gelebt«, wisperte ich.

Wieder Schweigen.

»Gloria ist so …« Ich brach ab, sagte gar nichts mehr. Ich sah aus dem Fenster in den Himmel, wo der Wind Wolken zerriss.

»Euer Verhältnis … wie würdest du es beschreiben?«, fing Dr. Sonnenkalb vorsichtig an.

»Anstrengend«, antwortete ich. Dann: »Wissen Sie, wie das ist, wenn da plötzlich eine *Mutter* steht, die Wiedervereinigung feiern will?« Es war immer noch zu hell. Ich schloss die Augen.

»Nein, das weiß ich nicht. Sag mir, wie es ist.«

»Es ist … ich kann sie nicht … ich kenne sie ja nicht einmal. Wenn ich etwas wissen will, antwortet sie nicht … jedenfalls nicht richtig … sie weint stattdessen.« Mit geschlossenen Augen versuchte ich, den wütenden Schrei in meinem Kopf wegzuatmen. »Sie redet schlecht über unser Leben, sie glaubt, unser Leben in Hyde war eine … eine grauenvolle Zeit, so wie … wie im Gefängnis vielleicht«, stotterte ich mich an etwas heran. »Ich hab nicht mal das Gefühl, dass sie um Zoe trauert.«

Ich machte die Augen wieder auf, der Schrei tobte jetzt irgendwo zwischen Augen und Stirn. Mit schmerzendem Schädel sah ich Dr. Sonnenkalb an, und das erste Mal merkte ich, dass ich nicht mehr nur hier saß, weil ich musste. Ich *wollte* ihre Hilfe. Ich wollte, dass dieses Schreien aufhörte.

»Es ist jetzt über zwölf Jahre her, dass ihr verschwunden seid, Katrina«, sagte Dr. Sonnenkalb behutsam. »Die Entführung eines Kindes ist für Eltern eine emotionale Katastrophe. Menschen gehen unterschiedlich mit so einer Erfahrung um. Manche widmen ihr ganzes Leben der Katastrophe. Andere versuchen, weiterzuleben, indem sie irgendwann einen Schlussstrich ziehen. Deine Mutter hat vielleicht diesen Strich gezogen. Jetzt bist du wiederaufgetaucht … Zoe ist hinter dem Strich geblieben.«

»Hm …« Der Schmerz hatte ein bisschen nachgelassen. Er saß jetzt hinter den Schläfen, schrie nicht mehr, puckerte aber lauernd vor sich hin. Ich konnte die Augen wieder bewegen, ohne dass es stach.

»Ist sie gut zu dir?«

Ich dachte darüber nach. »Sie ist … höflich.«

»Manchmal, wenn Menschen emotional verletzt wurden, Katrina, verschließen sie ihr Herz. Sie wollen die Liebe nicht mehr, weil sie den Verlust kennen.«

»Aber sie weint«, flüsterte ich. »Sie ist traurig.«

Und ich habe das Gefühl, schuld zu sein, dachte ich. Auslöser für ihren Schmerz. Ich hielt meine eigene Trauer auf Abstand, weil Gloria mir das Gefühl gab, ihre Trauer wäre berechtigter.

»Zwölf Jahre!«, rief ich und wischte über meine puckernden Schläfen. »Und wir haben nie etwas gemerkt. Wie kann das überhaupt sein?«

»Man glaubt dem Leben, das man führt«, sagte Dr. Sonnenkalb.

*

Die schwache, lange Lichtzunge meiner Kerze tastete sich durch den Korridor, zitterte.

Nichts. Der Korridor war leer.

Ich atmete aus. Erst jetzt merkte ich, dass ich die ganze Zeit die Luft angehalten hatte. Das schleifende Geräusch war verstummt.

Nein! Da war es wieder!

Es kam nicht vom Korridor. Es kam von weiter hinten. Schritt für Schritt ging ich weiter. Bis ich vor der Herzzimmertür stand, vor der die Stichsäge seit heute Mittag lag.

Ich steckte die Kerze in einen der Wandleuchter, legte meine Hände an die Tür. Das Ohr ans Holz. Lauschte.

Da – da war es wieder. Das Schleifen! Oder *Nagen*?

Ich nahm das Ohr weg.

Ratten. Ganz sicher. Sie hatten sich in dem Zimmer eingenistet. Sie nagten vielleicht gerade die Dielen durch.

Plötzlich fröstelte ich.

Wieder strömte diese arktische Kälte durch das Schlüsselloch. Meine Zehen krümmten sich und ich klemmte die Taschenlampe unter meine Achsel und blies in meine Hände.

Sei nicht so wehleidig, Katrina! Hol den Bohrer aus der Kommode! Du weißt doch, wie du die Tür aufkriegst, ohne das Schloss zu beschädigen. Ja. Ich durfte das Schloss nicht kaputt machen, das stand in dieser Klausel, aber ich hatte eine Idee. Ich schleppte den Bohrer aus der Lobby nach oben. Ich musste in das Zimmer rein. Wenn Ratten da drin waren, wüsste ich wenigstens, was ich tun konnte: den Kammerjäger rufen. Ratten konnten die ganze Substanz zerfressen.

Ich setzte den Bohrer präzise an der Linie des angezeichneten Herzens auf der Tür an. Merkte dabei, dass es mittlerweile so kalt war, dass ich meinen Atem sah. Was zum Teufel…? Ich stellte den Bohrer an. Drückte mich dagegen. Mühelos glitt er durchs Holz, bis zur anderen Seite.

Ich schaltete ihn wieder ab, legte ihn auf den Boden, griff stattdessen nach der Stichsäge. Setzte diese an der vorgebohrten Stelle an und schaltete sie ein. Doch als ich Druck ausübte und gerade anfangen wollte zu sägen, *gefror* die Säge. In meiner Hand!

»Nein! Scheiße!« Ich wollte sie fallen lassen, aber es ging nicht. Sie war wie verwachsen mit meiner Haut. Eis zog sich knisternd über das Metall, biss in mein Fleisch.

Zum Glück geriet ich nicht in Panik. Ich zog die Säge vorsichtig aus dem Holz, lief damit in die Küche, beugte mich zum Hahn hinunter und drehte mit dem Kinn das Wasser auf, hielt dann die Hände mitsamt der Säge unter den Strahl. Sie löste sich. Meine Handinnenflächen waren schneeweiß und fühllos.

Erfrierungen und Verbrennungen haben ähnliche Symptome. Beide verursachen Gewebeschäden. Ich hatte Glück gehabt. Die Flächen und Fingerspitzen zeigten nur Erfrierungen ersten Grades. Die Haut war in der tieferen Struktur nicht zerstört.

Was war gerade passiert? Das war kein Stromschlag gewesen. Was durch die Säge geflossen war, war Frost gewesen. Ein Schwall der reinsten Kälte, die ich je gespürt hatte!

*

»Haben Sie diese schreckliche Geschichte gesehen?«, fragte ich Dr. Sonnenkalb. Ich war wütend. So wütend. »Diese Story, die sie gestern im Fernsehen über uns gebracht haben? Ich mache so etwas nie wieder! Es stimmt nichts davon! Sie haben alles falsch zusammengeschnitten.« Ich schlug mit den Fäusten auf die apfelgrünen Armlehnen des Sessels.

»Was meinst du damit: Es stimmt nichts davon?« Dr. Sonnenkalb saß mir gegenüber, sie sah mich ernst und aufmerksam an. Meine Wut prallte an ihr ab oder floss um sie herum oder sie absorbierte sie irgendwie.

»Ich meine damit: Ich war *nicht* froh, Gloria wiederzuhaben«, sagte ich, etwas weniger aufgebracht. »Verstehen Sie: Das stimmt einfach nicht. Und noch was: Ich liebe sie *nicht.*« Ich sah Dr. Sonnenkalb mit geradem Blick an. Diesmal trug ich keinen lautlosen Schrei in meinem Kopf, der sich zu Schmerz ballte. In dieser Sache war ich mir nämlich sicher. Sie erwiderte den Blick, nickte leicht. »Ich hasse sie aber auch nicht, wie Sie vielleicht denken.«

»Das denke ich nicht. – Was fühlst du denn für sie, wenn nicht Liebe oder Hass?«

»Sie … tut mir leid. Alles, was sie durchgemacht hat … Aber sie ist mir fremd. – Ich selbst … ich habe doch auch …« Ich brach ab. Dachte nach. »Ich hab auch viel durchgemacht«, flüsterte ich.

Da lebte ich bei einer Fremden namens Gloria und trauerte.

Ich trauerte um Papa und Zoe. Und um eine Vergangenheit, von der jeder behauptete, ich solle froh sein, sie hinter mir zu haben.

»Warum hat er uns nicht gesagt, dass sie gar nicht tot ist?«, fragte ich. »Dass er unser Großvater und nicht unser Vater ist? Er hat uns erzählt, wir leben so, wie wir leben, weil wir frei aufwachsen sollen. Hören Sie? Er hat *frei* gesagt! Wenn wir achtzehn sind, hat er erklärt, würden wir in die Stadt gehen. Nach Berlin. Ein großer Tag, meinte er immer. Wir haben gewusst, dass unser Leben nicht legal war. Kinder müssen zur Schule gehen. Hausunterricht ist verboten. Dass wir in der Hütte wohnten, durfte niemand erfahren. Der Förster wusste, dass *Papa* dort wohnte. Er kannte das Blockhaus noch aus einer Zeit, als keine Hecke darum war. Der Förster wusste nicht, dass *wir* auch dort wohnten. Er kam nur zweimal im Jahr vorbei – falls er uns sah, taten wir *städtisch*. Wir waren dann *Besuch*.« Ich hielt inne, atmete durch.

Es war das erste Mal, dass ich so viel hintereinander gesprochen hatte. Ich erwartete, dass Dr. Sonnenkalb mir jetzt eine Frage stellte und die Pause durchbrach. Nichts. Sie sprach nicht, lächelte nicht, sah mich nur an. Wartete.

»Papa hat uns angelogen«, machte ich weiter. »Wir waren nicht deshalb so vorsichtig, weil wir eigentlich zur Schule hätten gehen müssen, sondern weil wir … weil wir …«

Dr. Sonnenkalb reichte mir ein Papiertuch, das ich unter mein Tuch schob. Ich schnäuzte mich, schwieg.

»Weil ihr entführt wart«, ergänzte sie behutsam. »Was empfindest du, wenn du daran denkst, dass er euch nicht die Wahrheit gesagt hat?«

Ich dachte darüber nach.

»Sie denken bestimmt: Wut.«

»Wieso glaubst du, dass ich das denke?«

»Weil alle das von mir hören wollen.«

»Alle?«

»Gloria und Malte«, zählte ich auf, »Bekannte von Gloria, Leute von der Presse, Leute, die mich auf der Straße erkennen und ansprechen. Alle wollen, dass ich wütend bin.«

»Du bist aber nicht wütend?«

»Nein«, sagte ich leise.

»Was bist du?«

»Ich … weiß nicht … ich …« Ich atmete in das Tuch vor meinem Mund. »Ich bin ratlos.«

Ich sah Dr. Sonnenkalb verzweifelt an, aber sie hatte keine Antwort für mich. Nur Fragen. Ich drückte die Finger an die Schläfen. Antworten. Ich brauchte *Antworten.*

Ich fühlte mich den Behauptungen über Papa ausgeliefert, weil ich nichts in der Hand hatte, um ihn zu verteidigen. Und ich wusste nicht mal, ob ich das wollte. Er hatte gelogen. Das war ein Fakt. Er hatte uns entführt. Wie sollte er da *kein* schlechter Mensch sein?

*

Die Ratten!

Mit dem Gedanken schnellte ich morgens beim ersten Sonnenstrahl von meinem Lager hoch.

Die vereiste Säge!

Ich riss die Hände unter der Decke hervor.

Ein Traum, dachte ich, bitte lass es nur ein dummer Traum gewesen ist. Und starrte auf meine Handflächen, auf die weißen, wässrigen Blasen.

Langsam stand ich auf, suchte in meinem Charlottenburger zwischen den Papiertüten nach einer bestimmten. *Eichenrinde,* stand in schwarzer Tinte darauf. Ich kochte die Rinden. Stellte den Topf dann aufs Fensterbrett in den Schnee, damit er abkühlte. Behandelte die Handflächen mit dem lauwarmen Sud.

Als ich zurück in die Lobby kam, hatte sich etwas verändert. Ich blieb in der Mitte stehen, scannte den Raum.

Und schließlich sah ich es.

Es war weiß, viereckig und flach. *Es* lag halb unterm Türspalt der Haustür.

Mit wenigen Schritten war ich dort, zog es durch. Ein Umschlag. Darauf in schön geschwungener Schrift:

Bilden Sie sich Ihre eigene Meinung.
Von jemandem, der es gut mit Ihnen meint.

Das Motorengeräusch gestern Nacht! Die verschwindenden Rücklichter eines Autos! Jemand war extra hierhergekommen, um mir dies durch den Türspalt zu schieben.

Ich drehte den Umschlag hin und her. Irgendwie kam mir die Schrift bekannt vor.

*

»Wissen Sie, was ich am schrecklichsten finde?«

»Sag es mir«, forderte mich Dr. Sonnenkalb auf.

»Dass ich ihn nichts mehr fragen kann! Warum hat er Zoe und mich belogen? Er hätte es uns sagen *müssen*!«

»Vielleicht hat er es nicht als Lüge gesehen.«

»Aber Entführung ist ein Verbrechen!«, entgegnete ich.

Verbrechen. Ich benutzte Glorias Wort und das Wort der Zeitungen.

»Ja. Das ist es. Ein Verbrechen«, sagte Dr. Sonnenkalb.

»Gloria sagt, sie hätte ihm nie getraut.«

Schweigen.

»Aber warum hat sie ihm dann jedes Wochenende ihre Kinder gegeben?«, fuhr ich fort. »Ich verstehe das nicht. – Das ist doch unlogisch!«

Draußen war es stürmisch. Der Wind riss Abfall von den Straßenrändern hoch und klatschte eine transparente Plastiktüte an die Fensterscheibe.

»Ihr Bild von deinem Großvater hat sich im Laufe der letzten zwölf Jahre verändert«, antwortete sie und sah wie ich auf die Plastiktüte, die jetzt langsam das Fensterglas runterrutschte. »Womöglich war er damals eine echte Hilfe für sie. Ein Freund. Jemand, der jedes Wochenende die Kinder für sie hütete. Der sie entlastete. Und der dann, ganz plötzlich und ohne Vorwarnung, ihr Vertrauen gebrochen hat. So ein grundlegender Schock kann die Vergangenheit verändern, sogar komplett umdrehen. Man kann einen Menschen dann manchmal nicht mehr anders sehen als schlecht, ganz egal, wie er vorher wirklich gewesen ist.«

*

Auf der Suche nach einem Brieföffner ging ich nach oben ins Arbeitszimmer.

Hell, still und kühl umfing mich der Raum. Im Vormittagslicht drehte sich der Staub in der Luft. Ich setzte mich auf den geschwungenen Stuhl und betrachtete das kleine Chaos auf dem Schreibtisch: die Unmenge von Stiften, die Hefte, die porösen Radiergummis, die Schere, das leere Glas, die Tasse, in der etwas klebte. Den kleinen Stapel herausgerissener Zeitungsartikel, hier und da mit Post-it-Zettelchen gespickt. Den Brieföffner in Form einer Seejungfrau.

Ich griff danach und hielt den Umschlag hoch. Wieder fiel mein Blick auf die seltsame Notiz:

Bilden Sie sich Ihre eigene Meinung.
Von jemandem, der es gut mit Ihnen meint.

Eine weibliche Schrift. Weiche Schnörkel, elegant, mädchenhaft. Wo hatte ich diese Schrift nur schon mal gesehen?

Ich ratschte den Umschlag auf.

Eine einzelne, mehrfach mit Tesafilm geklebte dünne Zeitungsseite fiel mir entgegen: *Falsche »Naturfreunde« aus dem* Haus Waldkauz *geworfen!* In einer Ecke waren der Name der Zeitung und das Erscheinungsdatum notiert. Es war der *Felsgrunder Bote.* Der Artikel war vor drei Jahren erschienen.

Ich stützte die Ellbogen auf den Tisch und begann zu lesen.

*

»Er war gut zu uns«, sagte ich zu Dr. Sonnenkalb.

Der Herbst war vorbei, auch der Winter ging langsam zu Ende. Die Treffen bei Dr. Sonnenkalb waren für mich das Wichtigste in der Woche geworden. Kleine, feste Inseln in einem gigantischen Sumpf. Indem ich regelmäßig zu den Gesprächen ging, sprang ich von Insel zu Insel, meine Füße fanden Halt. Bei ihr musste ich keine Angst haben, im Schlamm zu versinken. Und der lautlos kreischende Schmerz in meinem Kopf kam seltener, je öfter ich bei ihr war.

»Er war gut zu uns«, wiederholte ich. »Trotzdem war er ein Verbrecher. – Ergibt das irgendeinen Sinn?«

»Ergibt es für *dich* einen Sinn?«

»Überhaupt nicht!«

Das Letzte hatte ich geschrien. Ich hielt erschrocken inne, doch Dr. Sonnenkalb sagte nichts.

»Ich *versteh* es eben nicht«, sagte ich leiser. »Ich seh keinen Kriminellen. Ich seh immer nur Papa … Sie glauben nicht, wie viel er gearbeitet hat. Immerzu musste Holz gemacht werden, ständig gab's etwas an Hyde zu reparieren, dann kam die Sache mit dem Brunnen …« Ich sprach in Gedanken, sah alles vor mir. »Wir hatten den großen Garten … all die Pflanzen … eines Tages war der Schuppen abgesackt und musste erneuert werden. Er kochte für uns. Er machte die Wäsche. Er saß bei uns, wenn wir krank waren. Er hatte so schwielige Hände und seine Haut war … Sie war braun und ledrig. Wie Schuhe. Nachts las er in unseren Schulbüchern und am nächsten Tag hatten wir Unterricht. Ich hab nie darüber nachgedacht, wie alles für *ihn* gewesen sein muss. Dieses Leben. Es war ja normal. Dachte ich.«

Ich ging nicht nur deshalb so gern zu den Gesprächen mit Dr. Sonnenkalb, weil ich dadurch für eine Weile Abstand von Gloria hatte, sondern auch, weil ich ihre Namen endlich ohne schlechtes Gewissen aussprechen durfte: Papa. Zoe. Ich konnte über sie reden, so lange und so oft ich wollte, und es war gut.

Am Anfang hatte es sich angefühlt, als würden sie durch das Erzählen wieder lebendig. Als wären sie nur auf einer Reise und ich wäre hiergeblieben, würde von ihnen sprechen und dabei auf ihre Rückkehr warten. Doch langsam hörte ich auf, so zu fühlen. Irgendwann sprach ich nicht mehr in der Gegenwartsform von ihnen.

Als ich das bemerkte, brach ich in Tränen aus. Dr. Sonnenkalb unterbrach mich nicht, schob mir nur die Box mit den Papiertüchern hin. Ich weinte diese ganze Sitzung lang. Sie bezeichnete es später als einen ersten Fortschritt.

*

Der Artikel berichtete, dass *Haus Waldkauz* von der WGFP »ins Visier« genommen worden sei.

WGFP – was war das denn?

Eine Personengruppe, so der Artikel, habe sich unter der Angabe falscher Gründe Zutritt zum Haus verschafft und das Vertrauen der Gemeinde aufs Tiefste erschüttert. Es seien fünf Studenten der Freiburger Albert-Ludwigs-Universität gewesen und ihr Professor: Hermann von Loden. Die Gruppe habe mit der WGFP kooperiert. Nichts davon sei der Gemeinde vorab mitgeteilt worden.

Ich las und las. Es hätte genauso gut eine Fremdsprache sein können.

Was wollten eine Studentengruppe und ihr Professor hier im Haus?

Hermann von Loden sei der Nachfolger des berühmten, aber auch umstrittenen Professor Hans Bender, berichtete der Artikel weiter. Hans Bender – auch das sagte mir gar nichts.

Die »Wissenschaftler« (interessant – sie schrieben *Wissenschaftler* in Anführungszeichen) hätten sich als »Naturfreunde« ausgegeben (wieder die Anführungszeichen) und unter diesem Vorwand das *Haus Waldkauz* gemietet.

Über einen Monat hätten sie im Haus gelebt, aber eine besondere Naturfreude habe man nicht festgestellt. Im Gegenteil habe die Gruppe sich keinen Schritt aus dem Haus bewegt. Die Zeit habe sie mit ihren fragwürdigen »Forschungen« (wieder Anführungszeichen!) verbracht, die Felsgrunds Ruf als modernen und freundlichen Touristenort zerstören konnten.

Nach etwa drei Wochen habe es gewisse Veröffentlichungen auf der Website der WGFP gegeben. Daraufhin habe die Gemeinde den »Wissenschaftlern« umgehend gekündigt. Sie mussten innerhalb von einer Stunde das Haus räumen.

Hier war der Artikel zu Ende. Darunter stand wieder in der wunderschönen Schrift: *Bilden Sie sich Ihre eigene Meinung!*

Ich drehte das dünne Blatt um, aber auf der anderen Seite war von einer Karnickelausstellung die Rede. Was sollte das? Ich verstand nicht einmal, wovon der Artikel überhaupt sprach – wie sollte ich mir da eine Meinung bilden?

*

»Wissen Sie, als wir noch klein waren, saß Papa immer an unseren Bettennestern, bis wir eingeschlafen waren«, sagte ich zu Dr. Sonnenkalb. »Er hat Zoe und mir Geschichten erzählt … So seh ich ihn. Er war nicht böse. Verstehen Sie, ich kann den Grund für etwas so Schreckliches wie eine Entführung oder einen erweiterten Selbstmord nicht erkennen. Man muss einem Menschen das Böse doch anmerken!«

Ich gestikulierte. »Ich kapiere es einfach nicht. Ich denke und denke, und ich *spüre* einfach, dass ich irgendwas übersehen hab. Dass hier irgendwas im Dunkeln liegt!« Ich klopfte mit den Fingern auf meine Stirn. »Da drin. Verloren. Das ist wie bei dem Brand – ich kann mich nur an das Davor und Danach erinnern, aber die Katastrophe selbst …« Ich strich wild über meine Stirn, hinter der der Schmerz glühte. »… ist weg. Als wäre da ein schwarzes Loch, in das alles reinfällt.« Dann schwieg ich.

»Jeder hat so ein schwarzes Loch«, erwiderte Dr. Sonnenkalb nach einer Weile. »Du hast es in deiner *Erinnerung*. Vielleicht stimmt es wirklich: dass du etwas weißt, es aber vergessen hast. Das ist unbewusst passiert. Andere haben so ein Loch in ihrem *Gewissen*. Und sie heben dieses Loch bewusst aus. – Dein … Großvater …«

Sie zögerte, bevor sie *Großvater* sagte, aber sie sagte es – sie sagte nicht *Entführer*, und das erleichterte mich.

»Dein Großvater hat vielleicht ein tiefes Loch in sein Gewissen gegraben, in das er alles hineingeworfen hat, was nicht zu dem passte, was er für euch sein wollte: euer Vater. Dieses Loch hat er dann wieder zugescharrt, sorgsam. Ihr habt ihn als sorgenden Vater gekannt und keine Zweifel daran gehabt, weil ihr nie einen Blick in dieses Loch werfen konntet. Weil er es vor euch verborgen hat.«

Ich sah intensiv auf Dr. Sonnenkalbs Mund, dem die Worte entströmten, leise und beruhigend – wie kleine Wellen. Wie die Wellen auf dem See vor Hyde, wenn Wind ging, die ans Ufer trieben und neu kamen. Endlos. Sie redete. Und etwas an dem, was sie sagte, weckte eine Erinnerung. Klopfte in meinem Kopf an. Versuchte sich in mein Gedächtnis hochzuschwingen. Was? *Was?*

Dann war es weg.

»Und womöglich hat er dieses Loch in seinem Gewissen auch vor sich selbst verborgen, Katrina«, beendete Dr. Sonnenkalb ihren Gedanken.

Ich starrte sie an.

»Aber was ist da drin?« Ich schrak beim wütenden Klang meiner Stimme zusammen. »Was ist in diesem verdammten Loch?«

»Der dunklere Teil der Wahrheit. Der Teil, der wehtut.«

17. KAPITEL

EINSTUFUNGSTEST

Als ich in die erste Etage kam, bewaffnet mit Besen, Schrubber und einem Eimer heißem Wasser, in das ich Kastanienputzmittel gegeben hatte, spürte ich wieder aggressive Kälte, die von der letzten Tür ausging und über den Korridor waberte. Irgendwas Seltsames war gestern Nacht passiert. Unwillkürlich blickte ich auf meine Hände.

Ich betrat das Ankleidezimmer und öffnete das Fenster. Trübes Licht legte sich auf die mitternachtsblauen Wände. Winterluft strömte herein.

Energisch begann ich zu fegen. Schmutz und Flaumfedern, Spinnweben, die sich gazeartig in den Ecken aufspannten, pergamentenes Laub, knisternd und so filigran, dass man die Äderchen sah, und das wohl hereingeweht war, als das Fenster noch nicht vernagelt gewesen war. Unter dem Schrank kehrte ich zusammengeknüllte Papiertaschentücher hervor, aus den Ecken tote Asseln und uralte Falter mit halb zerfallenen Flügeln.

Ich fegte alles in eine Tüte. Ließ den Staub, der noch durch die Luft wirbelte, sich setzen, bevor ich den Raum wischte. Das war schwieriger als angenommen; dauernd blieb ich mit dem Wischlappen an den Dielen hängen, zog Fäden heraus. Diesem Martin, der vorher hier gewohnt hatte, musste das Holz egal gewesen sein – es war splitterig und verschrammt.

Plötzlich war ich voller Tatendrang. Ich wischte und wrang aus, wischte und wrang. Ich versuchte mir einzureden, dass ich nur die Aufgaben einer gewissenhaften Verwalterin erledigte, dass ich arbeitete, um am Monatsende die Kriegskasse mit meinem Gehalt zu füllen, aber tief im Innern spürte ich, dass das nicht die ganze Wahrheit war.

Langsam klarte der Himmel auf. Die Sonne kam heraus, zog den Tag aus dem sumpfigen Grau, goss ein Gleißen über den Schnee.

Im Bad schüttete ich das Schmutzwasser ins Klo, und als mein Blick dabei auf das Fensterglas fiel, stutzte ich. Ich trat näher. Tastete. Wenn es nicht völlig unmöglich gewesen wäre, hätte ich geschworen, dass es anderes Glas war. Dicker. Weniger fragil. Absurd!

Auf dem Rückweg schnappte ich mir in der Küche ein paar Geschirrtücher und nahm aus der Kommode in der Lobby einen Akkuschrauber, einen Hammer und einen Durchschlag mit.

Der Temperaturunterschied zwischen Unten und Oben war bemerkenswert. Kaum hatte ich den Korridor betreten, fröstelte ich.

Ich durchwühlte die Rumpelkammer, bis ich alles gefunden hatte, was ich brauchte: Holzkitt, Nägel, Öl. Eine Schleifmaschine, Schleifpapier, eine Wasserwaage, einen Dorn, einen Spachtel. In einer ungeöffneten Plastikverpackung fand ich sogar Pinsel verschiedener Größen. Es konnte losgehen!

*

Fast sechs Monate waren seit dem Tag vergangen, an dem ich im weißen Zimmer erwacht war. Jetzt war Ende November und ich sollte in die Schule gehen.

»Das ist also die besagte junge Dame?«

Die Frau hinter dem Schreibtisch sah mich an.

Frau Rüttlich, Schuldirektorin hatte am Schildchen an der Tür gestanden. Die Exaktheit ihres kastanienbraunen Bobs verwirrte mich. Er sah aus wie eine Perücke. Ihr Mund hatte etwas Energisches. An Frau Rüttlichs Schule sollte ich also Schülerin werden.

Gestern war mein Geburtstag gewesen. Ich war Schütze, wie Zoe. Die Landkarte meines Lebens war jetzt fünfzehn Jahre alt und eine Flamme hatte sie zerfressen. Sie war verkohlt bis zu den Rändern. In der Mitte klaffte ein großes Loch.

Neben mir saß Gloria. Sie hatte die Beine übergeschlagen und wippte nervös mit dem Fuß.

»Das ist also die besagte junge Dame?«, wiederholte Frau Rüttlich, und obwohl sie mich meinte, streifte ihr Blick mich nur flüchtig. Sie sprach mit Gloria.

Ich hasste das! Wenn Menschen so taten, als wäre ich gar nicht da. Im weißen Zimmer hatte das angefangen. Außer Dr. Sonnenkalb und Schwester Fenya mit der Giraffe auf dem Kittel hatten sich in meiner Anwesenheit alle so verhalten, als wären sie allein. Als wäre ich nur ein zufälliger Gegenstand im Raum, ein Dekorationsobjekt, aber kein Mensch mit Ohren und Gefühl. Ja, dort hatte es angefangen und seitdem hörte es nicht mehr auf. Wohin Gloria mich auch mitnahm, wurde über mich verhandelt, wurden Urteile gefällt und Beschlüsse gefasst, ohne mich einzubeziehen.

»Es heißt, sie wäre …« Frau Rüttlich räusperte sich und der perfekte Bob bebte ein wenig. »… zu Hause unterrichtet worden?«

Das würde sich nie mehr ändern. Ich wusste es. Ich würde immer *die besagte junge Dame* sein. Ich sah es am Blick dieser Frau und dem von Gloria.

Frau Rüttlich trank einen Schluck Wasser. Sie hatte Gloria ein Glas angeboten, mir nicht. Aber sie hatte sicher auch keine Trinkhalme. Das Büro war so gemütlich wie eine Leichenhalle. Graues Linoleum, Schreibtisch, Regale und Fensterrahmen aus Metall, keine Sessel, sondern Stühle mit geraden Lehnen. Die Fenster zeigten hinaus auf einen asphaltierten Schulhof: Tischtennisplatten aus Beton, Papierkörbe aus Beton, ein Blumenkübel aus Beton. Sogar die Bänke waren aus Beton.

Links sah ich ein kleines Areal aus Beeten und Büschen – den Schulgarten. Die dünnen Bäume waren schon fast kahl.

Sabrina R. ist jetzt ein halbes Jahr zurück aus den Fängen des Entführers, hatte in einer Zeitung gestanden, die Gloria immer für mich hinlegte. *Nach so langer Zeit endlich frei* in einer anderen. Frei. Aber ich fühlte mich gefangen. Gefangen in einer Welt, die ich nicht mochte und nicht verstand.

Ich sah in den armseligen Schulgarten da draußen und wünschte mich woandershin, an einen Ort, wo der Wind rauschte, wo hohe Bäume dufteten und knackten.

*

Nach zwei Stunden machte ich eine Pause.

Sämtliche aus den Dielen herausschauende Nägel waren

jetzt wieder versenkt. Splitter und Spreißel hatte ich entfernt. Die tiefsten Schrammen, die sich nicht herausschleifen ließen, hatte ich mit Holzkitt ausgebessert. Ich hatte die Sockelleisten abgenommen und mit dem ersten Schleifgang begonnen. Zum Glück waren die Dielen nicht lackiert. Das machte alles einfacher.

Dreizehn Uhr. Ich kochte mir einen Kaffee und sah Rolands Vorräte durch.

Im Kartoffelparadies hatte jedes Gericht aus Kartoffeln bestanden: Gratin, Suppe, Puffer, Salat, Klöße. Es hatte sie gebacken, gekocht, frittiert, zerstampft und gegrillt gegeben. Sogar die Kuchen und Plätzchen wurden aus Kartoffelmehl gemacht. Deshalb machten Kartoffeln auch den Großteil der Vorräte aus. Drei Zehnkilosäcke hatte ich schon ins untere Gästezimmer geschleppt, damit sie in der beheizten Küche nicht zu keimen anfingen.

Ich setzte eine Handvoll ungeschälter Kartoffeln auf, würfelte Gurke und Zwiebel, mischte alles mit einem Becher Quark, drückte eine Knoblauchzehe dazu, pfefferte und salzte. Mein Blick fiel dabei auf die an die Wand gelehnte Matratze, dann aufs Sofa. Ich fragte mich, wo die Katze war. Hastig schlang ich die Mahlzeit hinunter und stieg wieder in die obere Etage. Ich würde den Boden Bahn für Bahn noch drei weitere Male schleifen, stets mit feinerer Schleifpapierkörnung, ihn dann vom Holzstaub reinigen und wachsen.

Ich machte *Astro-Radio* an, horchte kurz. Ein Mann, der durch Pendeln Blockaden entdeckte und auflöste. Ich schaltete das Radio wieder ab und setzte die Schleifmaschine auf.

*

»Stimmt das mit dem Hausunterricht?« Frau Rüttlich wandte sich zum ersten Mal an mich. Doch sie sprach plötzlich drei Nuancen zu laut. Das war so typisch! Wenn jemand tatsächlich mal mit *mir* sprach, dann natürlich so, als wäre ich schwerhörig und begriffsstutzig.

»Sie behauptet es zumindest«, antwortete Gloria, bevor ich selbst es konnte.

Ich klappte den Mund wieder zu. Sie sahen es sowieso nicht hinter dem Tuch. Ich hätte Fratzen schneiden, die Zunge rausstrecken, die Zähne fletschen können – was auch immer.

»Also, lesen kann sie«, fuhr Gloria fort. »Schreiben auch. Sie braucht einen Abschluss. Sicher muss sie um einige Jahre zurückgestuft werden.«

»Ja, wahrscheinlich«, sagte die Direktorin in meine Richtung und wieder im Schwerhörigentonfall.

Ich rutschte auf dem Stuhl hin und her. Die Klamotten, die ich trug, verstärkten mein unbehagliches Gefühl: eine allzu gelbe Bluse, Skinny-Jeans, dazu Filzstiefel. Gloria hatte sie für mich ausgesucht. »Du sollst doch dazugehören«, hatte sie erklärt, und das hatte sich wie eine Drohung angehört. Ihr zuliebe hatte ich die Stiefel angezogen. Es waren solche Dinger, wie Papa sie uns für die *Großen Fahrten* kaufte, die wir aber nie im Alltag anzogen. Viel zu unpraktisch.

»Du läufst wie ein Bauer, Sabrina!«, hatte Gloria gemäkelt.

Ich hasste es, wenn sie mich Sabrina nannte, aber sie war nicht davon abzubringen.

»Das ist dein Name: *Sabrina*. So habe ich dich genannt. Und wenn dieser … dieser Verbrecher euch umbenannt hat – dich und Chloé –, dann ist das ein … ein Verbrechen!«

»Das ist doch kein Verbrechen.«

»Ich hab zwölf Jahre lang nicht mal gewusst, ob ihr noch lebt!«

Was hätte ich sagen sollen?

Sie hatte ihren Schmerz.

Ich hatte meinen.

»Sie ist jetzt vierzehn?«, fragte die Direktorin.

»Fünfzehn«, sagte Gloria. »Seit gestern.«

Wozu sollte ich überhaupt zuhören – es interessierte sie ja doch nicht, was ich zu sagen hätte. Ich blickte mich um. Die Schränke sahen aus wie Holz, bestanden aber aus Kunststoff, der eine aufgedruckte Holzmaserung hatte. Wieder flüchtete mein Blick aus dem Fenster. *Ich. Will. Hier. Raus.*

*

Dicke Wolken waren mittlerweile aufgezogen. Die Sonne verschwand dahinter und ich musste Licht anmachen. Ich hatte den letzten Schleifgang beendet. Die Schleifmaschine war nicht gut, es war mühsam, damit zu arbeiten – ich musste eine bessere besorgen. Ich fegte den Holzstaub zusammen, wischte den abgeschliffenen Boden. Ich wusste, dass ich mehr tat und länger arbeitete, als ich musste. Keiner kontrollierte mein Werk – dem Bürgermeister schien nichts daran zu liegen, mal vorbeizukommen. Ich hätte auch einfach gar nichts machen können, ohne dass es jemandem aufgefallen wäre. Womöglich würde ich trotzdem mein volles Gehalt bekommen. Für die Kriegskasse.

Das Haus braucht mich aber, ging mir durch den Kopf. Gleich morgen früh wachse ich den Boden, dachte ich, als ich das Licht löschte und den Raum verließ.

Auf dem Korridor waberte mir sofort wieder die Kälte vom Herzzimmer entgegen. Jetzt reichte es. Entschlossen drehte ich mich um, ging ins Ankleidezimmer zurück und kramte ein Paar Handschuhe aus dem Schrank.

Keine Minute später stand ich vor dem Herzzimmer und zog die Handschuhe über. Dann setzte ich die Säge an der Vorbohrung an, drückte auf den Schalter und die Säge sprang an. Ich war auf alles gefasst. Doch nichts Ungewöhnliches passierte. Langsam sägte ich mich bis zur Gegenseite durch, zog die Säge behutsam höher, die Herzlinie entlang. Keine Kältewelle.

Wer auch immer das Herz gezeichnet hatte, war großzügig gewesen: Es füllte das mittlere Drittel der Tür aus – kein winziges Guckloch wie bei einem Plumpsklo. Beharrlich sägte ich mich voran, kam bei der Spitze ganz unten an, wollte mich auf die andere Seite hocharbeiten, als das Sägeblatt zu knistern begann.

Mit einem Schrei ließ ich alles fallen.

Ich starrte auf meine Hände, auf das angesägte Herz, dann auf die Säge am Boden. Ein Blitz rankte sich noch um das Metall, blau und britzelnd. Er wurde schwächer und dann war er weg. Was war *das* gewesen? Vorsichtig stupste ich die Säge mit dem Fuß an, hob sie schließlich hoch, drückte versuchsweise auf den Knopf. Sie war noch heil.

Das war Strom gewesen! Hätte ich die Handschuhe nicht getragen …

Bevor ich den Gedanken zu Ende denken konnte, traf ein eisiger Zugwind meinen Nacken und hörte ich hinter mir einen Laut und fuhr herum. Am Ende des Korridors, bei der Treppe, stand die Katze. Sie fixierte mich mit kaltem Blick.

»Du«, sagte ich, und mein Herz blühte auf. »Da bist du ja.«

Die Katze reagierte nicht, starrte mich nur weiter mit ihren gelben Augen an. Ich ließ die Säge und die Herzzimmertür hinter mir, näherte mich, sprach lockend auf die Katze ein, doch sie stand wie angewurzelt, und als nur noch drei Meter uns trennten, sträubte sich ihr Fell, und sie fauchte mich an. Ich stockte kurz, ging dann noch einen weiteren Schritt auf sie zu, da drehte sie sich um und hetzte die Treppe nach unten.

»Warte!« Doch sie war schon verschwunden. Wenigstens besser bewegen konnte sie sich schon. Das als Einziges machte mich froh.

Warum aber war sie so ängstlich gewesen, so feindselig?

*

»Hat man schon einen Einstufungstest gemacht?«, wollte Frau Rüttlich wissen. »Vom Alter her gehört sie ja in die Neunte, aber nach dem, was ich erfahren habe, bezweifle ich …«

Da sah ich diese Direktorin direkt an. Schoss einen Blick auf sie ab. Krach! Sie verstummte, als würde ihr meine Anwesenheit erst jetzt wirklich bewusst.

»Es gibt keinen Test«, sagte Gloria.

Ich schoss einen neuen Blick ab. Diesmal auf Gloria. Peng!

»Nun gut …«, sagte Frau Rüttlich. »Wir werden mit den Fachlehrern einen erarbeiten. Vielleicht kann ich sie ja nach den Winterferien in die Sechste schicken.«

In die Sechste?!

»Natürlich nur, wenn sie Nachhilfestunden nimmt und fleißig lernt.« Beim letzten Teil des Satzes wandte die Direktorin sich wieder an mich, noch einmal in diesem Ich-spreche-extrem-laut-zu-einer-Blöden-Ton. Wut begann sich in mir zu regen.

»Dann hätte sie nur vier Jahre verloren.« Der Ton war wieder normal. Die Redegeschwindigkeit auch. Klar: Sie sprach ja auch mit Gloria.

Ich biss die Zähne zusammen. Ich spürte genau: Ich würde immer dieses Mädchen sein, mit einer Klammer hinter dem Namen, in der das Geheimnis seiner Vergangenheit aufgedeckt wird.

»Es hängt natürlich alles davon ab, welche Voraussetzungen sie mitbringt und ob sie mitarbeitet. – Wir hatten so etwas wie Sabrina einfach noch nie.«

»Katrina«, unterbrach ich sie endlich.

»Wie bitte?« Die Direktorin zog irritiert eine Augenbraue hoch.

»Mein Name ist Katrina!«

Die Direktorin sah fragend zu Gloria, doch die schüttelte nur den Kopf. Winkte einfach ab, als wäre ich ein Hündchen, das sich unanständig benommen hat.

»Sie können übrigens auch mit *mir* reden«, fuhr ich fort. Ich wusste, dass ich pampig war. *Pampig* – das war Glorias Wort. Aber ich hatte die Nase voll. »Ich sitze nämlich hier im Raum. Und ich hab ein Hirn. Und sprechen kann ich auch. Wenn ich etwas undeutlich rede, liegt das an meiner Behinderung, aber nicht daran, dass ich dumm bin.«

Die Rüttlich wurde rot am Hals. Ob aus Ärger oder weil sie sich ertappt fühlte, wusste ich nicht. Mir war es egal. Warum sprach sie auch so langsam und deutlich mit mir, als wäre ich bescheuert? Dass *ich* langsam und deutlich sprach, hatte einen Grund. Laute, für die man Lippen brauchte, fielen mir schwer.

»Warum soll ich vier Jahre zurückgestuft werden? Zoe und ich hatten ein super Zeugnis!«

»Zoe?«

»Meine Schwester. Zoe. – Wir haben beide gut gelernt.«

Sobald ich ihren Namen sagte, wurde ich ruhiger. Ihn laut auszusprechen, bedeutete alles. Es war, als hielte ich damit das Seil, an dem sie hing. Würde ich aufhören, ihren Namen zu sagen, ließe ich das Seil los.

»Und was *habt* ihr gelernt?«, fragte die Direktorin.

»Na, alles, was wichtig ist. Ich hab das erste Halbjahr der neunten Klasse mit 1,3 bestanden«, sagte ich und schlug mit den blöden Filzstiefeln gegeneinander. Es krachte nicht, es klatschte nicht, es gab *überhaupt* kein Geräusch. »Zoe sogar mit 1,2. – Sie war besser in Bio.«

»Wieso die Neunte? Du bist erst vierzehn. Du müsstest die Achte beendet haben«, fügte sie hinzu.

»Den Stoff der zweiten und dritten Klasse haben wir in einem Jahr gemacht. Ich bin jetzt ein Jahr weiter als normal – ich wäre in der Zehnten.«

Frau Rüttlich warf Gloria ein gezwungenes Lächeln zu.

»Ich bin sicher, dass ihr auch das eine oder andere gelernt habt bei euch im … Wald.«

Als ich nicht reagierte, räusperte sie sich. »Aber ich denke wirklich, wir sollten realistisch sein und …«

»Wie gesagt«, wiederholte ich. »Ich hab die Neunte mit einem Durchschnitt von 1,3 gemacht.« Das Lächeln der Frau ging mir langsam auf die Nerven.

»Das ist schon interessant, das mit den Notendurchschnitten«, sagte sie – wieder zu laut und zu langsam. »Aber woher willst du das wissen?«

»Es gab Zensuren«, sagte ich. »Wir haben Arbeiten geschrieben, hatten mündliche Tests. Jedes Jahr hatten wir zwei Projektwochen.«

»Projektwochen.«

»Ja. Ich habe eine Figur aus einem Buchenstamm gesägt.«

Sie machte ein komisches Geräusch. Halb Räuspern, halb Husten.

»Ein Kunstprojekt«, fügte ich hinzu.

»Wie habt ihr gelernt?«

»Wie meinen Sie das?«

»Gab es … Unterrichtsstunden?«

»*Natürlich* gab es Unterrichtsstunden! Was denken Sie denn? Dass wir nur den Wildschweinen beim Suhlen zugeguckt haben? Wir hatten jeden Tag Unterricht, außer am Wochenende. Wir hatten ganz normale Lehrbücher. – Und wir hatten Papa. Wir haben nicht wie die Neandertaler gehaust!« Ich schäumte innerlich. Ich wusste: Zoe hätte äußerlich geschäumt. Sie wäre längst aufgesprungen und hätte irgendwas umgeworfen. Oder sie wäre rausgerannt, hätte geschrien.

»Sabrina!«, ermahnte mich Gloria. »Es reicht langsam!«

Sie und die Direktorin wechselten einen Blick. Dann schlug die Direktorin vor: »Ich bin Geschichtslehrerin – ich könnte ihr rasch ein paar Testfragen stellen. Dann hätten wir das geklärt. – Wären Sie einverstanden?« Gloria nickte.

Ob *ich* einverstanden war, fragte sie nicht.

*

Am nächsten Morgen war die Katze immer noch weg. Sie hatte sich merkwürdig verhalten. Aber im Grunde hatte sie das von Anfang an getan.

Kranke Tiere ziehen sich zurück. Sie fressen nichts, bewegen sich wenig. Sie ruhen und warten. Darauf, dass die Wunde heilt, der Knochen wieder zusammenwächst, das Gift aus dem Körper gespült wird oder – auf den Tod. Was sie *nicht* tun: mit einer schweren Verletzung durch die Gegend streunen, so wie dieses Tier.

Ich fütterte den Herd an, bevor ich im Bad verschwand. Ein wichtiger Besuch lag vor mir – ich musste ordentlich aussehen! Ich nahm mein Kastanienshampoo, stellte mich unter den heißen Duschstrahl und seifte mich von oben bis unten ein, nicht nur die Haare. Aber die hatten es wirklich nötig.

In Hyde hatten wir eine Gartendusche gehabt. Sie bestand aus einem schwarzen Plastiksack mit Wasser, der sich bei Sonnenschein erwärmte. Stand man unter der Brause, war das Wasser manchmal richtig heiß. Unsere Sommerdusche. Für den Winter hatten wir eine Schüssel im Haus. Man sollte sowieso nicht so oft duschen. Das machte die Haut kaputt. Einmal pro Woche war genug.

Aber was in Hyde zwölf Jahre lang wunderbar funktioniert hatte, war für Gloria ein Riesenproblem gewesen.

»Das ist ja asozial!«

Sie wollte, dass ich jeden Tag duschte, am besten morgens *und* abends. Als hätte ich irgendwas Hartnäckiges an mir haften, einen klebrigen, stinkenden Auswurf, der permanente Reinigung erforderte. Ich hatte mich geweigert.

Das Shampoo schäumte und roch ein bisschen nach der

Quitte, die ich beim Kochen hinzugefügt hatte. Ich wusch Schmutz, Schweiß und Blut ab und genoss die dampfende Hitze. Beim Zähneputzen danach fiel mein Blick aus dem Fenster, auf die verschneite Höhe mit den Hügeln: Autowracks, wie ich jetzt wusste, weiß verhüllte, geduckte, kleine Gespenster. Dahinter die in Schnee verpackten Bäume.

Moment … Was war das?

Barfuß tappte ich über die eisigen Fliesen bis zum Fenster. Ich öffnete es und noch mehr Kälte brach herein. Dicht vor meinen Augen bewegte ich es hin und her. Hin und her. Dieses Glas … das war … *Wie konnte das sein?*

Wieder legte ich je einen Finger auf die Glasaußen- und Innenwand. Ich spürte die Wärme meiner Finger nicht mehr! Wie auch? Es war ganz normales Fensterglas. Fest, dick, stabil.

*

»Du meinst also, du wärst auf dem Stand der Neunten?« Frau Rüttlich räusperte sich. »Obwohl du unter … unter Umständen aufgewachsen bist, die … nun, sagen wir … keine besondere Förderung zulassen.«

»Papa war es wichtig, dass wir alles lernen«, entgegnete ich.

»Ich denke ja nicht, dass … aber gut. Ich stelle dir jetzt einige Testfragen. Neunte-Klasse-Wissen.« Frau Rüttlich sprach wieder im Tonfall einer Erzieherin für schwerhörige Kleinkinder mit mir.

Ich sah sie nur an.

»Wo wurde der Vertrag unterzeichnet, mit dem das Ende des Ersten Weltkriegs besiegelt wurde?«

»In Versailles.«

Kurzes Schweigen.

»Welcher Städtebund kontrollierte den Nord-Ostsee-Handel vom Mittelalter bis zum siebzehnten Jahrhundert?«

»Die Hanse.«

Sie setzte sich gerader hin. Ihr Blick, der die ganze Zeit mal rechts, mal links an mir vorbeigerutscht war, wurde klar und richtete sich auf mich. Als würde sie ein Fernrohr deutlich einstellen. Ich merkte: Sie nahm mich erstmals richtig wahr.

»Wie heißt der römische Grenzwall, der die Germanen vom Angriff auf das Römische Reich abhalten sollte?«

»Limes.«

»Wo siedelten die Pilgrim Fathers, als sie mit der *Mayflower* nach Amerika kamen?« Der Kindergartenton war verschwunden.

»In der Gegend um Boston?«

Sie trank einen Schluck Wasser.

»Von wem stammt folgender Satz«, fuhr sie fort. *»Ein Gespenst geht um in Europa, das Gespenst des Kommunismus.«*

»Von Karl Marx natürlich«, sagte ich.

»Wann wurde die Mauer errichtet?«, schoss sie hinterher.

»1961?«

Dann war es still. Offenbar dachte sie nach.

»Reicht es für die Siebte?«, fragte Gloria nach einer Weile, doch die Direktorin machte nur eine ungeduldige Handbewegung.

»Kennst du diesen Test?«, fragte sie mich. Sie beugte sich über den Tisch. Ihr Bob wirkte wie aus Beton – genau wie die Bänke draußen. Sie klang sehr ernst.

»Woher denn?«

»Normalerweise sind das Multiple-Choice-Fragen«, erklärte Frau Rüttlich Gloria.

»Was meinen Sie damit?«, fragte Gloria. »Ist es sehr schlimm mit ihrem Wissenstand?«

»Multiple Choice wäre leichter«, sagte Frau Rüttlich zu Gloria.

»Was wir gerade gemacht haben, ist bedeutend schwerer.« Das sagte sie zu mir. In normaler Lautstärke. In normaler Geschwindigkeit.

»Kann schon sein«, gab ich gleichgültig zurück.

*

Ich musste nach Felsgrund. Da Roland eine Suchanzeige für den Transporter aufgegeben hatte, überklebte ich den markanten Schriftzug *Devil Inside* mit Malerkrepp aus der Rumpelkammer. Damit es nicht so auffiel, beklebte ich auch jede Menge andere Stellen am Wagen. Ich klebte so viel, dass man kaum mehr die Originalfarbe erkennen konnte. Mit all dem Krepp sah der Wagen aus wie ein eingegipster Invalide, kein Auto jedenfalls, das jemand stehlen würde. Die Nummernschilder waren ohnehin vereist und schwer lesbar. Um ganz sicherzugehen, pappte ich weiteren Schnee darum. Ich hoffte, das reichte.

Auf dem Weg nach Felsgrund streiften wieder die herabhängenden Zweige Dach und Scheiben. Schabten darüber, leise, wie Fingernägel. Ich fuhr langsam. Stille überzog alles mit Unwirklichkeit, selbst das Knirschen des Schnees unter den Reifen war nur gedämpft zu hören. Ich war froh, die Schneeketten zu haben.

Endlich lag der Wald hinter mir, ich erreichte das Dorf. Es waren nur wenige Menschen unterwegs und alle sahen mir nach. Manche hielten mitten im Gehen inne, starrten mich offen an. War es wegen des mit Krepp beklebten Transporters? Oder wegen des Tuchs vor meinem Gesicht? Oder hatte sich vielleicht schon herumgesprochen, dass ich die neue Verwalterin vom *Haus Waldkauz* war?

Die einzige Straße des Ortes trug den erfindungsreichen Namen *Dorfstraße*. Dünne, kahle Bäumchen säumten sie. Vor dem Bürgermeisterbüro stieg ich aus. Der fallende Schnee flüsterte.

Als ich das Büro betrat, zuckte Frank Heumeier erschrocken zusammen. »Frau Rotberg! Sie möchten kündigen!«

»Nein. Wieso das denn?« Ich bemühte mich um eine deutliche Aussprache. »Alles läuft bestens.«

»Das heißt … keinerlei Probleme?«

Warum sah er so erstaunt aus?

»Ich möchte mich um die Dielen kümmern«, begann ich. »Sie sind in schlechtem Zustand.«

»Ja, das stimmt. Deshalb wollte Martin Wolf Laminat legen lassen. – Das müsste eigentlich im Schuppen liegen. Und Fußleisten auch. Sie können alles nach Belieben be…«

»Oh nein!«, rief ich entgeistert. »Bitte kein Laminat über die herrlichen Dielen. Das Holz muss nur aufgearbeitet werden. Ich hab in einem Raum damit schon angefangen.«

Er zögerte. Dann sagte er mit einem Seufzen: »Ich wäre froh, wenn wir die Kosten so gering wie möglich hielten, Frau Rotberg. Das Laminat ist ja schon da. Und auch das Werkzeug fürs Verlegen.«

Ich konnte es nicht glauben. »Ich brauche nichts weiter

als eine bessere Schleifmaschine. Und wenige Bretter, weil ein paar Dielen ausgetauscht werden müssten. Und dann nur noch ein paar Kleinigkeiten.« Ich hielt ihm die Liste hin.

Frank Heumeier sah kaum hin. Er schüttelte den Kopf. »Wir müssen wirtschaftlich denken, Frau Rotberg. Der Schaden im Dach frisst unserer Gemeinde ein tiefes Loch ins Budget. Warum sollen wir neues Material anschaffen, wenn welches vorhanden ist? Das ist wie beim Zahnarzt. Natürlich ist Gold als Füllung das Beste, aber wer hat schon lauter Goldzähne? – Das Laminat ist nagelneu. Es hat ein modernes Design. Sibirische-Birke-Optik. Das ist doch wunderbar! Außerdem ist Laminat hygienisch und im Gegensatz zu Echtholz muss es nie wieder aufbereitet werden. Wenn in fünf oder zehn Jahren die Echtholzdielen neu geschliffen werden müssten, wird das Laminat noch wie am ersten Tag aussehen. Was will man mehr?«

Er gab mir die Liste zurück, zuckte mit den Schultern.

»Aber …« Mein Enthusiasmus sank. »Aber … Sie sollten die Dielen im mitternachtsblauen Raum jetzt mal sehen«, insistierte ich zaghaft. »Sie *leben*. Holz ist Natur. – Laminat ist totes Material.«

»Sehr gern können Sie das Zimmer so belassen, aber wegen der anderen Räume …« Er nickte in Richtung Liste. »Das ist für die Gemeinde unwirtschaftlich. – Allein die Schleifmaschine!«

Ich verstand. Aber als ich mir die kommenden Tage vorstellte, in denen ich die Böden mit Plastik überzog, sackten meine Schultern nach vorn. Warum eigentlich? Mir konnte das doch egal sein. Es war ein Job, der meine Kasse füllte, sonst nichts.

Doch ich fühlte einen unglaublichen Widerwillen.

Und dann … fiel mir plötzlich etwas ein.

»Ich … hab noch eine andere Frage.«

»Ja?« Er schaute mich einladend an.

»Könnte ich … ähm … mein erstes Monatsgehalt vielleicht im Voraus bekommen? – Ich kann Ihnen als Pfand meinen Ausweis dalassen.«

Er lächelte mich an. »Ich denke, das sollte kein größeres Problem sein, Frau Rotberg.«

»Ginge es …« Ich räusperte mich. »Ginge es eventuell auch gleich?«

Wenn er irgendwie überrascht war, ließ er es sich nicht anmerken. Er zog eine Schreibtischschublade auf, nahm eine Kasse heraus und zahlte mir mein erstes Gehalt aus. Ich unterschrieb und er begleitete mich zur Tür. »Danke für Ihre Arbeit, Sie helfen uns wirklich sehr.«

Als ich wieder im Transporter saß, dachte ich nicht lange nach. Ich drehte den Zündschlüssel. Ohne Umweg fuhr ich in die nächste Stadt, zum dortigen Baumarkt, kaufte die beste vorrätige Schleifmaschine, ließ mir Dielenbretter zuschneiden. Als ich auf die Kasse zurollte, kam ich an einem riesigen Korb voller weicher roter Kissen vorbei, und spontan griff ich nach einem und legte es dazu. Bevor ich es mir doch noch anders überlegen konnte, war ich mit den Einkäufen schon unterwegs zum *Haus Waldkauz*.

Niemals, dachte ich, als ich schließlich in dem goldgelben Arbeitszimmer stand, niemals würde ich das dem Haus antun. Nie diesen wunderschönen Dielen mit Plastik die Luft abquetschen. *Nie im Leben.*

Wenn ich alles aus eigener Tasche bezahlte, würde Frank

Heumeier nichts gegen eine hochwertigere Restaurierung einwenden können. Aber was tust du?, schob sich ein kantiger Gedanke in meinen Kopf. Du leerst die Kriegskasse. Ich schob ihn wieder raus.

18. KAPITEL

GLORIAS KISTE

Nach einem erweiterten Test, in dem die Direktorin meine Kenntnisse in den anderen Unterrichtsfächern abgerufen hatte, war ich in die zehnte Klasse eingegliedert worden. Janine, das Mädchen, das nebenan wohnte und immer den Hund ihrer Tante triezte, war auch in meiner Klasse. Ich war die Jüngste und ich war »die aus'm Fernsehen«.

An meinem ersten Schultag drängten sich mehrere Mitschüler in der Pause um mich herum. Sie standen zu eng, wahrten keinen Sicherheitsabstand. Janine war das Leittier. Ich merkte es daran, wie die Blicke der anderen immer wieder zu ihr hingingen.

»Habt ihr wirklich rohes Fleisch gegessen?«, fragte ein Junge.

»Hast du nie versucht, zu fliehen?« Ein Mädchen mit so blauem Lippenstift, dass es aussah, als wäre ihr Mund erfroren.

»Hat er euch vergewaltigt?« Janine.

»Was? Nein!« Mehr und mehr Fragen stürzten auf mich ein, Hände griffen nach mir – ich konnte nicht mehr antworten. Ich *roch* zu viel. Neugier, Aggressivität, sexuelles Interesse, auch Furcht. Aus jeder Richtung kam etwas anderes. Ich schlug die Hände weg und begann zu schreien.

»Lasst sie in Ruhe!« Die laute Stimme der Pausenaufsicht.

Unser Deutschlehrer. Der enge Kreis um mich herum löste sich auf. Ich nahm jedoch den scharfen Geruch der Angst dieses Lehrers wahr. Wovor fürchtete er sich? Vor den Schülern?

*

Janine war hinterhältig. Sie lauerte mir eines Tages an der Bushaltestelle auf, versuchte mir ein Bein zu stellen und mein Tuch wegzureißen. Ich war zu schnell für sie, ahnte jede ihrer Bewegungen voraus, sie kam nicht an mich ran. Aber sie gab nicht so schnell auf. Sie hatte Helfer und sie versuchte es immer wieder.

Es hörte erst auf, als die Sache mit dem Hund passierte.

Das war in Eiche.

Um Janine keine Gelegenheit mehr zu bieten, hatte ich mir angewöhnt, nach dem Unterricht noch im Schulgebäude herumzutrödeln. Sollte Janine mir an der Bushaltestelle auflauern wollen, würde sie umsonst warten. Ich ging in den Schulgarten, lief durch das Laub, strich mit den Fingerspitzen über die Rinde der Kirschbäumchen und blieb dort so lange, bis der erste Bus nach Eiche weg war und mit ihm alle Schüler, die von dort stammten. Ich wartete auf den nächsten.

Eiche war immer wie ausgestorben, egal, zu welcher Tageszeit man hindurchging. Jedes Mal wirkte es, als wäre es evakuiert worden und man wäre die letzte Überlebende.

Als ich an jenem Tag den Bus verließ, den Tschaikowskiring entlangging und in die Schubertpromenade einbog, war etwas anders. Ich *spürte* es. Ein Vibrieren lag in der Luft, das die feinen Härchen in meinem Nacken auffingen und direkt an mein Hirn weiterleiteten. Je näher ich unserem Haus kam, desto stärker wurde das Gefühl, und dann merkte ich, wovon die Vibration ausging: vom Grundstück schräg gegenüber.

Der Hund hatte die Leine zerrissen oder zerbissen. Er knurrte und stand vor Janine, die sich zwischen zwei Stockrosen an die Schuppenwand drückte.

»Starr ihn nicht an, sieh an ihm vorbei«, sagte ich ruhig.

Der Hund drehte sich nicht einmal um, als ich sprach.

»Was?«

»Nicht. Anstarren«, sagte ich so deutlich ich konnte. »In eine andere Richtung sehen. – Und leck mit der Zunge über deine Oberlippe, so hoch du kommst, als wolltest du deine Nase erreichen.«

Sie tat es. Der Hund hörte auf zu knurren.

»Jetzt gähne. Und hock dich hin. Langsam. Nein, nicht hinsehen.«

Der Hund beobachtete sie. Als sie – wie ich ihr sagte – begann, auf dem Boden herumzuschnüffeln, drehte der Hund sich um, ging zu seiner Hütte zurück und legte sich hin. Janine stand auf, klopfte sich ihre Hose ab und ging ohne ein Wort an mir und dem Hund vorbei. Von dem Tag an ließ sie mich in Ruhe.

Auch ihre Anhänger in der Schule beließen es von da an beim Starren. Als sich zwei noch einmal näherten, hielt Janine sie zurück: »Lasst sie. Die is ’n totaler Freak.«

Im Rudel werden kranke Tiere oft von den anderen ausgestoßen. Sie betreiben damit eine Art Quarantäne, zum Schutz des übrigen Rudels. Janine und ihre Clique lauerten mir nie mehr auf.

Mich störte das nicht – im Gegenteil. Ich hatte mich von Anfang an im Klassenraum ganz nach hinten gesetzt. Sprach mit keinem, verhielt mich passiv. Im Unterricht meldete ich mich nie. Auch die Lehrer waren mir gegenüber irgendwie gehemmt; sie hielten sich mit Fragen zurück. Ich existierte einfach nicht.

Am Freitag vor den Winterferien atmete ich auf. Das Klingeln nach der letzten Stunde kam mir vor wie ein Startschuss. Es fühlte sich an wie in Hyde, am letzten Februartag. Wenn Zoe und ich wussten: Morgen konnten wir Hyde jederzeit verlassen, auch wenn es dunkel war. Die Jagdsaison war bis zum ersten Juni vorbei! Kein Jäger konnte uns versehentlich für Wild halten und im Dämmer erschießen. Wir waren frei! Eine unendlich lange Zeit der Freiheit lag vor uns.

Janine und die anderen spritzten an mir vorbei ins Freie, und das erste Mal hatte ich das Gefühl, wir hätten etwas gemeinsam. Sie würden etwas kennen, was auch ich kannte. Ferienzeit. Schonzeit.

Eine ganze Woche ohne Schule breitete sich vor mir aus und die Erleichterung darüber machte mich ganz hell. In Eiche angekommen, warf ich meine Schultasche in eine Ecke meines Zimmers, tauschte das dicke Tuch gegen ein dünneres und ging nach oben, wo ich Gloria vor einem großen Haufen Wäsche fand.

»Was machst du da?« Interessiert sah ich auf den Wäscheberg.

Ihr Blick blieb kurz an dem dünnen Tuch hängen, und als hätte sie einen Schlag bekommen, zuckte sie weg. Gloria mochte es nicht, wenn ich das dünne Tuch trug. Es war halb transparent. Aber es erleichterte mir das Atmen.

»Ich sortiere aus. Man muss hin und wieder mal Klarschiff machen!« Sie glättete eine Bluse mit vielen Rüschen, schüttelte den Kopf und warf sie auf den Haufen.

Ich schaute eine Weile zu und fragte mich, ob sie damals dasselbe mit unseren Kindersachen getan hatte. Ob Zoes und meine Klamotten auf so einem Haufen gelandet waren. Wenn man sie aufbewahrte – hieß das nicht, dass man hoffte, dass diejenige wiederkam? Ich traute mich nicht, danach zu fragen.

Stattdessen platzte ich mit einer anderen Frage heraus: »Hast du eigentlich Fotos von Zoe und mir? Von früher? – Ich würde sie mir echt gern anschauen …«

Wie sehr wünschte ich, auch welche von Papa zu sehen. Als er jünger gewesen war. Papa – mein Großvater. Aber ich biss mir auf die Zunge. Sie hätte einen Anfall bekommen.

Den Blick auf den Wäscheberg gerichtet, schüttelte sie den Kopf und sortierte weiter. »Die Fotos von Chloé und dir hab ich weggeworfen«, sagte sie schließlich.

Ich fand es furchtbar, wenn sie Zoe Chloé nannte, aber ich ahnte, dass es ihr genauso ging. Nur andersrum.

Sie legte ausgebleichte T-Shirts und einen BH auf den Stapel. »Ich wollte einen Schlussstrich ziehen.« Sie wiederholte damit exakt Dr. Sonnenkalbs Worte. »Ich musste neu anfangen. Du weißt nicht, wie das ist!«

Doch, dachte ich. Das weiß ich. Ich fange jeden Tag neu an. Jeden verdammten Tag, seit sie tot sind.

»Du hast also *gar* nichts mehr aus unserer Vergangenheit? – Auch kein Spielzeug oder so?«

»Nein!« Das Wort kam wie ein Geschoss, während sie einen langen Schal aufrollte und auf den Haufen warf. Es war klar, dass sie nicht darüber reden wollte. »Wieso interessiert dich das überhaupt?« Und dann kam die Frage, die sie mir immer wieder stellte: »Was hat er euch nur erzählt?« Und dieser Blick.

»Nichts, Gloria«, sagte ich. »Er hat uns nichts erzählt. Das ist es ja. Nur, dass du tot bist.«

Sie konzentrierte sich wieder auf die Wäsche. »Na ja.«

Ich sah ihr eine Weile zu. Beide schwiegen wir. Die Stille wuchs. Und auf einmal begannen ihre Hände zu zittern. Sie hörte auf, die Wäsche zusammenzulegen, und hob den Blick. Eine Traurigkeit darin, so groß wie das ganze Haus. Ich erschrak.

»Es tut mir so leid, Brina«, sagte sie, und ihre Augen liefen über. »So *unendlich* leid. Ich wünschte … ich wünschte, ich könnte dir –« Sie schluchzte, und dann stürzte sie aus dem Zimmer, ins Bad. Der Schlüssel drehte sich im Schloss.

Erschüttert blieb ich neben dem Wäscheberg stehen. Was war das gewesen?

Was tat ihr so leid? Dass wir entführt worden waren?

Ich hatte das Gefühl, dass sie etwas anderes gemeint hatte.

*

Ich sah mich kurz im verstaubten Arbeitszimmer um, dann krempelte ich die Ärmel hoch. Den Armlehnstuhl trug ich auf den Korridor, sammelte die Schreibtischutensilien in einen Karton, warf die verklebte Tasse weg. Wieder stieß ich auf den Hefter mit dem Kürzel HvL auf dem Deckblatt. HvL? Irgendwas klingelte in meinem Kopf und ich schlug den Hefter auf.

Ein kleiner Stapel Zeitungsausschnitte. Ich nahm den obersten heraus und sah ihn an. *Johann Konrad und seine Frau Luisa – neue Besitzer vom* Haus Waldkauz. Ich studierte das Foto des lächelnden Paares. Die Frau mit keck hochgerecktem Kinn und im ungewöhnlich hübschen Kleid. Ein zarter Lavendelton, feine Blüten am Saum. Er in weißer Hose und rosa Hemd. In ihren Gesichtern war ein hungriges Glitzern. Ein verliebtes, reiches Galeristenpaar aus der Großstadt. Irgendwas an diesem Foto zupfte an mir. Ja, da war etwas, ich spürte es deutlich … Irgendein Detail versuchte, auf sich aufmerksam zu machen. Aber welches? Genauso hätte ein Blatt in einer Baumkrone versuchen können, auf sich aufmerksam zu machen – ich fand es einfach nicht!

Meine Augen begannen zu tränen und das Foto verschwamm. Für einen Moment schloss ich die Lider, atmete durch, öffnete sie wieder: ein junges Paar, lächelnd. Er: mit kunstvoll verwuscheltem Haar. Sie: im lavendelfarbenen Kleid mit weißen Blüten, wie sie ihm die Hand in den Nacken legt. Hinter ihnen: *Haus Waldkauz*.

Ich kam einfach nicht drauf! Mit leisem Kopfschmerz legte ich den Zeitungsausschnitt zu den anderen, packte den Hefter in den Karton, trug den Karton in den Korridor. Ich zog jede Schublade aus dem Schreibtisch und schleppte sie hinaus. Ganz zum Schluss zerrte ich den vom Ballast befreiten Schreibtisch auf einem Laken vor die Tür.

Jetzt konnte ich die Schäden am Boden begutachten. Das Holz war trocken und rissig. Zwei Dielen hatten sich an den Rändern aufgewölbt und mussten ausgewechselt werden und an einer Wand war die Sockelleiste gerissen. Damit fing ich an – ich schnitt eine neue zu.

Stunden später, als die Sonne längst untergegangen war und ich mich auf den abgeschliffenen Dielen ausruhte, streifte etwas Kaltes meinen Rücken. Ich fuhr herum. Die Katze! Im selben Moment schossen meine Hände in die Höhe, um mein nacktes Gesicht zu bedecken – diese tief im Körper eingespeicherte Bewegung. Automatisiert. Meine Albträume handeln entweder von Feuer oder davon, dass ich plötzlich ohne Tuch in einer riesigen Menschenmenge stehe.

Ich ließ die Hände sinken. Mein Herz beruhigte sich wieder. Die Katze würde nicht schreiend davonlaufen. Mein Gesicht war ihr egal.

*

Am Abend des ersten Winterferientags stellten Malte und Gloria nicht nur die Säcke mit der aussortierten Wäsche auf die Straße, sondern auch ein paar hässliche Plastikstapelstühle. Aus meinem Souterrainfenster beobachtete ich, wie sie auch die Flurkommode aus dem Haus trugen. Ich rannte die Treppe hoch, stürzte aus dem Haus, die Auffahrt entlang. »Die nicht! – Nicht die Kommode!«

»Vorsicht! Aus dem Weg!«, rief Malte und keuchte, während sie das schwere Holzteil den Weg entlangwuchteten und es dann vor dem Zaun abstellten.

»Wieso wollt ihr die wegwerfen?«

»Sie ist *uralt.*«, Gloria wischte sich den Schweiß von der Stirn. »Mindestens zehn Jahre. Wir haben was Neues bestellt.« Sie zückte ihr Handy und zeigte mir ein schneeweißes Sideboard aus glänzendem Kunststoff. »Weiß ist nicht so piefig wie Holz.«

»Aber Holz ist lebendig, Kunststoff ist … na ja … künstlich.« Ich strich mit den Fingern über die hölzerne Oberfläche. »Außerdem ist sie doch noch ganz.«

»Sie ist viel zu dunkel«, sagte Gloria. »Und eine Schublade klemmt.« Damit verschwand sie wieder im Haus, und ich hörte, wie sie Küchenschränke aufmachte und zuwarf. Irgendwie klang sie ärgerlich. Malte folgte ihr.

Ich schlich um die Kommode herum. Die Blicke aus den Fenstern der Häuser gegenüber ignorierte ich. Am liebsten hätte ich das Teil in mein Zimmer geschleppt und gleich neben die andere Kommode gestellt, die schon da stand – aber es war zu wenig Platz dafür.

Als es zu schneien begann, zog ich kurz entschlossen zwei Schubladen heraus und lief damit zum Haus zurück. Ich wollte gerade durchs Wohnzimmer schleichen und nach unten in mein Zimmer verschwinden, als Gloria mich aufhielt.

»Was soll das denn jetzt?«, fragte sie. »Wir wollen den alten Kasten wegwerfen und du schleppst ihn stückweise ins Haus zurück? – Bring das wieder raus!«

»Ich mache zwei Wandregale daraus. Für mein Zimmer.«

»Wandregale?« Gloria verzog ihr Gesicht, als hätte ich etwas Stinkendes zum Essen gekocht. »Wir *kaufen* dir welche! Du brauchst nichts aus Müll zu basteln.«

»Aber Möbel bauen macht mir Spaß. Ich bastle gern was Neues aus was Altem.« Ich dachte an die Patchworkdecke in Hyde, die wir zu dritt aus ausrangierten Sachen genäht hatten. Aus Stücken alter Jeans von Papa, meiner zu klein gewordenen Cordjacke und Zoes karierter Bluse. Dazwischen Quadrate aus der Tischdecke mit den grünen Punkten, die mit der Zeit Löcher bekommen hatte.

»Du lebst nicht mehr im Wald, Sabrina. Hier macht man das, was man mit Müll macht: Man wirft ihn weg. Alles andere ist asozial!«

Asozial war eins ihrer Lieblingswörter.

»Was ist denn?« Malte kam aus der Küche und sah erstaunt auf die Schubladen in meinen Händen.

»Sie will Schubladen zu Wandregalen umbauen«, sagte Gloria.

»Umbauen braucht man sie gar nicht. Die sind quasi schon fertig.« Ich hielt eine Schublade mit dem Boden an die Wand. Es gab zwei Abstellflächen. Eine unten. Für Bücher. Und eine ganz oben. Da wollte ich Steine, Hölzer und meine selbst gemachten Salben und Shampoos draufstellen. »Ich will sie farbig anmalen. – Dann müssen sie nur noch angebohrt werden.«

Malte meinte: »Lass sie machen, Gloria. Ist doch eine nette Idee. Es sind Ferien. Und sie hat den ganzen Tag nichts zu tun. Ihr ist bestimmt langweilig.«

Gloria antwortete etwas, was ich aber nicht mehr verstand, denn ich nutzte die Sekunde und schlüpfte rasch in mein Zimmer. Ich wartete einen Moment. Nichts passierte. Gloria kam nicht runter. Malte musste sie irgendwie überzeugt haben.

Und so saß ich am Abend mit den beiden Schubladen in meinem Reich, während Gloria und Malte oben fernsahen. So kam es auch, dass ich unbemerkt in den Keller ging. Nein, ich wollte nirgends »rumwühlen«, wie mir Gloria später vorwarf. Ich wollte nur schauen, ob Farbe da war.

*

Die Katze humpelte durchs Arbeitszimmer. Sie schnupperte an den Dielen und schien den frischen Holzgeruch zu mögen. Sie streifte die Ecken und strebte auf das rote Kissen zu, das sie sofort als ihres erkannt hatte.

Ich straffte mich, stand auf und machte weiter, während die Katze mir vom Kissen aus zusah. Ich gab mir besondere Mühe beim Wachsen der Dielen.

Als ich fertig war, folgte sie mir in die Küche. Schon am Morgen hatte ich Fleisch aus Rolands Vorräten aus dem Gefrierschrank genommen. Es war aufgetaut, und als sie sich das erste Mal nicht abwandte, sondern fraß, lächelte ich. Nur sterbende Tiere verweigern Futter. Die Katze wollte leben!

Noch einmal kümmerte ich mich um ihre Verletzungen und verband sie neu. Dann begann ich, ihr mit einer kleinen Bürste, die ich im Ankleidezimmer gefunden hatte und die offenbar zum Reinigen von Anzügen gedacht war, das löchrige, spröde Fell bürsten. Den kahlen Fleck ließ ich aus. Die Haut dort wirkte brüchig wie altes Papier.

Vorsichtig kämmte ich Schmutzklumpen, verkrustetes Blut und Tannennadeln aus dem Fell. Die Katze schnurrte bei jedem Bürstenstrich und hatte die Augen geschlossen. Hin und wieder drehte sie sich ein wenig, damit ich auch an andere Stellen herankam.

Es hatte etwas Meditatives, sie zu bürsten. Ich dachte an nichts dabei und dieses Nichts war von Geschnurr durchflochten.

*

Glorias Keller war wie das ganze Viertel: übersichtlich, aufgeräumt, eine fast schon antiseptische Atmosphäre. Ich knipste den Lichtschalter an und das grelle Licht einer Hundertwattlampe schob alles Diffuse weg und leuchtete den quadratischen Raum gnadenlos aus. Es ging fünf blitzsaubere Treppenstufen nach unten. Die Treppe und auch der Boden und die Wände waren weiß gefliest. Gloria hatte offenbar erst kürzlich frisch gewischt. Es glänzte überall wie in einem Operationssaal. In der rechten Ecke brummte eine Kühltruhe ihr leises Lied von Kälte.

Links stapelten sich Getränkekisten. Drei große graue Plastikschränke standen an der gegenüberliegenden Wand. Ich öffnete den ersten.

In den unteren beiden Fächern lagerten ein Kaffee- und ein Essservice, noch originalverpackt. In den oberen Fächern warteten die Weihnachtspyramide und mehrere Pappkartons mit Weihnachtskugeln auf ihre Zeit. Ich machte den Schrank zu und öffnete den zweiten. Lavendelgeruch wälzte sich heraus. Gloria hatte hier die Sommerklamotten eingelagert. Ich öffnete den letzten Schrank.

Werkzeuge in allen unteren Fächern. Im obersten standen Schimmel-Stopp, Moos-Stopp, Schnecken-Stopp, Mäuse-Stopp, Kalk-Stopp und weitere »Stopps« aller Arten in Reih und Glied. Im mittleren Fach sah ich eine Kiste mit Deckel, die von außen mit *Farben, Öle, Terpentin* beschriftet war. Na also!

Befriedigt griff ich nach der Kiste, zog sie heraus und stellte sie auf den Boden. Hockte mich daneben und klappte den Deckel auf.

Einen Moment lang starrte ich verständnislos hinein.

Langsam hob ich die Hand, griff in den Briefstapel und zog wahllos einen heraus. Er war vor sechs Jahren abgestempelt. Als ich die Handschrift erkannte, fing ich an zu zittern.

*

In den folgenden Tagen nahm ich mir die Dielen im Gästezimmer und den Korridor vor. Ich rollte den zerschlissenen Teppich ein. In der Rumpelkammer hatte ich einen schmalen Teppichrest entdeckt. Dasselbe Material. Ich hatte Nägel wieder festgeklopft, Splitter entfernt, das Holz geschliffen und gewachst und am Ende den Teppichrest ausgerollt. Er bedeckte nicht mehr den gesamten Korridor, sondern zog sich als schmaler Läufer hindurch.

Auch die Katze schien den neuen Läufer zu mögen. Wie immer erschien sie nach Sonnenuntergang, lief dicht an der Wand entlang über die Dielen, die Krallen klackerten dabei übers Holz. Dann betrat sie den Läufer, krallte ein paarmal in den Stoff. Als sie auf meiner Höhe war, stupste sie mich kurz an.

*

Ich wühlte in Glorias Kiste. Starrte auf die Briefe.

Das hier war der andere Teil der Wahrheit. Das Unsichtbare, das Verschwiegene, das Verlorene. Die abgewandte Seite des Mondes.

Der Teil, der wehtut, hörte ich Dr. Sonnenkalb sagen.

Ich öffnete einen aufgeschnittenen Umschlag und zog den

Inhalt heraus: ein beschriebener Bogen Papier und ein Bild, das Zoe gemalt hatte. Es zeigte Zoe, Papa und mich auf dem See im Winter, wie wir Gleitschuh fuhren.

Ich atmete ganz flach, als ich die eng beschriebene Seite hochhob und mein Blick über die Zeilen flog. Ich war so aufgeregt, dass ich nur Fetzen las: … *geht es uns dreien gut … als Sabrina aufgezeichnet hat, wie ich ihr ein Puppentheater bauen soll, mit neun Jahren! … im Herbst von einer Wespe in die Lippe … Chloé hat das Bild gemalt …*

Ein Stich durchfuhr mich. Schmerz, Sehnsucht, Wut, Angst, Liebe, Hass, Lust – alles.

Ich war erwacht. Endlich *wach*.

Ich ließ den Brief fallen, wühlte in der Kiste. Briefe, Briefe. In allen waren kleine Bilder von uns, entweder gemalte oder mit Blättern beklebte, und immer lag ein dicht beschriebener Bogen Papier bei, auf dem Papa von uns berichtete. Über das erste Wort, das wir schreiben konnten, den Verlust unserer Milchzähne, eine Sommergrippe, die Zoe und mich erwischt hatte, den Tag der ersten Monatsblutung …

Gloria hatte gelogen!

Als ich mich in Glorias Keller erhob, hob sich auch mein Herz. Es war eingetrocknet, seit Papa und Zoe gestorben waren, aber jetzt entfaltete es sich. Saugte Kraft aus *diesem* Moment. Aus der Wahrheit. Wurde schwarz und groß. Die schillernden Flügel bebten vor Zorn. Ein finsterer Nachtfalter, der die Fühler tastend in die Luft hielt.

All die Jahre hindurch … all die Jahre hatte sie genau gewusst, dass wir lebten!

*

Am achtzehnten Tag im Haus begann ich mit der Treppe. Die Hauptarbeit, das wusste ich und seufzte, würde das Abreißen des alten Teppichs sein, der fest verklebt war.

Ich brauchte drei Tage dafür.

An dem Tag, als endlich auch das letzte Stück von den Stufen gerissen war und ich erschöpft und mit wunden Fingern auf dem Rosshaarsofa saß, erhob sich die Katze von ihrem Kissen und kletterte auf meinen Schoß.

Ich bürstete ihr Fell mit langsamen Strichen. Hier und da schob ich das Fell mit den Fingern auseinander und betrachtete die Haut darunter, die mal grau und schorfig, mal wund und nässend war. Was war das nur? Die Zeit verging, das Feuer im Herd wurde kleiner und die Katze streckte sich unter der Bürste und schnurrte wie in Trance.

Ich dachte an den morgigen Tag. Wie sollte ich nur die hartnäckigen Teppichreste und den aggressiven Klebstoff von den Stufen bekommen, ohne die Dielen allzu sehr zu verletzen?

Ich dachte auch an die Herzzimmertür. Hin und wieder, nachdem ich Feierabend gemacht hatte, hatte ich ein Stück an dem Herz gesägt. Leider kam ich kaum voran. Gestern hatte unerwartet ein scharfer Schmerz meinen Kopf durchschnitten und ich musste die Säge ausschalten und mich sofort hinlegen.

Die Katze verließ meinen Schoß und rollte sich auf ihrem Kissen zusammen. Ich war entlassen. Ich betrachtete sie, ihr Fell, das glatter und weicher geworden war im Laufe der Tage, doch darunter lag kranke Haut. Aus einem Impuls heraus stand ich auf und ging zum Vorratsregal. Ich griff nach dem Honigglas.

Wieso hatte ich nicht schon eher daran gedacht? Honig, das wusste ich von Zoe, war eine uralte Medizin. Die Haut trank ihn und war danach nicht klebrig, sondern weich und seidig. Honig war voller Vitamine, tötete Krankheitskeime, heilte sogar offene Wunden.

Ich setzte mich neben die Katze und tauchte einen Finger in das Glas. Zentimeterweise schob ich das Fell zur Seite und begann die Haut darunter zu betupfen. So vorsichtig, als wären meine Finger Schmetterlingsflügel. Am Anfang erstarrte die Katze. Ihre Barthaare zitterten und sie atmete gehetzt. Doch nach einer Weile schloss sie die Augen, lauschte meinem Summen und verfiel nach einer Weile wieder in ihren tranceartigen, vibrierenden Zustand.

*

»Dr. Sonnenkalb?« Mein Flüstern wurde von den Zeltwänden meiner Bettdecke festgehalten, flatterte dazwischen herum. Ich hatte die Tür zu meinem Zimmer geschlossen, hatte vorsichtshalber sogar einen Stuhl unter die Klinke geklemmt. War unter die Decke geschlüpft.

Auf dem Boden vor dem Bett stand die Kiste. Ich hatte sie aus dem Keller mitgenommen, denn ich wollte, nein, ich *musste* sie bei mir haben. Sie enthielt mein Leben.

»Bist du das, Katrina? – Warum flüsterst du?«

»Entschuldigen Sie, dass ich so spät anrufe«, fuhr ich mit gesenkter Stimme fort. »Ich muss Sie etwas fragen.«

»Was ist denn los?«

»Erinnern Sie sich, was Sie mir zu den schwarzen Löchern im Kopf gesagt haben?«

»In die wir bewusst oder unbewusst Dinge hineinschieben, damit wir die Wahrheit zwar aufbewahren, sie aber vergessen können?«

»Ja«, flüsterte ich. »Genau die. – Können diese Löcher auch außerhalb des Kopfes existieren?«

»Aber ja – natürlich. Es kann alles Mögliche sein, z.B. eine Datei im Computer, in der man etwas Unangenehmes versteckt und die man unter einem harmlosen Namen abspeichert, damit niemand sie entdeckt. Eine –«

»Danke, das wollte ich wissen.« Ich schob eine Hand unter der Decke hervor, legt sie auf die Kiste und vergewisserte mich, dass sie auch wirklich da war. »Ich hab eine Bitte.«

»Was denn?«

»Ich muss unsere morgige Sitzung absagen. Das heißt: verschieben. Auf übermorgen. – Ich muss ... ich muss morgen ...« Eine kleine Reise machen, dachte ich, sagte es aber nicht. »Ich hab mich an etwas erinnert. Ich muss es ... herausfinden.«

»Katrina, was ist denn los?«

Ich lüpfte die Decke, schaute zu dem Brief, der auf dem Boden lag. Er war vor zwölf Jahren abgeschickt worden und enthielt etliche Fotonegative. Ich hatte sie ins Licht meiner Schreibtischlampe gehalten, aber der Bildausschnitt war zu klein – und ich hatte nur helle und dunkle Flecken erkannt. Auf dem Bogen Papier, der den Negativen beigelegt war, stand: *Gloria, ich habe alles aufbewahrt – für den Fall, dass du vorhast, unser Leben zu zerstören. Die Mädchen wissen, dass sie nur tief genug graben müssen.*

Das war eine rätselhafte Notiz und doch hatte sie etwas in mir zum Klingen gebracht.

»Ich brauche nur diesen einen Tag«, flüsterte ich ins Handy. »Ganz für mich. Um über etwas nachzudenken. Bitte sagen sie es Gloria nicht – sie würde sich nur unnötig Sorgen machen. – Übermorgen erzähle ich Ihnen alles.«

Ein kleines Schweigen wuchs zu einem mittleren Schweigen.

»Wenn du ein bisschen Zeit brauchst …« Dr. Sonnenkalb zögerte. »… müssen wir das wohl machen. Dann sehen wir uns übermorgen.«

*

In dieser Nacht ging das Feuer im Herd aus. Die Katze und ich hatten uns angewöhnt, in der Küche zu schlafen. Sie auf dem neuen roten Kissen, das auf dem Sofa lag, ich in meinem Bettennest auf dem Boden. Ich war so müde vom Teppichabreißen, dass ich zum ersten Mal vergaß, Holz nachzulegen, als ich unter meine Decke kroch. Doch ausgerechnet in dieser Nacht sammelte der Winter noch einmal alle Kraft.

Die Katze schnurrte, das Feuer brannte und ich dämmerte in den Schlaf hinein. Langsam mussten die Flammen erloschen sein.

Und dann?

Was war dann geschehen?

Das hatte ich mich später oft gefragt.

Der Raum musste langsam erstarrt sein. Die Kälte war von draußen durch die Wände gekrochen, wurde dichter. Sie erstickte jedes Geräusch, lachte den kalten Herd aus, durchdrang meine Decke, meine Haut. Sie enterte mich – bis ins Knochenmark.

Ich hatte geträumt in jener Nacht. Nichts Abgedrehtes, nichts Fantasievolles, nichts Seltsames. Etwas vollkommen Reales. Ich träumte, ich käme gerade am *Haus Waldkauz* an. Das Benzin war verbraucht, der Motor ging aus, ich war im Nirgendwo gestrandet. Ich stieg aus dem Wagen, stapfte durch den harten Schnee. Wieder stürzte sich der Sturm auf mich, raspelte meine Haut auf, fraß sich bis zum Herzen durch. Wieder brach ich durch die morsche Veranda, während gleichzeitig ein Tier schrie. Ich schlotterte und krümmte mich. Langsam … ganz langsam … verglaste ich, wurde dünn und zerbrechlich – hohl vor Schmerz.

Mein Herz schlug flacher, feiner … leiser. Schlafen. Schla fen. Ich wollte schlafen.

Ich
atmete
aus

Jemand legte eine Decke über mich.

Eine warme Decke aus Fell. Sie stammte aus Hyde. Zoe streichelte meine Stirn, meine Wangen, meinen Hals und begann zu summen. *Amazing Grace.*

Mein Herzschlag – leicht und salzig. Sehnsüchtig. Eine Regung meiner Beine und die Decke regte sich auch. Sie war so nah, so warm, als würde sie dampfen, lag über meinem Körper, bewegte sich: auf meinen Beinen, den Hüften, den Schultern. Warm, nein: heiß, sie glühte. Ich wollte die Augen öffnen, doch meine Lider waren so schwer …

Eine Stimme tastete sich über meinen Bauch zu meinen Brüsten, ging den Hals entlang nach oben, über mein Kinn, das schon lange keins mehr war, die fehlenden Lippen entlang hinauf zu meinem Ohr, streifte das Ohrläppchen, eine Zunge streichelte hinein. *Wach auf, wach auf, wach auf!*

Ich …

…

… wachte auf.

Es war eiskalt. Der Mond leuchtete in die Küche. Der Herd war aus. Nicht ein einziger Glutwurm glomm mehr in der grauen Asche. Ich lag auf meinem Lager, meine Zähne krachten aufeinander, immer wieder. Diese Kälte! Die Decke lag neben mir auf dem Boden. *Amazing Grace* hing als Echo in den Balken. Oder ich bildete mir das ein? Ich zitterte unkontrolliert. Vor meinem Mund stand eine Atemwolke. Ich hob die Hand, eine schneeweiße, schlotternde Bewegung, und berührte meinen anderen Arm. Totenkalt. Ich war ein Eisbrocken!

Ein Eisbrocken, in dem etwas glühte, realisierte ich plötzlich. Irgendwo in meinem Bauch. Oder – *an* meinem Bauch? Ich sah an mir herunter.

Über Brust und Bauch geschmiegt lag die Katze. Sie hatte sich lang gemacht, alle vier Beine ausgestreckt, strömte Wärme aus wie ein Radiator. Ich schob meine froststarren Finger unter sie und spürte, wie ihre Wärme auf mich überging, meine Hand auftaute.

Ich erinnerte mich an meinen Traum. Wie ich die Decke an allen Körperteilen gespürt hatte. Abwechselnd. Konnte das sein? Konnte es sein, dass die Katze immer wieder den Platz gewechselt hatte, mal meine Füße, mal den Bauch, mal Hals und Brust gewärmt hatte? Damit ich … was? Damit ich nicht … erfror? Konnte das wirklich sein?

Behutsam hob ich sie von mir herunter, sie schlief fest. Ich gab ihr einen schlotternden Kuss zwischen die Ohren, stand zitternd auf. Zog mit steifen Gliedern meine Sachen an: dicke Socken, Cordhose, Pullover. Ich machte Feuer im Herd, hielt die Hände an die Ofenklappe, legte sie dann um meine Füße. Ließ die Flammen meinen starren Körper aufwärmen. Später, als ich wieder ins Bett zurückkam, rollte ich mich um die Katze zusammen und streichelte sie. Ich streichelte Kopf und Ohren, die unverletzten Pfoten. Sie schlief und schnurrte dabei. Das Schnurren klang wie das Summen aus meinem Traum. Als ich ihren Nacken berührte, hatte ich das Gefühl, dass er ungewöhnlich breit war … doch da griff der Schlaf schon nach mir.

19. KAPITEL

HEIMLICHE REISE

An dem Morgen, nachdem ich Glorias Kiste entdeckt hatte, erwachte ich sehr früh. Die Gardine wehte ins Zimmer. Ich ließ das Fenster immer offen, obwohl Gloria das nicht mochte. Sie fand, man solle bei geschlossenem Fenster schlafen, das sei gesünder, wärmer, sicherer. Ich hasste das aber.

Ich wollte meine ausgeatmete Luft nicht noch ein weiteres Mal atmen, wollte auch nicht in einer hermetisch abgeriegelten Stille liegen. Ich brauchte Luft und Geräusche. Zwar hätte ich lieber Bäume gehört, doch selbst das Brummen von Automotoren war mir lieber als die unnatürliche Stille von Innenräumen.

Die Luft im Zimmer war eisig. Ich setzte mich auf. Auf dem Fensterbrett wuchs Reif. Pickelig wie Gänsehaut.

Auf Socken schlich ich nach oben in die Küche. Malte und Gloria schliefen noch. Leise schmierte ich mir ein paar Brote und nahm Geld aus Glorias Portemonnaie. Ich besaß kein eigenes Geld und wusste auch nicht, wie ich an welches kommen sollte. Fragen konnte ich nicht, weil Gloria mir nie im Leben eine Zugfahrt erlaubt hätte. Vor allem nicht dorthin, wo ich hinwollte.

Ich hinterließ einen Zettel: *Bin schon früher nach Berlin. Will vor dem Therapietermin noch ein bisschen shoppen.*

Shoppen hatte ich unterstrichen. Allein das Wort würde Gloria friedlich stimmen. Wahrscheinlich würde sie Malte gegenüber von »Fortschritten« sprechen.

Ich nahm den ersten Bus zum Hauptbahnhof, setzte mich in einen Zug und fuhr los. Ich hatte mir die Strecke am Abend vorher genau angeschaut.

Richtung Süden. Nach Thüringen. Ins Vessertal.

*

Ich schlug die Augen auf und blickte aus dem Küchenfenster direkt in die verschneite Landschaft. Der Schnee sah anders aus als an den Tagen zuvor. Nicht mehr strahlend, sondern grau. Als ich aufstand und meine Finger auf das Glas legte, löste sich das Eisgewebe in Wasserfäden auf.

Dann erst bemerkte ich, dass ich nicht das Schlafshirt, sondern meine Tagesklamotten trug, die komplette Garnitur, und mit einem heftigen Schlag kam die vergangene Nacht in meine Erinnerung zurück. Rasch drehte ich mich um, sah aufs Bett. Die Katze war weg.

Ich tappte in die Lobby, öffnete die Haustür. Atmete durch. Die Luft hatte ihre stechende Kälte verloren.

Ein Tropfen traf mich im Nacken, noch einer. Ich sah nach oben – die Eiszapfen schmolzen. Ein neuer Tropfen fiel. Ich wich nach vorne aus, machte einen Schritt auf die Veranda. Und dort entdeckte ich etwas.

*

Der Große Beerberg, der Schneekopf, der Große Finsterberg,

der Fichtenkopf, der Sachsenstein und der Adlersberg. Fichten, Buchen, Tannen. Von Weitem sah es aus, als wäre nichts passiert. Ich drückte die Stirn ans Zugfenster, spürte das Glas an der Haut und ein Ziehen in meiner Brust.

Der Himmel war grau, die Landschaft lag unter feinem Nebel, der sich in den Tälern verdichtete. Die Laubbäume, die aus dem Dunst heraussahen, waren vom Herbst und Winter gerupft. Mal hatten die beiden ganze Arbeit geleistet, mal waren sie nachlässig gewesen und es hingen noch Blätternester an den Ästen. Es wehte ein kräftiger Wind. Wenn der Zug beschleunigte, gerann die Landschaft zu grauen Schlieren.

Diese Schlieren erinnerten mich an die merkwürdigen Flecken auf den Negativen. Ich hatte die Briefe mitgenommen. Glorias Kiste stand noch in meinem Zimmer, leer. Ich hatte die Briefe nicht dortlassen können – ich brauchte sie. Ich wusste zwar noch nicht genau, wofür, aber ich traute Gloria zu, sie heimlich zu verbrennen.

Das Abteil war leer bis auf mich, ich saß am Fenster und starrte reglos in die vernebelte Landschaft. Immerzu jagten dieselben Worte durch mein Hirn.

Gloria
hat
gelogen
Gloria
hat
gelogen

Sie hatte verdammt genau gewusst, dass wir lebten, sogar, dass es uns gut ging! Sie hatte von uns Gebasteltes bekommen, sogar Fotonegative! Papa hatte ihr vor jeder *Großen Fahrt* geschrieben. Deshalb hatte er in den Nächten davor immer so lange in der Küche gesessen!

In Ilmenau stieg ich aus und trampte. Ich hatte Glück, sofort hielt ein Wagen an. Der Fahrer beugte sich aus dem heruntergelassenen Seitenfenster. »Herein, junges Frollein, wohin soll's denn gehen?«

Seine zur Schau gestellte Fröhlichkeit irritierte mich. Die Frau neben ihm ignorierte mich. Sie sah starr durch die Frontscheibe. Unauffällig überprüfte ich den Sitz meines Tuchs. Alles in Ordnung. Bei dieser Jahreszeit war das Tuch für niemanden ein Problem. Es wirkte wie ein Kälteschutz.

»Eine Weile geradeaus«, gab ich an, als ich hinten einstieg, wo schon ein kleiner Junge saß. Vielleicht sechs Jahre alt.

»Bitte?«

»Geradeaus«, wiederholte ich deutlicher. »Ich sag Ihnen dann, wo ich rausmuss.«

Der Mann ließ den Motor an, und der kleine Junge zeigte mir begeistert ein Spiel auf seinem iPad, in dem man eine gefährliche Welt durchstreifen musste, die aussah wie aus Legosteinen zusammengesetzt. Aus Solidarität staunte ich sehr darüber. Vom Paar vorn kam nur eisiges Schweigen. Spannung lag in der Luft.

Ich vermutete, dass die beiden sich gestritten hatten und der Mann mein Auftauchen am Straßenrand als günstige Gelegenheit erkannt hatte, den Streit zu unterbrechen.

»Alles gut da hinten?«, fragte er, wieder mit dieser übertriebenen Fröhlichkeit in der Stimme.

Ich hielt den Daumen hoch.

Seine Frau blickte weiterhin demonstrativ aus dem Fenster

und ließ das Schweigen im Wageninneren anwachsen. Zweimal stellte der Mann das Autoradio an. Ohne ein Wort der Erklärung machte die Frau es wieder aus. Der Junge schien die frostige Stimmung nicht zu bemerken, und ich war froh, dass er mich arglos in die krachbunte Legowelt auf seinem iPad mitnahm, mir hingerissen zeigte, wie man unter Wasser Häuser baute, schmalgliedrige Brücken überquerte und riesigen Vipern auswich, die mit Zähnen voller Gift auf der Lauer lagen. Ohne ihn hätte ich mich äußerst unbehaglich in dem Wagen gefühlt.

»Könnten Sie mich da vorn rauslassen?«, bat ich nach etwa einer halben Stunde.

»Dort?«, fragte er. »Da ist doch nichts.« Er schaute über die Schulter zu mir, lächelte. Ich spürte, dass er das absichtlich tat, weil es seine Frau nervös machte, wenn er nicht auf die Fahrbahn sah. Aber natürlich sagte sie nichts. Nur ihr Schweigen fühlte sich noch knochiger, noch verbissener an.

»Wir haben hier eine Klassenfahrt gemacht«, improvisierte ich. »Wandertag. Ich hab meine Jacke im Wald an einem Baum vergessen. Ich muss schauen, ob sie noch da ist.«

»Aber wie kommst du zurück?«, fragte der Mann.

»So wie ich hergekommen bin«, sagte ich freundlich. »Per Anhalter.«

»Wissen deine Eltern darüber Bescheid?«

»Klar!«, sagte ich und hielt mein Handy hoch, als hätte das irgendwas zu bedeuten.

*

Der Verandaboden war fast freigeschmolzen. Nur entlang der

Hausmauer lag noch Schnee – im Laufe von Wochen hatte der Wind ihn zu einem Wall hochgeweht. Das aber war es nicht, was meine Aufmerksamkeit fesselte, sondern eine Stelle in der Mitte der Veranda. Jene Stelle, wo ich eingebrochen war.

Das Loch war verschwunden!

*

Das Vessertal. Ich fand die Waldwege sofort wieder. Nichts war in meinem Kopf verloren gegangen – in jenem Dunkel seit der Nacht der Katastrophe.

Ich erinnerte mich an jeden Baum, jeden Tierpfad. Im Gehen strich ich über die Stämme, atmete den Duft der Weißtannen ein. Gloria und Malte saßen wahrscheinlich gerade beim Frühstück. Ich versuchte, mich lautlos an einer Gruppe Birkhühner vorbeizuschleichen. Als ich auf Totholz trat, knickte ich jedoch mit meinem schwachen Bein um. Diese bescheuerten Stiefel mit ihren kleinen Hacken! Ich geriet ins Rutschen, ruderte mit den Armen und hielt mich an einem Ast fest. Alles kam in Bewegung, es raschelte und knackte und die Birkhühner flatterten aufgeschreckt davon.

Ich schwor mir, wenn ich zurück bei Gloria war, würde ich auf Turnschuhen bestehen, wie Papa sie für uns gekauft hatte. Turnschuhe, in denen man laufen und klettern konnte, ohne wegzuknicken oder sich Sorgen um das »wertvolle Material« zu machen. Ich würde nicht erwähnen, dass wir sie im Wald angehabt hatten. Ich würde sagen, dass die Mädels in meiner Klasse solche trugen.

Leise und mit behutsamen Bewegungen wanderte ich tiefer in den Wald. Ich setzte mein schwaches Bein vorsichtig auf. Ich musste zum See, zur Lichtung, zu Hyde und alles lag noch mindestens eine Stunde entfernt. Es waren nur fünf Kilometer von Hyde bis zur Straße, und doch hatten wir immer das Gefühl gehabt, es wäre viel, viel weiter. Abgeschnitten vom Rest der Welt.

Während ich ging, wandelten die Vögel ihre Reviergesänge nicht zu Habt-Acht-ein-Bodenfeind!-Rufen ab, und das löste in mir ein wild-warmes Gefühl aus. Als würden sie mich willkommen heißen. Willkommen zurück. Erkannten sie mich? War es meine Größe, die Art, wie ich mich bewegte? Mein Geruch? Konnten Vögel überhaupt riechen? Papa hätte das gewusst. Irgendetwas an mir musste jedenfalls gleich geblieben sein. Und das machte mich froh, denn ich wusste nicht, ob ich selbst mich noch erkannt hätte. Ich war nicht nur äußerlich eine andere geworden, sondern auch innerlich.

*

Vorsichtig näherte ich mich der Stelle auf der Veranda, wo das Einbruchsloch hätte sein müssen. Ich setzte die Füße nur leicht auf. Dass der Boden morsch war, wusste ich ja.

Nur – er sah überhaupt nicht morsch aus. Die dicken Holzbohlen wirkten sehr stabil. Sie waren dunkel und alt. Außer an dieser einen Stelle. Dort war helles, fast weißes Holz aufgenagelt.

Wer hatte das gemacht? Und wann?

Ich ging in die Hocke. Was zum Teufel war das für ein Holz? Kiefer? Birke? Ich berührte es. Kiefer war das nicht. Es schien überhaupt keine Maserung zu haben. Ich tastete sorgsam mit den Händen, ich stützte mich auf und im selben Moment …

… brach ich durch!

Meine Hände landeten einen halben Meter tiefer auf dem Erdreich. Ich steckte bis zu den Schultern in dem Loch und im selben Moment hörte ich einen dunklen, schmerzerfüllten Laut. Was war das gewesen?

Ich rappelte mich auf, zog die Arme hoch, betastete das seltsame Material. Es war Holz, aber *papierdünn*. Nirgends Fugen oder Kanten. Das waren keine Bretter. Es war eine *Fläche*. Als ginge das neue, hauchdünne Holz nahtlos in die alten Bohlen über. Was unmöglich war. Flächen wurden *zusammengefügt*. Hier aber sah es so aus, als wären sie miteinander *verwachsen*!

*

Ich wanderte und wanderte und nach einer halben Stunde veränderte sich der Wald. Etwas Lebendes ging allmählich in etwas Totes über.

Monate waren seit der Katastrophe vergangen. Schwarz war die Erde und schwarz waren die Stämme der Bäume, die noch standen. Ein Gespensterwald. Immer stiller wurde es um mich. Die Vögel flogen nicht in das tote Gebiet – sie blieben zurück. Dort, wo die Nadelbäume noch lebten, wo noch grünes Blut in ihnen war.

Je tiefer ich in die Leblosigkeit hineinlief, desto kälter und dunkler wurde es. Schwarze Bäume schienen noch schwärzere Schatten zu werfen. Meine Füße traten auf dunkelgrauen Sand, der sich als Asche herausstellte, und auf Zweige, die unter meinen Sohlen zu nichts zerfielen. Irgendwann sah ich nicht mehr zu Boden, sondern nur noch geradeaus, versuchte, die verkohlten Stämme zu ignorieren und mich irgendwie zu orientieren. Das erste Mal fiel mir das schwer, denn die Tierpfade waren verbrannt, Büsche, die uns als Leitpunkte gedient hatten, ebenfalls, genau wie die winzigen Markierungen, die Papa, Zoe und ich an den Bäumen hinterlassen hatten.

Ich zog meinen Rucksack enger. Nur mit Mühe erkannte ich die Stellen wieder, an denen Zoe und ich Verstecken gespielt hatten. Ich entdeckte die kleine Höhle im Gestein, in der wir manchmal – in den sicheren drei Monaten – übernachtet hatten. Ich hatte sie braun in Erinnerung, umwuchert von Ranken. Jetzt war sie ein schwarzes, weit aufgerissenes Maul.

Tiefer und tiefer drang ich in den Geisterwald ein. Fand die Bäume, auf die wir geklettert waren und die jetzt Gerippe waren, kam schließlich zur Lichtung. Flechten wucherten auf dem verbrannten Boden. Ein zarter grüngrauer Schleier. Das erste Leben nach der Katastrophe. Ich fand den See, dunkel und schlammig. Der Schilfwald – eine schwarze Geste drum herum, im Tod erstarrt. Ich kehrte ihm den Rücken zu und ging Schritt um Schritt den Pfad entlang, der zu Hyde führte.

*

Ich hockte auf der Veranda, starrte das seltsame Material an. Ich kapierte es nicht. Jäh musste ich an das Badezimmerfenster denken. Vielleicht schlich jemand nachts um das Haus und … und *reparierte* es? Im schmelzenden Schnee auf dem Grundstück waren keine Fußspuren auszumachen. Wie konnte jemand heimlich hier arbeiten und dann noch nicht einmal eine Spur hinterlassen? Verwirrt stand ich auf und ging zurück ins Haus.

Als mein Blick auf die Treppe fiel, blieb ich wie vom Donner gerührt stehen. Keine Sekunde später lief, nein, *rannte* ich hin.

Die Stufen waren sauber.

Die. Stufen. Waren. Sauber.

Keine scheußlich verklebten Teppichreste auf dem Holz. Nichts!

Was, verdammt noch mal, ging hier vor?

Die Treppendielen wirkten geschmeidig, ich strich mit dem Finger über eine Stufe. Hob ihn vor die Augen. Er glänzte. Ich roch daran, zögerte kurz. Steckte den Finger dann entschlossen in den Mund.

Süß.

Süß?

Ich stieg die Treppe hoch. Oben angekommen, bückte ich mich und strich noch einmal über die oberste Stufe. Kostete erneut. Süß.

Was zum Teufel …?

Vom Ende des Korridors kam ein Geräusch. Mein Kopf schoss in die Höhe. Der Gang war dunkel. Sämtliche Türen hatte ich ja auch geschlossen. Das Tageslicht aus der Lobby verlor sich hier oben. Ich zog mein Handy aus der Gesäßtasche, schaltete die Taschenlampenfunktion an, leuchtete. Der Gang war leer.

Da … wieder!

Ein Knarren? Nein! Ein *Tappen*? Ich starrte auf die letzte, die Herzzimmertür. Das Geräusch kam von dort.

*

Hier war er: Der Platz, an dem Hyde gestanden hatte.

Die vor vielen Jahren gepflanzten Hecken, die Hyde verborgen hatten, waren zerstört. Fast ausnahmslos waren sie abgebrannt. Das Tor stand noch. Drum herum wand sich noch immer Laubgewölk, schwarz und knochig jedoch, und unter meinen Finger bröselte es weg.

Ohne auf die neue Jacke zu achten, die Gloria mir gekauft hatte, griff ich in das Gewölk, suchte und fand die Klinke. Ich hätte das Grundstück auch einfach von jeder anderen Seite aus betreten können – ohne die Hecken gab es keine Grenze mehr. Aber ich wollte durch das Tor kommen.

So drückte ich die Klinke herunter und presste mich gegen das Metall. Das verbrannte Gewächs riss, ich schob mit dem Oberarm, schwarze Flecken würden sich in den Stoff fressen – es war mir egal. Ich drückte und ruckelte und endlich gab das Tor nach, es schwang auf und ich stolperte hinterher.

20. KAPITEL

DAS UNGLAUBLICHE AN EINER GESCHICHTE

Josefine, ich glaube, dass irgendwas hier im Haus nicht stimmt«, flüsterte ich ins Handy. Ich hielt ihre Visitenkarte in der Hand: *Der Zufall geht keine geraden Wege – er steht plötzlich vor dir.* JOSEFINE.

Wieder lehnte ich an einer verschneiten Karosse. Nicht an der blauen mit dem grünen Fleck auf dem Heck, an einer anderen. Schnee rutschte hinab und entblößte den Lack. Krachgelb. »Es gibt … *Veränderungen* hier im Haus über Nacht.«

»Was für Veränderungen, Katrina?«

Sie hatte sich nicht gewundert. Sie hatte nicht mal meinen Namen wissen wollen – sie wusste ihn einfach.

»Reparaturen. Glaserarbeiten zum Beispiel. Und Teppichreste, die über Nacht von der Treppe verschwinden. Irgendwas stimmt hier nicht …« Ich atmete in den Hörer. Dass es so absurd klang, sobald ich es aussprach … Ich gab mir einen Ruck. »Da gibt es zum Beispiel dieses verschlossene Zimmer in der ersten Etage. Ich höre Geräusche von dort.«

Es tat gut, darüber zu reden.

»Glauben Sie, dass Sie in dem Haus sicher sind?«, fragte Josefine.

»Ja, das glaube ich.«

»Warum?«

»Es ist ein Gefühl«, sagte ich leise.

»Warum genau rufen Sie mich an, Katrina? Es geht um etwas anderes. Oder?«

»Sie … Sie haben gesagt, es gäbe diese Türen.«

»Also doch«, sagte Josefine. »*Sie* waren das. *Sie* hatten mich angerufen in der Sendung!«

»Was meinten Sie mit den Türen?«

»Eine führt in die Finsternis, die andere ins Licht. – Sie müssen eine Entscheidung treffen, Katrina.«

»Ich … ich glaube, das habe ich schon.«

»Wirklich?«

Zumindest hatte ich einen anderen Weg eingeschlagen. Im selben Moment, als ich mein Monatsgehalt für Werkzeug und ein rotes Kissen ausgegeben und nicht in die Kriegskasse gelegt hatte. Mir war, als wäre der Racheplan nicht alles. Als gäbe es noch einen zweiten, unbekannten Plan. Er hatte mit dem Haus zu tun. Hauchdünn war er, wie Nebel – nicht zu greifen. Und ohne dass ich genau sagen konnte, wann es passiert war, hatte er sich vor den alten Plan geschoben. Ihn überdeckt.

»Seit einiger Zeit denke ich nur noch an das Haus hier«, sagte ich. Und an die Katze, dachte ich.

»Hm … Was ist das für ein Zimmer, aus dem Sie die Geräusche hören?«

»Es ist verschlossen, ich versuche seit Tagen, die Tür aufzusägen.«

»Und Sie kommen nicht rein?«

»Es geht immer nur wenige Zentimeter. Es ist wie …« Ich hangelte mich um das Wort herum. »… wie *verhext*!«

»Vielleicht ...«, sagte sie vorsichtig, »vielleicht geht es nicht um schnelle Lösungen, sondern um ... Vertrauen.«

»Wieso? Zu *wem* denn? – Was meinen Sie damit?«

»Dass Sie möglicherweise schon auf dem richtigen Weg sind.«

Die Verbindung wurde schlechter. Es begann zu rauschen. Ich sah aufs Display, der eine Balken flimmerte. Ich lief um das Wrack herum. Nichts. Vielleicht wurde die Verbindung stärker, wenn ich höher stand? Ich musste *auf* das Wrack! Ich versuchte es, aber ich rutschte immer wieder ab, und weitere Schneeklumpen fielen herunter. Mehr krachgelber, von Rost durchzogener Lack wurde sichtbar, als ich endlich das Heck erklommen hatte. Ein dicker roter Streifen zog sich durch das Gelb, auf dem *Hero!* stand.

»Josefine? – Hören Sie mich?« Ich hielt das Handy ans Ohr, hätte fast geweint. »Bitte, ich brauche Ihre Hilfe! Ich ... brauche Sie.«

Da hatte ich es gesagt.

Nicht einmal Dr. Sonnenkalb hatte ich das gesagt. Bis zum Schluss nicht. Bis heute hatte ich mir nicht eingestanden, dass ich jemanden brauchte. Ich schluckte.

»Josefine? Könnten Sie ... *Josefine*?«

Es rauschte nur noch.

*

Hyde war ausgebrannt. Eine Ruine. Nur von einer einzigen Wand standen noch Reste.

Sekundenkurz tauchte ein Foto vor meinen Augen auf, das durch alle Zeitungen gegangen war: das Fundament unseres

Hauses, das die Einteilung der Räume erkennen ließ. Als ich das Fundament jetzt betrachtete, gingen Foto und Realität in meinem Kopf ineinander über. Hyde kam mir kleiner vor, als ich es in Erinnerung hatte. Dabei hatte es Platz gehabt für Papas Zimmer, Zoes und mein gemeinsames Zimmer, die Wohnküche und die Kammer. Platz für die vielen Schnüre, die an den Wänden entlang und über die Decke gespannt waren und an denen Zwiebeln, Knoblauch, Kräuter und Apfelringe hingen. Ich erinnerte mich an eine Regalwand voller Obstgelee. Wo waren die Gläser hin? Die konnten doch unmöglich verbrannt sein! Glas brannte nicht! Nichts war mehr zu entdecken von unserem Leben – kein Schrank, kein Stuhlbein, kein Stück Matratze. Sie mussten alles in einen Container geworfen und weggeschafft haben nach dem Unglück.

Ich betrat das Fundament, betrat Hyde.

Langsam wandelte ich durch die Räume. Die Mittagsstunde hatte den Reif weggeleckt, dumpfe Feuchtigkeit lag über allem. Der graue Himmel hing zu niedrig, quetschte mir die Luft ab. Es war nicht zu fassen, dass ich hier einmal gelebt hatte …

Ich ging auf die Reste der Wand zu. Tastete darüber, spürte das Holz unter dem Ruß. Als ich die Hand senkte, war sie schwarz. Ich hob sie an die Nase. Obwohl Monate vergangen waren, roch ich den Rauch.

Später streifte ich durch den Garten – oder das, was davon übrig war.

Unser Grundstück war rund gewesen, beschützt von den Hecken. Wo Obstbäume gestanden hatten, stieß ich auf verstümmelte Stämme. Das Regenfass war verschwunden. Die Stelle erkannte ich nur noch an dem großen, flachen Stein, der neben dem Fass gelegen hatte. Der Stein erinnerte mich an meine Mission. Ich nahm den Rucksack ab und zog Glorias Schippe heraus. Dann bückte ich mich und stieß sie in den Boden.

*

Ich ließ das gelbe Wrack mit dem roten Streifen hinter mir, steckte das tote Handy weg und ging ins Haus. Ich zündete eine Kerze an, stieg die Treppe hoch. Auf den letzten Stufen verlor sich das Tageslicht von unten. Der Korridor lag düster vor mir und diese arktische Kälte schwappte mir entgegen.

Da war es wieder! Ein leises Tappen von ganz hinten. Dann ein langes Kratzen. Mein Herzschlag beschleunigte sich. Vorsichtig steckte ich die Kerze in einen Wandhalter. Ging weiter.

Ich öffnete keine Tür, um Tageslicht in den Gang zu lassen. Ich knipste auch das Licht nicht an. Ich lief durch das feine Kerzenlicht und warf einen langen, schwankenden Schatten. Nach jedem Schritt verharrte ich kurz. Mein Schatten wanderte mit, hielt im selben Moment inne. Das Kratzen veränderte sich nicht. Wurde nicht lauter. Aber auch nicht leiser.

»Hallo?«, flüsterte ich.

Das Kratzen verstummte.

Ich stand jetzt vor der Herzzimmertür. Zitterte vor Kälte. Legte das Ohr ans Holz. Hatte im selben Moment das irritierende Bild vor Augen, wie die Bewegung sich von innen spiegelte. Mir wurde schwindelig und ich schloss die Augen.

Nichts war zu hören.

Bis auf mein Herz. Das schlug wild und ungenau.

Und dann … ein *Summen* an der Tür, eine Spannung, zum

Greifen nah. Als hätte jemand einen Draht an meinem Ohr gespannt und ihn straff gezogen. Etwas wie Elektrizität strömte durch das Holz in meinen Gehörgang, drang in meinen Körper, fizzelte durch die Adern. Als ich zurücksprang, ließ das Gefühl nach. Ich rieb mein Ohr. Es war heiß und puckerte.

Was war das gewesen?

Ich musterte das angesägte Herz.

Vielleicht geht es nicht um schnelle Lösungen.

Josefines raue Stimme füllte meinen Kopf. Stärkte mich. Ich nahm die auf dem Boden liegende Stichsäge auf.

Vielleicht geht es um Vertrauen.

Tagelang hatte ich gesägt, hatte mich Millimeter um Millimeter vorangearbeitet. Immer hatte irgendwas mich gebremst. Fünf Zentimeter waren noch übrig. Eine Daumenlänge. Dann war das Herz ausgesägt. Es war so groß, dass ich hindurchsteigen könnte. Und *das* war mein Plan.

Behutsam setzte ich die Säge an. Ich sägte abwärts, bis ich wieder bei der Spitze angekommen war. Kein Blitz traf mich, keine Kältewelle ließ mich erstarren, kein Schmerz warf mich zu Boden.

Langsam zog ich die Säge aus dem Holz. Legte sie auf den Boden. Hielt den Atem an, lauschte.

Nichts.

Ich setzte die Handflächen an das vollständig ausgesägte Herz. Und im selben Moment, als ich es ins Innere des Zimmers drücken wollte, klopfte jemand an die Haustür.

*

Sollte mir irgendwas zustoßen, müsst ihr dort graben.

Der Boden war hart. Nichts war aufgewühlt – die Polizei hatte diese Stelle übersehen. Ich musste mich anstrengen, um Glorias Schippe überhaupt ein paar Millimeter tief in die Erde zu treiben. Hätte ich doch einen Spaten mitgenommen!

Versprecht, dass ihr es nicht vergesst! Ihr dürft es nicht vergessen!

Ich hörte Papa so deutlich, als stünde er neben mir. Rechts vom Stein hatte das Regenfass gestanden. Links waren Johannisbeerbüsche gewesen. Hinter dem Stein kam die Hauswand. Im Grunde war nur *vor* dem Stein Platz, etwas zu vergraben.

Ich nahm das Tuch ab, und gleich ging es besser, weil ich frei atmen konnte. Ich grub tiefer und meine Hand begann zu schmerzen. – Da war nichts! Verdammt, da war nichts!

Egal, weiter!

Während ich arbeitete, schien sich die seltsame Stille um mich zu verdichten. Sie ging von den Baumskeletten aus. Drang aus dem verbrannten Boden, aus den Resten meines Lebens. Meiner Kindheit.

*

Unten an der Haustür klopfte es lauter.

Ich hatte das Gefühl, ein Déjà-vu zu erleben. Ich rannte die Treppe hinab, schnappte mir in der Lobby das Tuch und band es um. Riss dann die Haustür so heftig auf, dass sie mir, wie schon einmal, aus der Hand flog und an die Wand krachte.

Die zwei Dachdecker starrten mich an und wichen kurz zurück. Wirklich: ein Déjà-vu.

»Guten … ähm … Morgen, Frau Rotberg Wir sind wegen des Dachs da.«

»Das ist *heute*?«

»So hatten wir es vor drei Wochen vereinbart.«

Drei Wochen war ich schon hier?

»Sie hätten uns Bescheid geben sollen, dass Sie das Dach anderweitig haben reparieren lassen, Frau Rotberg«, sagte der Alte. »Die Anfahrtskosten müssen wir Ihnen natürlich in Rechnung stellen.« Er klang verärgert.

»Bitte?«

»Das Dach«, erklärte der Jüngere langsam. »Sie haben das Loch zumachen lassen. – Jedenfalls so gut wie.«

»Wie kommen Sie denn darauf?«

Die beiden wechselten einen schwer deutbaren Blick. Der Jüngere fuhr sich durchs Stoppelhaar, der Ältere wies mit der Hand nach oben. Ich schlüpfte in meine Stiefel und stapfte mit den beiden am Haus entlang zur Querseite, schaute zum Dach hoch … *Was zum Teufel war das?*

Ein Fleck hellroter Ziegel zog sich über die Stelle, wo das Loch hätte sein müssen. Er hob sich deutlich vom übrigen Grau ab. Nur eine winzige Stelle war noch offen.

Nach einem Moment totaler Sprachlosigkeit sagte ich: »Sie waren schon oben, oder? Sie wollen mich überraschen. – Das ist Ihnen auch gelungen.« Ich wandte mich an den Jungen: »Das mit der Veranda haben Sie auch gemacht, nicht? Aber wann haben Sie mit allem angefangen? Sie müssen unheimlich früh hier angekommen sein – und Sie waren irre leise. Ich hab nichts gehört!«

»Frau Rotberg …« Der Ältere rang offensichtlich darum, ruhig zu bleiben. »Wie sollen wir denn aufs Dach gekommen sein? Wir haben ja noch nicht mal die Leiter aufgebaut. – Außerdem haben wir doch letztens schon gesehen, dass Sie damit angefangen haben, das Dach zu schließen.«

»Letztens?« Ich verstand immer weniger.

»Ja, schon da war ein schmaler Kreis neuer Ziegel um das Loch. Wieso bestellen Sie uns her, wenn Sie es selbst machen?« Er klang jetzt unverhüllt ärgerlich. »Das kostet uns alles Zeit! Bis hier raus dauert es nämlich ziemlich lange und bei dem Wetter ist das kein Fahrvergnügen!«

»Ich … ich kann Ihnen versichern, dass ich *auf gar keinen Fall …*«, begann ich und sah, wie sich das Gesicht des Alten immer mehr verdüsterte.

Da kam mir der Junge zu Hilfe. »Kreisrund gedeckt – das ist mal was ganz Neues«, sagte er zu dem Alten, legte ihm die Hand auf die Schulter und lächelte mich beruhigend an. Flirtete er?

»Ich versichere Ihnen …«, flüsterte ich. »Ich *versichere*, dass ich das Dach nicht angerührt habe. Ich habe es nicht mal angeschaut.«

»Dann haben Sie offenbar handwerklich geschickte Freunde mit Sinn für Humor, Frau Rotberg«, erwiderte der Ältere. Er war stinksauer, das war deutlich. Ihm war ein lukrativer Job durch die Lappen gegangen.

»Aber interessant ist das gemacht, Papa«, sprang wieder der Junge ins Gespräch. »Schau doch mal. So … spiralig. – Hab ich eigentlich nur mal auf Fotos gesehen, noch nie in natura.«

Gedanken fegten durch meinen Kopf wie aufgeschreckte Fledermäuse, rasend schnell und immer im Kreis. Das Dach war repariert worden. Und es waren nicht diese beiden Dachdecker gewesen! Es war repariert worden, ohne dass ich es gemerkt hatte. Ich hätte es hören müssen, wenn jemand sich am Dach zu schaffen machte! Das war doch keine geräuschlose Arbeit! Dann die Veranda. Das hauchdünne neue Holz. Und das hauchdünne neue Glas im Badfenster! Wieder sah ich zum Dach hoch. Mir kam ein seltsamer Gedanke. Was … wenn … wenn auch die Ziegel hauchdünn wären?

»Also, das Ganze ist wirklich ein schlechter Witz!« Der Alte platzte mitten in meinen Gedankengang.

»Was auch immer da passiert ist …«, sagte ich kurz entschlossen, »… es tut mir leid. Würden Sie das Loch bitte komplett schließen? Und vielleicht … vielleicht würden Sie ja einen Alternativauftrag übernehmen? Weil der alte sich ja irgendwie … aufgelöst hat? Ich hab da nämlich noch ein anderes Problem auf dem Dach.«

Das Gesicht des Alten hellte sich auf.

»Zement gibt's im Schuppen«, sagte ich. »Einen Mischer auch.«

»Zement? – Worum geht's denn genau?«, fragte der Jüngere.

»Sehen Sie dieses Türmchen da?«

*

»Scheiße!«

Ich hatte fast einen Meter tief gegraben. Irgendwann hatte ich mich flach auf den Boden gelegt, denn im Hocken kam ich nicht tief genug mit Glorias kurzer Schippe. Ich blinzelte die Tränen weg. An der Stelle, die Papa uns gezeigt hatte, war nichts. Nur Erde und unter der Erde wieder Erde. Es *gab* kein Geheimnis.

Aus Wut und Enttäuschung schlug ich die Schippe gegen den Stein. Es gab ein hässliches Geräusch und sie rutschte mir aus der Hand und fiel ins Loch. Auf dem schwarzen Stein war ein Kratzer zu sehen. Ich starrte ihn an. Das Schwarze war Ruß. Vorher war er ocker gewesen. Ein großer flacher Stein.

Sollte mir irgendwas zustoßen, müsst ihr dort graben.

Papas Stimme. So ernst. So eindringlich. Er hatte darauf bestanden, dass wir es versprachen. Verhielt man sich so, wenn man log?

Sollte mir irgendwas zustoßen, müsst ihr dort graben.

Vielleicht hatte ich einen Fehler gemacht! Vielleicht hatte ich an der falschen Stelle gesucht. Was, wenn Papa nicht die Stelle neben dem Stein gemeint hatte, sondern die *darunter*?

Ich packte den Stein mit beiden Händen. Tastete unter die Kante, krallte mich dort fest und begann zu ziehen. Die Erde schien nicht loslassen zu wollen. Ich zerrte mit aller Kraft, und endlich hob sich der Stein – wie der Deckel eines Sargs.

*

Ich stand vor dem Herzzimmer und hörte die Männer oben auf dem Dach. Sie hatten die Leiter aufgestellt und untersuchten das kaputte Türmchen. Ich zögerte, die Handflächen wieder an das ausgesägte Herz zu legen und es ins Zimmer zu drücken.

Etwas verbarg sich dort drin.

Wieso redete ich mir eigentlich die ganze Zeit ein, dass es gutartig war? Was wusste ich darüber? Nichts.

Moment … Stimmte das?

Der Brief unter meiner Tür! Der Artikel! Hermann von Loden und seine Studenten. Sie hatten hier im Haus *irgendwas* erforscht. Etwas, was dem Bürgermeister nicht gefallen hatte. Er hatte sie aus dem Haus geworfen. So rabiat und schnell, dass ihnen nicht einmal genug Zeit geblieben war, all ihre Unterlagen mitzunehmen.

Mit großen Schritten lief ich zum Arbeitszimmer.

Hermann von Loden hatte eine Spur zurückgelassen!

*

Ich kippte den Stein zur Seite. Asseln und Gewürm krochen auseinander. Sie haben überlebt, dachte ich. Der Stein hatte sie vor dem Feuer geschützt.

Ich angelte die Schippe aus dem Loch und begann zu graben. Nach etwa zehn Zentimetern stieß ich auf einen Widerstand. Hart, unnachgiebig. Ich schaufelte die restliche Erde weg.

Ein dunkel angelaufener Metallquader kam zum Vorschein. Er hatte auf der Oberseite einen beweglichen Griff. Ich legte die Schippe weg, packte das Ding am Griff und zog.

Ich zerrte, bis es endlich nachgab und ich nach hinten wegplumpste, aber ich hatte es. Ich hatte es in der Hand!

Eine Kassette, verschlossen. Ich wischte die Erde ab. Musterte das winzige Schlüsselloch, dann machte es Klick in meinem Kopf und ich tastete nach der Kette um meinen Hals, holte sie unter dem Pullover hervor, öffnete den Verschluss und ließ den Anhänger in meine Handfläche gleiten: den kleinen silbernen Schlüssel. Zoe und ich hatten beide diesen Schlüssel von Papa geschenkt bekommen, ohne dass wir gewusst hatten, wofür er gedacht war.

Er passte ins Schloss wie Aschenputtels Fuß in den gläsernen Schuh – ich drehte ihn um, öffnete den Deckel und der Inhalt lag vor mir.

*

HvL.

Ich zog den Hefter aus dem Karton, in dem der ganze Schreibkram gelandet war, als ich das Arbeitszimmer fürs Renovieren ausgeräumt hatte.

HvL – das war Hermann von Loden. Wieso hatte ich nicht eher eins und eins zusammengezählt? Der Artikel, den mir die Unbekannte in einem Brief durch den Türschlitz geschoben hatte, hatte von diesem Hermann von Loden gehandelt!

In der Hektik des Aufbruchs musste er den Hefter vergessen haben. Ich schlug ihn auf. Er war voller Zeitungsartikel.

Johann Konrad und seine Frau Luisa – neue Besitzer vom Haus Waldkauz. Darunter das Foto, das ich nun schon mehrfach betrachtet hatte. Sie in Flieder oder Lavendel, er in Rosa-Weiß, beide mit stolzem Lächeln, vibrierend vor Tatendurst. Und *an* ihnen – das spürte ich wie einen leisen, permanenten Zahnschmerz – war ein bestimmtes Detail. Eines, das versuchte, meine Aufmerksamkeit zu fangen.

Ich las den Artikel, aber er half mir nicht weiter. Es ging um eine große Neugestaltung des Hauses – Wände sollten herausgerissen, andere versetzt werden. Die Veranda sollte einem Wintergarten Platz machen. Das Dach sollte eine neue Form bekommen und die Rückwand einer Glasfassade weichen. Und so ging es immer weiter. Aus dem Grundstück wollten sie einen Golfplatz machen. Ich legte den Artikel zurück in den Hefter, nahm den nächsten.

Johann und Luisa Konrad – spurlos verschwunden.

Wie bitte?!

Der Artikel berichtete von dem spektakulären Verschwinden des »jungen, hoch motivierten Paars«, ein höchst rätselhafter Fall. Luisa Konrads Eltern hatten sich an die Polizei gewandt, nachdem sie ihre Tochter zwei Wochen lang weder telefonisch noch per Mail hatten erreichen können. Die Polizei brach das Haus auf. Nichts deutete auf ein Verbrechen hin. Alle Sachen waren noch da, auch Geld und Ausweise. Das Konto war unangetastet gewesen.

Ich ließ die einzelnen Zeitungsausschnitte durch meine Finger laufen. *Das Paar Konrad – untergetaucht oder ein Verbrechen?* Und: *Nun ist es schon zwei Jahre her – was geschah mit J. und L. Konrad?* Und: *Wenn Menschen einfach verschwinden.* Der Fall wurde offenbar nie aufgeklärt.

Tim Kalkstein – Erst nach einer Woche tot auf dem Dach gefunden!, sprang mir in einem anderen Artikel in roten Lettern entgegen. Der Text war kurz und wiederholte leider nur die Überschrift. Ein Foto zeigte diesen Tim Kalkstein, vorm *Haus Waldkauz*. Er trug einen Blaumann; ein Hosenbein hatte einen grünen Farbfleck. Etwas klingelte in meinem Kopf. Ich betrachtete ihn genauer: ein hagerer Mann mit borstigem Haar und misstrauischem Gesicht. Er sah ziemlich zäh aus. Wieso hatte der tot auf dem Dach gelegen?

Ich griff nach dem nächsten Zeitungsausschnitt: *Sturz aus dem Fenster – Ole Lankert: »Als hätte jemand an der Leiter gerüttelt!«* Der Ausschnitt entstammte der Lokalzeitung, dem *Felsgrunder Boten.*

Und so ging es immer weiter. Artikel über Artikel, und alle handelten von Menschen, die im *Haus Waldkauz* verunglückt oder von dort verschwunden waren. Mein Mund wurde trocken. Ich spürte, nein, ich *wusste,* dass ich hier auf etwas gestoßen war. Dass ich etwas in der Hand hielt, was von immenser Wichtigkeit war.

Ich blätterte und blätterte. Der Stapel war dick, aber die Artikel wiederholten sich. Sie stammten aus verschiedenen Zeitungen und kauten immer wieder die einzelnen Fälle durch. Ich zählte sie. Sieben.

Ich machte den Hefter zu, wühlte in dem Karton und zog den Brief heraus, den ich unter der Tür gefunden hatte. Noch einmal las ich den mit Tesa geklebten Artikel.

Haus Waldkauz sei »von der WGFP ins Visier genommen worden«. Bei dem Wissenschaftlerteam handle es sich um »Studenten der Freiburger Albert-Ludwigs-Universität«, die »unter Anleitung von Hermann von Loden« arbeiteten. Hermann von Loden sei »ein Nachfolger des berühmt-berüchtigten Hans Bender«. Der Bürgermeister habe ihnen umgehend das Wohnrecht entzogen, als es »gewisse Veröffentlichungen auf der Website der WGFP« gegeben habe, die »Felsgrunds Ruf beschädigen« konnten.

Höchst merkwürdig! Um was für eine Art Wissenschaftler handelte es sich hier eigentlich?

*

Ich hockte inmitten von Hydes Überresten, vor mir die geöffnete Kassette. Ich brauchte nur eine Viertelstunde, um den Inhalt zu studieren. Dann machte ich sie wieder zu. Verstaute sie sorgfältig in meinem Rucksack. Warf ihn über die Schulter und ging los.

Eine Viertelstunde … und zwölf Jahre hatten sich um hundertachtzig Grad gedreht. Ich wusste jetzt, dass ich nie mehr unter Glorias Dach schlafen würde. Nicht eine einzige Nacht!

*

Während die Dachdecker sich um das Türmchen kümmerten, versuchte ich, auf dem Heck des fliederfarbenen Wracks die Balance zu halten, und streckte das Handy in die Luft. Die Dachdecker sahen zu mir rüber, und ich versuchte, nicht daran zu denken, was für einen Anblick ich wohl bot – ein Mädel, das auf einer verschneiten Karosse herumschwankte und einen Arm in die Luft streckte. Egal – ich brauchte Empfang! Ich ließ das Handy sinken, sah aufs Display: Ein einzelner Balken zeigte sich! Hoffentlich reichte das, um ins Internet zu kommen.

Ich öffnete den Browser. Das Google-Fenster erschien. Ich gab als Suchbegriffe »WGFP« und »Hermann von Loden« ein. Es dauerte eine Weile, dann zeigten sich mehrere Suchergebnisse. Ich klickte das erste an. Das Heck unter meinen Gummistiefeln knarrte.

Herzlich willkommen auf der Internetpräsenz der Wissenschaftlichen Gesellschaft zur Förderung der Parapsychologie e.V.!

Ich starrte auf das winzige Display.

Parapsychologie?!

*

Ich lief durch den toten Wald zurück zur Straße. An diesen Rückweg erinnere ich mich nicht mehr. Nicht an die Bäume, nicht an die Beschaffenheit des Pfads. Die ganze Zeit stand mir nur der Inhalt der Kassette vor Augen.

Sie hatte einen Brief von Papa an Zoe und mich enthalten. Außerdem hundert oder mehr Negative. Aus derselben Serie hatte Papa auch welche an Gloria geschickt. Ich hatte nichts darauf erkennen können. Aber das war auch nicht nötig. Papa hatte fünf Negative für uns entwickeln lassen – auf A4-Größe und in Farbe.

Ich hatte hingesehen und es nicht glauben wollen.

Aber das Unglaubliche an einer Geschichte, das begriff ich in jenem Moment, ist nicht selten ihr überzeugendstes Detail.

*

Die WGFP ist ein gemeinnütziger Verein, der sich aus derzeit ca. 55 Natur-, Human- und Sozialwissenschaftlern sowie Ärzten und Psychologen zusammensetzt. Erster Vorsitzender ist Prof. Dr. Hermann von Loden.

Auf der Website gab es eine Rubrik, die sich *Fallsammlung* nannte. Ich klickte sie an. Mehrere Fenster poppten auf – eins hieß: *Ungewöhnliche Orte.* Ich klickte darauf und drei Fenster öffneten sich.

Kirchen
Landschaften
Wohnhäuser

Ich klickte auf das Letzte.

Haus Waldkauz stand ganz unten. Ich führte den Cursor darauf, öffnete das Fenster und begann zu lesen.

Die WGFP sei von einer Frau aus Felsgrund um Hilfe gebeten worden. Martin Wolf, ihr Freund, sei spurlos verschwunden. Er habe, meinte die Frau, in einem »verwunschenen Haus« gelebt.

Die WGFP, die eng mit der Universität Freiburg zusammenarbeitete, habe daraufhin ein Team aus Studierenden zusammengestellt, das unter Professor von Lodens Anleitung das Haus untersuchen sollte.

Der Artikel enthielt die Untersuchungsergebnisse der Gruppe. Es war von Temperaturschwankungen im Haus die Rede, von einem »Kältefeld«, das durchs Haus wanderte, überdurchschnittlich oft aber vor einem Zimmer im oberen Geschoss wahrzunehmen war. Einem Zimmer, das versperrt war und zu dem ihnen der Zugang untersagt worden war. Nächtliche Klopf- und Schleifgeräusche wurde beschrieben, die aus eben jenem Zimmer kamen. Da sie den Raum auch mit professionellem Einbruchswerkzeug nicht öffnen konnten, verfielen sie auf die Idee, es von außen zu versuchen. Die Fenster waren zu klein, um einzusteigen, aber sie wollten einen Blick ins Innere werfen. Sie stellten Leitern auf und leuchteten durch die Fenster, doch egal, mit welch starken Lampen sie auch arbeiteten – die Schwärze im Zimmer absorbierte das Licht. Sie sahen buchstäblich: *nichts*.

Sie stellten Kameras im Haus auf, die auf Bewegung reagierten, und öffneten über Nacht alle Fenster und Türen, damit die Energien fließen konnten. Sie campierten draußen, um nicht selbst die Kameras auszulösen. Sie hofften, dass, was auch immer sich im Haus vor ihnen verbarg, im Schutz der Dunkelheit erscheinen würde. Die Kameras schossen in jener

Nacht Hunderte Fotos, doch auch diese zeigten: *nichts*. Offenbar wurden sie von einer Katze ausgelöst, die, durch die aufstehenden Fenster und Türen angelockt, ins Haus gekommen war. Kurz stutzte ich. Eine Katze?

Der Artikel berichtete weiter, dass akustische Messgeräte und ein Geigerzähler aus geschlossenen Zimmern verschwanden und am Rande des Grundstücks wiedergefunden wurden. Ein Foto zeigte *Haus Waldkauz*. Es war Sommer, und das Haus schaute – vom Knöterich umwuchert – wie aus einer grünen Rüstung heraus. Wenn es Arme gehabt hätte, hätte es sie trotzig vor der Brust verschränkt, dachte ich und musste lächeln. Unter dem Foto stand: *Haus Waldkauz – verwunschen?* Auf einem anderen Bild sah man elektrisches Gerät zwischen Nesseln und Schafgarbe liegen.

Dann kam die Sprache auf die Unfälle und das Verschwinden der Hausbesitzer. Tim Kalkstein wurde erwähnt, der »beim Versuch, das Dach seines Hauses umzugestalten, tragisch ums Leben kam«. Weiter ging es mit Ole Lankert, »der aus ungeklärten Gründen aus dem Fenster fiel«, und Martin Wolf, »dem letzten Besitzer des Hauses, der von der Leiter stürzte«. Der Artikel machte auf weitere Unfälle aufmerksam, markierte ein Zeitfenster von etwa fünfzig Jahren.

»Ein einzelner Vorfall kann Zufall sein«, las ich. »Durch Wiederholung aber wird aus Zufällen ein Muster. – Im *Haus Waldkauz* bilden sieben hintereinander stattgefundene Vorfälle von Gewalt ein solches Muster, eine sinngebende Struktur, oder anders: eine Art Code. Das Haus redet mit uns – jedoch in einer Geheimsprache, die wir noch nicht übersetzen können. Der Schlüssel liegt in der bislang ungeklärten Verbindung zwischen allen Vorfällen von Gewalt.« Hier endete der Artikel. Darunter stand der Verfassername: Professor Hermann von Loden.

Der letzte Gedanke des Artikels flatterte durch meinen Kopf und stieß von innen gegen meine Schläfen: *Der Schlüssel liegt in der bislang ungeklärten Verbindung zwischen allen Vorfällen von Gewalt*. Professor von Loden ging also davon aus, dass es einen Zusammenhang gab. Nur welchen?

21. KAPITEL

INDIZIEN

Ich sprang von dem Autowrack. Große, feuchte Stücke Schnee rutschten dabei herab, entblößten ein extravagantes Modell: die hübsch geschwungene Form, das auffallende Flieder. Alles zernagt von Rost. Wer auch immer diese Karossen gesammelt hatte, hatte ein Händchen für besondere Stücke gehabt.

Ich beobachtete die Männer auf dem Dach, die – als ich zu ihnen sah – rasch wegguckten. Das Loch war verschlossen. Sie waren jetzt dabei, das Türmchen wieder zu errichten.

Voller Fragezeichen im Kopf starrte ich über die Landschaft. Wer hatte die WGFP kontaktiert? Jemand aus Felsgrund, hatte es in dem Artikel geheißen. Eine Frau, die Hilfe suchte, nachdem ihr Freund auf unerklärliche Weise verschwunden war. Der Freund war der letzte Besitzer gewesen: Martin Wolf.

Und dann rastete endlich ein Hebel in meinem Kopf ein. Ich erinnerte mich. Die hübsche Schrift auf dem anonymen Brief. *Bilden Sie sich Ihre eigene Meinung.*

Ich hatte die Schrift schon einmal gesehen! Und ich wusste auch, wo! Auf der Tafel im *Felsgrunder Hirsch*. *Gebratene Leber & Kartoffelstampf* hatte dort in derselben Schrift gestanden!

*

»… deshalb! Sagen Sie mir, was ich jetzt machen kann! Wo kann ich hin? Aber verlangen Sie nicht, dass ich zurückgehe zu ihr. – Dann hau ich ab. Definitiv! Ich verschwinde einfach. – Ich hab zwölf Jahre im Wald gelebt, keiner hat uns gefunden, glauben Sie mir: Ich kann das auch auf der Straße! Wenn ich eins gelernt habe, so ist es *überleben*. Mich findet keiner!«

Ich saß vor Dr. Sonnenkalb. Nicht in ihrer Praxis, sondern in ihrer Wohnung. Ich hatte sie von unterwegs angerufen und etwas muss in meiner Stimme gewesen sein. Als ich sie um ein Treffen bat, hatte sie jedenfalls sofort zugestimmt.

Es war früher Abend. Gloria wusste nicht, wo ich war – es war mir egal. Dr. Sonnenkalb hielt den Inhalt der Kassette in den Händen, das heißt: den halben Inhalt. Die Geldbündel und das metallicblaue Handy, das ich sofort als Fischs wiedererkannt hatte, waren tief in meinem Rucksack versenkt. Wie Papa an das Handy gekommen war, hatte ich mir auf dem Rückweg langsam zusammengereimt.

Sie studierte die Fotos, las aufmerksam Papas Brief an Zoe und mich.

»Wenn es wahr ist«, sagte sie leise, »tut mir das sehr, sehr leid, Katrina.« Sie wischte sich übers Gesicht, fuhr sich dann durch das kurze silbergraue Haar. Sie sah müde aus.

Ich griff in meinen Rucksack, packte den Briefestapel vor sie hin. »Gloria hatte die in einer Kiste bei sich zu Hause«, sagte ich. »Schön getarnt im Keller beim Renovierungszeug. Jedes Jahr kamen zwei Stück. Sogar mit kleinen Bildchen. Verstehen Sie: Sie *wusste*, dass wir am Leben waren. In einem der ersten Briefe, kurz nachdem Papa uns in Sicherheit gebracht hat, schreibt er, dass er *alles aufdeckt*, wenn sie uns nicht in Ruhe lässt.«

Ich hielt ihr den Brief hin. »Vielleicht hatte sie sogar eine Ahnung, wo wir waren. Mir hat sie erzählt, dass er die Hütte über einen Strohmann gekauft hat – womöglich wusste sie Bescheid und hat es der Polizei verschwiegen.«

Ich atmete heftig in das Tuch, das sich aufblies und wieder zusammenfiel, aufblies und zusammenfiel. Mir war heiß – ich war erregt.

»Nimm es doch ab«, sagte Dr. Sonnenkalb leise. »Es stört dich beim Atmen.«

Ich sah sie an, dachte kurz nach und dann tat ich es. Ich nahm das Tuch ab.

Laut Gloria war ich mit Tuch ein Mensch.

Und ohne ein Monster.

Dabei war ich immer dieselbe.

Das Tuch veränderte mein Gesicht ja nicht, es verbarg es nur.

Gloria hatte nie mehr einen Blick dahinter werfen wollen, jede mögliche Gelegenheit bewusst vermieden. Gleich am Morgen nachdem mir der Verband abgenommen worden war, am Morgen nachdem sie den Schreikrampf bekommen hatte, stand ein nagelneuer Radiowecker auf meinem Platz am Tisch, neben dem Frühstücksgeschirr. Malte hatte verlegen ausgesehen, Gloria hatte mich angestrahlt. Der Karton trug eine Schleife und sah aus wie ein Geschenk. Aber er war eine Ohrfeige. Er stand da, damit sie mich nicht mehr für die Schule wecken musste. Da hätte sie mich nämlich schlafend angetroffen. Ohne Tuch.

Ich band das Tuch ab und sah langsam zu Dr. Sonnenkalb. Ich war immer noch dieselbe wie vorher.

Sie bemühte sich sehr. Sie sah mich lächelnd an, aber ich bemerkte den langsamen Wechsel der Gesichtsfarbe.

*

»Roswitha Hirsch!«, schmetterte mir eine Frauenstimme als Begrüßung ins Ohr. Ich nahm das Handy automatisch ein Stück weg. Ich stand wieder auf dem Wrack, diesmal auf dem Dach. Das Knarren unter meinen Sohlen ignorierte ich.

»Frau Hirsch, bitte entschuldigen Sie die Störung«, sagte ich überdeutlich. »Hier ist Katrina Rotberg vom *Haus Waldkauz*. Wir sind uns kürzlich im Wirtshaus begegnet. – Danke für den Zeitungsausschnitt.«

Schweigen am anderen Ende.

»Frau Hirsch, ich *weiß*, dass Sie es waren.«

»Sie wissen gar nichts, Schätzchen«, sagte sie kühl. »Ich versteh nicht, warum Sie mich anrufen.«

»Sie waren doch mal mit Martin Wolf zusammen?«

Das war der richtige Satz gewesen. Ihr Widerstand brach zusammen. Mit wackliger Stimme sagte sie: »Sie denken jetzt sicher, ich bin paranoid. Eine von denen, die nicht kapieren wollen, dass ihr Freund sie einfach nur verlassen hat. Eine, die lieber nach einer übernatürlichen Begründung sucht, statt das Naheliegendste zu akzeptieren. Aber ich sag Ihnen: Der Martin war nicht so. Es hat einen anderen Grund.« Sie atmete mir eine Weile ins Ohr. Ich sagte nichts. Ich wusste ja: Wer Antworten wollte, musste schweigen können. »Irgendwas ist mit dem Haus«, fuhr sie leise fort. Und dann wurde sie lauter, entschlossener: »Wenn unser Bürgermeister Sie einfach ins

Verderben schickt, Herzchen, ist das verflucht noch mal nicht in Ordnung!«

»Ins Verderben?«

Sie zögerte. »Ich wollte Ihnen mit dem Brief keine Angst machen, wirklich. Aber ich finde, Sie sollten das, was es über das Haus zu wissen gibt, auch wissen. Frank, ich meine Herr Heumeier, ist so froh, dass er Sie gefunden hat und dass Sie nicht – wie die anderen – schon nach einem halben Tag mit wehenden Fahnen flüchten. Er würde Ihnen nie und nimmer die Wahrheit sagen …«

Die Wahrheit.

»Es gab diese anderen Verwalter … vor mir.«

»Ja, bevor das Forscherteam das Haus gemietet hatte, gab es drei Verwalter, hier aus der Umgebung … Danach hat es sich wohl rumgesprochen. Niemand wollte den Job mehr.«

»*Was* hat sich rumgesprochen?«

Wieder das hektische Atmen. Dann: »Dass … Probleme auftreten. Unfälle. – Zu viele, um noch normal zu sein!«

Ich dachte nach. Etwas an dem, was sie sagte, ergab Sinn, ich wusste nur noch nicht, in welcher Hinsicht.

»Frau Hirsch, ich muss Sie was fragen.«

»Nur zu!«

»Was hat der Mann, der hier aus dem Fenster gestürzt ist, kurz vor seinem Unfall eigentlich gemacht? Er hat doch an irgendwas gearbeitet, oder?«

»Ole Lankert, meinen Sie? Der wollte die Fenster erneuern. – Die alten Sprossenfenster sollten raus und Plastikfenster rein.«

»Plastikfenster?«

»Na ja, es ist praktischer, oder? Auch beim Putzen.«

»Hm.« Ich dachte nach. »Ihr Freund … Martin Wolf«, sagte ich zögernd, »der ist von der Leiter gefallen. – Wozu hat er die Leiter gebraucht?«

»Er wollte eine Lackspanndecke anbringen. Cremeweiß. – Er war dabei, den Stuck wegzuklopfen. War ihm zu altmodisch. Der Martin war ein richtiger …«

»Und dieser Tim Kalkstein?«, unterbrach ich plötzlich. Ich war fiebrig, nervös.

»Der ist erschlagen worden, als er das Türmchen wegreißen wollte. Es hatte ihn gestört, es sähe aus wie ein Schleifchen auf 'nem Männerkopf, hat er gemeint. Und was wurde draus, Herzchen? Mausetot lag er auf dem Dach. Es war Hochsommer und erst eine Woche später haben sie ihn gefunden. Gedörrt wie eine Pekingente.«

»Oh Gott …«

»Er hatte vorher mehrere Firmen beauftragt. Die waren auch da, doch immer wenn sie loslegen wollten, gab's Ärger. Elektrische Werkzeuge brannten durch oder verschwanden einfach. Arbeiter haben sich verletzt – da war einfach der Wurm drin. Als die Firmen den Auftrag hinschmissen, wollte er es selbst machen.«

»Wieso haben Sie ausgerechnet das WGFP um Hilfe gebeten?«

»Können Sie sich das nicht denken? – In dem Haus … da geht was um!«

Im selben Moment hörte ich ein dumpfes Schellen im Hörer – die drei Kuhglocken über der Tür des Wirtshauses.

»Kundschaft!«, rief Roswitha Hirsch mir auch schon ins Ohr. »Ich muss Schluss machen! Passen Sie auf sich auf, Herzchen – das Haus ist nicht das gesündeste. Mein Rat: Wechseln

Sie den Job. Ich könnte eine Barfrau für die Abendschicht gebrauchen. Das ist ernst gemeint. Denken Sie drüber nach.«

»Danke, Frau Hirsch … ich …«

Es tutete nur noch. Aber ich hatte genug erfahren. Der Zusammenhang war so deutlich, dass ich mich wunderte, warum Professor von Loden ihn nicht gesehen hatte.

Ich steckte das Handy weg, drehte mich auf dem Autodach Richtung Haus und sah zu den Männern auf dem Dach. Sie kamen gut mit dem Türmchen voran. Keine Zwischenfälle.

Es ist nie jemand verunglückt, während ein Schaden ausgebessert wurde, dachte ich. Nur bei Umbauten waren die Unfälle passiert! Der Schrank im Ankleidezimmer fiel mir ein. Nachdem ich ihn gereinigt und gepflegt hatte, war er aufgegangen. Einfach so. Es hatte wie ein Zufall ausgesehen.

Und wenn es kein Zufall gewesen war? Wiederholungen, erinnerte ich mich an den Artikel, Wiederholungen machten aus Zufällen ein Muster.

Noch einmal nahm ich das Handy hervor, sah aufs Display, auf die noch geöffnete Seite der WGFP. Auf Tim Kalksteins Foto. Wie er dastand … Diese provozierende Haltung, in einer Hand das Luftgewehr, die andere in die Hüfte gestemmt. Die Zornesfalte auf der Stirn. Er trug denselben Blaumann wie auf dem Foto in Hermann von Lodens Artikelsammlung.

Moment mal …

Mein Blick blieb an dem Blaumann hängen. An dem neongrünen Fleck auf seinem Hosenbein. Ich hatte plötzlich eine schreckliche Ahnung. Rasch wechselte ich zu Google, gab »Luisa und Johann Konrad« ein. Das vertraute Bild – sie im Schneeglöckchen-Kleid und er in Rosa-Weiß.

Oh. Mein. Gott.

Ich gab »Ole Lankert« ins Suchfeld ein. Als ich den Mann auf dem Foto ansah, begann mein Herz zu rasen. Hastig klettere ich von dem Wrack, Schneebrocken rutschten dabei herab. Sowie ich unten stand, begann ich den restlichen Schnee von Heck und Dach zu schieben.

*

Dr. Sonnenkalbs Gesichtsfarbe war wiedergekommen.

»Eins weiß ich«, sagte ich. »Ich kenne Gloria jetzt nämlich schon ziemlich gut: Sie lässt sich keine Vorschriften machen. Wenn sie hierfür *nicht* verantwortlich wäre …« Ich wies auf die A4-Fotos, auf denen Zoe und ich als kleine Mädchen zu sehen waren, zwei Jahre alt, fast noch Babys. Nur ein Foto zeigte unsere ganzen Körper: Brustkorb, Arme und Beine. Blaue Flecken in allen Stadien: blau, violett, schwarz, gelb. In Großaufnahme unsere Hand- und Fußgelenke – blutig von starkem Abrieb. »Wenn sie hierfür *nicht* verantwortlich wäre«, wiederholte ich, »hätte sie alle Hebel in Bewegung gesetzt, um uns zu finden. Sie hätte der Polizei die Hölle heißgemacht, eine Initiative gestartet, Interviews gegeben, Radio- und Fernsehaktionen gemacht, Suchanzeigen aufgehängt. Was aber hat sie getan? Nichts! *Überhaupt* nichts. Sie hat sogar zwei ganze Wochen lang gewartet, bis sie uns überhaupt als vermisst gemeldet hat. Als ob sie ihm Zeit verschaffen wollte.«

Ich nahm das Glas Wasser, das Dr. Sonnenkalb mir hingestellt hatte, und trank es in einem langen Zug leer. Ich hatte solchen Durst. Als wäre etwas in mir vertrocknet.

»Er hat uns regelmäßig besucht, als wir noch bei Gloria

wohnten«, fuhr ich fort. »Das hat sie mir erzählt. Er hat uns oft übers Wochenende genommen. Diese Verletzungen hat er über Wochen und Monate dokumentiert.«

»Katrina«, entgegnete Dr. Sonnenkalb. »Es könnte auch sein, dass *er* euch die Verletzungen zugefügt hat. Und zwar viel später. Im Wald nämlich. *Nachdem* er euch … verschleppt hatte.«

»Sehen Sie das Datum hier unten?« Ich wies auf ein Foto der geschundenen Handgelenke. »Das hat er aufgenommen, Wochen *bevor* er uns nach Hyde gebracht hat.« Ich sah sie ernst an: »Glauben Sie wirklich, dass Gloria, wenn sie eine verantwortungsvolle Mutter gewesen wäre und gemerkt hätte, dass er uns bei den Besuchen etwas antat, ihn je wieder ins Haus gelassen hätte? – Glauben Sie, dass sie ihn nicht sofort angezeigt hätte?«

Dr. Sonnenkalb war blass, ihr Mund wirkte dünn und verletzbar. Darauf hatte sie keine Antwort.

»Nicht *er* ist dafür verantwortlich. *Er* hat uns da rausgeholt.«

*

Ich wischte und wischte. Herunter mit dem Schnee! Herunter von dem lavendelfarbenen Heck, dem fliederfarbenen Dach, den feinblauen Türen, bis der zarte Schneeglöckchenprint zum Vorschein kam. Ich rannte durch den Schnee zum nächsten Wrack, schob den Schnee weg, bis … ein rosafarbenes, rostzernagtes Cabriolet mit weißen Türen sichtbar wurde.

Ich zog das Handy aus meiner Gesäßtasche, vergewisserte mich. *Sie* im lavendelfarbenen Kleid mit Schneeglöckchen am Saum, *er* in weißer Hose mit rosa Hemd: Johann und Luisa Konrad. Mein Blick flog zwischen dem Foto und den beiden Wracks hin und her: Lavendel mit Schneeglöckchen. Rosa und weiß.

Ich stürzte zum nächsten Wrack, wischte die Schneeschicht fort, bis es blau und mit einem auffälligen neongrünen Fleck in die Luft sah. Zum nächsten! Wischen! Und endlich stand es krachgelb vor mir, mit einem roten Streifen in der Mitte, in dem das Wort *Hero!* prangte.

Mit zitternden Fingern googelte ich wieder »Ole Lankert«, den Mann, der aus dem Fenster gestürzt war. Auf dem Kopf trug er ein rotes Cap, auf dem in riesigen Buchstaben *Hero!* stand.

»Frau Rotberg!«, rief eine Stimme. Ich fuhr herum. Meine Zähne schlugen aufeinander, so kalt war mir eben geworden. Die beiden Dachdecker standen an der Haustür. »Kommen Sie mal?«

Mit schlotternden Gliedern lief ich los. Sieben mysteriöse Vorfälle von Tod und Verschwinden, dachte ich, während ich zum Haus stapfte. Dann blickte ich noch einmal über die Schulter: sieben Wracks.

*

»Und ihr habt gesehen, wie er diese Briefe an eure Mutter schrieb?«, fragte Dr. Sonnenkalb später noch einmal. Sie sprach sehr leise.

»Immer vor den *Großen Fahrten.*«

Sie musterte mich intensiv – es schien ihr jetzt kaum mehr etwas auszumachen, mein Gesicht anzuschauen. Offenbar hatte sie nur Zeit benötigt, um sich daran zu gewöhnen. Und da spürte ich die irre Hoffnung, dass es auch anderen so gehen könnte – *allen*. Sie mussten sich nur daran gewöhnen und ich bräuchte mich nicht mehr zu verstecken.

Dr. Sonnenkalb hatte sich zurückgelehnt in ihren Sessel, das Kinn in die Hand gestützt, und dachte nach. War sie noch immer im Zweifel?

»Stellen Sie sich vor, *Ihre* Kinder wären entführt worden. Dann schickt der Entführer Briefe, und darin sind kleine Bilder, die von Ihren Kindern gemalt und gebastelt sind – was würden Sie tun?«

»Zur Polizei gehen«, antwortete sie sofort.

»Logisch!«, sagte ich. »Aber was hat Gloria gemacht?«

Ich ließ die Frage im Raum stehen, wo sie sich langsam aufblähte, bis die Bedeutung alle Wände berührte.

»Sie hat die Briefe versteckt«, sagte ich leise. »Lieber hat sie so getan, als wüsste sie nicht, ob ihre Kinder überhaupt noch leben, als der Polizei irgendeinen Hinweis zu geben. Dann wäre nämlich alles ans Licht gekommen.« Ich wies mit dem, was einmal mein Kinn gewesen war, auf die Fotos. »Wir waren gerade mal zwei, als das passiert ist. Verstehen Sie? Zwei Jahre alt.«

*

Die Dachdecker waren gegangen. Ihr Auto abgefahren. Das Türmchen auf dem Dach war repariert.

Ich war wieder allein. Allein mit dem Haus.

Ich stand draußen und schaute mir das Dach an. Meine Hand flatterte hoch, presste sich zwischen meine Brüste. Irgendwas regte sich da. Etwas anderes als Gleichgültigkeit oder Rachelust. Etwas Unerklärliches. Erleichterung? Sehnsucht?

Das neue Türmchen sah nicht so aus wie das alte; es war kleiner und schlichter, aber schließlich waren Dachdecker auch keine Maurer. Ein Wunder, dass sie mir überhaupt geholfen hatten. Die alten Steine hatten noch auf dem Dach gelegen. Nach Tim Kalksteins Tod hatte offenbar niemand sie weggeräumt. Nicht alle waren verwendbar gewesen.

Langsam ging ich ins Innere des Hauses. Stieg die Treppe hoch. Lief den Korridor entlang, bis ich wieder vor der Herzzimmertür stand. Ich trug das Tuch. Was auch immer sich in diesem Raum verbarg – ich wollte es nicht zu Tode erschrecken.

Millimeter um Millimeter drückte ich das ausgesägte Herz nach vorn, bis es auf der anderen Seite zu Boden polterte. Ich zog die Hände rasch wieder weg, trat automatisch zwei Schritte zurück. Mein Mund war trocken. Ich starrte auf das herzförmige, gähnende Loch in der Tür. Die Schwärze dahinter wirkte nicht wie abwesendes Licht, sondern wie etwas Festes.

In dem Raum sind die Bretter noch vor die Fenster genagelt, sagte ich mir. Es kommt kein Lichtstrahl von außen hinein, daher die Schwärze. Das Herzloch war jedoch nicht nur finster, es strömte auch diese extreme Kälte aus. Ich rieb mir die Arme. Begann zu schlottern. Eine so unfassbare Kälte, als läge hinter der Tür die Arktis.

Und plötzlich drang aus der Finsternis ein Geräusch.

Zzzzzrrrrrrr. Zzzzrrrrrrr..

Meine Kopfhaut begann zu prickeln, alle Härchen stellten sich auf und ich wich weiter zurück. Jäh wurde mir klar, dass der Weg jetzt nicht nur frei war für mich. Er war auch frei für das, was sich darin befand.

Hastig knipste ich die Taschenlampe an, hielt sie wie eine Waffe vor mich und leuchtete in das Herzloch. Alles blieb dunkel. Ich schüttelte die Lampe, hielt den Strahl in meine Richtung, schloss geblendet die Augen. Die Lampe funktionierte. Als ich sie jedoch wieder auf das Loch richtete, versackte das Licht in der Finsternis.

Zzzzrrrrrr. Zzzrrrrrr..

Ich war so weit zurückgewichen, dass ich mit dem Rücken an die gegenüberliegende Wand stieß. Aber Angst und Neugier sitzen nahezu am selben Platz im Gehirn. *Es gibt nur einen Weg aus der Angst. – Der führt mittendurch.*

Ich stieß mich von der Wand ab, ging auf die Tür zu, bückte mich und stieg durch das Herzloch in die Finsternis.

22. KAPITEL

IM HERZZIMMER

Die Kälte stürzte sich auf mich wie mit Nadeln. Schrappte über meine Haut. Ich atmete flach. Die Luft schien aus winzigen Eiskristallen zu bestehen. Meine Lunge vereiste. Zumindest kam es mir so vor.

Mit ausgestreckten Händen wagte ich mich in die Schwärze, die sich wie Lack um meine Bewegungen schloss. Ich knipste die Taschenlampe an. Das *Klick* war deutlich hörbar, die Lampe war also an, aber es blieb dunkel. Erst jetzt fiel mir auf, dass das Schleifen verstummt war. Rundum war es still. *Anders* still als normal. Nicht, als wäre etwas zur Ruhe gekommen, sondern als lauere etwas.

Ich sah *nichts*. Eine Dunkelheit wie eine Blindheit. Doch als ich mich kurz zur Tür umdrehte, leuchtete der Herzausschnitt. Im Korridor brannte Licht, doch es drang nicht in den Raum hinein.

Ich legte die unbrauchbare Taschenlampe auf den Boden, griff in meine Gesäßtasche, zog eine Kerze heraus, die ich eingesteckt hatte. Mit vor Kälte zitternden Fingern zündete ich sie an.

Es wurde um eine Nuance heller. Seltsamerweise fraß die Dunkelheit nicht an der Flamme. Griff sie nur elektrisches Licht an? Ich drehte mich einmal im Kreis.

»Hallo?«, flüsterte ich.

Keine Antwort.

Die Ecken lagen im Finstern, die Kerze erleuchtete nichts als einen engen Kreis um mich herum. Entschlossen ging ich voran – Richtung Fenster.

*

Gloria hatte damals einen neuen Freund, an dem sie sehr hing, las Dr. Sonnenkalb Papas Brief laut vor. *Wer euer biologischer Vater war, weiß ich nicht. Gloria hat immer nur abgewinkt. Er spielte keine Rolle. Ich schätze, er weiß nicht einmal, dass es euch gibt.*

Sie hing an diesem neuen Freund. So wie an keinem vorher. Er wohnte bei euch, die Wohnung war klein. Ein Bad, ein Wohnzimmer ein winziges Schlafzimmer. Ihr seid durch die Zimmer gekrabbelt, habt den Wäscheständer umgeworfen, habt geweint. Er aber wollte nur Gloria.

Ihr wart eine Last und er wurde schnell wütend. Er trat euch weg, wenn ihr beim Fernsehen durchs Bild getappt seid. Katrina, dein Bein – es war nicht schon immer so … Er hat dich vom Stuhl auf die Fliesen geknallt. Er hasste es, wenn eine von euch das Mittagessen auf den Tisch spuckte, und an dem unglücklichen Tag warst du das gewesen.

Er war jähzornig, cholerisch, schnell außer Kontrolle.

Leidenschaftlich, sagte Gloria.

Gloria liebte ihn. Oder sie war ihm verfallen. Als ich sie unter vier Augen auf eure Verletzungen ansprach, fühlte sie keine Schuld. Sie sagte, sie hätte eine »Lösung« gefunden.

Die Lösung bestand darin, dass sie euch ans Kinderbett band und im Schlafzimmer abstellte.

Dr. Sonnenkalb senkte den Brief, griff nach dem Wasserglas. Auch sie schien plötzlich schrecklichen Durst zu haben.

Als es immer schlimmer wurde, so erfuhren wir aus Papas Brief, und Gloria ihm damit drohte, seine Besuche bei ihnen zu verbieten, wenn er sie weiter ausfragte und unter Druck setzte, stand er vor einer Entscheidung.

*

Am vernagelten Fenster angekommen, ließ ich mich in die Hocke nieder, tropfte Wachs auf den Boden und klebte die Kerze darauf fest. Ich zitterte so sehr, dass ich einen Moment lang fürchtete, sie würde ausgehen. Nein, sie leuchtete weiter. Die frostige Dunkelheit brodelte um den kleinen Lichtfleck, das Flämmchen bebte.

Als würde das Zimmer atmen.

Ich packte den Fenstergriff, öffnete das Fenster und stieß die Bretter heraus. Sie lösten sich wie wackelige Milchzähne, die nur noch an einem Fädchen hängen.

Das Tageslicht strömte herein. Es war so kalt in diesem Zimmer, dass mir die hereinströmende Winterluft wie eine warme Brise vorkam. Ich krallte mich am Fenstersims fest und starrte hinaus, um mich nicht umdrehen zu müssen. Ich sah das Tropfen und Tauen da draußen; mein Blick legte sich auf alles, was der Schnee freigab: fahles Gras und matschbraune Wege. Autowracks, die an einstige Besitzer des Hauses erinnerten.

Ich schaute so lange und intensiv, als wäre es das letzte Mal. Und alles, was zwischen dem Gespräch mit Dr. Sonnenkalb und heute geschehen war, rauschte an mir vorbei: meine Zeit in der Wohngruppe, mein Zimmer dort, in dem ich auf dem Boden schlafen durfte. Wie ich gleich zu Anfang ein Dielenbrett gelöst hatte und dem Hohlraum darunter meine finsteren Geheimnisse anvertraut hatte: Papas Briefe, die Geldbündel, das metallicblaue Handy. Wie ich wochenlang im Internet geforscht und schließlich jemanden gefunden hatte, der mir Fischs Handy knackte, sodass ich die gespeicherten Daten abrufen konnte. Wozu hatte ich Papas Geld, wenn nicht, um solche besonderen Dienstleistungen zu bezahlen?

Ich hatte Rache gewollt, und ich hatte gewusst, dass ich Geduld brauchte. Aber Geduld war meine Stärke. Schon immer. Anders als Zoe konnte ich ausharren. Wenn es sein musste, jahrelang. Wie eine Spore, die so lange im Boden schlummert, bis endlich ihr Tag gekommen ist und sie anfängt zu sprießen.

Während ich im Herzzimmer am Fenster stand und mich innerlich darauf vorbereitete, einen Stoß, Stich oder Biss in den Rücken zu bekommen, sah ich mich, wie ich drei Jahre zuvor die Videos auf Fischs geknacktem Handy anschaute und Zoe fand.

Zoe an meiner Seite, wie sie die Zähne fletschte und unsere Feinde anknurrte. Zuschnappte.

Was ist die Ursache für Liebe?

Ich weiß es nicht. Aber ich weiß, dass die Liebe nicht verschwindet, wenn der Mensch, dem sie gehört, stirbt. Sie ist immer noch da. Wie das Licht, wenn eine Kerze erlischt. Sie ist in meinem Innern, streift suchend umher, heimatlos, mit wunden Füßen, sehnsüchtigen Händen.

Wir waren Zwillinge, aber Zoe war anders gewesen als ich. Sie war die Ältere und vielleicht spielte das eine Rolle, jedenfalls war sie immer die Erste gewesen. Sie war vor mir durch den Wald marschiert, hatte die Äste zurückgehalten, bis ich durchgeschlüpft war. Sie hatte mir die Wege freigetrampelt, bohrte mit langen Stöcken in Erdlöchern, betrat eine Höhle zuerst, war schneller auf jedem Baum als ich. Zoe explodierte. Ich implodierte. Immer hatte sie mich verteidigt, immer beschützt. Meine wilde und schöne, meine … tote Schwester.

Ich hatte auch die anderen Videos durchsucht. Kleine Filme, die große Feuer zeigten, Tiere, die flüchteten, und Tiere, die es nicht schafften, herabstürzende, stöhnende Bäume. Sie hatten diesen Brand gelegt, aber es war nicht das erste Mal für sie gewesen.

Auf dem winzigen Display verfolgte ich, wie sie auch an anderen Orten ihre Gerätschaften auspackten, Holz aufschichteten, übergossen und anzündeten. Ob sie unseren Wald auch angezündet hätten, wenn sie gewusst hätten, dass wir dort versteckt lebten? Es spielt keine Rolle mehr.

Später dann, *Jahre* später, hatte ich sie im Internet ausfindig gemacht. Ich weiß nicht, welche Suchkombination endlich den Treffer landete: *Vessertal* + *Brand* führte nur zu den üblichen Artikeln, die Papa zum Täter erklärten. Ich hatte ein Wort hinzugefügt. *Kampf* oder *Lust* oder *Mission*.

So fand ich ihren Blog.

Und das war der ganze banale Grund: dieser *Blog*.

Ein Katastrophenblog. Das war ihre Leidenschaft: zerstören und es filmen.

Es ging um Abonnenten. Darum, bemerkt zu werden und hervorzustechen. Um Klicks.

Das war die ganze triviale Wahrheit.

Sie hatten eine Spur durchs ganze Land gebrannt und waren stolz darauf. Feuer zu legen, war ihr Markenzeichen. Sie drehten Videos davon und stellten die Aufnahmen online. Es ging ihnen nicht darum, Menschen zu töten. So weit waren sie nie gegangen. Sie verbrannten Landschaften. Autos. Gebäude. Und Tiere.

Sie setzten in den Nächten Kleingartensiedlungen in Brand. Getreidefelder, aus denen die Rehe flüchteten. Eine Werkstatt voller Fahrzeuge. Einen Kindergarten. Und Wälder.

Ich erkannte mein Zuhause. Ich erkannte das Vessertal, die Bäume, den See vor Hyde.

Sie hatten Papa und Zoe getötet und sie hatten das sicher nicht geplant. Sie hatten keine Ahnung gehabt, dass wir dort lebten. Sie brauchten nur einen neuen Brand. Ein Naturschutzgebiet – das fehlte noch auf ihrem Atlas der Zerstörung.

Ich stand am Herzzimmerfenster, und mir war klar, dass ich mich nur deshalb so intensiv erinnerte, um den Moment hinauszuzögern. Den Moment, an dem ich mich umdrehen musste. Meine Finger schmerzten, so fest umkrallte ich die Fensterbank. Und dann hörte ich wieder das Geräusch hinter mir.

Zzzzrrrrrr.

Zzzzrrrrrrrrrrr.

Ich hatte es nun schon so oft gehört, wenn ich das Ohr an die Tür gelegt hatte.

Gut, es war so weit. Es *ist* so weit.

Dreh dich um, Katrina.

Ich drehte mich um.

*

Zuerst hatte Papa sich ans Jugendamt wenden wollen.

Er erkundigte sich anonym und erfuhr, dass er nicht als Pflegevater infrage kam. Nicht als alleinstehender Großvater zweier Zweijähriger. Dass die Kinder in Pflege gegeben würden und er womöglich nicht mal wissen würde, wo sie untergebracht wären. Er fragte, welches Recht er als Großvater dann überhaupt hätte. Keines. Die Kinder wären einfach weg.

Da traf er die Entscheidung.

Ich wollte euch vor ihm und ihr retten, schrieb er, *aber ich wollte euch damit auch nicht verlieren. So hab ich beschlossen, euer Vater zu werden. Ihr solltet ohne Angst aufwachsen. Ich werde meine Strafe antreten, sobald ihr achtzehn seid.*

Dr. Sonnenkalb senkte den Brief. »Ich fahre zu deiner Mutter«, sagte sie entschlossen. »Ich versuche, unter vier Augen mit ihr zu reden. Ich will wissen, was sie selbst dazu zu sagen hat. – Wirst du zur Polizei gehen?«

»Nicht, wenn sie mich in Ruhe lässt«, sagte ich. »Ich habe meine eigenen Pläne.«

*

Die Gestalt stand in der Ecke an der Tür, mit dem Gesicht zur Wand. Die Hände lagen auf den rabenschwarzen Steinen und sie … leckte darüber.

Zzzzrrrr. Zzzzzzrrrrrrr.

Sie war schmal und nackt. Ihr dünnes rotes Haar zeigte kahle Stellen, als hätte jemand ganze Büschel ausgerissen. Über den Rücken zog sich eine riesige Tätowierung. Dunkelblau. Schiffe, Segel, ein Meer. Aufgewühlte Gischt.

Zzzzrrrrrr.

Starr vor Furcht, begriff ich, dass es ihre Zunge war, die dieses feine, leise, schabende, reibende, schleifende Geräusch verursachte. Die Gestalt tastete sich die Mauer entlang und leckte immer wieder über eine andere Stelle. Lange Striche, beharrlich.

Zzzzzzrrrrrrrr.

Sie konnte mich unmöglich *nicht* gehört haben. Sie?, dachte ich. Vielleicht war es ein Mann. Ein junger Mann, ein … Junge. Mein Alter. Meine Wahrnehmung schwankte hin und her, mal sah ich einen jungen Mann, mal eine Frau. Warum drehte sie sich nicht um? Wieso reagierte er nicht auf meine Anwesenheit? Mein Blick fiel auf den Verband, den er am Fuß trug, und glitt höher auf den um ihre Hüfte. Ich stutzte und wie von Fäden gezogen begann ich auf sie zuzugehen. Oder ihn.

Ein tiefer, rollender Laut kam aus ihrer Kehle oder vielleicht aus seinem Bauch. Der Laut schien in die Wände zu ziehen und übertrug sich durch die Dielenbretter in meine Füße, stieg nach oben, zitterte in mir. Ein Rollen, ein Grollen, ein Gurren, ein … Ich stand jetzt genau hinter ihm und konnte nicht anders: Behutsam legte ich ihr die Hand auf die Schulter … spürte, dass der ganze Körper vibrierte unter diesem schnurrenden Laut.

Da fuhr sie herum – ihr rotes Haar zischte durch die Luft und mit ausgestreckten Krallen und aufgerissenem Mund flog er auf mich zu. Ich sah die spitzen Zähne, hörte das Heulen und Jaulen und duckte mich weg, doch mein schwaches linkes Bein verlor plötzlich den Halt oder das Wesen war einfach schneller als ich, hatte mir ein Bein gestellt … Ich fiel …

*

»Was sind deine Pläne? Was hast du jetzt vor?«, fragte Dr. Sonnenkalb, nachdem sie von Gloria zurück war.

Sie hatte mir eine große Plastiktüte hingestellt. All die kreischbunten Klamotten, die Gloria mir gekauft hatte, waren darin. Ich atmete aus. Dass sie meine Sachen mitgeschickt hatte, konnte nur eines bedeuten. Fragend blickte ich zu Dr. Sonnenkalb hoch. Ihr kurzes silbriges Haar war zerzaust. Als hätte sie einige Male zu oft hineingefasst und es zerwühlt. Ihr Blick war klar, gerade und entschlossen. Etwas Hartes lag darin, was ich vorher noch nie bemerkt hatte. Was auch immer bei Gloria vorgefallen war – es hatte sie überzeugt, dass ich die Wahrheit gesagt hatte. »Wirst du zur Polizei gehen?«, wiederholte sie die Frage.

»Warum?«

»Vielleicht möchtest du die Dinge, die man über deinen Großvater geschrieben hat, öffentlich berichtigen?«

»Für wen?«, fragte ich. »Papa ist tot. Ihm kann das alles nichts mehr anhaben. – Ich hab andere Pläne.«

Ich wollte nichts öffentlich berichtigen. Ich wollte Rache!

*

Ich war auf einem Schiff und fuhr durch die Nacht. Eine Melodie drang aus den Tiefen des Meeres. Ein feines, sanftes Summen. *Amazing Grace.* Das Schaukeln des Schiffes, das Summen – beides war so vertraut. Ich hob die Lider.

Über mir zwei gelbe Augen. Rotes Haar. Ungewöhnlich spitze Zähne. Alles an dem Gesicht drückte Vorsicht aus, Argwohn. Höchste Aufmerksamkeit. Auf meinem Hals fühlte ich eine Hand. Nein, nicht auf dem Hals. Um ihn. Zu dicht.

Finger, die jeden Moment zudrücken konnten. Ich spürte … Krallen.

Immer noch schwankte alles, aber wir waren auf keinem Boot. Das Wesen hockte auf dem Boden, schaukelte mich im Arm hin und her, die eine Hand um meinen Hals, und … summte.

Meine Finger zuckten zu meinem Gesicht; ich trug kein Tuch!

Entsetzt sah ich alles wieder vor mir. Ein Film, der in Zeitraffer ablief: Maltes jähes Verstummen im Krankenhaus, als der Verband entfernt wurde. Wie er den ganzen Rückweg lang stumm geblieben war. Seine Hände um das Lenkrad gekrallt, die hervortretenden weißen Knöchel, sein harter Kiefer. Glorias Weinkrampf, als ich aus dem Wagen gestiegen war, ihre zum Schutz vor mir ausgestreckten Hände. Ihre Schreie. Mein ausgeleuchtetes Gesicht im Fernsehen, das den ganzen Bildschirm gefüllt hatte – ein in Fleisch gesperrter Albtraum. Das Flüstern und Zischen im Bus zur Schule. Dr. Sonnenkalbs Erblassen, nachdem ich das Tuch abgebunden hatte. Das halb transparente Tuch im Kartoffelparadies, die Gier in den Augen der Gäste. Das Lufteinsaugen, das Anstoßen und Kichern. Die Angst. Das Grauen. Der Ekel.

»Mein Tuch …«, flüsterte ich.

Das Summen hörte auf. »Du … hast … keine … Luft … bekommen«, sagte das Wesen. Das Sprechen klang unbeholfen, als würde die Zunge sich mühsam über die Laute tasten, sie erstmals seit Langem wieder probieren.

Ein Mädchen, dachte ich, so alt wie ich. Sie sah mich direkt an. Ihre Wimpern waren lang und geschwungen. Sie weinte nicht, schrie nicht, erblasste und schwitzte nicht bei meinem Anblick. Oder war es doch ein Junge? War das dort ein Adamsapfel?

Ich bewegte mich nicht, aber mein Blick wanderte zur Wand, wo die Gestalt zuvor gestanden und dieses Geräusch gemacht hatte. Langsam gingen meine Augen hin und her, saugten sich schließlich fest. Erkannten etwas wieder.

»Jetzt verstehe ich«, flüsterte ich.

Ich hob die Hand und legte sie leicht an seine Hüfte, auf den Verband. Er zuckte nicht zusammen, die Wunde darunter war verheilt. Doch als ich die Finger zu seiner anderen Hüfte gleiten ließ und die schorfige, beunruhigend seltsame Haut spürte, verstärkte sich der Griff um meinen Hals.

Meine Finger tasteten behutsam. Die Gestalt stöhnte vor Schmerz. Haut, als würde sie sterben.

Die Zähne waren so spitz wie winzige Skalpelle, er könnte mich mühelos töten. Ich ließ die Finger dennoch auf seiner kranken Hüfte ruhen, war ganz still. Nach einer Weile spürte ich, wie er sich in die Berührung hineinlehnte, meiner Hand behutsam entgegenkam. »Endlich verstehe ich!«

Sein Blick folgte meinem. Zur Wand. Sie war schwarz, bis auf eine große Fläche, die von einem grünlichen Schleier überzogen war, einem Pilz, der offenbar tief ins Mauerwerk reichte. Die Fläche hatte die Form von Norwegen. Genau wie die große kranke Stelle an der Hüfte, auf der meine Hand ruhte.

»Du und das Haus.« Ich flüsterte. »Ihr seid ein und dasselbe.«

*

»Was möchtest du?«, fragte Dr. Sonnenkalb.

»Zuerst eine eigene Wohnung«, sagte ich.

»Das wird nicht gehen. Du bist nicht volljährig. Du bist erst fünfzehn.«

»Ich geh in keine Pflegefamilie.«

»Es gibt auch andere Möglichkeiten. Ich kann dir helfen. Es gibt Wohngruppen für Jugendliche. – Das Jugendamt kümmert sich um dich. Ich kann dich unterstützen, in so eine Gruppe zu kommen … falls du …« Sie stockte kurz, sprach dann weiter. »Ich meine … falls du dem Jugendamt den wahren Grund nicht nennen kannst oder möchtest.«

»Ja«, sagte ich nur, denn ich brauchte ihre Hilfe. »Ich will eine Ausbildung machen«, fuhr ich fort. »Tischlerin.«

»Nachdem du die zehnte Klasse zu Ende gemacht hast«, entschied Dr. Sonnenkalb.

*

Das Wesen sah mich mit gelben Katzenaugen an, die Hand fest um meinen Hals gelegt. Ich betrachtete die feinen, langen roten Haare, die aus der zarten Haut neben der Nase wuchsen und zu den Seiten abstanden. Flimmerfühler, dachte ich. Schnurrhaare.

Hatte ich den Zusammenhang vorher nur geahnt, hatte ich vorher geglaubt, nur einzelne Stücke der Wahrheit zu kennen, so wurde mir nun klar, dass ich die ganze Zeit über *alles* gewusst hatte.

Es war eine einzige große Unglaublichkeit, aber manchmal, das wusste ich ja, manchmal war gerade das Unglaubliche das überzeugendste Detail an einer Geschichte.

»Es ist diese Mauer dort, nicht wahr?«, flüsterte ich und

wies mit den Augen zu dem Fleck, den das Katzenwesen zuvor geleckt hatte wie eine große Wunde. »Da ist Nässe drin. Schon sehr lange, nicht wahr? Sie fault. Das macht dich so krank. Das Haus ist ... dein Körper. Oder? Ihr gehört zusammen. Du bist ...«

Die Seele dieses Gebäudes ... dachte ich, während die gelben Augen mich ansahen. Zwei schwarze Sicheln darin. Die Schnurrhaare zitterten.

Die Katze, der Kater, dachte ich ... sie waren die ersten vorsichtigen Versuche einer Kontaktaufnahme gewesen.

»Du kannst deine Gestalt wandeln ... Katze, Kater. Mensch, Tier. Mädchen, Junge.«

Stimmte das?

»Bist du Junge und Mädchen gleichzeitig?«

Ich sah in die schwarzen Sicheln und spürte, wie er zu ihr wurde und sie zu ihm, es war ein ständiges Kommen und Gehen.

Hat die Seele ein Geschlecht?

Die Antwort war plötzlich da. So einfach.

Das Haus hatte eine Seele und mit dieser konnte es Kontakt zu den Bewohnern aufnehmen. Es konnte ... Entscheidungen treffen.

Ich dachte an die Unfälle. Ich sah Tim Kalkstein, wie er das Türmchen zertrümmerte und selbst zertrümmert wurde. Ich sah Ole Lankert, wie er aus dem Fenster stürzte, nachdem er dieses Fenster herausreißen wollte. Das Haus zeigte mir alles: seine ganze mörderische Kraft.

»Sie haben dir wehgetan«, sagte ich. »Du hast dich nur verteidigt.«

Sie beugte sich tiefer über mich, und ich spürte seine zweite Hand an meinen Hinterkopf – wie eine Schale. Ihr ernstes Gesicht, so dicht über mir, die traurigen Augen. Winzige schwarze Punkte in der gelben Iris. Sein rotes Haar. Die Ohren.

Eines war fein geschnitten: zarte Ohrläppchen und eine weiche Rundung von Flaum bewachsen. Das zweite sah anders aus: grober; es wirkte wie nachträglich angesetzt, von jemandem, der vom ursprünglichen Bauplan überfordert gewesen war. Als sie meinen Blick sah, ließ sie meinen Hals für einen Moment los, legte die Finger auf das grobe Ohr.

»Ohr … gesund«, sagte sie. »Danke … für … Hilfe.«

Sie klang, als hätte sie Wörter geschenkt bekommen, nagelneue, unbenutzte Wörter, und jetzt holte sie sie vorsichtig aus dem Papier. Hielt sie gegen das Licht, zog sie behutsam über die eigenen Gedanken.

Ich spürte meinen Herzschlag.

»Mrrrau …«, gurrte ich. Leise, vorsichtig.

Er ließ meinen Kopf auf den Boden sinken. »Mrrrrau …« Er strich mit den Fingerspitzen über mein Gesicht. Über das, was einmal ein Gesicht gewesen war. Ich hielt die Luft an, aber die Ruine meines Gesichts zu berühren, schien ihr nichts auszumachen. Sie … lächelte.

»Ich tu dir nicht weh wie die anderen«, sagte ich. »Ich verspreche es.«

*

Papa war so ärgerlich geworden, als Zoe ihm von den Eindringlingen erzählt hatte. Dass sie die Bäume am Ufer abgeknickt und wir uns eingemischt hatten. Dass Fisch Fotos von allem gemacht hatte. Vom Wald, von den umgeknickten Bäumen, von uns.

»Wie eine Dokumentation!«, hatte Zoe Papa erklärt.

»Fotos *von euch*?«, hatte er gefragt, als hätte er alles andere nicht gehört. Als wäre das völlig nebensächlich.

»Ja«, antwortete Zoe. »Er hat sogar ein bescheuertes Video gedreht, als wir ihnen die Meinung gegeigt haben! – Sie haben's jetzt hoffentlich kapiert!«

Papa war im großen Zimmer auf und ab gegangen. Auf und ab. »Während der Unterrichtszeit dürft ihr nur in der Nähe von Hyde sein!«, sagte er. »Nicht auf der Lichtung, nicht am See, nicht tiefer im Wald. Und auch die Stillbeschäftigung ist Unterrichtszeit! – Ihr wusstet das doch, Zoe!«

»Aber sie haben sich aufgeführt wie …«

»Das hab ich ja verstanden. Ihr hättet zu *mir* kommen sollen. Ich hätte mit ihnen reden können. Wenn ein Erwachsener tagsüber im Wald ist, ist das nichts Verdächtiges. Aber wenn *ihr* …«

Und so weiter. Und so fort.

*

»Die vorigen Bewohner …«, flüsterte ich. »Hast du sie verwandelt?«

»Nein. Sie sind … nur geworden … was sie … in Wahrheit … sind.«

»Sie können nicht mehr wie vorher werden?«

Sie schüttelte den Kopf. Die Schnurrhaare bebten.

»Dann will ich die Wracks im Frühjahr bepflanzen«, sagte ich unter ihrem festen Griff. »Sie sollen blühen.«

Ich dachte an rosa Wicken für Luisa Konrad, sie würden das Heck umschmiegen, ein wildes, schönes Kleid. Ich dachte an weißes Sternmoos für ihren Mann, an rot-gelbe Kapuzinerkresse für Ole Lankert, die sich über die Wände und das Dach schlängeln würde. Ich dachte an Iris für Tim Kalkstein: blaue Blüten, grüne Stiele. Sie waren keine Menschen mehr, aber sie konnten trotzdem schön werden.

Wenn man sie nicht vergaß.

Wenn man sich um sie kümmerte.

Wenn … »Wenn du mich lässt«, flüsterte ich.

Er schwieg.

»Werde ich auch ein Wrack?«

Er nahm die Hand von meinem Hals und strich über die Reste meiner Wange, wischte die Tränen weg. Ich hatte nicht gemerkt, dass ich weinte.

»Du … bist … kein … Wrack.«

*

Papa ging zum See, als wir schon im Bett lagen. Ich hörte ihn aufstehen und auch, wie er zurückkam und sich im Nebenzimmer wieder hinlegte.

Während sie auf ihren Isomatten lagen und schliefen, hat er sich zu ihnen hingeschlichen, leise wie ein Iltis. Er fand Fisch und nahm ihm das Handy ab. Papa war geschickt, er hatte das Schleichen von den Tieren gelernt.

Bevor er zurück ins Haus kam und ins Bett ging, hat er das Handy in der Kassette unter dem Stein versteckt. Ich habe mich lange gefragt, warum. Hätte er es nicht zerstören müssen, es in den See werfen? Um das Video und sämtliche

Spuren, die zu unserem versteckten Heim führten, zu vernichten? Warum hat er es aufgehoben?

Die Antwort hat mich viele Nächte gekostet.

Er wollte, dass wir das Video haben. Ein Video von uns beiden, Zoe und mir, eins, das andere Bilder zeigte als die, die er in der Kassette für uns aufbewahrte. Keine blauen Flecken, keine verletzten Gelenke. Ein anderer Grund fällt mir nicht ein.

*

»Ich hab dich kommen sehen … in jener Nacht.« Das Wesen sprach und seine Ohren spielten. »Ich bin so lange krank … drei Jahre schon.«

Keinen hat es gekümmert, sagte er. Irgendwann hat er aufgegeben. Er wollte sterben.

»Ich wollte dich nicht«, sagte sie.

Ich erinnerte mich an die Nacht meiner Ankunft. Das Gefühl, dass da noch jemand wäre außer mir.

»Du hast meine Hand kaputt gemacht, meinen Fuß.«

Ich sah die durchgebrochene Veranda vor mir, das zerschlagene Fenster.

»Ich war zu … krank, um dich … aufzuhalten. Aber ich musste dich … belauern. Wollte dich vertreiben.«

Der Kater dann im Innern des Hauses. Wie er sich vor mir aufgebaut, mich angefaucht hatte. Seine scheußlich verklebten Augen. Kein Wunder – sie hatten dem Haus die Fenster vernagelt!

*

Immer wieder hatte die Polizei mir erklärt, Papa hätte das Feuer gelegt. Und zwar am frühen Morgen, gegen sechs Uhr. So hätten es die Forensiker ermittelt. Und so stand es auch in den Zeitungen: *Waldbrand im Vessertal in den frühen Morgenstunden kostet zwei Menschen das Leben.*

Papa sei gegen sechs aus dem Haus gegangen, habe das Feuer gelegt. Erweiterter Selbstmord.

Aber eins wusste ich genau: Papa war in der *Nacht* draußen gewesen. Etwa eine halbe Stunde lang. Das hatte ich den Polizisten immer wieder erklärt. Sie haben mir nicht geglaubt. Aber ich sehe immer noch durch die Öffnung im Dach den Mondschnitt am Himmel aufklaffen. Es war Nacht gewesen, nicht Morgen!

»Warum soll er denn nachts draußen gewesen sein?«, fragten sie.

Aber das wusste ich damals noch nicht.

Erst seit ich bei Gloria die Kiste und dann in Hyde die Kassette entdeckt hatte, kannte ich den Grund. Papa wollte draußen kein Feuer legen. Er wollte Fischs Handy.

*

»In der Nacht, als der Sturm den Baum herabriss und ein Loch ins Dach schlug, hat das ganze Haus gestöhnt«, flüsterte ich.

»Das Loch war … zu groß«, sagte sie. »Daran wäre ich gestorben. Aber … es kam anders.«

Ohne zu wissen, was ich tat, als ich mich um den schwer verletzten Kater kümmerte, hatte ich damit begonnen, das Haus zu heilen. Als ich als Nächstes seine verklebten Augen öffnete, ihm die Blindheit nahm, indem ich die Bretter von den Fenstern entfernte, empfand er das erste Mal seit Jahren Hoffnung.

Endlich verstand ich. Niemand war hier gewesen. Niemand hatte sich heimlich am Haus zu schaffen gemacht. Als die Pfoten unter den Verbänden zu heilen begannen, heilte erst das Fensterglas, dann das Verandaholz. Da ich die schwere Verletzung am Bauch des Katers versorgt hatte, wuchs langsam das Loch im Dach zu. Den Honig, den ich in die schrundige Haut gerieben hatte, um sie weicher zu machen, fand ich auf den gesäuberten Treppenstufen wieder, und als ich die Dielen schliff und kaputte Bretter austauschte, hatte ich – irgendwie – die Katze gewiegt, gestreichelt und geliebt. Sie waren eins: Haus und Katzenwesen. Körper und Seele.

Und dann kam diese Nacht.

Ich erinnerte mich.

Diese Nacht, in der ich vergessen hatte, das Feuer zu füttern. Als die Wärme erlosch. Als der Winter mich in seine Faust nahm, ein kleines Leben, und er hätte es einfach zerquetscht – wenn nicht …

»Du hast mich gerettet«, sagte ich und legte einen Finger an ihr Ohr. Das kleinere, grobere Ohr. Sie hatte mich in jener Nacht gewärmt, sich abwechselnd auf meinen Bauch, meine Füße, meine Arme gelegt und schließlich auf mein Herz. Ohne sie wäre ich erfroren.

Ich dachte an mein Rachebuch. An meinen Plan, vier Häuser zu zerstören – so wie ich es bei Fischs Haus bereits getan hatte. Als Ausgleich dafür, was sie mit Hyde gemacht hatten. Mit uns.

Ich dachte an … Zoe.

Zoe – das heißt Leben. Aber meine Schwester war gestorben. Nur ich war noch übrig. Ich, Katrina. Zoe hätte Rache geübt, das wusste ich. Sie hätte die Tür gewählt, die ins Dunkel führt, hätte jedes einzelne Haus getötet. Ihnen allen die Heimat genommen. Auge um Auge. Zahn um Zahn. Sie hätte nicht innegehalten. Meine wütende, wunderschöne Schwester.

Aber ich bin nicht Zoe, dachte ich.

Ich bin Katrina. Ich werde dieses Jahr neunzehn. Das Eis schmilzt.

Die gelben Augen über mir blinzelten mich an. Ich blinzelte zurück und fuhr mit der Fingerspitze über das grobe Ohr. Es war voller Kanten. Dann strich ich den Hals abwärts und berührte die tätowierten Wellenkämme auf der Schulter, die Gischt, die Schiffe. Ich wusste, die Haut würde nach Honig schmecken.

Professor von Loden war auf dem falschen Weg gewesen. Nicht die Vorfälle von Gewalt waren der Schlüssel, dachte ich. Es waren die Vorfälle von Liebe.

»Ich hatte eine Schwester«, sagte ich und schluckte. »Sie war meine einzige Freundin.«

Ich werde dich nie, niemals vergessen, Zoe, dachte ich, und dann … ließ ich den Racheplan los.

*

Ich sah die Türen. Direkt vor mir. Zwei gleich aussehende Türen.

Eine ging auf. Ich spürte, wie etwas mich verließ, etwas Schweres. Als würde es aus mir fließen und nur das helle, weiche Licht einer Kerze blieb zurück. Papas Stimme, Zoes Lächeln.

»Ich kann dir helfen«, sagte ich zu dem Katzenwesen. Zu dem Haus, das nicht Hyde war, aber mein neues Zuhause. »Ich kann das da …« Ich wies zur Wand. »… wiedergutmachen. Ich weiß, wie das geht. Ich kann es heilen.«

»Du bist … schön«, sagte sie und nahm endgültig die Hand von meinem Hals. Zuerst wollte ich lachen, denn das hatte noch niemand zu mir gesagt. Aber dann sah ich seine ernsten Augen, ihren ehrlichen Blick. Er sah das echte Gesicht, nicht die Maske. Sie sah mein Hyde-Herz.

»Wirst du bleiben?« Er zog mich an sich. Und bevor sie mich küsste, sagte er: »Hab keine Angst.«

NEUERÖFFNUNG –
Herzliche Einladung!

Zur Eröffnung des Tischlerei-Astro-Cafés Waldkauz laden die Ladies Josefine und Katrina herzlichst ein!

Entspannen Sie in der gemütlichen Lobby am Kamin beim Schnurren von Rara, der Hauskatze. Während Sie eine heiße Schokolade trinken, lassen Sie sich die Zukunft vorhersagen.

In unserer hauseigenen Tischlerei können Sie Möbel und schönes Schnitzwerk kaufen.

Achtung: Hunde im Haus sind verboten! Leinenzwang auf dem Gelände!

DANK

Ich danke von ganzem Herzen Vera Kissel und Natalie Tornai, die das Buch mehrfach gelesen, sich intensiv damit auseinandergesetzt und mir jeweils unschätzbar wertvolle Hinweise gegeben haben. Ohne euch wäre das Buch nicht, was es jetzt ist.

Luna Beck hat das Manuskript in seiner frühesten Fassung in der Hand gehabt und mir das wichtige Erst-Feedback gegeben. Danke!

Meinem Lektor Christian Walther danke ich für seinen genauen Blick, seine Geduld und die Schubser in die richtige Richtung.

Von Alexander Graeff, mit dem ich ein Schreibstipendium im Kommandantenhaus auf dem Dilsberg in Neckargemünd verbracht habe, habe ich von dem besonderen Studiengang der Albert-Ludwigs-Universität in Freiburg erfahren. Danke dafür! Ich habe dieses neue Wissen begeistert, aber sehr frei umgesetzt. Den wirklichen Inhalten des Studiengangs entsprechen die Beschreibungen im Buch also nicht.